瓦 蓝

吕 新 —— 著

作家出版社

图书在版编目（CIP）数据

瓦蓝 / 吕新著. -- 北京 ：作家出版社，2018.10
ISBN 978-7-5063-8695-1

Ⅰ.①瓦… Ⅱ.①吕… Ⅲ.①中篇小说 - 小说集 -
中国 - 当代 Ⅳ.① I247.5

中国版本图书馆CIP数据核字（2016）第024490号

瓦　蓝

作　　者：吕　新
责任编辑：赵　超
装帧设计：崔晓晋
出版发行：作家出版社
社　　址：北京农展馆南里10号　　邮　　编：100125
电话传真：86-10-65930756（出版发行部）
　　　　　86-10-65004079（总编室）
　　　　　86-10-65015116（邮购部）
E-mail:zuojia@zuojia.net.cn
http://www.haozuojia.com（作家在线）
印　　刷：三河市北燕印装有限公司
成品尺寸：148×212
字　　数：335千
印　　张：11.75
版　　次：2018年10月第1版
印　　次：2018年10月第1次印刷
ISBN　978-7-5063-8695-1
定　　价：42.00元

目

contents

录

绸缎似的村庄

你的容貌，你的身世，你的黝黑的邻居。

——题记

一

大约两年前的一天，我在书房里接待了一位二十多岁的年轻人，尽管他像大多数的青年一样具有一身咄咄逼人的气势，而我最终还是未能记住他的名字。是的，我老了，我现在时常感到记忆如同口袋里的钥匙，装着装着就不见了，很难说随手放在了哪里。

那个午后造访的年轻人来自气候寒冷的刘芝山区，如今是一家报社的记者，他带来了王陵的一些近况。十多年前，一种类似平地隆起的光线使一向贫穷而默默无闻的刘芝山区突然沐浴在某种深不可测的荣耀之中，一位作家从那里走向世界，那个人就是王陵。

我所认识的王陵是成名数年后的王陵，我们曾在一些会议上不期而遇。在我的那些不太可靠的记忆里，他的言谈如同结构严谨的论文。然而，王陵坚持说他不喜欢理论。我的眼前有时会浮现出他那挥动的大手，仿佛黄昏之后的蝙蝠。"生活是毛茸茸的。"他说，"毫无疑问，文学也要求茸毛……"他后来说的那些话我都忘记了。是的，他是从那种毛茸茸的生活中走出来的，身上沾着露水，头发里藏着麦秸，以后，荣耀开始在枯枝败叶中泛起。

我至今记得八十年代初期在首都召开的一次文学会议。那时候，来自全国各地的作家们衣着朴素，谦逊敦厚，随身携带着一些简单的洗漱用具，玉兰香皂、"犀牛牌"剃须刀、集饮水与漱口于一身的搪瓷缸子，一两本自己喜爱的书；那时候人们都没有什么法宝，写作在黑暗中摸索，在摸索中激动、兴奋、困惑；那时候，谈起女人，人们就自然不自然地脸红，爱情使大多数的人感到不自在，羞于启齿。

我就是在那次会议上认识王陵的。这个来自高寒地区的年轻作家，除了一套简朴的生活用品之外，还另有两件法宝随身携带——那是两个人，俄国的托尔斯泰和法国的雨果。从某种意义上来说，王陵不是一个人来参加会议，而是三人同行。会议进行到一半的时候，王陵出其不意地搬出托尔斯泰和雨果，镇压了与会的所有作家，包括会议的组织者。

一些人认为，王陵对与会的人进行了"血腥的镇压"，但大多数的人认为，对大家构成障碍的不是年轻的王陵，而是那两个拖不动摇不动的俄国人和法国人。

是的，我赞同后一种观点。因为，一年以后，王陵又带着两个人——哲学家叔本华和小说家卡夫卡——参加了在南方某省召开的一次会议。每次开会，王陵都带着新的同伴，不能不说是兵强马壮。祖训即经验，王陵牢记着这些，随时做一个有心人。在我的印象里，有上百位作家曾先后伴随着王陵参加过一次次不同的会议。1985年，在一个海滨城市，当会议快要结束的时候，王陵突然对人们说道：

"不会写女人的作家成不了好作家！"

又是一个惊人的提法，不啻是当头一棒！对于许多不善于揣摩女性心理的作家来说，这无疑是一个绝望的信号。是的，这不能不令人沮丧，文学在一瞬间变成一种难以攀缘、无法穿越的绝壁。此路不通。得救无门。

然而，以后他又说，模仿是糟糕的，但又是必要的，庸俗的人总是将借鉴无情地推向某种庸俗的解释之上。

大约从那时候开始，王陵在寒冷的刘芝老家开始用心书写一个民族的秘史，构建一个非凡的世界。他深信，那些具有本土风格的小门、神秘的庭院、带有民族色彩的回廊，最终都将通向世界。一个庄严的世界，需要一双双庄严的手去抚摸；一个滑稽的时代，最终还得靠滑稽的人们亲自去收拾、装殓。

……

午后，书房里的光线逐渐趋于模糊、昏暗。衰弱的视力甚至使我无法看清那位年轻记者的面目，我的眼前只有一个洋溢着青春气息的轮廓。他是王陵一手提携起来的。刘芝山区的许多农家子弟在王陵的关照下，如今都置身于新闻界、文化界，有的已很有名堂。当我问起王陵的近况时，那位年轻的记者抑制不住内心的激动，对我说道：

"可以说很好，一切都相当顺利、圆满。"

"一切？"

"是的。写小说，王陵堪称大师。搞阶级斗争，也是一位高手。"

许多曾经担任过要职的老干部、老作家，如今都已纷纷倒下了，在他们的文学生命和政治生命都接近尾声的时候，他们才意识到王陵的力量是强劲而无穷的。年轻的记者将这归结于一个人的智慧与命运，刘芝地区的百姓则认为一切都是天意，不是王陵非要这么干，是天让他这么干的；王陵并不愿意写那种传世的经典，但天意难违。

是的，我想实际的情形一定是这样的。我已很久没有他的消息了，高速公路使我们相互之间失去了音信，见面的机会越来越少，仿佛彼此都已经从大地上消失了。

二

春天里的一个早晨，一些早起的人们看到年过七旬的王进财正在池塘那边走来走去。早上有风，王进财的身上套着一件皮坎肩，他走路的样子像是在踩着石头过河，步伐均匀而又显得非常迟疑。一步，两步，三步……黎明即起的王进财那样不声不响地在池塘附近一带走着，远处和近处都有人看着他。后来，人们很快就明白王进财不是在散步，而是用最古老最可靠的方法在仔细丈量土地，以求得一种明白无误的距

3

离。照他那种走法，三步即为一丈。人们都看出王进财的意图来了，他在湿漉漉的草地上如一只早起的山羊，翘着胡子，面朝东方。

太阳升起来了，池塘里的水像是镀了金。

上午。一个穿着一身白西装的人出现在池塘的一侧，四十岁以上的人们都认得那是王进财的儿子王陵。

在那片露水闪耀的草地上，几个身材矮小的农人正在吃力地搬运石头，还有几个人肩上挎着筐子，手里提着绳索。王进财的儿子王陵注视着那些干活儿的人，他看到他们当中的一些人将东边的石头吃力地搬到西边，站在西边的几个人又同样吃力地将脚下的石头搬到东边。那些人陆陆续续地在王陵的视线里走来走去，王陵的眉头渐渐紧锁起来。他的身后有一把白色的椅子，他站在椅子的前面。那把白椅子是一个叫玉玺的人搬来的，此时，玉玺就站在椅子的后面。有一段时间了，自从王陵从省里回到刘芝山区以后，人们发现身材矮小的玉玺一直在王陵的身边跑前跑后，听候使唤。

"这样干好像不行。"王陵看着那些搬着石头来回走动的人，对身后的玉玺说道，"他们那是在干什么？锻炼身体？消磨时光？"

"不是的。这石头不是那石头。"玉玺说着，来到王陵的面前。玉玺告诉王陵，从东边搬到西边去的那些石头都是好石头、新石头；而从西边搬到东边去的那些不好的旧石头基本上都不能用了，都风化了，像长时间板结成块的面粉，虽然有形，有模有样，但本质上早已酥了。玉玺说到这里，忽然想起一个准确而传神的词，还没有来得及说出口，他自己倒率先笑了起来。王陵没有笑，他看见玉玺在笑的时候露出了一些黑色的牙齿。

王陵的目光落进池塘里。不久以后，又延伸到草地上。

已是暮春时节了，但那些搬石头的人们依然都穿着黑棉袄，像雨前的蚂蚁一样忙碌而无声。王陵想起小的时候自己也一直穿着这样的一身黑棉衣，每当夏天来到，天气炎热的时候，他的母亲就会把里面的灰黑的棉花全部取出来，到冬天的时候再絮进去。一丝微微的寒意在池塘的四周流动着，王陵打了一个冷战。

4

"有我呢。"玉玺对王陵说,"有我在一旁监督,他们不至于窝工。"

"工匠们都找齐了吗?"

"是的,都齐了。八个石匠,四个木匠,都是咱们这一带的能工巧匠。"

"他们什么时候来?"

"马上就到,马上就要出现了。"

踏着沾满露水的青草,王陵向河边走去。消瘦而模糊的童年,已遥不可及,仿佛远在数千里之外,无论以什么样的速度和方式都无法到达。没有办法了,再也回不去了,如同一个居住多时的帐篷,在你离开以后,立即便被风卷走了,连遗址或废墟也不存在了。

王陵独自在河边走着。不远处忽然传来一阵十分难听的歌声,一个模糊不清的人落在那声音的后面。身边的这条河,曾无数次在他的笔下出现,过多的喧哗,无声的流淌,月光透明,树影婆娑。河水也需要控制。二十多年前,王陵曾听人说,有一位僧人,在没有木桥、没有舟楫的情况下,凭借一种外来的文字,轻而易举地渡到了河的对岸。那时候王陵正在这条河边做工,穿着黑棉袄,背着石头,平静的河水常常在梦中将他漂起,缓缓地浮出水面……道听途说……有一只手在他那里轻轻抚摸,如同一种低声的交谈,呢喃如初,和风细雨,亲密无间……

胭脂镇快要到了,王陵远远地看见了镇里的房屋和一段街道。没有什么事要到那里去办,于是,他停下来,顺着原路往回走。沿途的河水还算得上清澈,有些地方居然长着几丛芦苇。清澈的河水使王陵生出一种含蓄的自豪。

不久以后,他听到了石匠们凿击石头的声音。

三

在寒冷而贫穷的刘芝山区,许多在外面混得不错的人都要在自己的出生地建筑七孔甚至十孔崭新的石头窑洞,或者建造一座三进的庭院。

那些经过精心修饰后的新居有时候并没有人居住，作为一种象征、一种标志，主要是给那些从小看着他长大的人和与他一起长大的同辈人看的。

富贵而不还乡，无异于锦衣夜行。

四

刘芝山区金黄的茅草和清澈的河水培育了王陵。在那些浑圆起伏的山冈上，忧伤而洁净的褶皱随处可见。有些时候，王陵觉得在老家的蔚蓝的天空下建造一座庭院要比自己写作一部书重要得多。他的父亲王进财一次次催他回来，期盼早一天能够看到自己的屋宇在故土上耸立起来。并不是我要住，父亲说，我已经七十多了，用不了多久就得重新回到土里去，我是要让咱们的房子像棍子一样戳进他们的眼里去，让他们一想起来就疼痛不已，失眠，呕吐，心悸，头晕……王陵劝说父亲，不要将房屋想象成棍子，棍子的本性又细又短；扬眉吐气是一回事，而一座好的房子是另一回事，它应当像阳光一样引人注目，和煦，明媚，外松里紧，人人向往，但没有一个人能够抓得住。

是的，可以说就是那么回事，但父亲似乎有些不大明白。那些天，王陵几乎夜夜都梦见阳光，梦见出生地地上稀疏的草木像饥毙的老人和孩子一样纷纷在他的视线里渴死、倒下。有些时候，在你不需要亮色的时候，阳光显得锋芒毕露，在你的脸上和身上留下许多深浅不一的痕迹。谁都不能例外。王陵躺在家里的土炕上，幼时的荒原般的出生地狭小得令他感到吃惊，而此前曾经一直以为从前的天地广阔无边，所有的奔跑与呼喊都无济于事。

晚上临睡前，父亲从外面抱回一捆柴填进灶膛里。王陵在与一位表弟说话的时候，看到了那欢乐而又不乏忧伤的火焰。不久以后，暖人的温度像电一样流遍了整个土炕。火苗还像他小的时候看到的那么大，但亮度不尽如人意。表弟坐在对面，用一种敬畏的目光望着王陵，他们谈到了很多的事情，但每一件都谈不上畅所欲言。暮春时节的夜晚仍然需要烧火，适当地加温。不久前，表弟的媳妇来过一次，她第一次见到王陵，她的神情是无限陌生的，但眼中流露出的一丝温情使王陵感到心里一热。王陵用职业性的目光打量着她的身段。他们夫妻是来邀请他的，请他去吃饭。

王陵取出一枚戒指送给她。

他们夫妻两个说什么都不要。少妇的脸先红了，胸前的衣服像水一样波动着。表弟说，请你吃一顿饭，就赚回一个戒指，真是一桩好买卖。皮肤粗糙的表弟很想幽默一下，眼前这一男一女两个人值得他这样去做。王陵对他说，你们可以请我吃五次饭，但我不可能送给你们五个戒指。

王陵说完后，忽然看见表弟媳妇健壮的身影投映在对面的墙上。

五

多么宁静呀！我的上帝，多美的家乡呀！送走他们以后，王陵迅速回到屋里。那个丰满而光洁的裸着的身影似乎仍然挂在墙上，如一幅令人耳目一新的画。他穿过垂着帘子的过道，来到一间存放杂物的房子前，往昔的气息深藏在里面。最好不要触动它们。他对自己说。没有什么大不了的。

滚热的火炕使他不能很快入睡。于是，他披着衣服来到外面。月光下，他看到了无数个烟囱。是的，各家屋顶上的那些漆黑的像树桩或水桶一样的影子就是烟囱。多么宁静呀！多么让人不能入睡呀！昨天上午，负责监工的玉玺告诉他说，那些石匠在新起的墙边听到了流水的声音，水声将他们其中的两个人击倒在地基的一侧，脸上划开一些口子。

他们真能胡说呀！他在心里笑了一下，但表面上未动声色。也许有那么一点儿影，也许全是无稽之谈，一切全都是冲着酬金的数目来的。石匠们懂得什么呀？他们哪里能够分辨出水流的声音，他们只知道抚摸石头。是的，那"潺潺的流水"毫无疑问是玉玺的发明与描绘，石匠们的口里发不出那两个字的音。玉玺在刘芝山区也算是小有名气，几年前他写过一本描写匈奴的书，在王陵的关照下得以出版。书中的匈奴都骑着马，有的像屠夫，有的如同浪漫的诗人，内心活动非常复杂。

真是糟糕呀。王陵在月光下边走边想。家里的人都已入睡了，不远处传来一阵牲畜吃草的声音。与故土的多年隔绝，已使他分辨不出牛马的咀嚼之声。距离越来越大了，心硬，泪少，很难再被什么所打动，再也不是他们当中的某一个了。

文学的加工是多么的可怕呀！不切实际的夸张和描述又是多么的让人难堪呀！什么叫润色？那不过是不负责任的添油加醋罢了，只会使事情本身变得更糟。是的，那些石匠听到的也许只是一种断断续续、若有若无的残漏之声，而玉玺却自作主张地将那种不可靠的——未必来自墙内——东西说成是潺潺的流水。

潺潺流水？岂有此理。

回到故乡一个多月以来，王陵终于发现自己是多么的不喜欢玉玺这个人呀，大包大揽而又诡秘溜眼，嘴里很少有什么实话。与这样的人在一起，太没有意思了，王陵甚至有些害怕见到他。然而，许多的事情又都离不开他，他自己为了报效也乐于跑前跑后。那么，就让他尽情地跑吧。

月光下的村庄疏松而宁静，到处都能闻到睡眠的气息。在梦里，在白日里，车声辚辚，成熟已久的黄杨木鲜艳欲滴。有一年夏天，王陵带着妻子回老家避暑，刘芝山区舒卷的树叶像杂色的旗幡一样反复招展，无声地飘动。一天夜里，他的妻子突然从睡梦中惊醒，她打着手电，让他看她的大腿。在梦中，初来乍到的她正在村口的池塘边散步，忽然感到大腿被远处伸来的一根风尘仆仆的长矛刺了一下；那些体格魁梧、沉默不语的士兵将生锈的长矛抽出来以后，她清晰地看到那明火执仗的枪尖上挂着自己的一缕肉。他们举着一只电流不太充足的手电，到处寻找劫后的余血。被褥上，她的内裤里，她的大腿内侧，甚至他的两只手，他们差不多都看遍了。夏日的夜晚，古老而缓慢的一起一落的呼吸声随处可闻。他们没有找到任何一丝血迹。第二天，太阳一出来，她的那些怪念头都不知跑到哪里去了。几个小时前刚刚逝去的那个夜晚耗去了他们的许多精力。上午，他们在舒缓闲适的行走中恢复精力，经过村口时，池塘那边传来一声嘹亮的悲啼，一只红翅膀的饿鸟栖落在一根手臂一样粗的树枝上。

在王陵的记忆里，许多从前的事物仍然一如既往：牛的沉闷的叫声，一具形状简单的犁，开满蓝花的土崖，垂死的一动不动的担架，人烟稀少，简短而无力。揣摩，把握，记录，提供，度过，拜访，进入，介绍，认识。最初的纪念来自于一次猝然的出现。群山背后，流星耀眼，某些黑暗的侧面或角落在亮色中泛出微微树木般的绿意。

他清晰地铭记着赤身沐浴的感觉。一个人在月光下不断地打着手势，心事重重的手势，闲适无聊的手势，夜色的衬托使展开后的手势形同一只鸟的剪影。

许多的东西都已不再是那么回事了。近两年来，他常常暗暗地问自己。那些简单的疑问，拗口的答案，老实说不能令人满意，它们毫无硬度，因而谈不上牢固，一切都如水，如同季节的更替。在强劲的实际情形面前，大多数的人都开始放弃初衷，丧失信念，所有的堤坝都失去了抵挡的能力。没有办法了，守住守不住都不意味什么，只有躺下才不感到吃力。

每个人看上去都像是烦躁的寡妇。

有一张湿润而充满欲望的嘴多年来一直在王陵的记忆深处时启时合。

六

一位颐指气使的大木匠站在高高的房梁上，嘴里衔着烟，他的喷云吐雾的作风给王陵留下了不良的印象。

负责监工的玉玺告诉王陵，眼前这个高高在上的家伙叫金大掌，目前是方圆几十里以内所有木匠的头，基本上已经不怎么干活儿了，只说说话就行了，他有六个老婆、十七个孩子，八男九女。王陵听到这里，抬头重新打量了一下站在房梁上面的那个人。金木匠目光深陷，面孔红润，手臂上的金表金链闪烁着满足与荣耀。玉玺对王陵说，去年我给他写了一篇文章，《世纪末的神工鬼斧——今日鲁班金大掌》，他一下就给了我这个数——

玉玺伸出手指比画了一下，又立即敏捷地缩回去了。周围并没有人注意他的举止，出其不意显得有些多余。王陵也没看清那是多少。一个神秘的数目？一长串……灰烬？

晨光中的刘芝山区，露珠遍地，炊烟如柱。再过一些天，房子就完全落成了。新宅的飞檐借用了一种老式的经久不衰的舞姿，凌空翘起。许多的长辈和同辈人像一件件出土已久的陶俑一样稀疏而无声地散落在四周，他们的衣服和皮肤看上去衰败而遥远，散发着往昔岁月的气息。他们在眺望王家的新宅的时候，有的站在树下，伸出红白而僵硬的舌头；有的缩着脖子，蹲在镀金似的黄色板墙下；有的把手伸进裤裆里，脸上洋溢着某种古怪而神秘的笑容。

仿佛一场旷日持久的厮杀正在你的视野里有条不紊地进行着，按部就班，节节败退，交战的双方最终都以失败而告终。

"把房梁再抬高些!"

多数时候，大量地无节制地运用修辞，会使某一个人的身世变得光怪陆离，迷雾重重。类似的这种不负责任的行为曾使许多人为之颠倒，王陵自己也不能例外。现在，那样的一种具有草莽色彩的时期总算过去了，许多人的思想开始变得令人惊讶。旧事重提与目光延伸都谈不上新鲜。比如，有一个人蓄着一种茂密的树藤般的胡须，退回几年前，激动不已的写作者们无疑会做出夸张而不厌其详的描述，"犹如一部源远流长的民间史诗"。现在，这样的生瓜似的句式已经不多见了。人民在进步，语言在蜕变，许多不必要的饰物如同中年妇女腹部的赘肉，正在被剥离，干干净净，远离本体。茂密的长胡须多么肮脏，心慌意乱的人需要它装饰自己的面目。作为一种不洁之物，用餐饮水的时候，不得不将它用手撩起来，露出一张含有黏液的嘴……王陵见过那些胡须上挂着水珠或米粒的人，这样的闪现或回忆尽管短暂，但常常会导致他的某些构想发生断裂。

他在回忆中呕吐。

他听到了父亲的咳嗽声，不是病态的发作，而是缘于激动和某种狂热，扬眉吐气，改天换地，三十年河东三十年河西。隔壁的房间里似乎不只父亲一个人，还有其他的声音不断地传来。父亲在干什么？有人似乎在叫他的儿时的小名，他笑得禁不住咳嗽起来。

昨天中午，王陵见到了一位远道而来的亲戚。那个人六十多岁了，有一张腐朽的脸。算起来，王陵竟长他两辈，他应该管王陵叫舅姥爷。这位外甥孙没有明显的职业，目前以放高利贷为生，坐收渔利。听说舅姥爷从省里回来，在老家盖房子，于是就赶来了。他一口一个舅姥爷，叫得王陵坐卧不安。

"不必拘礼了，就叫我王陵好了。"王陵对放高利贷者说。

"那哪能呢？您是长辈，我是晚辈，不管我的利润有多高，您还是我的舅姥爷。"

真是可怕呀！这样的血缘关系是怎样延续下来的？王陵做梦也没有想到自己的辈分竟有如此之高，他听惯了别人的子女称他叔叔或伯伯，却从来没有听过有人管自己叫舅姥爷。一种多么老迈而昏朽的身份。

"那么，你的儿女们都还好吧？"王陵强迫自己换上一种比较苍老的声音。

"过得去，都还过得去。"

"你媳妇——我的外甥孙媳妇，她也好吗？竟从未见过。"

"是的，她不能说不好。早些年的时候，经常跟我闹。自从我手里有了一点儿钱，她就不再闹了。我对她说，想闹你就再闹吧，闹是没有什么好下场的，舅姥爷您说是不是？小人啊，他妈的，见利忘情的小女人。"

"不能怪她，所有的女人都是一样的。"

"是的，舅姥爷您说得对。女人嘛，就得时不时地哄着点儿，该硬就硬他一家伙，该软就软一下，这么一晃一晃，拖一拖，一辈子也就很快过去了，怎么活不是个活呢？我对她尤其不认真。何苦呢？"

"你的生意怎么样？"

"不瞒舅姥爷，去年可是赔了。"

"怎么回事？遭到了打击？来自政府方面的打击？……限制？"

"不是的，舅姥爷，是别的事。"

去年秋天，这位外甥孙的一个儿子按期去附近的一个镇上收取他们放出的利息，不料在途中遇到车祸，人很快就死了。死者的遗孀打算再嫁，但做公公的有言在先，如要再嫁，将收回他们夫妻名下的所有财产，利润一分没有。儿媳妇出于自身利益的考虑，放弃了再嫁的打算。再婚意味着损失，意味着与红利为敌。

"你真是糊涂！"王陵说，"儿子已经死了，你还把一个寡居的儿媳留在家里干什么？难道就不怕别人说你什么？"

"舅姥爷，我没有别的意思，我是嫌她薄情寡义。舅姥爷您不知道，男人刚死了两个月，她就动了心思。我看不惯呀！"

"她有权利要求激情。而你，没有权利把她扼杀在家里。"

"舅姥爷，我没扼杀她呀。她要是一分钱不要，我可以让她走人。"

"她要钱也是应该的，嫁到你们家那么多年，临走还能空手去吗？别人要笑话你的。你自己的良心能安宁吗？"

"舅姥爷，我的意思是……"

"听舅姥爷一句话，回去多给她些钱，让人家再嫁了吧。她还那么年轻。"

"她已经不年轻了，快三十了。"

"当然还年轻，三十岁还不年轻？城市里三十多岁的还把自己当孩子呢。"

"我不甘心哪，舅姥爷。"

"有什么不甘心的？多出点儿钱，就当你再嫁一次姑娘。"

"她不是我的姑娘，她只是……"

"我知道她是你的儿媳，我是说你为什么不能把她看作是你的女儿？假设，如果，你的女儿现在就要出嫁了，你打算袖手旁观吗？"

"当然不能。那是要出血的。不可避免，躲都躲不了。"

"这就对了。"

"舅姥爷，您的工作是劳心的，可您看上去还是那么年轻。我不行了，尤其是精力，近两年来非常明显，一直下降，无论用什么样的方法和手段都不起作用。那种东西，它要从你的身上离开，你是挽留不住的。"

"你保养得不错，看上去还不太老。"舅姥爷对外甥孙说。

"那是虚的。"

是的，远道而来的外甥孙头发已全部花白，风尘仆仆，元气锐减。在年轻的舅姥爷面前，他感到自惭形秽。闹多少钱又有什么用？很难说那是为哪一个人预备的，目标不明，毫无把握。牙齿松动，视线模糊。一切的迹象都像是处于一场华宴之后，孤灯寡影，杯盘狼藉。大部分的人都已经走光了，剩下少数的几个影子还在外面的黑暗中像鬼魂一样窥探、蠕动，窃窃低语。那是几个还没有拿到钱的人，一旦想要的东西到了手，他们也会立即像听到放学铃声的小学生一样迅速地离去，将他一个人抛下。

唉，去他妈的吧！

精力不济的外甥孙睁开一双浑浊的眼睛，从内心深处发出一声回天无力的长叹。

七

障眼法属于一种小心翼翼的手势。在过去的那些年代里，那样的手势常被看作一种与生俱来的禀赋而与神秘和智慧联系在一起。在那种时候，有关的纰漏常被粗心而热情的人们所忽略，谬误得不到怀疑。在期待大于技术的短暂间隙里，一刹那的恍惚终于出现了，迷幻的情调开始登台亮相。

真相一直隐匿不出，是否由于真相从不曾存在？

在刘芝山区乃至整个世界，有无数的东西都似是而非。

晨雾散去之后，王陵看到河边的草地上丢弃着几只东倒西歪的水罐，那是一些过去岁月里的物品，色调灰暗，残缺不全，旧日的水从里面流出来，风声再灌进去。在蝼蛄不耐烦的叫声中，蚂蚁们排成长队，沿着罐子的边沿向远处迁徙。狭小的罐子容不下两个家族。王陵蹲下身，将躲在罐子里面的那只鸣叫不止的神气活现的蝼蛄捉出来，甩进水里。他想把那些因软弱而被迫背井离乡的蚂蚁重新送回到罐子里面去，但他的手与它们的身体不成比例，悬殊的现实使他感到束手无策。他对那些蚂蚁说，我救不了你们，我只能把那只可恶的蝼蛄替你们赶出去，回去的路要靠你们自己去走。

玉玺跟在王陵的后面。玉玺对王陵说："你是不是经常跟小动物在一起说话？"

"什么小动物？"王陵说。

"蚂蚁呀，核桃虫呀，小猫小狗呀。"

在刘芝山区的一部分肥沃的土壤里，生活着一种被人们称为"核桃虫"的东西，它如同吐丝前夕的蚕，白白胖胖，摇头晃脑。有核桃虫生活的地方，土壤必定肥沃。核桃虫时常将它的柔软的身体寄生在一些成熟的土豆之中，将拳头大的土豆从里面掏空，变成一个个干壳。白白胖胖的核桃虫是丰收与损失的象征。去年春天，王陵将自己手下的一个名叫倪俊的人提携到自己的身边，委以重任，专门负责发现省内的文学新人。是的，没有什么特别的原因，使用倪俊只是因为他对自己万般殷勤，百依百顺。有一天，一位要好的朋友不无揶揄地对王陵说："你看倪俊像不像一只核桃虫？"……倪俊白白胖胖，但没有摇头晃脑的不良习惯，只是时常自然不自然地做一种蠕动状。

王陵暗暗地问自己："倪俊是一只核桃虫吗？"然后又在心里大声地自己对自己说：

"不！倪俊不是一只核桃虫！"

这些天来，玉玺又如最初一样形影不离地跟在王陵的左右。房子眼看就要竣工了，玉玺对工匠们的监督也随着尾声的接近逐渐放松了。玉玺有一个构思，要讲给王陵听，如果王陵对此发生了兴趣，玉玺就决定让给王陵这样的大手笔去写；假若王陵不感兴趣，玉玺想让王陵给予鉴别，然后自己动手写。但几次都没有谈成，有几次说了一半，甚至刚刚开头，就被别的事情打断了。"以后再谈。"王陵总是对玉玺这样说。曾经有人这样半开玩笑地说："玉玺是王陵的仓库，是另一个会行走的刘芝山区。"……王陵每年都要回到刘芝山区居住一个时期，写作，避暑，劝说某些简单的头脑。

他们在河边行走的时候，王陵对身后的玉玺说："你那个构思不行。"

"哪一部分不行？前半部分？"

"哪一部分都不行，可以说糟透了。我不知道你是怎么回事，你怎么会往那些方面去想？"

绝望像暮春时节的光线一样涂满了玉玺的脸，他的目光早已离开王陵，落到身边的河里。是的，不行，无论怎么闹都不行。

王陵顺着河沿向前面走去。不一会儿，玉玺从后面赶了上来。玉玺自言自语，但没有发出声音，因而没有引起王陵的注意。河水清得能看到河床上面横陈着的那些圆滑的卵石和白色的沙子。

在山区的怀抱里，王陵竭力不使自己陷入对往事的回忆之中。怀念意味着倒退，标志着衰老，有着强烈的下坠感，上升无望，更谈不上飞翔。然而，有谁能不让自己回忆？这样的挣扎终将显出徒劳与无力。……王陵停下来，玉玺鼓足勇气走到他的面前，可怜巴巴地说道：

"难道连一点回旋的余地也没有吗？"

"有一点，不过在最后。"

这样的许诺使玉玺重新得到了安慰，比他最坏的想象要好得多。木匠们叮叮当当的斧声越过河边的小树林子，从那边飘了过来。天空里浮动着伞状的云彩和土丘似的云彩。有一片扇形的云，渐渐化作一群马，开始在原地奔驰。

玉玺像一个胆小的孩子一样躲到王陵的身后，他听到了一阵金属和瓷器的碎裂声。

八

表弟的家里有一只很大的花瓶，它的那种罕见的蓝颜色令人想入非非。

来时的路上，越过一道低矮的短墙，王陵看到在一座破败的院子里，一个男人正在打一个七八岁的孩子，哭泣的孩子抱着他的腿。那个人边打边说，你妈的，你妈的。

王陵发现自己不认识那个人，那张陌生而使人再不愿多看一眼的脸使王陵相信他是一个不走运的外来户。一个人背井离乡，拖儿带女，流落在他乡，最糟的事情莫过于夫妻反目，成天打骂自己的孩子。"住手！"隔着那道象征性的矮墙，王陵向那个破败的院子喊道。

那个人停下来，抬起头看着墙外的王陵。孩子也不哭了。

"你是谁？县里的干部？"那个人说。

"吓唬吓唬就行了，怎么打起来就没完了呢？"王陵说，"你是这孩子的继父吧？"

"胡说！你才是他的继……我是他亲爹。继父们从不当着别人的面收拾他的继子，他们总是习惯在背地里、在夜深人静的时候动手。"

可以说那是一种暗算，秘密，成熟，宁静而迅疾。王陵隔着矮墙，向那个人笑了一下。是块做继父的料，把什么都吃透了。土路那边，坐着几个一动不动的老人，有的半睁着眼睛，有的完全闭着眼睛，各怀心事，互不理睬，像一些年久发黑的石头。他们中间，也许有人足足荒唐了一生，也许有人一生都在为别人做继父，狼奔豕突，命中注定。交会。接近。漏洞百出。臆想中的某些事物令人战栗。此间的风光多么旖旎，鲜艳的水果叮当作响，黄昏时回家的小路如舒卷的红绸；而那里已经下雪了，大雪封门，下午四点钟的炉火使壶中的水发出了一连串惊讶的叫声……溢美之词将你吵醒了。

溢美之词将你吵醒了。瓷碗沉静。庙宇发红。繁体的文字。玄色的

16

布衣。夜晚里的喘息使一些信念土崩瓦解。

多么不可思议呀！在那些寂静而露珠尚未完全蒸发掉的山坡上，空想主义的理想总是一闪而逝，犹如夏夜的昆虫。少小离家的儿女们纷纷回来，又相继离去。青石傍着河水，褐黄色的泡沫像初生的牛犊一样在远处翻腾。多么明亮的村庄呀！一切垂直或倾斜的事物都在有意无意地营造自己的影子。远处的人影、牛影，近处的杏树，没有考证意义的塔，无人理睬的佛，移动和静止看上去仍是一回事。经不起推敲也不能把他们怎么样。是的。

走在熟悉而大大微缩了的昔日街巷中，王陵闻到了生动的烟火气息和隔年的粮食的霉味。昔日人多势众的洪家大院，其面积与深度如今看上去竟小得令人难以置信，那一大家子人死的死、亡的亡，今天只剩下一个不喜欢穿衣服的终日一丝不挂的傻瓜，他们的衰落或许与其小棺材似的房屋不无关系？村庄里的紫花提前开了，从很远的地方有人的低微的说话声像虫子一样贴着地表皮爬过来，窸窸窣窣，到处都有那种细微琐碎的响动。二十几年前的一个光线明亮的中午，王陵蹲在一个开着紫花的土丘前将一大瓷碗饭吃光以后，从身边的一棵树上摘下自己的草帽，他的手停顿了一下，抬头朝树上看着。那时候他幻想着能从树上摘下一只鲜艳的水果，而不是那只能在脸上制造阴影的旧草帽。想念水果不是为了解渴，不是的。什么样的东西不能解渴，而非要一只水果？井里有阴凉的深水，河里流着被阳光照耀过的亮水，仿佛降温后的沸水。为什么脑子里一直转悠着一只鲜艳的水果？为什么？从夏天到秋天，那只鲜艳而可怕的水果一直挂在他的脑子里，像一个越长越大的恶性的瘤子。那些日子里，他几乎天天头痛、失眠、恶心，太阳穴上似乎裂开了缝隙。什么都保不住了。妈妈，我完了，我的脑子里有一只水果，它鲜艳得有些过分。我只是偶尔想象了一下它的模样——它的美丽的表情它的肉和它的水——我并没有得罪它。真是可怕呀！它不停地转来转去，像正月十五的灯笼，像你的婶娘。

是的，我的婶娘的孩子没了以后，她就那样在村里村外转来转去。

昨天夜里，我一直听见外面有女人的哭声，我不知道是你的婶娘。

我一边点灯一边还在想，这是谁呀？什么事使她这样伤心？

那不是我的婶娘，她早在几年前就死了。活着的时候她也从没哭过。

那些形状整齐的河流都布置在山下，河边有一些人显得尤其心不在焉。没有人比我对这一带更熟悉的了。我曾经见过一个人，他的浑身上下仿佛披着一层草，几朵桃花在他的肩膀上和手指间盛开着。妈妈，真是不可思议呀！你看见了一定会惊讶地叫出声来，那些花瓣都已提前怒放了，那个开花的人满身绿意。门前的水和草都像是生了锈。绿锈。有一段时间，我变得浮想联翩，动不动就无缘无故地哭了，流泪了，伤感呀，忧郁呀，脆弱得像一个从未见过世面的小户人家的姑娘，像一个满眼落花流水的诗人。以前的一些事情仿佛全忘记了，一件也想不起来了，曾经觉得很有意思的东西和日子也随着一起被埋葬了。我从别人的门前走过，他们的弯曲的镰刀和草绳垂直地挂在那里，被月色和阳光徒然地洗了多日。

一个满怀信心的人突然间折颈而死。我在回家的路上听说了这样的一件事情。我的老毛病又犯了，想入非非，我感到四周的道路都在一瞬间消失了，荡然无存；绿色而阴性的草不声不响地从我的、从别人的臂弯里生长出来。

真是寂静呀！这么大的一片紫殷殷的土地上竟然会一点儿声音也没有，庄稼地里也没有人，黑色的瓦罐旁边也没有人。农民。寓言。时光。树桩。圆满的水。巨大的响动接收不到，小心翼翼的声音同样接收不到。时间和梦想把人们折磨苦了，看上去像草一样，男人不像男人，女人不像女人，到处都是丢弃的镰刀，像是天上掉下的弯月。

不要再提你的镰刀，赶快跟我离开这里，再不走你就风化成石像了。

我不走，我哪里也不去。我情不自禁地推开臆想中的一些窗户，我渐渐明白了一些粗浅的道理：并不是谁都能够道貌岸然。你生前所鄙视的，正是你一生所无法达到的。

你看那边，那些牛犊闹腾得有多欢！金黄的草。葱绿的草。清水在白色的石头槽子里晃动，里面映着夜草似的云彩。

妈妈，你看它们像不像一些虎头虎脑的孩子？一些坐在朴素的农业岁月里听故事的孩子？

那些漆黑的屋檐越来越低矮了，门槛的高度已降至一两寸，重重的土墙如同过去年代里的书，笨重而粗粝，路上堆积着的黄尘很容易使人误以为是旱季里的夕阳。

刚在表弟的家里坐下，有一个人就把表弟叫走了。表弟满脸歉意地朝王陵笑了一下，临出门时又对自己的媳妇说：

"把那套新茶壶和新茶杯拿出来。"

天很晚了，表弟才回来。一路上表弟跌跌撞撞地走着，像一个两眼一抹黑的外乡人。有的地方还亮着灯，有的已完全漆黑了，河水的声音和牛吃草的声音传进他的耳中。粗通文墨的表弟走着走着，想起了自己的表哥王陵，表哥是当今社会的一位杰出的主流作家，这使他隐隐感到骄傲。表哥从二十五岁开始名声大噪，至今仍是一棵常青树。多么不容易呀！一切都是一个字一个字地写出来的。老天爷，那样的一碗饭是多么的难吃呀！表哥有一位朋友，也是一位作家，那个人很会描写女人的乳房，一本书不管是薄是厚，大部分的时候总是停留在那上面，各种各样的说法和代名词千奇百怪，但万变不离其宗，实质的指向只是一个。多么下流呀！表弟想。多么无耻啊！他写那些是什么意思？前六章让她们脱光，后两章又让人家穿上。翻来覆去，什么东西？

走进自己的院子以后，透过蓝色的窗帘，表弟看到一个摇摇摆摆的影子。那个再真实不过的影子正在朝他走来，他停下来，不无惊讶地注视着。快了，快过来了……他想。他下意识地伸开两条胳膊等待着，一阵轻微的喘息将他吓了一跳。那是他自己的声音。就在这时，他发现那影子已越来越远了。哎，等一等……他听见自己清晰而急促地喊了一声。这以后，表弟感到自己在院子里跑动起来，身上越来越热，什么地方似乎有汗出来了……不知又过了多久，他一抬头看到了灯光，他看到自己坐在家里的一只凳子上，头发湿淋淋地贴在额头上。

女人穿着一双红色的高跟皮鞋在炕上走着，走两步，停一下，走两步，停一下。表弟用疲倦的目光看着那个走来走去的女人，他一抬手，碰响了面前的一套崭新的茶具，光滑的瓷器在夜晚里的灯光下看上去像是银子。多么漂亮的东西呀！表弟想，看着不错，摸上去手感尤其舒服。日子过得真有意思呀！他忽然感到口渴得厉害，于是，小心翼翼地端起面前的一只杯子放到嘴边，轻轻地试探性地呷了一口，茶是凉的，于是，他放心地喝了一大口。是的，一个毛手毛脚、心慌意乱的人是不能使用这种珍贵的茶具的，那必然要出事，砰的一声碎了，砰的一声又碎了，什么都没了。

　　表弟很有把握地端着那只漂亮的茶杯，慢慢地喝着夜里的茶，他相信自己不会出事，不至于失手打碎茶杯、碰倒茶壶，因为他感到自己的心情平静而甜蜜，而他生来就不是那种毛手毛脚、心慌意乱的人。是的，美好还来不及呢，有什么可慌乱的？

　　表哥王陵吃过饭以后就走了。表弟坐在凳子上，手里端着一只茶杯，用一种持续不落的微笑看着自己的媳妇。女人正在试穿自己的新鞋，她仰着头，挺着胸，一副前去赶集的样子。多么漂亮而健壮的像母鹿一样的大腿啊！臀部上翘，一二三四。表弟听到自己发出一种低微而有力的感叹。他手里端着茶杯，不知不觉地离开那只凳子，来到炕上。那种持续不落的微笑还停留在他的脸上，他轻声向她招呼道：

　　"过来，往我这边走，让我看看你的……"

　　"少讨厌。"

　　女人说着，用力将头发向身后甩去，头发飘到了她的背上。真是可怕呀！表弟下意识地闭上了眼睛。表弟想，这个时候我要是正好站在她的背后，用手搂着她的腰，她的那些乱七八糟的头发一定会十拿九稳地甩进我的眼里，使我的眼睛发酸，流泪……是的，幸亏我正在喝茶，没有腾出时间专门去搂她的腰，否则……表弟这时候忽然感到自己的眼里流泪了，用手一抹，脸前果然湿漉漉的。

　　踩着高跟皮鞋的女人走着走着忽然停住了，她也注意到他的脸上有什么亮晶晶的东西在悄悄地闪烁，她说：

"你怎么了？喝茶喝哭了？"

"不是的，不是的。"表弟轻轻地摇着头，脸上的微笑仍然持续未落。

"因为我没让你看……"

"不是的。我高兴。我是个没出息的人，心里一高兴，就把握不住自己了。"

女人看了他一眼，发出一声叹息。她弯下腰，开始脱鞋。女人先脱下一只，拿在手里，接着又去脱另一只。

"怎么脱了？不穿了？"表弟端着茶杯，惊讶地看着自己的女人。多漂亮的一双鞋呀！天下到处是能工巧匠。一个什么才能什么资本都没有的人，能跻身在这个世界上，那是多么的不容易多么的有福呀！啊，太好了！一切都像这茶杯一样光溜得令人忘我。摸遍它的全身，连一个疤都没有，一个沙眼都没有。

女人将两只鞋重新放进盒子里，又用绳子捆好。表弟对她说：

"表哥是什么时候回去的？他吃饭了没有？光喝了一点儿茶？"

"我能让他空着肚子回去吗？"女人说。

"你给他吃什么了？"

"当然是他最喜欢吃的。"

表弟放心了。他从炕上下来，又去为自己的杯子里加水。我真渴呀！表弟在心里对自己说。我好像并没有吃什么，为什么一喝起水来竟没完没了，像上了瘾似的永远没够？多么糟糕呀！她一定把我看作是一个水鳖子。我看见了。我看见一些花纹、一些图案、一些蓝色的光泽。一个人要是被别人抛弃了，就得凄凉地匍匐着，发出鸡一样的寒冷的叫声。

不久以后，表弟和他的媳妇都来到炕上，准备睡觉。女人摊开两床被子以后，自己往其中一床里面钻了进去。表弟一个人坐了一阵，然后钻进了另一床被子里。

灯光已经熄灭了。多么温暖滚热的火炕呀！坚实而沉稳，在这上面无论干什么样的事情，都不会有那种令人讨厌的吱吱扭扭的声音介入。没有干扰是多么的难得。炕上的温度使表弟感到自己的腰里出汗了，两条腿之间也湿漉漉的。太热了，太浪费烧的了。

表弟辗转反侧。他抬起一条腿，将被子拥作一团，然后夹在两条腿中间，这以后，他感到不热了。他在黑暗中闭了一会儿眼睛，接着又睁开了。不对头呀。他一个人自言自语地说道。不对头呀，啊？

不久以后，女人起来到外屋去方便。在那种"沙沙沙"的声音中，表弟给自己点了一支烟。女人重新躺下的时候，看到旁边有一个红的烟头。那个烟头像是死了，固定在一个地方一动不动。女人拉上被子盖住身体，闭上了眼睛。

表弟忽然推了女人一下，低声对她说道："表哥不常回来，你到底给他吃什么了？一碗面？一顿地皮菜馅的饺子？"

九

天气转暖的时候，心情沉闷的人们开始脱下身上的黑袄红袄，沿着线缝小心拆开，将里面的在身上捂了整整一冬一春的旧棉花取出来，晾在阳光下，等冬天到来时再重新絮进去。他们穿着夹衣度过夏天。他们的衣服不能多洗，每洗一次就要掉不少颜色，掉浓稠的黑颜色和红颜色，损失和消耗是显而易见的，肉眼就能看到。那褪去的颜色如他们身上掉下的肉，使他们感到无比心痛。

在刘芝山区，花天酒地是在一种极为秘密的状态下进行的。最殷实的富人，每天早上也仍然忘不了将喝粥的习惯延续下去。两碗稀饭一碗粥。大多数的人都相信天是有眼的，能够洞察地上发生的一切。一个我们不喜欢的人，无论从哪个方面来看，都是够可恶的，包括他的面目，他的身体上散发出来的气味和那像气味一样散发出来的笑容，不管他有意或无意。

早晨起来后，王陵刚走出旧日的院子，就听到不远处传来一阵砍树的声音。附近一带杏树成林。在距离他最近的一棵树上孤零零地悬挂着一把斧子，斧子上蒙着水。

远处，窑洞上的青苔和浮云映入他的眼中。

燕子在空中低飞着。四月的天气，山坡上却有一些令人不可思议的犁闲置在那里，明亮的铁铧一半插在土里，一半露在土外，远远望去，仿佛漫山遍野都插满了成熟的刀子。农具的形状，粮食的色调。祖先们的坟全在风中隆起，陷落。祭奠他们的是一些带有节日印记的食物，不是华而不实的鲜花。一束丁香有什么用呀？十枝玫瑰花又能代替什么？虚情假意似那些一碰就掉的露珠的形式，短暂地在花瓣上停留一小会儿，一阵风就吹散了，一场雨又会使它们很快变成一片狼藉的红泥。风尘仆仆的祖先日夜聆听着蛐蛐的叫声，个个饥肠辘辘，望眼欲穿，他们需要的是在熊熊的人间烟火和蒸腾不息的雾霭中徐徐出笼的食物，四个馒头六个馍，白酒少许。

是的，在民间，在寒冷而遥远的刘芝山区，饮食高于一切。饮食一贯高于一切。十几年前，王陵的祖父临去世前，对自己的儿孙们说，每年的清明和七月十五，你们到我的坟上看看我就行了，平时不要去，去了我也不在。那么，您需要点什么呢？王陵的父亲说，免得我们到时候乱送一气，还惹您不高兴。祖父说，每次有一碗红烧肉、一瓶白酒就行了，酒要一块三一斤的白酒，不要拿那种虚假的葡萄酒去骗我，拿去我也不喝。记住了吗？

火光映红了他们的睡意蒙眬的脸。木匠们都从高高的房梁上撤下来了，只留下一个年轻的木匠还在上面料理善后的事情，做最后的收敛与补充。有人已经开始在下面的门窗上涂油漆了。在一扇象征性的假门上面，王陵看到一种图案，油漆的效果使那一切看上去如同一片青色的果实。这是谁的主意？王陵低声问自己。也许与玉玺的审美趣味不无关系。优美的姿势，缓慢而无所作为。担架，马车，草木似的人影，驻足于河边，转瞬即逝。河水一直很大。岸边的黑陶水罐被打碎了，里面的拥挤的青蛙像腐朽的铜钱一样暴露在人们的眼前。

从一些低缓而浑圆的土丘后面不时有低低交谈的声音传来，仿佛有一些一寸见方的人在你的脚下说话，商议着某种经天纬地的大事。王陵抬起一只脚，脚心有些发痒，很难说是不是他们的细微的胡须和袖珍的呼吸弄痒了他。那只脚往下落的时候，王陵犯了踌躇：真是可怕呀！运筹帷幄的人们到底站在哪里？只闻其声，不见其形，肉眼看不到他们，但一只无所适从而冒冒失失的脚完全有可能将他们踩住，从而使已被提到议事日程上的某个庞大的计划或久远的长卷迅速流产，湮灭，化为月经似的泡影。多么宁静呀！眼前的一切是多么宁静呀！一点儿可供借鉴或参照的信息也没有。

王陵屈起一条腿，像一个热衷于跳格子的小姑娘一样，蹦蹦跳跳地向远处跑去。

平心而论，他自认为没有踩着他们中间的任何一位。是的，轻抬脚，慢落步，这些做人的基本规则他再清楚不过。危险期过去了。他站在池塘的一侧。昨天夜里，三更天的时候，他正在灯下补写当天的日记，住在隔壁窑洞里的一个男人突然开始接连不断地咳嗽，声音划破了沉寂的夜晚，惊动了附近的一些鸡狗。

长篇大论。旗帜一样的长篇大论，有时候会被某种东西撕成无数凄凉的碎片。臆想中的微风，胡须，戒备森严的栅栏，优雅的相会，朱红色的平滑如鱼的文字。树丛明亮。大雪封门。幽闭的表情多么令人难堪呀！四面的群山绵延不断，如果你愿意，你完全可以把那看作是历史上某个时期的浪涛，由地平线的远处滚滚而来。如今，一切都凝结了，岿然不动。有人小声嘀咕：原来，时间也有消化不良的时候。

是的，灿烂无非是一种密度。

两年前，王陵在一个汽笛消失了的城市里认识了一个名叫陈宫的人。陈宫善于运用和驱使文字，不仅仅是因为他在一个语言文字工作委员会里领取着一份相应的年薪，他与文字的关系也是令人惊讶的。据说陈宫像一个邮票爱好者一样，每天都要小心翼翼地收藏起一个字，这么多年来，谁也不清楚他一共收藏了多少。陈宫精心培植那些文字，每日喂养它们，训练它们。有一次，另一个朋友在陈宫的客厅里与陈宫谈话时，陈宫的一些文字像他的顽皮淘气的小外甥一样，不时地从陈宫的手臂上跳到那位朋友的袖口上或某一枚纽扣上，然后又像喂熟的鸟一样回到陈宫的宽大的袖筒里。那时的迹象明摆着是在撒娇，就因为陈宫对它们宠爱有加，过分地庇护。是的，它们后来越来越放肆了，吊在陈宫的脖子上撒娇，弄脏他的雪白的衣服，踩着他的脸，纷纷钻进他的头发里，藏起来，让他找。陈宫真有耐心啊，一点儿也不生气，只是偶尔假嗔一下，完全是一派外祖父式的呵护。

哪有这样的事？王陵对那位朋友说。

其时，在场的一个英国人也被那种奇妙的情形惊呆了，蓝眼睛里暴露出的完全是不可思议的恐惧。是的，在英国，在欧洲，在世界上一切使用字母做文字的地方，永远不会有这样的事情发生。西方式的幽默很难让中国人发笑，一半是由于开心的标准不同，而隔膜的方块字，对他们来说已成为真实的难题。字母是简单易学的，谈不上多么复杂，它们所呈现的不是久远的历史与文化，而只是一种技术，一种规范的手写体或印刷体。因而，你们的文字没有什么，陈宫对那个英国人说，一个人只要认真攻读半年以上，便可以基本掌握。

不过，有一件事情让我们难忘。1928年，年轻的中国诗人徐志摩去英国道骞司德的乡下拜见英国大作家托马斯·哈代。为了接近这位大作家，徐志摩费了很大的劲，而对方只给了他二十分钟的时间。"啬刻的老头，茶也不请客人喝一杯！"二十分钟以后，他把客人领到花坛前采了两朵花送给客人，之后便扬了扬手，径自回去了。"再会。"他说，"来，梅雪……"梅雪是他的一只狗。

在那二十分钟里，哈代对徐志摩说：

"你们的文字是怎么一回事？难极了是不是？为什么你们不丢了它，改用英文或法文，不方便吗？"

哈代的话使徐志摩感到无比惊骇。天才的诗人劝我们丢掉上千年的文字。现在，我们手中的文字如一块块被剔去皮肉后的骨头。求新意味着分割，意味着生离死别。你随意地将一些腐朽或生动的文字一笔一画地拆卸开来，你会听到被肢解的文字所遭受的皮肉之苦和某种不堪回首的屈辱的呻吟。

因此，当陈宫拆散了一堆烂熟于心的文字以后，他看见一些人烟稀少的道路十分显眼地裸露在他的眼前。路边只有几只水罐，几个年纪很大的俑一样的人日夜守护在那里。他们似乎在等待传递消息的马蹄一路响来，而路的尽头却久久没有动静。

他们兢兢业业，他们叹息如云。

勤勉的身影保卫着当年的清水。

烟叶金黄。乳牛围着隆起的腹部。

黄昏的时候，王陵来到泛着油漆味的新房里。无边无际的潮气在油漆味中被淹没了。白的墙，绿的门，金色的屋顶亮堂堂……附近的孩子们一边跳绳，一边大声念着。

在院落的一角，几个木匠正在喝酒。他们每一个人的手中都握着一根一尺多长的铁丝，每一根铁丝上面都串着一个新鲜的羊腰子，放在火上烤着，嗞嗞地流着油。

酒气中，王陵看到了木匠们的脸。是的，他们中间不全是肾功能衰弱者，有一个木匠称得上体格过人，他的胳膊有普通人的大腿那么粗。太有力量了！王陵不禁在心里暗暗赞叹。无论干什么都绰绰有余，即使被杀掉后卖肉，按斤出售，也能获得一个好价钱。他想到了自己的那些同行，他们分散在全国各地，其中不乏一些外强中干的内心恐慌者。除了个别的混混，绝大多数的都属于货真价实的劳心者，呕心沥血，早生华发。早在一年前，他已在镜中看到了自己那渐渐发白的双鬓。

"老王，过来吃一个腰子吧。"

木匠们回过身来看着他，请他过去吃他们的羊腰子。他们离火很近，每个人的脸都红扑扑的。王陵走过去，坐在他们中间，有人立即将一个烤好的羊腰子送到他的面前。王陵咬了一口，被腰子烫了一下嘴。又有人将一只酒瓶递过来，对王陵说，先喝口酒，再吃腰子就不烫了。木匠们有的席地而坐，有的身下垫着一块砖。这时，坐在王陵对面的一个木匠忽然从头上摘下自己的帽子，递给王陵，并对王陵说："把这个垫在你的腿上，腰子上流下的油会脏了你的裤子。"

王陵没有垫，他把帽子还给了那个木匠。

木匠们说:"老王,我们不以为你真的会过来吃羊腰子,我们几个在打赌,大家都认为你不会吃。"

"为什么?"王陵说。

"上等人谁会吃羊腰子?"木匠们说,"啃骨头,吃羊腰子,明摆着是粗活儿,是我们这号人才干的事。上等人连骨头也不敢啃。"

有一个木匠说:"什么不敢啃?比啃骨头更胆大的事他们也敢干,人家那是不想啃,不愿把脸弄脏,沾一手油。谁像咱们?"

另一个木匠说:"那些人往嘴里放一点儿东西,马上就要用手边的雪白的纸巾揩一下嘴角。真是难受呀!要是让我天天看着他们那么吃,用不了几天,我就会精神失常,彻底疯了。真的,老王,我受不了他们那种吃法,我要疯了。"

"我也受不了。"王陵说。

"你也受不了?不能吧?"木匠们吃惊地看着王陵,"你和他们不是一伙的吗?"

"我和他们不是一伙的。"

天知道什么人是上等的,什么人是下等的。这个世界上,谁和谁是一伙的?几个木匠看上去是一伙的,他们都想不到王陵会和他们一起吃羊腰子,只有一个人与他们看法不同,就是那个坐在王陵对面、欲将自己的帽子贡献出来给王陵做餐巾的木匠。那个长着一双小眼睛的人,他的解释是,对木匠们来说,羊腰子无疑是一种可口的美味,而对于王陵那样的人来说,它也不至于很难吃。重要的还在于,在这样的一个黄昏时分,作为一位宽宏大量而不计较鸡毛蒜皮的雇主,他的新居已然落成,被他雇来的木匠们正在小憩,围着火,喝着酒,握着发热的铁丝,吃着嗞嗞流油的羊腰子,这时候他走过来,与他们坐在一起,是非常自然的。

这样的判断与解释很能使王陵接受,他不由得多看了几眼那个小眼睛的人,假如……木匠们打赌,只有他一个人胜了。

"你们在赌什么?"王陵说。

"赌拉大锯。"木匠们说。

他们说话是算数的。在新的雇主那里，赌输了的人将要轮流拉大锯，锯开直径几十厘米甚至上百厘米的圆木，而获胜的人可以一直歇着，在一旁指点他们，或袖手旁观。这或许也算是人生在世的一种意义？是的，当然是。

"赌得蛮有意思呀。"王陵对木匠们说，"只可惜我没有圆木让你们锯了，我是看不到了。谢谢你们，羊腰子真不错。"

他的嘴角仿佛被欢乐的烟火熏黑了，就像小时候在场院里偷吃烤土豆时的情景。木匠们有些感动。事实上他们也更清楚自嘲是怎么一回事。融洽是一种多么不容易的现象呀！羊腰子，圆木，——不管它的直径有多大需要几个人去合抱，——夕照，一切都不容分说地散发着醉人的暖意。是的，是那么回事。他们是一伙的，另一些与他们完全不同的人是另一伙。有一对貌合神离的夫妻，在某一问题上却有着惊人的一致性，因而看上去也像是一伙的。比如，他们习惯用咖啡，喜欢喝洋酒，渐渐地，与其说他们疏远了水，毋宁说水使他们感到非常不习惯；即使有时偶尔喝一点点，也绝不喝中国的水。

"那他们要喝哪里的水？"木匠们说，"不喝咱们自己的水，闹着要喝别人的水？"

是的，那就是他们。你很难说他们想要喝谁的水。

他们是谁？一对狗男女，两只可怜虫。

十

有一种自尊心很强的鸟，基本上不食人间烟火，仿佛来自天堂。当它不幸被捕获之后，不吃不喝，拒绝抚摸，闭着眼睛，只求一死。山区里的人们都知道那是一种气性很大的而且永远喂不熟的鸟，因此，大多数的人偶尔捉到那种视死如归的小飞禽之后，很快就又放掉了。强扭的瓜不甜。与其徒劳无益地强暴一只不屈不挠的小鸟，还不如花点儿时间和精力去攻克一个有可能被你占领的女人。后者说沦陷，就沦陷，说崩溃，就崩溃，一切都去得很快，来得也很快。刚说要有光，这就有了光，刚说要有水，一切就已全都湿透了。

而要想有效地对付前者，那倒很难。成年人不干的事，他们的子女们会主动地捡起来摆弄一番，研究一番，看看到底是怎么一回事，为什么大人不愿意干？是因为没有意义，还是由于难度过大？是的，只有懂点事又不懂事的孩子们才会与它针锋相对地较真、对峙、诱降、软硬兼施，经过一段时间的消耗之后，最终渐渐将它熬败，逼上死路。

很多年前的一个初夏，小学尚未毕业的王陵与另外三个小伙伴在放学回家的路上捉住了那样的一只自命清高的鸟。他们可不管它愿意不愿意，是否痛苦，他们轮流把它抓在手里，用力捂一会儿。那只小小的只有小孩手掌那么大的鸟，它的骨头是多么的硬啊，紧闭嘴巴，气得全身都在战栗。不过，几个孩子也被它折磨苦了，他们的最初的兴趣渐渐化作疲倦与不耐烦。太不识抬举了，一点儿面子都不给。王陵听到一个小伙伴愤愤地说道。他们用很细很结实的渔网线系着它的腿和翅膀，它的白白的小脸渐渐发胀，变成紫色。就在那时，一位五十岁左右的中年人来到他们的面前。中年人看了看那只闭着眼睛的鸟，对几个孩子说：

"孩子们，你们打算怎么发落它？"

"不知道。"孩子们老老实实地回答他。他们不知道该怎么办，他们对它无计可施，给它金黄的小米也不吃，喂它水也不喝，梳理梳理它的羽毛吧，它的羽毛竟因生气而变得很硬，像木头上的毛刺一样扎手。没有办法了，什么主意都想过了，它甚至连看都不看他们一眼。

"那么，我给你们出个主意吧。"中年人对几个孩子说道，"它飞着飞着，忽然飞不动了，或者受了伤，被你们捉住了，那是它的不幸。它的命握在你们手里。我是说，能不能不逼它，不羞辱它？或者把它放了，或者，要是你们的馋虫上来了，就把它烤着吃了。不过，这么一点点肉，你们几个人要是分着吃，每个人恐怕连塞牙缝都不够。"

"我们不放它，也不想吃它。"孩子们说，"我们只想让它开口，和我们玩。"

"你们难道没看出来吗？它没打算和你们玩，它闭着眼睛，那是在等死。"中年人说,"它要是一只鸽子、一只画眉,早就和你们混熟了。它不是那样的鸟。"

那个替鸟说情的中年人就是刚刚从军队转业到地方上的罗家玉。此前,在漫长的战争岁月里,他一直在隐蔽战线上做着一种秘密而凶险的地下工作。后来,仗打完了,敌人不存在了,建设开始了,他的作用也随之日渐减少、消失。不到六十岁,罗家玉便告老还乡,回到了刘芝山区。他曾数次被捕。有一次,长大成人后的王陵在河边遇到了罗家玉,罗家玉牵着一只奶羊站在河边的青草地上,弯腰驼背,两眼无神,他的苍老而空洞的咳嗽声惊动了正在河边的小树林里看书的王陵。王陵向他提起了那只视死如归的鸟,罗家玉记性很好,一下子就想起来了。那时候,他觉得那些孩子的手里抓着的不是一只鸟,而是他自己。老天爷!那只不屈不挠的鸟多像自己从前的那些战友啊!他们一个个飞着飞着忽然就飞不动了,从半空中坠落下来,迅速又被链子系住。紧咬牙关,深闭双目。所有的毛都被一根一根地拔光了,金黄的谷穗悬挂在眼前。清澈的水,镜子一样清澈而明亮的水,数不清的奇形怪状的事物都在其中浮现,有的擦边而过,有的坠落成血。革命是一种红色的时期,胜利是一种蓝色的时期,后者如一张模糊的脸,远在星宿的附近,远在几个世纪之前。一只船,一匹马,一副手套,烟锁重楼,雾中有人掩面哭泣。那些记载着烽火的土墙,如一副副暗黄色的骨牌,在时光的手中变得颓废而毫无生气,筹码与牌的数目随着日子的推移而变得残缺不全,越来越少了。黑底白斑,遗传的亲缘。田野中耕作的牛,在下雨的天气里会像马一样疾走如飞。

秋水涣涣……以五谷焚烧季节,仁人志士殉难的消息不断传来。

多数时候,那种有关的传递消息的方式如同一个人在梦游。

现在,年逾八十的罗家玉一个人坐在自己的院子里。

王陵从外面走进来。罗家玉穿着一件过去年代里的灰色的凡尔丁西裤,不过,裤子被他穿反了,前后倒置。

西装与领带已不知去向,他也懒得去回忆它们。他惊异于自己的寿命，多少人都被他先后熬倒了，一个个的都先他而去了。战友，上级，敌人，老伴，女儿，他们都在他的前面走了，如今只剩下他一个人了，像那只不把被捕与死亡当回事的鸟。

越到晚年，他越感到糊涂，感到迷惑不解：许多的事物都不止一个答案，人生犹如下棋，有无数种不同的走法，很难说哪一种最佳、哪一种最糟。曾经以为一件事情只有一种答案，以为活着只是死路一条，事实上满不是那么回事。人生在世，真他娘的有趣呀，比打扑克下象棋有意思多了。

残阳如血，夕照透明，在那里，罗家玉的声音被割破了。一天又一天，多么宁静呀！有多少须眉红颜以骷髅的形式隐现在背后，英雄也就是那么回事，叛徒或妓女也就是那么回事。是的，世上有一些树，完全是出自于人为的虚构。许多落在树上的歌喉婉转的鸟，在它们不发声不唱歌不飞翔的时候，你看它们像不像女人们手中的剪纸？

想象中的原野风声鹤唳。一些脸，一些静止而苍白的上面贴满树叶的脸从那些荒僻的记忆中被不知不觉地浮现出来，嬉皮笑脸，威严无比。米黄色的光线穿越部分旧时的风物，使一些事情得以挽留。走马观花，那些漏掉的东西如同遇土而遁的金，永远消失了。整齐的墙，零星的垣，四季常青的草，微微拂动的井，窸窣有声的夜。步履蹒跚，如期而归。人到晚年，眼里的黄土都不容分说地变成了泥。

如今，靠他自己的力量，他已经走不到河边去了。他常常一个人——自以为无形地——从屋里走到院里，坐在一些置于向阳处的农具或草垛边，背景是他的居住了几十年的家，扩大一点儿说，是整个狭长的刘芝山区。

四月过去以后，天气已接近炎热，但在刘芝山区，仍有众多的人依然沉浸在冬天的记忆里，仔细而麻木地回味着消失了的一切。

罗家玉仰卧在五月的阳光里。近来他常常望见他周身的血管里面残存的血已流逝得干干净净，只剩下一副鱼骨般的身架和躯壳。是的，寂静的时刻终于来到了，这样的寂静发生在身体内部，与他以前曾经居住过的某一处寂静的寓所完全不同，那时的寂静是暂时的，甚至可以说是一种假象，充满了凶险与不安，而现在，终于可以把它看作永久性的了，再没有什么可怕的了，再也用不着牵挂什么人，为谁而操心担忧了。一切都与他无关了。

某些因混乱而造成的心病他差不多快忘光了。多数时候，为了好听，人们会把背叛说成延续，甚至继承。继承什么呀？一桩真实的死亡事件，在发生的当天被称为死亡，一周以后就再不那么叫了；两年以后，"死亡"一词会被演变成一个新的词，叫"洞穴"；二十二年以后的人们会将"洞穴"一词解释为"一只手套"，"一束光"，"后院里的打字机"，"我的伯父刘文焕，手里织着毛衣，左脚踏着风琴，右脚踏着缝纫机"。"依山而居"是一句多么简洁的话，可是在往后延续的过程中被写成"一条阴暗的狭长地带里的石器制造者"；"土质朱黄"被说成是"无限绵延的黄色低谷里的迷雾制造者"；……是的，说这种话的人才是真正的迷雾制造者，迷雾毕竟也算一种难度。

王陵站在罗家玉的面前。罗家玉的头颅在夕阳中被染成一种狮子的颜色，看上去巨大无比。

自尊心是个什么东西？那是怎样的一回事？退回几十年前，他会响亮地脱口而出。而现在，他一愣就是好半天，平心而论，他已回答不出来了，像一个成绩糟透了的学生，白痴，什么都不懂，在所有的问题面前都哑口无言，还要装出一副回忆的样子，两眼发直，若有所思地望着头顶上面的天花板，做漫长而无尽头的思考；而时间是不等人的，尤其不允许他站着入睡，翻着毫无内容的白眼进入梦乡。

……

是的，时光是一只喂不熟的鸟，即使你给它涂上一层动物的颜色和家禽的颜色，贴上具有感伤意味的黄昏的标签，也还是不能将它据为己有。是的，不能，所有的手段都是枉费心机，瞎忙一场。你去所有的空床和蜷伏着睡眠者的床上去看看，谁的记忆里不是布满了窟窿？走风漏气，满脸倦意。

就在不久前，八十五岁的罗家玉忽然心血来潮，在几个邻居的孩子的帮助下捉到了一只鸟。很难说是不是那种不食人间烟火的鸟。罗家玉将鸟拴在窗户下，接着又拿来谷穗和水。我要看看你的信念……他的腋下夹着一些金黄的草。与谷穗同样金黄的草，如同他出生时的阳光。不久以后，那粗大而弯曲的谷穗像某种呼啸的器官一样洞穿了所有的信念，他看到那只鸟终于低下了可耻的头……无数的鸟雀飞临附近，风声喧哗，鼓舞着草木。一个人变节原来竟这样容易！妈妈！母亲！有一汪古老的月亮的清辉无声无息地环绕在我们的附近。在距离我们的出生地不远处的一条河边，我曾见到过无数头狮子。那一带并无茂密的森林，那么多的狮子都聚集在那里，难归山林，望眼欲穿，它们相互之间的倾轧是可以得到宽恕的。那么多的狮子，生存是一个问题，都要活着，更是一道难题。岁月如烟，时间之剑挥舞在无限的空间里。狮子们的血肉之躯一天天风干，最终将一身金色的皮毛化作石头，将狮子的形象留在了河的两岸。

是的，母亲，我说的是那些做工精细的石头狮子，多少年来它们一直蹲伏在河的两岸。母亲，你知道当初制造它们的那些工匠大师如今都住在哪里？他们如今都居住在大地的边缘，远离现实，遥不可及。是的，他们活动在远方，长久地想象或眺望，是感知他们的唯一途径。

经常有一个人在一片又一片的桃林中默默无语，徐徐而行，那不是一名早年间被遗忘在这里的制造石头狮子的工匠大师，而是一位曾经隐姓埋名的情报员，战争时期，他像一枚锋利雪亮的钉子，被钉在一些重要的位置上；建设开始以后，他生锈了，带着满身的红锈被抛回最初的出生地。

抛回起点，并不意味着要他重新回炉，然后再出发一次。

是的，母亲，我看见那个人了，他满腹心事地从一些描金的房子里走出来，举手投足都像是多少年以前的事。烙印比风范更为实在，更加具体，清晰可触，风范是一种多么虚渺的东西。妈妈，我不喜欢风范。我听说正午的阳光犹如贞洁无瑕的舌头，用心专一，含情脉脉，她的照耀使河两岸的一切风物泪眼盈盈，河水曲折地流回，蜿蜒而去。郁郁葱葱，转瞬即逝……街上涨满了水，一条青色的月光之河夸张地扭动全身。羽毛漆黑的鸟在圆形的山顶上叫着，小动物们的温馨的气息很浓郁，犹如婴儿的乳香。

什么东西郁郁葱葱？什么东西转瞬即逝？谁的脸在古老而漆黑的水罐里像鱼一样游来游去，两道眉毛寂寞无比地斜挂着？

雪白的山羊和黄色的公鸡在街上跑着，罗家玉仰坐在面粉似的夕照里。去年秋天，他养的那只奶羊寿终正寝，终于死去了，从此，他熄灭了喝羊奶的念头。

"喝什么不行，非得喝羊奶？"罗家玉对王陵说道。

王陵说："其实牛奶也不错。外国人都……"

罗家玉又对王陵说："你爹真不是个东西。回去告诉他，就说是我说的。"

"他怎么了？"王陵吓了一跳。

"有一次我正在院里挤羊奶，他从我的门前路过，又是咳嗽又是吐痰，你回去问问他，他那是在干什么？小小年纪，不知好歹。他要是不亲自上门来给我赔礼道歉，我跟他没完。"

"您别跟他一般见识，他也老了，七十多了，一身毛病。"

"我不让他看。我一挤羊奶，他们不是咳嗽，就是打喷嚏，好像我是在挤他们的奶。我没有挤他们的奶。"

"是的，这我知道。您挤的是您自个儿的羊奶，何况他们哪里有什么奶。"

"我挤的是我自己的奶，他们咳嗽什么？我不让他们咳嗽。"

这恐怕很难。王陵想道。现在，村里比较沉寂。午后，王陵沿着一条斜坡渐渐往高处走的时候，耳边忽然听到有人在轻轻地唤他的乳名，声音温情而喑哑，仿佛来自一间低矮的小屋之内。走到高处以后，王陵想到了一张脸、一束乌黑的头发，会是她吗？王陵的身体摇晃了一下。有多少年没有见过了？七年？十年？琅琅的读书声从高处飘来。

不久以后，那琅琅的读书声在低年级的合唱中渐渐消失了。

天空宛如印花的染布。平日里，没有人到罗家玉的院子里来。一对节日的道具——两个木制的武士互相依靠着站在漏风的窝棚下，它们四肢健全，一切都相当完整，只是缺少大脑和心灵，缺少体温和呼吸。罗家玉的脸上偶尔会显露出焦虑与不安，变得忧心忡忡。是的，人太少了，寒冷的冬季即将到来，战争将会更加残酷，寡不敌众将是我们失败的主要原因，更何况这是一支没有记忆、失去知觉的队伍。一条不息的河无声无息，河的两岸废弃着一些神话和桨，船夫在河面上孑然直立。摊开你的手掌，白骨累累，掌心平滑，纹路纷纷四去。

罗家玉常在自己的某种错觉中感到自己独自一人正在徐徐而行，远离组织，远离家园，路上的雪白的花朵如一只只精美迷人的空茶杯。沿路都是有情有意的茶杯，预示着殷切与款待，你的情绪不会因黯然失色的花丛而受到影响。梦游的足迹载着梦游的脸，那是什么呵？——远处的山顶上竖起一种橙光，像一只手。

毫无疑问，单纯地依靠个人的力量，罗家玉已再不可能从自己的院里走到河边去了，然而，在他的头脑中，他仍然雄心勃勃地谋划着要独自去周游辽阔的国土，站在近处打量一下那些城市和乡村。他曾经为她们当中的某一个保守过秘密，缄默不语，而今，哪里都用不着秘密了，保守标志着落后，意味着倒退，有些急躁的地方甚至想放都放不开了，不得不改名换姓。

罗家玉有一只生锈的铁盒子，里面放着他的部分零用钱和几个莫名其妙的地址，另外还有一沓用渔网线勒着的粮票。从他的神态上看去，他认为自己的准备够得上充分。

"我将在白露前后动身。"罗家玉对王陵说，"赶在霜降以前渡过长江。"

"雨伞就不带了吧？"王陵问道。

江南的桃花汛被他错过了。他在季节的更替中沐浴，换上夹衣，刚踏上那片温湿的土地，就看到了岸边的柳丝与翠堤。蒙蒙细雨，落红点点，白石桥——被青苔挂满了——在他的记忆里弯曲得像他的背。有人在他的背下洗衣。

有一个问题如鲠在喉，使王陵感到不得不说。于是，王陵对罗家玉说道：

"罗大爷，粮票就不用带了。粮票已经作废了，不能再流通了。"

"什么？你说什么？"

"我说，粮票，已经，作废了。"

罗家玉狐疑地看着王陵。眼前这个一脸焦虑的年轻人在说什么？什么东西作废了？我？我们？过去的一切？

"胡说！"罗家玉大声地对王陵说道。

十一

那一夜，在那间勉强能够住人的房子里，王陵时睡时醒，强劲的油漆味和无边无际的潮气先是一直使他辗转反侧，一旦合上眼睛，又在潮气的包围中沉睡不醒，梦魇连篇。

他梦见几个鬼头鬼脑的记者，他们像壁虎一样贴着他的裤管往他的身上爬；他想尽了办法，他们还是像蒺藜一样黏附在他的裤子上和领口上；他的手因愤怒地拍打而流血。一个官僚抚摸着自己的牙齿和肚子，微微地笑着：听说你既善于写作史诗性的作品，又擅弄权术？没有的事大人，我对政治不感兴趣……那边，一群边远省份的官员正在借酒浇愁。是的，迟了，我们动手慢了，一切看上去都为时已晚，想放都放不开了。是的，那情形就像一个人曾经为了防止裤子脱落而在腰里打了一个甚至几个死结，等到真正需要脱下裤子的时候，那些死结却无论如何都解不开了，这样的事情从来没有过，现在让我们遇上了，谁不急呀？满头大汗，毒火攻心，双脚在地上乱跳。没有办法了，事到如今，需要割爱，需要牺牲一些东西，做出一些让步或妥协。事实上也只剩下两个办法可以一试：

第一，锯腿。

第二，烧掉那裤子（不破不立）。

……仿佛是置身于一个灯火辉煌的大厅之内，无数体面的人们在眼前站着，走着，握手，交谈，笑容可掬。妓女们的笑声回响在身边。具有双重身份或多重身份的妓女，众多的头衔使她们的身份发生了位移，宾主倒置。又在耸人听闻，又在浮夸！我们的身边真有那么多的明娼暗妓吗？不至于吧？打击面太大了吧？她们都是好女人，杰出的妇女。让我们庆贺一下吧！我把你那逃跑了的丈夫给你找回来，你用什么酬谢我呢？是的，如果他胆敢再逃，我们将勒令他写一本书，请他到剧场里去听戏，让他连续十四个小时坐在那里观看电影。是的，当然不放心他一个人去厕所，万一他再溜了呢？老毛病又要犯，你简直不可阻挡，防不胜防。

……生活是多么让人激动呀！我又有点儿坐卧不安了。你看山下那黑色的墓碑像岛屿一样浮动着，涌来涌去。我的名字，你的名字，我们的著名的带血的名字从一些热烘烘的嘴里被说出来，像不像一些全身裸露的还没有来得及长毛的鸟？像不像一枚枚被吐出唇外的杏核？

他梦见自己皈依宗教，心中充满了荣耀。

他梦见自己为捍卫理想而呐喊，与绝大多数的在他看来是愚民的人大动干戈，大打出手。他的头上缠着白色的绷带，像昭和年间的东洋武士，手里冒着汗，眼里喷着火。有一天夜里，他忽然从一个噩梦中惊醒。理想到底是个什么东西？多么难以确定呀！这个不祥的疑问使他出了一身冷汗。他觉得他仿佛是不现实的。不少人已被打上死亡的烙印。

他梦见自己如预期的那样已成为一个十足的彻头彻尾的人物，一会儿年轻，一会儿年老。他怀着现实的甜蜜，在自己的身边纠集起一伙人，有男有女。他们在一间乌烟瘴气的房子里开会，各抒己见，然后汇聚成一场戏。是的，我们要想法结成一张网。注意，小心，别让那些家伙、那些正人君子给弄破了。

他梦见自己在睡觉的过程中因辗转反侧而将一只不走运的壁虎压死在他的身体下面。床单上面也是乌七八糟的，那是什么？人民的苦难？他们的血和泪？是的，我们不做他们的代言人，谁做他们的代言人？靠那些没有良心的势利小人吗？我信不过他们，人民也不指望他们，他们只知道厚颜无耻地伸着手捞钱。只有我不喜欢钱。钱是什么？臭婊子！带蛆虫的大粪！就在昨天，我在搅鸡蛋的时候，又接受了一项算得上光荣的任务，一个充满荣耀的命题。我在烧开水的时候，猛然听到金鸡在鸣叫，那是催我上路的信号。他妈的鸡蛋的价格这么贵，还让不让人民活了？我自己无所谓，我考虑的是人民的痛苦，我为他们而焦虑。卖鸡蛋的小贩振振有词地对我说，我算不算人民？我的自行车后面驮着一大坨重量，走街串巷，难道我是剥削别人的人？剥削者谁会干卖鸡蛋的勾当？

他梦见自己变成了一个女人，矜持，庄重，笑不露齿，含蓄地吃饭，像鸡一样一粒米一粒米地往嘴里啄。天哪！这是我吗？我记得我本是一个狼吞虎咽的饕餮之徒，那么，谁来告诉我，是什么使我变得如此优雅而高贵，懂得分寸，善于节制？那究竟是什么？

他梦见自己的修养日积月累，如皮下的脂肪，但有时候仍然不可避免地扮演性急的公鸡的角色。还不到时候，还根本不到家。他喃喃地对自己说道。有时候他扪心自问：我也算人民中的一分子？回答是肯定的。相互拥抱的人民使他感动。让我也来试试好吗？被他拥抱在怀里的女人发出幸福的哧哧的笑声，她一会儿变成知识，一会儿恢复为脂肪。你难道没有意识到这是在糟蹋你自己的身体吗？什么？去他妈的身体！我愿意！是的，我愿意。为什么不？

……一切都在重复，唯有诞生是仅有的一幕。那永不再来的，是他出生时的那个早晨，阳光安详，春水泱泱，鸟飞来了，一些金黄的隔年的麦穗无声地浮动在他的头顶上方。

是的，这下就全完了。他妈的，那乱糟糟的一切总算结束了。我不能陪你了，他对一个要好的朋友说，上山得你自己去——我送你一根手杖你可以拄着它，权当那就是我——到街上吃小吃也得你一个人去；我有一个庞大而复杂的令人头疼的计划：我要和所有的女人离婚。是的，和所有的女人离婚。我准备就这样一直闹下去，一直到生命结束的那一天。生命，活着，就那么回事，不值得沾沾自喜，更用不着自暴自弃，我们不过是盲人摸象罢了，用毕生的时间抚摸一条腿甚至一颗牙，长久的抚摸会使一些人成为某一科目的权威。有何经验可谈，有何资历可谈？不过是手上用力，摩挲得勤一点儿罢了。我摸着了你的欢乐所在，你的笑容像水。我摸着了你的乳房，我知道你是母亲的象征。

那是谁？站在那里干什么？

荣归故里已非昔日的虚构。一生中的许多个夜晚，差不多都有一弯金黄的月亮悬浮在他的头顶上方，形成一道扩散着暖意的拱门。过去的一些事情像头发一样渐渐稀疏了，他的手也渐渐凉下来。他蹲在河边，坐在轻风吹拂的高台上，将想象中的手臂上的那些斑点一样的文字一笔一画地洗进水里，甩进土中。那些被剥落掉的东西事实上更像被遗弃的玉米或黄豆。

有时，他也随意走走，故土上好像到处都埋着以前的一些人，每走一步都能踩着一个灵魂。他看到城墙在蜿蜒的过程中流于虚无，渐渐消失。黄土如泥。灰白的鸽子已不是昔日那些视死如归、不食人间烟火的清高的小飞禽。

有一种人，其自信的程度令人惊讶：他的一丝笑容、一个手势，会使附近的山川与河流愈来愈遥远。

以前的那些年，他曾迷恋于用流畅而自由的语言，讲述一个凸凹不平、粗糙无比的故事。兴致勃勃，疲惫不堪，难以抹去的阴影。

现在，他经常梦见一些玫瑰色的句子，他的一些经验和情感有时也集中到那上面。多么宁静呀！多么荒谬呀！那些玫瑰色的、绯红的、蛇一样的东西沿着他的手指，走向他深深的袖筒内部。他正襟危坐，不苟言笑，像一只准备承担孵蛋义务的母鸡。贡献吧！有钱出钱，有力出力，热情澎湃的人只有体温，那么，借您一点儿体温——把我们的蛋孵出来——好吗？为了祖国！人民将铭记您。铭记何尝不是一种财富，就像有人以你的名义，在你不知不觉的时候为你在银行里存入一笔款子，供你将来背时的时候前去提取。

从芜杂而模糊的往事中他辨别出母亲的嘱咐：下雨前一定要将那些孵蛋的母鸡从窝里捉出来，否则它们会孵出三角眼的怪物来……

三角眼的怪物像可疑的小老头一样面对面地看着他，偶尔冲他莞尔一笑……那是破落户的气息，无数台破风琴在那里呜咽不止。

那一夜，他梦见人世上最后一个文字也已消失，他脸上的肌肤开始率先衰老。黎明时，曙光在远方初现，他梦见了自己的一位表姐，在他二十岁以前，她一直是他眼里最美丽的女人。

反复地凸现吧，童年的时光！——让过去的一切复活，相继走动起来，并散发出那时的香气。

十二

两个身材矮小的人，携带着一些简单的行装，一阵清风，卷着一小股黄尘，紧紧地追逐在他们的身后。他们穿着陈旧的布衣，边走边低声交谈着，四周的景色没有引起他们的注意。他们所谈的仿佛是一件多年以前的往事，但在当时尚属秘闻。在他们的交谈之中，那时的曙光微微初现，鸡鸣之声嘹亮而熟悉，遍布村庄与原野。旧日的庄稼栩栩如生，历历在目。走呵。回忆在远远地散发着昔日的暗香与幽晕。多么美好呀！无论是赤日炎炎的夏天，或是郁郁葱葱的草木，全都值得想起，挂在心上，像远处的河流，只能望见她的形状，听不到她的哗哗的水声。

两个身材矮小的人忽然都轻轻地笑了。一个没有笑出声来，另一个的笑声是低哑的，一种过时的老式的笑容出现在他们寂寞而朴素的脸上。满眼鹅黄柳绿。远处有一些褐红和锈绿的东西，梁上的光线很强烈，他们没看清那是些什么。他们脸上的那种憨厚无华的笑容又持续了一会儿后，终于消失了。看不出有什么令人沮丧的事，也没有表现得兴致勃勃。

他们脚上的青麻的布鞋都破了，有一些小孔和绽开的缝隙，但并不影响他们的谈话和行走，他们放低声音，轻轻地朝着落日的方向，向黄昏深处徐徐滑去。

黄昏时的树仿佛婴儿的肉色的手臂。

在夕阳的背面，一位白发老翁向一个牧羊的孩子打听一个——在他看来并非鸟有的——地名。牧羊的孩子举起手向身后指点着。白发老翁顺着孩子手指的方向望去，如今，庄稼在那里日夜林立，鸟在上面飞着。

知道那白翎的鸟叫个啥吗？叫银弟。老翁对牧羊的孩子说。银弟喜欢吃黍子，还会像人一样一本正经地嗑葵花子。

老翁的身上有一种气味，隔着他的衣衫散发了出来。牧羊的孩子站得离他很近，很容易就闻到了。孩子还小，不大明白那是一种什么气息。老翁手搭凉棚，向那庄稼密集的地方眺望着。老翁看上去像过去年代里的那种古板而耿直的私塾先生，喜欢向别人尤其是年龄小的孩子们提出一些问题，然后再自问自答。有时候连他自己也不明白这样做究竟图了个什么？

牧羊的孩子吸了一下鼻子。他不懂得老翁身上的那种奇怪的气味，即使明白一点点，也断然说不上来那叫什么。

渐渐地，老翁的视线里出现了一些鲜红的辣椒——仿佛有人趁机挂了出来——铜锣的声音沙哑地响着，马蹄的声音在水里响着，漫天黄尘……

老翁显得有些激动，他不管不顾地对那个牧羊的孩子说，活着是一个谜，死去也是一个谜，但后者显然是一个小谜。

牧羊的孩子对老翁说，你在这里慢慢看吧，我瞭见我的羊都跑进沟里去了，我要去找它们。

牧羊的孩子说完以后，就向远处跑了。老翁没有意识到那个孩子已不在自己的跟前了，他仍在独自喃喃地说着，像发高烧说胡话一样。母亲！妈妈！多么纯净呀！多么宁静呀！天原来还是那样蓝！

十三

对表姐的造访使王陵想到了人世间所有的失败。还不如不来呢，如果一直保持不见她的面，那么她还将是二十几年前的那个美丽的女人，而现在……他怀着一种无限沮丧的心情踏上了回家的路。

一路上，经常有一些坚硬的果实从沿途的树上落下来。

鸟远远地离着他，在他的视线内不断闪现，不断失去。

多么奇怪呀！表姐怎么会变成那样一副样子？除了她那雪白的肌肤，她在任何方面都已经是一个地地道道的乡下妇人了，就连她的笑容也都完全入乡随俗了。真是不可思议呀！

他们院子里的杏花开了。王陵和表姐一人一只凳子坐在门前，表姐夫站在树下。一阵风吹来，树上的杏花纷纷扬扬地飘落到表姐夫的头发上和胳膊上，使他感到自己顷刻间变得华丽而富有，他得意扬扬地看着他们。

小人呀，他妈的。王陵冷冷地看着树下的表姐夫。就是眼前的这个肮脏的小人，这个可恶的王八蛋，再加上那无数卑微而庸常的琐事，使从前的那个如花似玉、聪慧灵秀的姑娘沦落成现在这样一个令人沮丧的中年妇女。多么没有意思呀，许多东西连差强人意都谈不上了。

王陵与表姐之间的距离很近，他能十分清晰地看见她的乳房。她已不再把那当回事了，没有一件事情是重要的。从她那副无限松弛的神态里，王陵费心打捞到的只是一些泡沫似的东西。怪异如妖。有一道短促而雪白的光在王陵的记忆深处战栗地闪了一下。

树荫在地上移动，四周的花瓣慢慢地堆集起来。

早饭临近结束的时候，表姐对表姐夫说：

"我出去一下，你把碗洗了。"

表姐夫还没有吃完，他一边咀嚼一边哼哼哈哈地应着。不久以后，他放下碗，用一种诚恳的口吻对自己的女人说道：

"还是留着你回来洗吧。你知道，我不善于洗碗。啊？"

表姐勃然大怒，厉声骂道：

"宋小城啊，好一个不要脸的狗杂种！我就善于洗碗吗？谁天生就是洗碗的？前天刚完了，今天你就又来气我了。"

"怕洗碗就别做女人呀。"表姐夫笑着说道，"像我一样做个男人。"

"你还能算个男人？你怎么不到那棵树下去碰死？"

"我活得好好的，碰死干什么？告诉你，我要活一百岁，不，一百一，一百一十五。"

"请不要再吵了。"王陵对他们说道，"我善于洗碗。"

"哎，瞧你说的，哪能让你干呢？"表姐夫说，"多少年你才来一次！啊？你是稀客，你是贵客。"

"我不贵。"王陵说。

"哎，你还没看出来吗？我是在和你姐开玩笑呢。"表姐夫说，"两口子嘛，哪能不开开玩笑呢！那能闷死。过日子没有乐趣不行。我能洗碗，只不过是洗得不大干净罢了。"

表姐夫的头上分布着一些月牙形的疤痕，左脸颊上有一道圆柱形的疤痕，所有这些形状各异的疤痕都是粉红色的，微微透明，如羊的牙床。王陵看看自己的表姐，他对她这么多年来一直与这样的一个人同床共枕而感到惊讶。上帝呀！那漫漫的长夜是怎样熬过来的？斗转星移，日升月落，挺是挺过来了，可那又意味着什么呢？最后的胜利？不，它们毫不沾边，可以说没有一点儿关系，也许说消耗倒比较贴近。

王陵到来的时候，表姐和表姐夫正在议论一件事情，一个显得忧心忡忡、彷徨不定，另一个则一脸的无所谓。在他们居住的这个镇子上，有一个六十多岁的老光棍，经常来向表姐献殷勤，送点东西啦，说些什么话了，有时见周围没人，还要动手动脚。

"你就不能不让他来吗？无论谁来了，你都笑脸相迎。"表姐对表姐夫说，"迟早弄出点儿什么事来，你就迟了。"

"能有什么事？能弄出什么来？"表姐夫说，"他来就让他来吧，我能不让他来吗？他和咱们家还沾着亲呢。没事。"

"前几天我正在家里洗头，"表姐说，"窗外忽然有个黑影，我一看就知道是他。你知道他在干什么？他隔着玻璃从窗外往家里看呢。看见只有我一个人在，他就进来了。"

"你看你，人家从窗户外看一下怎么了？"表姐夫说，"你能不让他看吗？"

"我跟你说了，你不在意。"表姐说，"以后真的弄出什么事来，那可怨不得我，和我一点儿关系也没有。"

"你看你，又来了。能有什么事？能弄出什么来？你放心好了，没事，什么也弄不出来。"

晚上，趁表姐夫出去的时候，王陵对表姐说，他好像不怎么珍惜你，他不爱你？表姐说，爱什么呀！你以为我爱他吗？我只是不想让自己的孩子成为一个有妈没爹的孩子。王陵在灯下看着表姐，对方竟是那样陌生。后来，他们的话题说到了幸福上，表姐说，什么幸福呀不幸福呀，我无所谓，幸福能怎么样，不幸福又能怎么样？我们都是坐车的人，到了站下车就是了，路上的那些事哪里还来得及计较。

"我也是坐车的。"王陵说。

表姐看了他一眼，忽然发现他鬓边的一些头发已经白了。在她看来，长期生活在城市里的人不应该未老先衰。

他们的身体挨得很近。她的气息将王陵带回到二三十年以前的那些时光里。王陵忽然想起她说的那个六十多岁的老光棍，那是一个多么让人生疑的人，如一只乡间的猛禽一样蹲伏在暗处。于是，王陵对表姐说：

"那个老头，你得提防着他点儿。"

"其实，他也没什么不好。"表姐说，"无非是年纪大了一点儿。"

王陵吃惊地望着表姐，惊异也不能代表他对她所产生的那种陌生。时光无时无刻不在毁坏着一切，又重塑着一切。他的心感到一阵疼痛，疼痛来自位置与重心的改变。

"他很会体贴人。"

"你不讨厌他，是吗？"

"我不知道。"

有人在街上碰运气。运气不是你想什么马上就能来个什么，那是另一种事物。他们的临街的墙上贴着一张写满了字的纸，一个人站在那里端详了半天，然后夹着草帽走了。

站在这里，能望见远处的一些土围子，土围子里有房子，还冒着烟。我该走了，王陵对自己说。再待下去也没什么意思了。表姐听说了他在老家盖房子的事，竟显得有些莫名的冲动。她的一双手已经相当粗糙了，她抓着王陵的手时，使王陵感到很不舒服。几天前，村里的人们请他去吃饭，专门邀去几个心灵手巧的女人，为他炮制过去年代里的一种乡间小吃。几个女人忙乎了整整一个上午，临到吃的时候，王陵才发现已不是过去的那个味了，良好的心愿和精心的制作也丝毫不起什么作用。一开始，他把那种努力营造下的不对味、那种令人颇感悲哀的词不达意，归咎于母亲的去世，不是出自母亲之手。后来他猛然想到，纵使母亲仍然健在，一切都出自她之手，未必就能原汁原味地重现当年。是的，这看上去毫无疑问。

时过境迁，什么都不能阻挡。比如现在，表姐还是当年的那个表姐，表弟也还是当年的那个表弟——只是鬓边的青丝换成了如今的白发——可是，她的手，她的整个人，所有的一切……

王陵忽然想起了那个向表姐频频献殷勤的六十多岁的老头，王陵没有见过他，可自从听说那件事以后，他脑子里不时会浮现出一个标准的老光棍的形象：精力旺盛，额头放光，知晓分寸，善于揣摩，豁达乐观，精于保养，能够抓住时机，利用时机，能够洞悉一切有利和不利的情形。是的，那就是他，一个不愿独自眠宿的男人，穿着干净的衣服，口袋里装着钱，嘴里含着甜言蜜语，不断地对他感兴趣的女人进行小心而大胆的、礼貌而致命的挑逗与骚扰。那种时候，他牙齿雪白，面孔因高涨的情欲而变得红润有光，老年的生殖器像一张弯曲充血的硬弓，在内裤的摩擦下冲向兴奋的巅峰……是的，情欲驱使着他，在那风平浪静的日子里，不断地变着花样儿，诱惑，逼近，最终占有。

之所以如鱼得水，是因为无险可言。

铤而走险是那些可怜的蠢人迫不得已的一种途径，多数时候表示死路一条。

十四

四周的景色里长着一些黄色的树。

多么干燥的小麦！探头探脑的农民们在午后一段安静的时光里渐渐流于虚无。临街的大门有的关着，有的发出吱吱呀呀的响声。有挑水的人挑着两只棕黄的木桶走过来了，桶壁上刻着一些奔跑的动物的图案。踏着井边的绿色的青苔，挑水的人挑满了水后转身往回走，棕色木桶上的动物们也跟着那人往家里跑。

一位害眼病的老人坐在村口。

午后，王陵一边坐在父亲的院子里喝茶，一边回忆着远在他乡的表姐。尽管已没有多少值得重温的东西，他还是沉浸在那种令人心碎的情景中而不能自拔。

父亲醒了，远远地看着他。

隔壁的院里传来两个人的说话声。透过院子中间的那道花栏墙，王陵吃惊地看到其中一个人竟是武王。武王，昔日的刘芝山区的民兵营营长，后来忽然神经错乱，去年冬天刚刚从县里的精神病院回来，据说恢复得很好，脑子清醒了，以前的一些事情重新有了印象，许多发病时根本不认识的东西也重新认识了。

王陵端着茶杯来到花栏墙前。那边，武王正在对另一个人说：

"……严重的问题是要教育农民，尤其要教育像周福海这样的苦大仇深的农民。目前的形势很严峻，我们要充分把大家发动起来，统统发动起来。就这么定了，啊？我先走了，晚上我还有一个会。"

那边的街门一响，武王已经出去了。临出门前，武王抬起一条胳膊，看了一下手表，伸出舌尖舔了一下干裂的嘴唇。

王陵摇着头回到屋里。父亲正在端详几张草图。他们的新房的大门两边要分别蹲伏一只石狮子，这是王进财的主意。没有石狮子镇守的门户算什么门户。三天前，石匠们已送来了狮子的尺寸和规格，王进财在选料定尺寸的过程中犯了踌躇，犹豫不决，一直拿不定主意。

王陵对父亲说："武王的病治好了吗？"

"你看见他了？"父亲说，"好了。那个精神病医院真是不得了啊，名不虚传，能把武王那样的人都治好，我算服了他们了。"

"我看他根本没好。"王陵说。

"是治好了。"父亲肯定地说道,"以前那些年,他动不动就要在人前脱下裤子,现在已经不脱了。"

王陵喝着茶,父亲忽然说:

"一米高的狮子有点儿低吧?"

"那就做成一米二的。"王陵说。

"还有底座呢。"父亲说,"光底座就得二尺多,加上底座就不止一米二了。"

那个精神病医院里可谓人才济济,干什么的都有。父亲对王陵说。有两个陕西来的精神病人,一个自称是秦始皇,另一个一会儿说自己是李自成、一会儿又说他就是司马迁,两个人每天在一起摔跤,闹起来闹得不可开交,冷淡的时候互不理睬、互相记仇。一个蓄着长发的精神病人以欧大侠或孙大圣自居,每天在病房里舞拳弄棒,跳起来摸医院的房顶,病房里的灯时常被他的"黑云掌"—— 一只涂满碳素的手——所击碎,他的父母至今仍居住在遥远的昆仑山上(昆仑山上住满了一代又一代的大师和形形色色的武林高手)。他们在医院里不断地开展批评与自我批评,忏悔,检举,互相揭发,互相勉励。他们对医护人员说,医院是你们的,也是我们的,但归根结底还是你们的!一切权力归农会!君子坦荡荡,小人常戚戚。我们一定要解放台湾!是的,我们一定要这样做。为什么不?为什么不再来一杯?云台兄,我千里迢迢看你来了,久叩柴扉久不开,这是怎么回事?爹爹呀妈妈呀!老贼,看刀!

在医院的走廊里,在花坛前,他们唱着缠绵悱恻而又铿锵有力的歌:

> 碧云天,黄花地,
> 长亭外,古道边,
> 王朝马汉武则天!

从山东来的一个精神病人,原先是一位小学教员,性耿直,重情义,言谈富有文采,每天要求翻看自己的病历,他坚持认为医生在病历

47

上把他的名字写错了，时常找院长反映情况，要求澄清事实，逼着医生改过来，他说他的真名应该叫蒲松龄，字留仙。他终于如愿以偿了，在他的病床上挂着一个小木牌，上面写着：16床蒲松龄。在所有的病人当中，他是最安静的一个，每天除了读书，便长久地思考。他说："我的心，沉湎于夜晚的语言。"

借问酒家何处有？吴刚捧出桂花酒。

有一天傍晚时分，暮色还没有完全降临，王陵在村外的阡陌上行走的时候，忽然遇到了武王。在经过一阵短暂的打量与思索之后，武王终于认出了王陵。王陵有些意外，他感到心里的某些东西正在松动。

柔软的柳条有规律地在他们的周围摆动着，村中部分发黑的墙上映射着夕阳淡黄色的余晖。就在不久前，王陵一个人正在阡陌上行走的时候，附近突然响起一个声音。"……土改工作马上就要开始了，你还像个二流子一样在那里闲逛什么？你没长眼睛吗？刚长出的麦苗都让你踩倒了。"

那严厉的呵斥使王陵吓了一跳，他马上低头去看自己的脚下，当确信自己并未踩着一棵麦苗的时候，他松了一口气。远处有几个弯腰干活儿的人，远得连他们的眉目都分辨不清。王陵看看四周，他确信那批评来自东边的一片树丛之后，他站在原地，望着那里，但等了一阵，并没有人从那后面走出来。

"也许那不是在说我？"王陵想道。于是，他沿着一条蜿蜒向北的墙垄向村子里走去。他正在接近自己的村庄，村子里的部分房屋离他越来越近了，有一瞬间，他甚至感到自己已看见了那些窗户后面活动着的人影。一切都是熟悉的，毫无疑问，那些窗户里面当然有人在活动，而且不止一个人在活动，围绕着自己的命，一举一动，一颦一笑，很难说有什么意义，很难说又不是休戚相关、处心积虑。

循着流水的声音，王陵来到村口。有一个人蹲在水渠边，若有所思地注视着附近一带的灌溉系统。水渠边的这个人正是武王。经过一阵短暂的打量与思索之后，武王终于认出了王陵，他的脸上浮现出一片朴素无华的笑容。

在这样温暖的天气里，站在村口，能闻到粮食和花木的气息。他们有多少年没有见过了？王陵这样觉得，对于相互之间毫无瓜葛的人来说，即使一百年不见面，也丝毫不足为奇，谈不上什么时间的长短，如同两件没有可比性的事物，中间不存在任何一种东西。你活在世上，全部也仅仅是那么几十年的时光，不可能也没必要与谁都见面。武王，天这么晚了，你一个人蹲在水渠边干什么呢？你的病情看上去恢复得不错。是的，我已不再读书，这些年以写书为生，既有明显的职业，又有隐性的方向。

灌渠里的水从他们的身边流过。说起自己的病情，武王显得有些羞于启齿。渐渐地，武王的脸上升起一种女人式的红晕，羞赧，抱愧，他颇为难为情地用致歉的口吻对王陵说道：

"所有的人都死了，差不多都死了，只有我还不红不白地活着。"

什么意思？他感到孤独了？王陵微微吃了一惊。一个人在自己的村庄里感到了刻骨铭心的孤独？那种无边无际的东西像傍晚时分的蝙蝠一样从四面八方袭来，源源不断。妈妈！母亲！现在的情形有趣极了，不管是否在行，我总听见人们在兴致勃勃地谈论音乐，那是因为他们都长着一双高贵的耳朵，而我没有，我只有两只苍白愚钝的小摆设，声音对于我来说无异于对牛弹琴。是的，妈妈，我有足够的时间，但我不想弄懂一切。

想到自己即将要撰写的那篇颂词，王陵多少感到有些难以言表，不过，一想到这样的写作将会带来某种显著的变化，一切便都可以暂时忽略不计。是的，为什么要拒绝那一切？良好的生活待遇与优美的居住环境只能有助于他写出真正的那种梦寐以求的作品。可是，以目前这样一副卑污的心灵能够创造出不朽的传世之作吗？世俗的荣华为什么总是与良知和真诚过不去，格格不入？幸福以背叛为代价：背叛了什么呢？……不必多想它了，想象从来就是痛苦的土壤，你有无限的想象，便意味着你的痛苦良田万顷。是的，一切的烦恼与不快全都建立在其上，你不去想它，一切便都相对不再存在，不再算数。他将尽最大程度的努力去写好，将那个人的嘴脸勾勒成英姿，将其腐烂恶臭的后半生用功绩与光荣小心地缝合起来，即使赋予他一种宗教或者哲学上的色彩或意义又何尝不可。他没有信念，可以为他塑造一种能说得过去的信念。他没有心肠，可以为其从外部移植。

我是一个怎样的人呀？颠倒黑白，指鹿为马。回家的路上，他看看周围没人，用那只良知尚存的左手，在心里狠狠地抽了自己几个耳光。是的，多么无耻呀！他一路责备着自己。多么不可思议呀！二十多年前的一个憨厚率真的农家子弟，如今看上去已面目全非了，胃口扩张，大得不得了，既想伟大，又想富有，人间的一切什么都想拥有，情感深处有时还又惦念着哺育他成长的那个寒冷而荒凉的农业山区，惦念着故土上的那些人们……真是不好意思呀！真是难以协调，举步维艰呀！人活到这个时候，一切都够得上棘手了。他妈的，这一切到底是怎么一回事？是什么造成的？不这样就不行吗？好像不行，好像也行。

转念他又想道，我这是在干什么呀？为什么要无情地鞭笞自己？是的，我先别忙着折磨自己，这个世界上不是还存在着许多在各方面比我更过分的人吗？我算什么？我这样辗转反侧，与一个尿湿了小花被褥而又不会表达的婴儿有什么两样？

他带着一种被宽恕的心情回到家里。

暮色中，父亲站在门口。父亲告诉他，午后的时候有一个陌生的女人来找他。王陵说，她叫什么？父亲摇摇头，说，她先到县里去了，她让你无论如何在家里等她，不要走开。

"她是这样说的？"王陵问父亲。

"对，她就是这么说的。"父亲说。

他不知道是谁。

"她看上去有点儿来头。"父亲说，"人也很体面。"

他说，不管她。

父亲叹了一口气。

话虽那样说，但整个晚上王陵还是一直待在家里。他想，会是谁呢？循着他的足迹与身影，千里迢迢，一路寻来。一位传记文学作家？

一位女记者，女批评家？女经纪人？……马薇薇？谢晓丹？童贞？安妮？李芊？凯瑟琳？

父亲坐在桌子后面，用一种十分忧虑的目光看着他。过了一会儿，父亲终于憋不住对他说道：

"不管你高兴不高兴，愿不愿意听，我都得说你两句。和她们来往，你要注意分寸，你要是不掌握分寸……她们要想毁掉一个人，那是很容易的，可以说那是她们的拿手好戏。"

"您放心，她们毁不了我。"王陵对父亲说，"我又不是风中的马车，说毁坏就毁坏了。箭射到我的身上，也不过是一道浅显的白印儿。"

"你又发狂了？"父亲的声音里陡然掺进了激动与不安，"我还以为你四十多岁的人不会再发狂了，你真让我不放心，让我死不瞑目。你不能这样狂，这又不是在梦中，任你驰骋，任你想翻多大的筋斗就翻多大的筋斗；这是处世，人生在世，一切都是实打实的，真刀真枪地干。吕布狂不狂？比你狂多了，什么下场？"

"您别生气，我说的那不过是笑话。"王陵对父亲说，"您放心吧，没有人要毁掉您的儿子。再说，我也不值得人家去毁，我有什么？您也看见了，每个人都很忙，谁有那闲工夫？"

……

晚饭在一种沉闷的气氛中结束了。父亲披了一件衣服，到他们的新房里看了一回，回来后便早早地在自己的屋里躺下了。

王陵坐在院里的葡萄架下乘凉。

不久以后，院里传来一阵由远而近的脚步声，王陵起身去看时，一个人影已来到他的面前。王陵仔细一看，来人竟是武王。

"还没睡吗？"武王对王陵说，"我来是想告诉你一个秘密。"

"噢？说吧，什么？"

"你能保证不告诉别人吗？"武王说。

"我想我能，我不告诉任何人。"王陵说，"什么秘密？"

"你知道吗？"武王看看四周，然后压低声音对王陵说道：

"水利是农业的命脉。"

......微暗的月色里，武王仰起一张神秘的脸。王陵听见自己的脑子里发出一阵鼓风机一样的嗡嗡的叫声，脸前飘来一阵血腥的气息。他怀疑自己连日来焦虑上火，流鼻血了，他伸出一只手在鼻子前抹了一下。

"附耳过来。"王陵对身边的武王说，"我也告诉你一个秘密。"

武王听到话音，将颤抖着的身体贴了过来。他低声对王陵说："也不能告诉别人，对不对？我不会说出来的。"

"是的，绝对不能走漏了。"王陵说，"武王，你知道老秦家的豆腐为什么那么好吃吗？为什么别人家的豆腐坊一家一家地都倒闭了，只剩下他们家的还一直开着，你知道为什么吗？"

"不知道。你说。"武王急促地喘了起来。

"因为他们用的是扁豆。"

"怎么可能呢？"月光下，武王向后面退去，他吃惊地望着王陵，"你说得不对，他们用的是黑豆。我从六岁就开始看他们磨豆腐，石磨成天轰隆隆地响着，那又稠又浓的白沫子不停地从磨眼里往外流......"

青纱帐

1

桃花开过了，河水回黄转绿，风里已满是夏季的暖意。

卖花盆的越来越多了，他们站在碧色的柳丝下面，露出瓦一样的脸。

在没有汽车和摩托车的时候，走在某些寂静的小街上，有时会听到一种低远而琅琅的清音，——那就是从乡下来的卖花盆的人，他们守在街道的一边，小心翼翼地敲击着自己的货色，让它们发出引人驻足而又不含炫耀的声音；他们敲花盆的动作比平时在家里打孩子的时候要轻得多，甚至比抚摸女人的时候还要轻上许多；后者是揉搓兼报复，前者则完全是渴望，是一心一意地忍耐与翘首期盼。

如果从一开始就蒙上你的眼睛，不让你目睹你所处的环境，有一个人领着你，或者你独自一人从一条行人稀少的两边垂挂着藤萝的小街的尽头一路走来，一路仔细听去，你仿佛置身于熏风拂面、钟磬吟鸣的古代。

假如没有这样的时辰，注定我们不会成为朋友；假如你不屑一顾，笑里含讽，我有把握让自己相信你来自何处，我已大概知晓你是谁。

2

卖花盆的人拉着一车出窑不久的花盆，离开身后那个乌烟瘴气的城市以后，一个人在寂静的郊外慢慢走着。

原野里开满了黄白两种颜色的金盏花，清风吹着，路边明亮的水沟里一会儿游动着棉花似的云彩，一会儿又漂满了金色的光泽。变得真快呀！卖花盆的人边看边想，比换衣裳还容易呢。

卖花盆的人是被盘踞在城里的一些蛮横的同行驱逐出来的，他们不允许他拉着花盆在城里出现。已经有很长一段时间了，这个乡下的人对于某些规矩还是弄不明白，有些事物于他也颇生僻而遥远，就像太硬的食物，不能在他的肠胃里得到必要的消化一样，它们也难以深入到他的记忆里去。比如，他至今仍然也不明白什么叫很棒，什么叫加盟？

这些天，他养的一头骡子病了，所以他自己拉着车载着花盆出来卖。骡子在家里养病，卧在阳光下，浑身发烫。卖花盆的人拉着车走一段路，眼前就会不知不觉地拱起一道光滑如水的脊梁，定睛看时，又什么都没有了。再走一会儿，那东西就又虚虚地有了，一闪一闪地浮现在前面的路上。

另外，还有一种无中生有的喘息，那种气喘吁吁、大汗淋漓的声音隔一会儿就要来一次，卖花盆的人感到很奇怪。

车上的花盆，最大的直径接近一米，最小的也有普通人家的饭碗那么大。有一个头脑活泛的人曾对卖花盆的人建议，用各种颜色的油漆将所有的花盆全部刷新一遍，那样一来，出手将会更快，你说什么价就是什么价。

卖花盆的人是个没主意的人，平时无论谁对他说一句什么，他都要仔细掂量掂量，这一次他没有听那个人的话，是因为他算了一笔账，油漆所花费的钱让他吓了一大跳。太奢侈了，太过分了。他想，不能那样干！掏钱买花盆就够意思了，怎么还要雪上加霜，给花盆滚上金边，描上金线？除了折寿，那能有什么好结果？太好的东西总是非常人所能用的，普普通通的也就罢了。将花盆装饰得像出嫁的新娘一样，赏花还是看它？

平常是骡子驾着车，并没有觉得出门有多么辛苦。现在，卖花盆的人拉着一车花盆，每遇到一些坡度，他都会感到无比吃力，事实上真应该少装一点。他感到自己一路上不断地出汗，又不断地被风吹干。下一辈子，说什么我也不能投错了胎，转生成一个骡子啊马呀！卖花盆的人边走边想，那会有受不完的罪：吃草，挨鞭子，被人骑，遭人骂，最终还躲不了那一刀。现在活在世上的牲畜们，它们的前生是谁？

在那些平坦的路上，卖花盆的人拉着车一溜小跑。远处的青山，炊烟寂静而缥缈；有些树是红色的，像是用一粒一粒的沙子粘起来塑成的。有人在不远处的一个水塘边垂钓，从晃动的背影看上去，是一个脾气暴躁的胖子。

卖花盆的人住在乡间的一座旧院子里，家里没有一盆花。他的母亲活着的时候，曾养过一株白玉棠。

3

昨天晚上，卖花盆的人心神不定地在自己的院子里走来走去，他很想给自己的那头病中的骡子打一针，但转来转去一直下不了手。他把借来的注射器握在手里，手插在裤兜里。过了一会儿，他感到自己的手心里冒汗了，注射器也开始变得湿漉漉的。

那时候，附近院落里的一些羊在微蓝的夜色里咩咩地叫着，它们刚从田野上回来，正在无序地团团乱转。

卖花盆的人站在昏睡不醒的骡子前默默地看了一阵，然后踩着梯子，扶着院墙向外看。有好几年了，卖花盆的人一直想象住在自己左边的邻居是一个漂亮端庄的女人，年龄在三十岁到四十岁之间，不会更大。

事实上，他的左边是一座近乎荒芜的院落，早就没有人住了，原先的门窗也残缺不全，院子里长满了半人高的蒿草，又肥又大的白蝴蝶在草上飞来飞去，还有漆黑的野猫、乌鸦一类的孤独的东西。但卖花盆的人从不这样看，那院落和房屋在他的眼里一直都温馨、幽静，芳香缕缕。乌鸦不是乌鸦，而是一种身体更大一些的吉祥的燕子。野猫也不是野猫，而是一种会跑动的机械玩具；尽管从来没有看到过她的孩子，难道她不应该准备一些玩具吗？

卖花盆的人善于说服自己，在一次乃至数次的劝说后，开始默认一些事实。是的，并没有什么特别的原因，一切都只因为有那个女人活动在其间，她的呼吸，她的芳香和美貌，时时吹拂着他，熏沐着他的每个白昼和夜晚。

房子的右边是一片小树林子，一些细白的羊肠小路隐现在那儿。每当夜深人静的时候，卖花盆的人常常自己对自己说："谁说那是一片小树林子？那不是一片小树林子。"是的，那不是一片小树林子，住在那里的，应该是一对患有失眠症的夫妻，细想起来，他们搬来不知不觉已有些年头了。

卖花盆的人将自己的身体趴到梯子上，贴着墙头，只露出一双眼睛，向左边的院落里张望着——

服过晚间的第二遍药以后，那个女人从屋里出来，来到窗外的葡萄架下。透过她的窗户，能看到里面的一只余温尚未完全散尽的药锅，不久以前，它在火上突然发出一阵吱吱的响声，像是马上就要炸裂了。她站在门口，手里抓着帘子的一角，不无焦虑地远远地注视着它，她想起了去年冬天的一个下雪的晚上，也是这样的一种声音……这一回，那种吱吱的声音响了一会儿后便慢慢消失了，熏黑的药汁咕咚咕咚地冒着气泡，均匀地起伏着，翻滚着，将深长的药力扩散到四处。

卖花盆的人很相信自己的眼力，如果他的判断正确的话，早在一两个月之前，甚至更早一些的时候，隔壁的这个女人就病了。眼见得她天天吃药，卖花盆的人感到心焦如焚，他什么忙也帮不上，倒只能一旁暗中偷看。看着那个肤色白皙细嫩的女人每天将那熏黑性苦的药汁不假思索地灌下去，卖花盆的人感到于心不忍，看着看着，他的眼泪就不知不觉地流出来了。

多么不公平呀！多么残酷呀！卖花盆的人想道，为什么偏偏让那么漂亮的女人每天服药，让那些黑汤源源不断地流进她的身体里？长此下去……为什么不让右边隔壁的那一对患有失眠症的夫妻每人每天也来一碗？他们才真正有病，需要镇静，安神，酣睡不醒，不是吗？

卖花盆的人站在梯子上回过头朝身后看看，他的院子是清冷的，甚至有些死气沉沉，他忽然感到自己不仅有一头——暂时躺倒了的——骡子，而且似乎还应该有一群羊，这样，他每天出来喂羊的时候，隔壁院里的女人是完全能够听得见的。卖花盆的人将身体贴在梯子上，恍惚中看见自己一边往羊栏前走，一边将筛子里的碎石子拣出去。他端着筛子，耐心地喂它们，嘴里嘟嘟囔囔地说着话；隔壁院里的女人没有听清他在说什么，也许以为他是在责备他那几只羊，埋怨它们在外面放牧了一天，晚上回来还得再吃一餐，使他破费。卖花盆的人在心里对自己说，没关系，我不在乎破费，几只羊又能吃多少？只要你能听见我在说话，听见我还活在这个院子里，任凭它们吃多少我都不怕。

女人会不解地问卖花盆的人，为什么要把筛子里的碎石子拣出去？

卖花盆的人说，倒不是怕它们消化不了，只怕硌了它们的牙。

静悄悄的交流使卖花盆的人感到欣慰而充实，他感到自己留给那个女人的印象应该说还是不错的。不是吗？这些日子以来，家里家外接连出了一些事情，他的心境不好可想而知。而他，孤独的卖花盆的人，竟没有倒下，也没有自暴自弃，一直挺过来了，这是最值得庆幸的，那说明他并没有被那不幸的遭遇吓倒，打垮，有时还断不了隔着墙头与她开几句玩笑，而她也很愿意和他说说哪个人本身能一尘不染，没有一点儿毛病呢？你若是不注意别人的长处，有意无意地回避他们身上的那些好的东西，你就会烦恼不断，没有一天能有什么好心情。生病能使人冷静地反省自己，这样的拷问与审视并不是每个人都能遇到，一个在各方面都很得意的人是看不见自己的毛病的。

每个人都有隐秘的暗疾，甚至肉眼看不到的硬伤。

多少年过去了，卖花盆的人和他周围的人们还是不习惯饮用开水，他们总是喝冰冷的生水，不管什么时候，只要从外面一回来，只要一感到口渴了，他们即会不假思索地摘下挂在瓮上的水瓢，咕咚咕咚地喝上一气凉水，然后一抹嘴就没事了。那可是直接从井里提上来的生水呀！并不是烧开后又晾凉的凉水，但他们不怕，从未有过什么顾虑。

有一次，那个女人正在院子里的炉子上烧开水，卖花盆的人踩着梯子，趴在墙头上仔细看着，青蓝的烟雾一会儿将那个女人团团罩住，一会儿又从那院子的上空逶迤而去。

恍惚间，卖花盆的人感到自己的身体热辣辣的，他的一个本家侄子忽然像一只猫一样也出现在墙头上，龇着牙对那个女人说："你连井里打上来的冷水都不敢喝，还住在我们这个村里干什么呢？不如搬走。"

卖花盆的人吃了一惊，这话正是他要说而又一直不敢说出口的——

"混账！你这个王八蛋孩子胡说些什么呀？倒霉的东西！"

卖花盆的人伸手将他的侄子——哪来的什么侄子呀——从墙头上推了下去，隔壁的女人听见那孩子跌倒在地上后"哎哟"了一声，于是便对卖花盆的人说：

"摔着了吧？你干吗使那么大劲？他还是个孩子呢。"

"没教养，他妈的一点儿教养也没有。"卖花盆的人说着，一张脸又重新慢慢地浮现在墙头上。说起那孩子，卖花盆的人对那女人说："听他的？他不够数，生下来就不够数，能有七八成就不错了。"

"你又在跟别人说我傻？"那孩子在墙下尖声说道，"我还要告我妈去。"

"去呀！快回去告去呀！"卖花盆的人说，"我正等着她来呢。"

4

葡萄架下的阴气很重，那个女人在那里坐了一会儿后就离开了。有几滴水凉飕飕地落到卖花盆的人手背上。

卖花盆的人的目光像一只蝴蝶一样追随着那个女人，直到她打开街门，站在门口，它仍在她的身边飞舞不息，一会儿附到她的衣服上，一会儿又飞到她乌黑的头发上。

仿佛是一夜之间，街上的树木全绿了，村里村外的荒草和一切荒芜陈旧的东西都在开始隐退。春天来了，初夏到了，连窖子里那些贮存了一秋一冬的土豆也都发芽了。这一带的春天，实际上相当于南边的夏季，四五月份才开始逐渐返青，回黄转绿。真正的春天里，差不多每天都在刮风，没有什么显绿的东西，人心也依然禁锢在多雪的昨天，少有萌动。田野里蒙着去年冬天的积雪，屋后的背阴处悬挂着长长短短的冰柱。刮大风的时候，整个村子都在黄尘中摇晃，门户频频振响，怪声怪气，彻夜不休，谁能说那是草长莺飞的阳春三月？山中，岗上，旷野里，眼里的绿色只是一种不可名状的绿意，仿佛一种粗浅心迹的流露。草木远远谈不上丰茂、肥美，不只是卖花盆的人想象中的那几只羊在外面放牧了一天后吃不饱肚子，所有放牧在山冈上和旷野里的羊群与大牲畜也全都一样，它们只能在那些地方尝尝鲜，闻闻春天的气息，在徜徉的过程中解决不了根本的问题，因而那也不能叫吃草，只能说是啃青。唯一显示季节变化的是它们身上的旧毛开始褪了，日愈斑驳而瘦弱，天气越热，它们的毛也就褪得越厉害。为什么牲畜们不在冬天的时候褪毛？

有一位老人，今年已经九十多岁了，他的名字叫姚贝贝。为什么牲畜们不在冬天的时候褪毛？姚贝贝老人说，那是大自然的主意，是她一手安排的。另外，牲畜们要是敢在冬天的时候褪毛，那纯粹是自讨苦吃，自寻短见。大自然是一个庞然无际的神，人，牲畜，植物，兽类，可以说一切有生命的东西都是她的叶子和油脂，是她的速度与姿势。她不让牲畜们在冬天的时候褪毛与不让人们在冬天里没有衣服穿是一样的。她把蚕和麻送给人们，又将桑叶和柞树送给蚕，一环套一环，互相搀扶，互相牵连，彼此赖以存活，缺了哪一个都不行，都会形成死结。不妨设想一下，她把五谷蔬果、肉蛋奶酪都送给我们了，却唯独不给我们盐，不给我们水，我们会怎么样呢？

相当长一个时期内，我们不可能找到另外两种东西来代替盐和水——地球上的矿藏和资源也就是我们知道的那些，大约很难再有什么新东西了。即便有，也极可能是实验室里配制出来的东西，比如，将水和木头放在一起会生成新的什么？大约只会长出蘑菇。

早在一百多年前，就有人在试图发明一种牢靠的东西——方鸡蛋。

直到今天，方鸡蛋也仍然没有问世，那要是实现了，很多的鸡蛋就再不会滚来滚去，轻而易举地被打碎了。因而，很多人都赞同姚贝贝老人的说法，他的那些朴素而令人惊讶的见解也很能使人接受。万物萌动，律在其间，不是一句简单而空泛的废话。日常生活中，很少有人会在寒冷的冬天里将自己剃成一个光头，除非他是刻意为之，哗众取宠，除非是因手术——如开颅——的需要。

大自然说：顺我者昌，逆我者亡。

又说，你们不可试探我。

那女人离开门口，向街里走了一段，不久又掉头往回走。街上很少看见人，风里已满是夏季的暖意。

树木和花草的香气使卖花盆的人感到振作，他看见那个女人慢慢地在街上走着，不久，他感到自己的身上也有了力气，他活动了几下胳膊，听到关节处的骨头在咯咯轻响。

那也许是个好兆头哩。

卖花盆的人这样想着，那个女人已走过了一处临街的屋子。后来，她屋里的灯终于亮了，却没有人的身影在窗前伫立或晃动。不是这样的呀！卖花盆的人低声对自己说，以前的情形不是如今这样的。

黑暗中，远处有人在关他们的门，那些年深日久的门吱呀吱呀地叫着，顺着夏夜的熏风一路传过来，一飘就是老远。

卖花盆的人从梯子上下来，也关上街门，回到屋里。

一个时期以来，卖花盆的人经常闻到自己的鼻子下面有很浓的血腥气，他仿佛有一种不祥的预感。卖花盆的人知道自己的鼻子下面没有血，用手根本摸不到，倒是用慢慢的呼吸才能闻到那血腥的气息和味道：腥咸，还有一种腐烂的甜味。

什么也没有，别信那些。

什么也没有，别信那些。

卖花盆的人一遍一遍地对自己说。母亲死后，他忘记给白玉棠浇水，他以为家里只剩下他一个人了，他没想到还有一个会呼吸会变色的生命：几个月以后，白玉棠死了。那天，他一个人正在屋里吃饭，忽然听到外面传来"嚓啦！"一声，像是一个人将一张脆响的纸扔了进来，他急忙跑出去，吃惊地看到最后一片白玉棠叶子落了下来，如一片烤得酥黄的烟叶。

……

白玉棠死了，那个女人来了。卖花盆的人操起扫帚，将屋里屋外打扫干净，落叶、尘土和柴草被清除出去。卖花盆的人边干边想，万一她什么时候突然进来呢？

卖花盆的人头一次发现自己的家很乱、很糟，骡子在院子当中散发出马的气息，有时还打着响鼻，发出咳咳的叫声。

使他略感安心的是，那个女人从来没有走进他的院子。卖花盆的人对自己说，她有病，身材虽然很好，但患的也许正是一种暗疾。再说，一个孤身女人，怎么能随便到什么人的家里去串门呢？不行。

接着就又拷问自己：我是个什么人呢？坏人？没安好心的人？

我不是一个坏人。我不是。

仿佛要更正似的，他一边在院子里走动，一边反复对自己解释、强调。他发现，要把一个什么东西马上纠正过来，不是一件容易的事，比搬动一个花盆吃力多了。后来，他就不再想那些了，也不再解释和强调。他对自己说，反正我的心没有坏了，我怕什么！

村里的人似乎都知道那个女人的病。

街门后的长长的过道里堆着她吃剩过的黑乎乎的药渣，不久前刚清理过一次，这几天竟又有了，小山似的。

每隔几天，卖花盆的人就看见有一位老中医前来为她诊断。老中医拄着竹杖，留着轻飘飘的白胡子。哪里是倾倒药渣的理想所在？老中医指点道：十字路口，任何一个十字路口。那样一来，熙熙攘攘，南来北往的人很快就将你的病带走了。

卖花盆的人心里一惊。

被诊断的女人脸上也显出不自在。一个人的病好了，灾消了，是否意味着会有更多的人要不可避免地接受那不幸的转移，在不知不觉中沾染顽病，重病缠身？这样的主张，这样的祛病手段与医家的原旨未免不令人生疑。老中医一听连忙摆摆手说，多虑了你，咱们的做法谈不上悖反，绝不是嫁祸于人，那不过是把一团压在你心头的云雾驱散，飘向四面八方，让大家替你分担一点儿罢了。南来北往的客，每个人所带走的不过是象征性的轻描淡写的一笔，无论对谁都构不成新的灾难，而对你自己却就显得重要得多了，有时候，这样的一种处置方式比服药本身更为有效……老中医是这一带受人敬重的一位老人，但她没有听他的；谁也不知道她把那么多的药渣神不知鬼不觉地弄到哪里去了。

卖花盆的人一天要往那里眺望几次，他多么想替她处理那些药渣呀！而她自己又能把它们弄到哪里去？即使勉强弄出去了，未必就说得上有多么妥善，周围一带的地形、去向，对她来说，又未尝不是一种考验。

再有这样的事情，还是让我来吧！夜深人静的时候，卖花盆的人仰望着满天的星斗，一遍一遍地说着。我会干得很好，连请都不用，只消说一声就行了。他说，不要以为我整天板着脸，我不是一个很难说话的人，不是的；我的骡子病了，我的心有些灰。

十字路口。多少令人感到有些不安的十字路口，白日里的时候脚步纷乱，喧嚣不息，待到更深漏残的时候，只有冷风卷着柴草或废纸从那里塞塞窣窣地经过。也有的时候并非故弄玄虚。那个老中医就是那种适宜在十字路口一带独自行走的人，深夜出诊回来，脸和衣服被染得灰蓝，胡子更白更软，迎面看到他的人会大吃一惊，吓得魂飞魄散，迷失回家的方向。事实上所有的人看上去都像是暗夜里的一个来历不明的影子。

人和人是多么的互不通气，缺乏了解呀！谁说擦肩而过不是一种不幸？

卖花盆的人很小的时候，每到清明节的夜里，便跟随他的母亲到离家门口最近的十字路口去为家中的亡灵烧纸。那时候他们烧纸不说烧纸，而是说"给你姥姥寄点钱去，几个月一晃又过去了，再节省的人也会接不上的"。或者说，"你爹在那边又赌输了，脱不了身。不成器的东西，这回不能给他寄五万了，只给他寄一千，有多少他都得输出去。他活着的时候，我就没见他赢过一回。"……到了十字路口，他们用白粉在地上画好两个圆圈，然后将两份不同的纸分别放进去烧掉。火光升起以后，他们站在一旁看着；如果一个白圈里的纸钞慢慢地向与之比邻的另一个白圈里飘去，那必定是那位身为女婿的死鬼将自己贪财的手伸向他的岳母，争夺属于她的那一份。把一件事情弄乱的，不是风，而是他的手。每逢出现类似的情形，卖花盆的人都会听到母亲急躁不安地对着地上的旋风说："张可畏，你这个不要脸的！你抢也是白抢，那笔钱已经划到我妈的名下了，户头上写着她的名字，会有人和你算账的！"

卖花盆的人熟悉这一带的很多十字路口。几乎每年临近清明节的前一两天，他都会听到有一大一小两个人慢慢地在雨里走着，他们低声说着话，缓慢地爬坡，拉着手过河，然后停下来，将手搭在眉心，向远处眺望。眺望过后，又开始走，渐渐地越走越远，消失在雨里。

5

卖花盆的人停下车，蹲在路边，用一根筷子粗细的小木棍慢慢敲击着一个花盆。开始的一段时间，他只是在漫无目的地胡乱敲着，后来，竟渐渐地沉浸到那种单一的时断时续的清音里去了，仿佛敲花盆不是为了引来买主，而要使自身执迷不悟。

天上的云彩狼奔豕突似的奔跑着，那灰色的云显然要比白色的云凶猛得多，后者像一个娇生惯养的孩子，苍白，软弱，手无缚鸡之力，一触即碎。卖花盆的人一边聆听着清明的瓦声，一边关注着天上的情形。

看样子，白云终究要被冲散，化作一些散兵游勇。只可惜天上没有茂密的草丛，没有一个藏身之处。那一团一团的灰色的云多么像地上一些可恶的人呀！卖花盆的人忧心忡忡地想道。这样下去怎么得了？

天光仿佛不久前刚刚被水洗过，亮到最高最远处竟是一个耀眼的黑点。卖花盆的人认真盯看了一阵，眼前渐渐开始发黑，很酸的眼里流出了几滴泪水。恍惚间，他看到那无边的碧色里沤出了一些殷红的血迹般的东西，有些相互连在一起，有的是单独的一片，越沤越红。如果不是一种致命的暗伤，那又会是什么？难道是霞？是流来流去的动荡不止的彩虹？

忽然有一个人走过来，对他说：

"有直径两米的花盆没有？有多少，我要多少。"

卖花盆的人停止敲击，正眼看着那个人。"你说什么？"他说道。

"我问你有直径两米的花盆没有？"那个人说，"有多少我要多少。"

卖花盆的人听到自己的耳朵里嗡嗡地叫了几声，一些麦芒似的金星在眼前胡乱飞舞，他伸出一只手使劲儿在脸前扇了几下。他已多少看出那人是在存心作怪、出难题，这以后还不知要怎么呢。于是，他笑着说道：

"瞧你说的，哪来的那么大的东西？全世界也没有那么大的花盆。"

"那是你没见过世界有多大。"那个人说，"我屋里现在就放着那么大的几个。"

"既然已经有了，怎么还要买？"卖花盆的人说，"那要占很大的地方。"

"不够用啊！"那个人做出一副人多势众的样子说道，"不瞒你说，我住得虽然说不上宽敞，可也有三十几间房（卖花盆的人听到这里被吓了一跳），就算不是每间房里都要摆花，那也得一二十个。"

"就是，"卖花盆的人说，"像伙房那些地方就不要摆了，一来浪费，二来……"

"我有七个女人。"那个人娓娓地说出后，卖花盆的人又被吓了一大跳，他吃惊地瞪大眼睛，看着对方。那个人说：

"她们谁的房间没有养花，都要怪我，不管白天黑夜，都要找我算账（说到这里，他诡秘而会意地朝卖花盆的人眨了一下眼睛，表示心照不宣，就那么回事），我呢，是一个顶认真的人，我不是一个偏心的和喜新厌旧的人，我既然要养活她们，就要让她们每个人都满意、舒服、心满意足，要让她们每个人的房间里都有一个甚至几个大花盆。"

卖花盆的人蹲在地上，饶有兴趣地听着，他很想插几句话，但又发现什么都插不进去，他有些急躁而无奈。

"我对她们的要求一点儿也不算严，女人嘛，就是那么一种东西，她们喜欢听假话、好话，喜欢甜言蜜语。"那个人继续说道，"她们只有一个义务：每人必须给我生三个孩子。"

又是一件让卖花盆的人为之一激灵的事情。七个女人，每人生育三个孩子……卖花盆的人不禁掰着手指，替他计算起来。

"一三得三，三七……哎呀，难道你是二十一个孩子的父亲？"念念有词之后，卖花盆的人惊讶地叫出了声，"这可太能干了呀！"

"我是一个非常好说话的人。"那个人说，"我从来不重男轻女。男孩儿女孩儿我都喜欢，都是我的孩子。"

卖花盆的人不知所措地看着他。

"我知道你不相信我的话。"那个人说，"你可以亲自去，让你见识见识。"

说着话，那个人就伸过手来要拽，卖花盆的人立即紧张起来。卖花盆的人知道，这一带经常出事，"套白狼"，"跌马马"，"取经"，"局诈"，有些事情邪得令人吃惊。有的人躺在路上装死，还有的人看上去像神志错乱的疯子，实际上一点儿也不疯，一肚子鬼主意。

"走吧，去看看。"那个人对卖花盆的人说，"别以为我在骗你。"

"就不去了吧？啊？"卖花盆的人说，"我今天算是开了眼了，没白出来。我知道天有多大就行了。我推着这一车东西，去哪里都不方便。你那七个女人会笑话我。"

"没关系。她们都分散着住，目前只有老六和我住在一起。"那个人说，"我的老六真难得呀！从来没给我找过麻烦，看见她，我就还想多活几年。"

那个人说着说着，似乎动了真情。卖花盆的人于是就说：

"其他的那几个难道不好吗？为什么不把她们全部集中起来？这样便于你领导。"

"绝对不行。"那个人换上一副严肃的面孔，一字一顿地说道，"那会出大乱子。我不想在我家里出现无数秘密的小集团。她们相互之间的仇恨比我想象的要大得多。"

"我听说女人之间，不管她们表面上有多亲密、多要好，实际上永远隔着一层东西。"卖花盆的人说，"那是一层什么东西？"

"是吗？那需要进行研究。"那个人用手按着自己的太阳穴说道，"我没有研究过。也许是一种肠衣或蛇皮一样的东西。"

"我听说是一座山。"卖花盆的人说。

"这样说来我家里至少有六座山。走吧，去看看，去看看我山间的那些大花盆。"

有一种时断时续的喘息，一直在附近一带与他周旋、游戏。起初的时候，卖花盆的人还感到有趣、新奇，但以后渐渐地就觉得不自在了，他的眼睛被什么东西强烈地刺激着：他看到了一溜闪亮的马背，虚虚地起伏在前面的路上，水一样轻轻地波动着，摇晃不停……先前一度对他纠缠不休的那个人已经走远了，周围传来一阵短促的叫声。卖花盆的人慢慢地将自己的一只手抽出来，眼瞧着前方，视线里有一些静止不动的东西正在缓缓地向上蒸腾，朝着周围扩散。在那下面，青草按照地形的规则，不断地剪裁成各种各样的形状，有的一刀两断、各奔东西，有的暗中仍有牵连。

没有马的影子，但时刻能感到有什么东西在附近及远处不断地奔驰；没有大面积的水，但到处仿佛都有水的清光在波动、流泻，走到哪里都湿漉漉的。

卖花盆的人仰起头朝天上张望着，认真地打量。有一种很可怕很灵验的东西，一直都在暗暗地不动声色地俯瞰着每一个活着的人，俯瞰着每一个不走运的人和每一个得意扬扬的人，把那种深秋般的测试看成是神的旨意，也许一点儿也不算过分。在毫无知觉的情况下，你已经被目测过了。

一个卖醋的人就是在这个时候过来的，也是从城市那边的方向晃荡过来的，一辆旧自行车上驮着两只棕色的木桶，一路上东张西望，声嘶力竭地喊一阵，然后闭上嘴向四周看看，全身的力气从上面渐渐移到脚下，一蹿就是很长一段距离。

卖醋的人一身酸气地骑车过来时，卖花盆的人突然情不自禁地打了两个响亮的喷嚏。卖花盆的人盯着蔚蓝的天空出神地看着，渐渐感到眼前越来越黑，眩晕的体验使他感到有些天旋地转，周围的一切在不可遏制地改变着。

卖醋的人跳下车子，推着车子小跑了几步后，酱色的脸上露出了惊讶的神色。

6

有一个人，已先后很多次在卖花盆的人的梦里出现过了，那是一个看上去薄情寡义的人，白脸，嘴唇菲薄，头脑灵活，能说会道。卖花盆的人不认识那个人。这个月以来，已有三次梦见过他了。

我老是梦见他有什么用啊？卖花盆的人想，我还不如梦一个脾气好、懂技术的兽医呢，他至少能给我的骡子看看病，瞧瞧它到底怎么了，然后对症下药，一针见血。

然而，就是那个不认识的人，一到了水里，就立即变成老赵了。

卖花盆的人感到非常奇怪。

老赵是卖花盆的人从前的一位好友。梦中的老赵依然不听别人的劝阻，执意要在村后的水库里游泳，不过，他并没有出事，他的水性反而看上去好极了，自由，娴熟，浪里白条，神出鬼没，仿佛世上所有的水都是他的，都听他调遣，为他所涌，他在其中想怎么扑腾就怎么扑腾。

他带着一脸明亮的水珠对坐在水边的人们说：

"下来呀！快下来呀！你们怎么不下来？我踩住了一条鱼。"

一条鱼怎么能激动人心，感动别人？哪能有什么蛊惑力？更何况那是从他的嘴里说出来的一条鱼。就算他踩住一只鳖，捕获了一条传说中的美人鱼，那又怎么样？没有人主动提出要下去，尽管水面蓝得像晴空、亮得像镜子。

老赵失望地重新钻回水中。

一些人坐在水库的边上，有的油头粉面，有的满脸心事。

卖花盆的人也坐在水库的边上，如乡间的一个无所事事的傻瓜，咧着嘴，糊里糊涂地听别人说话，看老赵在水里扑腾，一会儿冒出来，一会儿沉下去，稍觉开心，脸上便浮起憨拙的笑容。然而，最使卖花盆的人感到不可思议的是，他竟看见了隔壁的那个女人，她坐在水边，笑着。卖花盆的人想，她怎么也在这里？

四周一带的青草长得很高了，有些已掩住了人们的肩头，有的簇拥着她的腰。

是的，一条小鱼哪能鼓舞他人？大鱼都不一定能够办得到。

时令好像已过了夏天，但还没有进入深秋，眼前那清澈明净的水却已像井水一样冰凉了。坐在草地上，卖花盆的人感到无边的凉意直往脸上涌。他不时地看一眼那个女人，看看她的侧着的脸，看看她的脖颈和腰，看着看着，渐渐地就想起了她的病。

卖花盆的人对老赵说，我不敢下去，我怕淹死。卖花盆的人说的是真心话。他们看见他坐在摇曳的草棵子里簌簌发抖，一开始以为他是装的。

水边有一阵子静悄悄的，人们不说话的时候则都不说，都在闭着嘴想各自的心事，一旦有个人带头说起来，众人就都随着来了，乱纷纷的，仿佛有几面铜锣夹在其中。

卖花盆的人感到自己的身上很冷。那个女人坐得离他们有一段距离，她的头发看上去很乱。卖花盆的人想，不像是被水边的风吹乱的，倒像是被他们弄乱的。

那个女人看着眼前的水。老赵在水里十分卖力地游着。

"老赵真没意思呀!"

卖花盆的人这样想着的时候,并没有感到他和老赵之间的几十年的友谊正像手掌里的水一样迅速地通过并拢的指缝漏了出去,他只是看着水里的老赵,又看看水边的那个女人,忽然就对老赵感到无比的生分起来,仿佛昨天才刚刚认识他,而且一开始就没留下什么好印象,没意思呀!没意思极了!

老赵和我已经不是一条心了。

卖花盆的人低声对自己说道。人活着真没意思呀!老赵光着身体,一会儿冒出来,一会儿又钻进去,那个女人开心地大声笑着。水库边有一些紫殷殷的鸟。

那些鸟振翅飞起来以后,卖花盆的人才吃惊地看到它们的身体的另一半竟是另一种样子:肚皮雪白,爪子鹅黄。假如它们不飞起来,一直落着不动,他会以为它们的全身都是紫的。

老赵要是也是一只鸟,那么,从前的那个老赵无疑是紫殷殷的,而直到今天,卖花盆的人才猛然看到他那雪白的肚皮和鹅黄的爪子。

那个女人面朝水坐着,分开两条腿。

前几年和去年,已经有八九个人在这里出过事了,今年还没有。满眼清澈明净的碧水,茂密的青草像防风的帐子一样在四周摇曳,太阳在高处照着,谁也不愿意,主要是不忍心将这样的一幅清凉宁静的图景与死亡或腐烂牵连在一起,残忍地拼贴起来。

卖花盆的人坐着坐着,忽然感到自己的身体向下缩了一下。老赵像是疯了,一遍遍地在人们的眼前游着,自由自在地浮上来,将自己的骨骼和肌肉展示给那个女人看。"没意思呀!老赵真是个没意思的人。"卖花盆的人将那一切看在眼里。好像再没有人站出来说他了,再也没有人管他了。

老赵不住地发出一些快活的叫声。

其实,一个人不想让别人管你,那还不容易吗?那从来就算不上一件什么难事。

老赵在那个女人的注视下，箭一般地射向远处，然后又箭一般地射回来，他站在离她最近的浅水里，露出大腿以上的部分，抹去脸上的水珠，看着她的两条分得很开的腿。

透过摇曳的细草，卖花盆的人能看到老赵的蓝色的短裤，它的里面兜满了水，紧紧地贴着那具疯狂的身体。老赵胸口的一道严重的黑毛一直延伸到肚脐以下。作为老赵的昔日的旧友，卖花盆的人太熟悉那道黑毛了，老赵有一个外号，"清一色，一条龙"，正是由此而来。

边上坐着的人，有的将腿伸进水里，轻轻地拍打着。几个人坐在清风吹拂的堤坝上，对城市里的那种空气闷热恶浊的澡堂子和大众浴池充满了深深的恐惧、厌恶和鄙视。一切的想法、爱憎，都是短促的，直来直去，甚至转瞬即逝。张笑对人们说，就在前几天，他的一位姑夫在一家堆放着无数白石头的浴室里洗澡的时候，因空气闷热恶浊而很快就晕过去了，不久以后就死了，抬出去吹风也无济于事了。张笑说着笑着，忽然闭上了嘴，不再说下去了，他发现人们都在用一种那样的眼光看着他。

毕喜对张笑说，那个人是不是你的姑夫很难说（张笑立即反驳：怎么不是？），那个浴室里是不是真有那么一个人洗着洗着就晕过去了，晕过去以后接着就死了，以后再也没睁开眼，没有缓过来，也很难说。

张笑生气地说，难说，难说，什么都难说。照你这么说，咱们现在是不是还活着，还在喘气，那也很难说，是不是？

这还用问么。毕喜说。

卖花盆的人疑惑不解地望着毕喜，对方使他感到生分而不可接近。卖花盆的人不知不觉地吐出舌尖舔了一下干裂的嘴唇，很快又像遇到危险似的急忙缩了回去。

真有这样的人呀！卖花盆的人想，他妈的，活了大半辈子，如今竟然对自己是不是还在喘气、还在活着，表示怀疑，一个人搞不清自己到底活着还是死了，那成什么了？不光怀疑自己目前还在不在人世，还要怀疑更多的人，让更多的人都跟着他一起昏头昏脑地卷进去，把那种折磨人的问题扩散到每一个人的头上，不得了呀！那还有个完吗？……一种似笑非笑的表情停留在卖花盆的人的脸上，旁边有一个人正在对他说话，但他毫无察觉。

他正在更深入地想，他妈的，我可不能陷进去呀！不能像他那样一不小心陷到那里面去；那样的烦恼，连头绪都没有。

有一个人操着铜锣般的声音，对垂头丧气的张笑说，你有没有那样一个好洗澡的姑夫，咱们不管，他是不是洗着洗着就晕过去了，晕过去以后就死了，咱们更不管（张笑插话道：你倒是想管，你管得着吗？你以为你是谁？）。我是说，浴室里堆着那么多的白石头干什么？难道是石灰窑吗？

有人立即笑出了声。

张笑说，你也用不着这样颠三倒四、阴阳怪气地说话，你以为我是在编着哄你们玩儿吗？我编那些干什么？我能得到什么好？

又有一个人说，浴室里为什么要堆放那么多的白石头，咱们不管（张笑苦笑着插话道：他妈的，又来了，又是老一套！），堆上黑石头和绿石头咱们也不管。我是说，发生了那么大的事，我怎么一点儿都不知道？竟从未听说。

又问另一个人，你也一点儿都不知道吗？

那个人说，我半点儿都不知道。初次，头一次听说。

张笑说，你们怎么了，到底发生了多大的事？不就死了一个人吗，那能是多大的事，非得让你们也知道不可？一个人死了，就像死了一只鸡，你知道谁家这会儿又死了一只鸡？你们能说得上来吗？他妈的，说这些干什么，就算我没姑夫好了。平白无故，我认那么一个死鬼姑夫干什么？不说他已经死了，就算他没死，还在人模狗样地活着，我又能从中得到什么？啊？我能得到什么？

有的草已经倒伏在地上，周围一带的痕迹逐渐趋于模糊。卖花盆的人抬起一张梦游般的脸，他发现，不知什么时候，那个女人已经走了。老赵也离开附近，向远处游去。

张笑望着越游越远的老赵，冷笑着说道，一个人死的时候，是没有多大的动静的，那声势有的时候甚至远不如一头猪。你现在去杀一头猪试试，一条街上的人——除了聋子都能听到它的那种临终前的惨叫，人却不多叫。

在卖花盆的人看来，张笑后来说的那些话不无道理。几乎就在同时，住在村子西端的毕喜的父亲正在咽气，而他们一群人却谁都不知道，仍然坐在水库的堤坝上。

透过晃动的青草，他们看到老赵已越游越远，谁都把他叫不回来，有人扯开铜锣般的嗓子也仍然无济于事。

毕喜打量着清静的水面，吃惊地说道，他好像要逃跑。张笑说，你又来了，他又不是一个有罪的人，逃什么！你想逃吗？我给你指一条路——

我活得好好的，我跑什么？往哪里跑？毕喜说。他走到一边，扩胸，深呼吸。不久以后，他走到离卖花盆的人不远的地方，慢慢地坐下，几枝蒲公英被压倒在他的身体下面。水里有一种草，像人的影子，像罪。

几天以后，卖花盆的人见到了披麻戴孝的毕喜。当出殡的马车夹在晃动的白幡与稀稀落落的哭声之间从他的门前缓缓经过的时候，卖花盆的人才知道又有一个人不在了。事先好像连一个招呼也没打，也没有任何的暗示，就一个人不声不响地走了。走了就走了，走了也就不再回来了。

就这样，毕喜的父亲像一只鸡一样悄悄地死去了。

7

卖醋的人从城市的那个方向一身酸气地骑过来，十分敏捷地从车子上跳下来，向卖花盆的人打着招呼。

"我早就注意到你了。"卖醋的人对卖花盆的人说道，"我早就知道这一带有个你。怎么坐在这里?"

卖花盆的人说:"你知道我?你知道我是谁?"

"怎么不知道?"卖醋的人说,"卖花盆的朋友嘛。"

"我怎么没见过你?"卖花盆的人打量着卖醋的,吃力地辨认道。

"因为你实在太粗心,其实我还是挺引人注目的。"卖醋的人说,"孟城、丰镇、黄家店一带的女人们都认识我,许多小孩子也都认识我。周庄有一个一两岁的小孩子,说话还不太清楚,可只要一见到我,便会响亮地叫我'爸爸'。我不是他的爸爸。"

卖花盆的人说:"那是怎么回事?"

"是的,这很怪。"卖醋的人说,"我也一直没有想通,为什么街上那么多的人他谁都不叫,却偏偏对我有那么大的兴趣?难道我的身上有什么与众不同的东西?"

"你的头上长着角呢。"卖花盆的人说。

"一两岁的孩子,懂什么呢?"卖醋的人说,"他们的眼睛是一面镜子,真正的照妖镜。为什么有的人,小孩子们一见了他就受惊似的哭个没完,直往大人怀里钻?据我看,那种人还不一定是什么东西转世的呢。另一种人,像我这样的,孩子们见了就显得格外亲。"

"我们村里有一个人,叫金蛋。"卖花盆的人说,"长得也并不高大,甚至也没多少力气;奇怪的是,几乎所有的狗,不管多么凶恶的狗,全都非常怕他,一看见金蛋来了,它们就都纷纷夹起尾巴溜走了。人们说,金蛋上一辈子一定是一只狼;如果不是一只狼,那么,至少也是一只豺。"

"我常在这一带跑,我怎么没见过?"卖醋的人说,"什么时候让我也见见这个金蛋,我会看相,让我看看他到底是个什么。"

"你说的那个孩子我想起来了。"卖花盆的人说,"原来是他。我在那里卖花盆的时候,他也曾管我叫'爸爸',小声音又清脆又入耳,我的心一软,差点儿送给他们家一只大花盆。"

"不可能吧?"卖醋的人睁大吃惊的眼睛,瞪着卖花盆的人,"怎么可能呢?他只认得我。我,明白吗?我,卖醋的人。"

他们在路边坐了一会儿。卖花盆的人多日来一直有一个疑问搁在心里，这会儿，他忍不住对卖醋的人说道：

"伙计，什么叫加盟？那是什么意思？"

"傻瓜！真是个傻瓜！"卖醋的人斜着眼看着卖花盆的人，得意地笑出了声，"连这也不知道，还要出来在这个世界上鬼混一番？听着，加盟的意思就是让你入伙。"

听他这么一说，卖花盆的人明白多了。他想起了不久前的一些往事。

前面不远处有一个村庄，隐隐地能看到那里的山墙和树，山墙的颜色有黄白两种，或高或低，树有浅黄的，还有深绿的。

卖花盆的人和卖醋的人决定到那个村庄里去。卖花盆的人边走边想，很多年前，曾经有一百多个人先后奔赴山东，加盟水泊梁山。他们中间，有些人是主动的、自愿的、积极的、天生就那样的、不那样就不行的；另外还有一些人则是被逼无奈，起初完全可以不那样，但后来再不那样就不行了，就再也混不下去了……卖花盆的人感到自己的脑子里很乱，他非常的拿不准，不知道自己算自愿的，还是被逼的，这样的尺寸是多么的不好把握呀！

卖花盆的人拉着一车花盆吃力地走着，车上的绳子在他的肩头上绷得很紧。卖醋的人慢慢地蹬着车子，走在他的旁边。在卖醋的人印象里，卖花盆的人一直赶着一辆骡子车走村串户，现在却自己拉车，难道……

又走了一段以后，卖醋的人终于忍不住问道："你那骡子呢？死了？"

卖花盆的人停下来，他听到自己的心里"噗噗"地响了一声，仿佛被人从后面猛地刺了一下，他的脸色变得很难看，他转过头来，似笑非笑地看着卖醋的人。

"人都免不了一死，何况一个牲口呢。"卖醋的人安慰道，"怎么死的？撑死的？病死的？别是有什么珍贵的东西在作怪吧？去年，吊兰庄的一头牛得了乳腺癌，不吃不喝，每天哞哞地直叫，后来杀出来后，竟得了一大串牛黄。敢情是那宝贝在哞哞地叫，怕时间长了搁在它的肚子里坏掉……你没给你的骡子开膛吗？其实你应该剥开它仔细看看，万一里面藏着什么珍奇的东西呢？反正它已经死了么，剥开瞧瞧也不算罪过。那是在为你造福呢。"

"谁说它死了？谁说它死了？"卖花盆的人仿佛在恢复体力，喘着气，有气无力地说道，"你怎么知道我的骡子死了？它没死。它今天没出来，在家里待着呢。"

"噢？"卖醋的人说，"令骡是过星期天呢，还是病了？"

"也没什么病。只是身上有点儿不舒服。"

卖花盆的人拉着车，看着前面的卖醋的人的背影，眼里不由得对他充满了憎恨。多么讨厌的一个人呀！卖花盆的人边走边想，什么都想打听打听，盼别人出事比盼自己得到牛黄还要性急，巴不得所有的人都或大或小地出点儿什么事，那样一来，他在旁边看着就舒服了。他妈的，什么东西！

车上的东西沉沉的，使卖花盆的人不能走得很快。另外，卖花盆的人还有一层意思，想摆脱卖醋的那个人，与他拉开距离。与他在一起走路、说话，卖花盆的人感到很不舒服，不时有一种大病缠身的感觉。

我一定要摆脱他，不能和他同时走进前面的那个村子。卖花盆的人暗暗地告诫自己。我要是和他绑在一起，我非病倒了不可。骡子已经病了，我要是再被闹得病了，我的那个家就全完了。

卖醋的人像一只瘟鸡一样在卖花盆的人焦躁不安的视线里不紧不慢地蠕动着，他缓慢而有力地蹬着车子，不时回头朝后面看一下，当发现与卖花盆的人拉开一段距离时，便停下来等一阵。也并不下车，只是将一只脚支在路边的石头上或某一道突出的土坎上，嘴里哼着一种声音。

卖花盆的人尽管走得很慢，但终于还是被卖醋的人等住了。

卖花盆的人于是硬着头皮与卖醋的人一起往那个村子里走。卖花盆的人懊丧地想，命里注定要有克星，任你在路上怎么磨蹭也不起作用，终究得碰到一起，闹出些事来。白马惧青牛，猪猴不到头，鸡见狗，泪长流……

卖花盆的人这样想着，渐渐感到自己的脸上的皮肉绷得很紧，发硬，极不舒服，像一件浆洗过的衣服。抬头去看时，只见那个村子里的几段白墙已在树后露了出来。

"说不定这是我的麦城。"

卖花盆的人低声说道，又听见自己的身体里"噗噗"地响了一声。

最初的情形其实并不算紧张，也说不上多么严重，但到了后来，他们吵着吵着就动了手。卖花盆的人站在一道高大的墙下，墙内传来的阵阵嘶哑生涩的锯木头的声音他似乎完全没有听见，他只感到自己的右眼上方如跑马似的跳个不停。跳得真猛烈呀！他伸出一只手去按，刚试着想松开一下手，就又跳起来了！

他妈的，这分明是要出大事呀！

卖花盆的人听到自己的身体里面又"噗噗"地响了两声，很难说那是什么声音，但他不愿意将那声音与某种器械联想到一起……一怒之下，他抬腿踢翻了其中的一桶醋。

从卖醋的人嘴里发出一阵呜呜的哭声。卖醋的人一边哭着，一边搬起石头去砸那辆车上的花盆——至少有十只花盆很快就变成了一堆灰色的碎片。

到临近中午的时候，他们两个人都表示不活了，要血战到底，闹个明白。作为一个成年的男人，卖醋的人看到自己的几声很伤脑筋的哭叫引来了一些围观的人后，立即便住了嘴，不再哭了。他看到人群中有一个女人在笑，可以说那是一个能让他心动的很有姿色的女人，然而，就是她脸上的那种不可名状的笑容深深地刺伤了他。真是不巧呀！卖醋的人懊悔无比地想道，我那难道不是在出丑吗？当着她的面……他妈的，一切都糟透了！

卖醋的人充满仇恨地看着卖花盆的人，他的脑子还不至于太乱，他明白，眼前的这个卖花盆的家伙才是一切问题的根源，什么不是他引起的？方寸，情绪，生意，脸面，欲望，利润，甚至一腔货真价实的爱美的心肠，在一瞬间全都突然乱了，七零八落，一塌糊涂。无边的灰尘纷纷扬扬地落下来，如疏松的帘子一样垂在他的眼前。

他感到那灰尘落到他的心上了。

……

正是中午，围观的人中，立即有好事者去告诉村长。村长正在与一个胖子下棋，对方的诡异的手段和刁钻的套路使他一筹莫展，不住地冒汗。村长一开始没听明白，只是不耐烦地对来人说，什么事，这也来找我？打了一个花盆也来找我？洒了一瓶醋也来找我？我成了什么了？公羊？种猪？我官再小，再不值钱，也不至于这样。花盆打了就打了，打了再买去！我这里损失才大呢，两门炮，两只车，转眼就没了，我找谁说去？

报信的人急躁而又不失耐性地对村长说道，不是的，不是那么回事，是这么回事：有两个咱们谁也不认识的家伙，一个是卖醋的，另一个卖花盆的，他们在咱们村中央的街上打得不可开交，满街醋味，满眼碎片。

卖的又不是同一种东西，怎么会打起来呢？村长疑惑不解地问道。

那得去问他们。报信的人说，他们像是疯了，疯了也要闹个明白。

村长歪着头想了一阵，说道，多叫几个人，把那两个王八蛋扔出去！让他们想去哪里打，打去，别让他们的肮脏的血溅到村里的墙上。想闹个明白还不容易吗？等天一黑，他们就什么都明白了。

村长的一番话全是肺腑之言。再过两天，就会有人光临他们这个在各方面都属上乘的村子，进行参观学习和指导。村里村外的墙壁刚刚粉刷一新，街道也扫过了。

在那雪白的墙上，无论溅上发黄的醋渍，还是暗红的血迹，都将会显得很不好看，那比在墙上乱写乱画还要难看上许多，更加不雅。

8

他们被从那个美丽整洁的村庄里逐出来以后，两个人坐在河边的树下。卖花盆的人点了一支烟，狠狠吸了几口后，又开始骂，却不见卖醋的人还口。仔细看时，发现卖醋的人正在嚼着随身携带的干粮，嘴里塞得满满的，两只眼睛却瞪着这边。

"先不要骂他了，"卖花盆的人想，"等他吃完了，我再骂他，这会儿骂他，他也不能还口。真是个王八蛋呀！他妈的，那么多的花盆全毁在他的手里了。"

卖花盆的人没有带干粮，只好一支接一支地吸烟。到这时他才猛然发现，卖醋的那个家伙不能说不精明，出门还带着干粮，仿佛就是为了与人吵架而专门预备的。日常生活中，那一定是个挖空心思、绞尽脑汁、滑得不能再滑的家伙，谁住在他隔壁，做了他的邻居，都会叫苦连天，受不了。

我也受不了呀！

他一面注视着那边的动静，一面暗暗地对自己说道。

不久，树上有什么东西掉到了卖醋的人的脸上。卖醋的人停止咀嚼，先用手摸了一下自己的脸，然后仰头去看，头顶上面是一树扶疏茂盛的枝叶，树上面是天，露在枝叶之间。中午已过了，蝉在树荫里像振响的铁叶似的叫着。

卖醋的人吃完一块干粮，在身上摸索了一阵后，很快手上又拿了一块出来，灰色的，有普通的一块砖头的四分之一那么大，也不知是什么东西，放在嘴边吹了吹，不似先前那样狼吞虎咽，一鼓作气，而是慢条斯理地一点一点往嘴里送，看上去像一位尊贵的客人。

怎么吃起来就没完了？卖花盆的人瞪着眼睛，心焦如焚地看着那个卖醋的人。看上去也不像是什么可口的东西，而卖醋的人却宝贝似的护着。卖花盆的人又说服自己等了一阵，见那边还是没有什么动静，便率先从树下站起来，对那个卖醋的人说：

"我也不和你吵了。你打碎我十个花盆，算我倒霉，我并不想让你全部赔偿；你只要赔我五个，咱们就各走各的，行不行？我不想待下去了，我一分钟也不想再看见你了。"

"我的醋呢？"卖醋的人说，"你踢翻了我的一桶醋，就没事了？光往里糊涂？我知道你是个糊涂人，可你不能光往里糊涂。"

"我糊涂？"卖花盆的人说，"你的醋像尿一样能值几个钱！"

"你的盆子像尿盆一样，又能值多少？"卖醋的人说。

"我最大的花盆，一个要卖七十呢。"卖花盆的人说。

"你还想卖七百呢，没有人搭理你，不是吗？"卖醋的人说，"我又不是不知道，你在这一带已经像狗一样转悠了好久了，喊破了嗓子，只出手了几个小尿盆。"

停了一会儿，卖醋的人神色严峻地问道："这么说，你也不准备赔我的醋了？"

"那就再打？"卖花盆的人说。

"打就打！反正晌午饭我已经吃过了，正要活动活动。"卖醋的人边说边从树下站了起来，不无夸张地活动了几下自己的身体（一看见他这种样子，卖花盆的人立即便想起老赵了：老赵在那个女人面前也是这样一副样子，夸张、显摆、炫耀、肌肉、骨骼、体毛，一切能用的都拼命搬出来用，一切不能用的，也要想办法变废为宝。没意思呀！他妈的，老赵，还有眼前的这个卖醋的人，都是一些非常没意思的人，不知道他们到底要干什么），然后宣布秘密似的说道：

"不瞒你说，每天吃过饭以后，我都要多少活动活动，这已形成习惯了。"

"来活动吧，你这个二流子！"卖花盆的人说着，努力睁大眼睛，他感到自己很疲倦，睡意似乎正在远远地袭来……恍惚中，他看到对面的卖醋的人渐渐矮了下去，变得越来越小，似乎是谁家的一个不懂事的孩子，说不上是腼腆羞惭，还是顽劣无常。收拾这么一个小东西，太容易了呀！惊喜的心情是无限的，很难用什么东西来界定。倦意如摇晃不定的蛇头，在他的眼前高高翘起又匍匐而行。

"来呀！"卖醋的人尖声叫道，龇着牙，在自己的旧自行车前走来走去，他决心将桶里剩下的一部分酸水在对方扑过来的时候，全部倾泻到他的脸上去。是的，就这么干。他很清楚，从某种意义上来说，那早已不完全是纯粹的醋了，早上临出门前，他还又加了一瓢水进去，捡来的钞票不是钱，谈不上有多少心疼。

卖花盆的人没有立即过来，他只是站在自己的花盆前，对卖醋的人说：

"你叫唤什么？你就不怕我一拳把你打死，打成一个废物？"

"你看看你，你都快睡着了，还想打我？"卖醋的人冷笑着说道，"你要是想死，就赶快过来，让我来趁热打铁，打发你上路——我干这事最拿手了。"

"你是一个没有心肠的人。"卖花盆的人说，"你一点儿也不为你的老婆孩子着想，你就不怕他们成为可怜的孤儿寡母？"

"还是先想想你自己的后事吧。"卖醋的人镇定自若，胸有成竹地说道，"到了阴间，我不一定再卖醋了；而你，一定还是一个卖花盆的，还得扯着嗓子到处叫卖。"

"你不卖醋你想干什么？你想说你另有安排？"卖花盆的人说，"你的那副嘴脸告诉我，你天生就是个卖醋的。"

"我是不怎么样，"卖醋的人说，"但和你比起来，我至少弄个乡长镇长干干，绰绰有余。"

"你别提这升迁发达的事，你想把我羞死吗？"卖花盆的人说，"你要是能当乡长，我至少也是一个县长——你的父母官！那也是因为我不太会混，几起几落，耽搁下了。"

"你也想当县长？"卖醋的人盯着卖花盆的人看了一阵，忽然笑出了声，"猪上树，牛吃赶车的，有这事吗？你要是县长，八年前我就是市长了。"

"你要是市长，我早就是省长、省主席了。"卖花盆的人说。

"你要是省长，那我就更大得不得了啦。"卖醋的人踮着脚说道，"你哪能想见我就见我，嗯？恐怕提前一年预约也不成，知道吗？我很忙，没时间注意你们这些芥末一样的人。对了，你只能坐在电视机前看看我，看我每天在这个热闹的世界上飞来飞去。你过得一点儿也不快活，你就会不停地责备自己，你就会想：当年，我要是稍微约束一下自己，不和电视上的这个人吵架，那该有多好啊！一切就全都是另一种样子了。你埋怨自己见识短，没长后眼，坐失良机，你只能对你的女人孩子们用吹牛的方式掩盖你自己的不足和失败。你对他们说，当年，我和电视上的这个人吵过架，从郊区吵到一个山清水秀的村里，后来又从村里吵到村外——你隐瞒了被那个村里的人赶出来的事实——闹得不可开交，他打了我几个——你不说十个，而是说几个——花盆，我一怒之下踢翻他的两桶——你虚报了一桶——醋。听了你的故事，你的家人们并不被感动，你的子女们都会起来攻击你，说你愚蠢、短视，简直他妈的蠢透了，一点儿头脑也没有，他们为有你这样的父亲而感到羞辱，感到不安和绝望，感到走投无路。一家人，包括你的女人在内，都不想要你了。而且，更可怕的是，他们正在秘密地策划一件事情———件对你非常不妙的事情，那事情，可以称得上是一个不折不扣的阴谋。"

"怎么，他们那是要干什么？"卖花盆的人感到自己被一种严密而无边无际的东西罩住了，他双唇干裂，吃力地喘息着。在卖醋的人的眼里，他如同一个刚刚从山里被捕获回来的动物，惊魂未定，不知所措……卖醋的人看着看着，不禁笑了起来。

"你笑什么？"卖花盆的人盯着他，很快向这边走来，声音急促地说道，"你告诉我，他们是不是要谋害我、暗算我？"

"是的，我担心的正是这个，发生在民间，尤其是乡下的命案，一般都是这样的。"卖醋的人说，"你身边的人太危险了，一边是一个有野心有姿色、永远不能满足的女人，另一边是一群跟着起哄的孩子。你自己什么事都办不了，百无一用，他们要你干什么？"

"我该怎么办？"卖花盆的人用求助的眼光看着卖醋的人，从喉咙深处发出一声暗哑的征询，期望能求得一个主意。对方的满身的醋味他已闻不到了，他早已忘记了其身份与职业，不知不觉中已然将其视为一种可靠的标志，一切的主张、信念、方法，都将源源不断地从那里涌来。……然而，那个可靠的人却酸溜溜地说：

"没有什么特别好的办法，先出去躲一段时间再说吧。"

"躲一段时间？"一段时间又有多久？能躲到哪里去呢？卖花盆的人茫然四顾，天空不知什么时候已变得阴暗起来，树下渐渐有了风，先在树的枝叶中间波动，涌泻，慢慢地流出来，在树下成形，成为一种起源或开始——事实上那并不是一种开始。

卖花盆的人在有风的树下走了一阵，脑子里忽然感到清醒了，于是，他像一只迷途知返的黑山羊一样，一边迅速地斟酌、判断，一边急忙跑到卖醋的人的面前，费力地说道："胡说！你刚才所有的那些都是在胡说！我没有家室，身边又哪来的那些危险的人？没有人要谋害我。我孤身一人，还有一头身体不大舒服的骡子……"说到这里，他看看卖醋的人，见那一位站在那里，安心地笑着，不禁感到后怕起来。眼前的这绕来绕去的圈套才是一个真正的诡计，再紊乱一会儿，再拖延一会儿，就什么都实现了。

　　真是可怕呀！卖花盆的人吃惊地想道。差一点儿卷进去！一旦卷到那里面去，剩下的就只有顺水漂走了，什么补救的办法都没有，也不会出现奇迹。河边没有奇迹，只有不可思议的猜忌、妄断和疑云。

　　卖醋的人天生有一种妖言惑众的能力。卖花盆的人早已说服自己听信了那一套，恍惚间，他也仿佛真切地看到自己的屋里有一个漂亮而不贤惠的女人。那是谁？当然是他的不贞的妻子，为她的那些事，他几乎伤透了脑筋、伤透了心。她无端地摆动自己的大腿，表情暧昧，意义过剩……另外也似乎真的还有一群没有心肠的、猫头鹰似的孩子。

　　假如不是因为没有清晰的方向，找不到一个明确的去处，卖花盆的人早就听信了卖醋的人的一番描述，丢下现有的一切，独自弃家逃跑了。为了躲避那谋害或暗算，也值得这么做。

　　"多么危险呀！我差一点儿不顾一切地跑了。"卖花盆的人不无侥幸地想道，"要是再晚一点儿察觉……"但毕竟没跑。卖花盆的人想。就算我是个货真价实的二傻子也没关系，只要多打几个定夺，多琢磨几回，就不至于闹出太糟的事情来。好啊，人活着多好呀！动脑子是一件多么有趣的事呀！

　　"我的家里只有我一个人，"卖花盆的人恢复了常态，心安理得地对卖醋的人说道，"什么事也不会发生。我没有滥情的女人，更没有你说的那种丧天良的、没孝心的、秃鸥怪（猫头鹰）一样的子女。一般人有的那些乱七八糟的东西，我都没有。"

　　"这样好，这样最好。"卖醋的人笑着说，"省得将来麻烦。"

不久以后，天上下起了小雨。

卖醋的人抬头朝天上看看，伸手从怀中扯出一团嘁嚓作响的东西，展开后，竟是一件简易的雨衣。

"我不如他呀！"卖花盆的人呆呆地看着，暗自感叹道。他把什么都想到了，十年以后的事都被他计划到了，安排得妥帖而没有闪失。多么细心的人呀！出门带着雨衣，雨衣里夹着能够充饥、能够给人以力气和胆量的干粮，不得了呀！并不是每个人都能让自己有效地延伸，扩散，越涸越重。卖花盆的人惊讶地意识到自己多年以来的生活有些糟，谈不上正规，即便别人不说什么，自己也觉得很是不堪。

"我要回家呀。"卖醋的人将雨衣披在身上，抬腿骑到自行车上，对卖花盆的人说，"你还要去哪里？"

"我也要回家。"卖花盆的人站在雨里，轻声说道。

他的声音听上去显得非常遥远。卖醋的人临走前脸上露出一丝疑惑的神色。走出没多远，卖醋的人回头大声说道：

"老弟，你要记住，你是一个有福的人。"

说过之后，卖醋的人并未远走，他知道卖花盆的人一定要问个为什么。但等了一阵，却没有任何动静，回头再看时，见卖花盆的人站在雨里，像一棵没有枝叶的枯树。于是，卖醋的人只好自己补充道："因为你没有那些乱七八糟的东西，没有那些乱七八糟的人和事。"

9

不断地有人利用各种各样的方法向隔壁院里的那个女人献殷勤：劳动、恭顺、奉承、缠绵、守恒……卖花盆的人看在眼里，每次从外面回来以后，他都想迫使自己成为一个心细如丝的人。多注意注意有什么不好？他时时这样对自己说。隔壁的院里常响起沙沙的声音，有很长一段时间，他不知道那是怎么回事。

在有月亮的晚上，卖花盆的人用一根筷子轻轻地敲击着某些不易出手的存货，它们使他感到眼熟，感到越来越没有距离。它们多像一些嫁不出去的姑娘啊！是的，不是没人要，不是本身有什么问题或难言之隐，也不是过于挑剔，横竖不对，很难说那是什么！卖花盆的人一直找不到真正的原因，他长久地坐在那里，有时孤零零地站在月光下。

有一个人，每到黄昏时分，就准时地到隔壁的院里来了，来找她。在窗外的葡萄架下，他一站就是很久，脸上流露出无限的深情和耐性，等她出来，或者他最终进去。那种时候，她在干什么呢？正在精心地梳妆，修饰……隔着墙头，卖花盆的人能闻到一种芬芳馥郁的香气如烟纱一样在远处展开，渐渐笼罩过来。

尽管显现在葡萄架下面的那张脸是一个异常陌生的面孔，但卖花盆的人不相信自己会不认识他。从前，我们是多么的熟呀！谁有什么，互相都清清楚楚。卖花盆的人心绪不平静地想道。别想瞒过我的眼睛，别以为我不认识你！我知道你，你是改头换面后的老赵。

就是这样。最初他在隔壁的院里刚一出现，卖花盆的人就很快注意到他了，尽管门前稠密的枝叶遮挡着他的脸，表面上看他不是老赵，但从本质上来说，他一定是老赵。

老赵一次一次地来，推开藤蔓掩映的小门，穿过湿润的过道，大胆地进来。"他已完全把我忘了。"每次听到隔壁的院里传来清晰的水声，卖花盆的人都会伤心地思前想后，抚今追昔。使卖花盆的人感到吃惊的是，一向扬扬得意的老赵竟也有一筹莫展的时候，有好几次，卖花盆的人看到老赵一个人站在窗外那阴森幽湿的葡萄架下面，既不进去，也不离去，仅仅几个月的时间，他的脸已变得一片黧黑，令人难以置信。这样的时候，卖花盆的人就会隐约猜到老赵和那个女人之间出现了某种是非曲直，甚至阴错阳差的误解。对老赵而言，打击，瓦解，摧毁，改头换面，重新开始，似乎说什么都不算过分。那一切都来得很快，先使他猝不及防，欣喜若狂，继而又感到难以招架，劳心伤神，断断续续，零零碎碎。

透过墙上的缝隙，卖花盆的人感到自己已多少知道了一些。

不知从什么时候开始，老赵也变得很矫情，每每令人难以忍受。卖醋的那个人就够得上一个地道的酸人了，竟然在他之外还有比他更甚的人。过了很久，老赵还是那样。一只螳螂从葡萄架上跳下来，在他的肩上爬了一阵后，很快不见。他的脸正从枝叶的阴影间慢慢分离出来。

那个女人从屋里出来了，卖花盆的人听见从自己的胸前传来"噗"的一声，他的脸在半明半暗的光线里变得很白。一个时期以来，他总是在猝不及防的时候突然听到那不祥的声音。"我这是怎么了？"卖花盆的人对自己说，"我又有多大的把握呢？我难道要比他强上许多吗？"骡子在石槽前很秀气地一小口一小口地喝着槽里的水，像一个挑剔而变态的女人。它的情形时好时坏，仿佛有一种东西在暗中控制着它，一切都由不得它自己。不但它如此，有些时候，兽医也被那种无形的烦恼控制着，左右着，且干且退，无计可施。

有一种相对保险的含糊的退路，常常给人以一定程度上的遮蔽与护卫，不至于使你伤得太厉害，不至于使你的心完全变凉。

有时候不需要踩梯子，从墙的这面望过去，可以看到她栽种的番茄已开始挂果了，稍大一些的已接近于小孩的拳头，浅青浅绿的果实垂挂在旁边，成为她的一部分。

老赵的身上潜伏着一种谄媚的本领，多年来那种天生的东西一直未曾有过表露的时候；卖花盆的人自从开始见识以后，那种东西总是常常使他自觉不自觉地想起流传在乡间的牛瘟，想起盛开在村里村外和山冈上的有着粉色花瓣的——糯米状的——"鬼辣椒"。

"老天爷还是有眼的，"老赵媚笑着对那个女人说，"比如像你这样的人，他就格外开恩，爱惜：你看看你这个院子，你栽什么就活什么。你要是在土里随便插一根烧火的棍子，我相信它用不了多久也能长出叶子，开出花来。"

老赵的甜蜜的恭维使她的脸上涌起红晕。卖花盆的人咬牙切齿地窥视着，他总算看清老赵了，为了接近她，使她更加欢心、满意，什么样的话老赵都能顺顺溜溜地说出来，什么样的事也都能不红不白地做出来。卖花盆的人想，我在路上随便遇到一个什么人，那也要比熟悉老赵熟悉得多。

然而，那个女人却谦逊地说："不见得吧？他一年四季让我生病，也是他的恩赐吗？我的病要好了，我宁愿……"

"到底是什么上面的病？"

老赵压住声音，低低地问道。卖花盆的人吃惊地看到老赵问过那话以后，突然向下缩去，像是矮了一截，像是要立即遁入脚下的松软的土里，他的头垂在葡萄的枝叶下面……

卖花盆的人先是屏声敛气地看着，后来毛骨悚然地打了一个冷战。

过了一会儿，卖花盆的人看到老赵又恢复了原样，他很重地呼吸的时候，旁边的一些薄薄的叶子随着一起振动，起伏，摆出立即要飘然离去的样子。

"哪里有十全十美的人呢？"老赵对那个女人说，"很少有那样的人呀！人活在世上，总得让你不时地有点儿小麻烦、大困难、不痛快。那些乱七八糟的东西逼着你去动脑子，想方设法，费精力，费体力。事情解决了以后，就像刚从肩上卸下一口袋粮食，或者一只磨盘似的车轮，坐在树荫下擦擦汗，喝口水，又累又舒服——这是劳动人民的特有的幸福，不劳动的人是体会不到的。"

"要是没有那些小麻烦、大困难，人就既不知道累，也不明白什么叫舒服。咱们用手去挠牛的脖子或胯下，牛为什么不笑？我以为它不是拼命克制，而是不知道什么叫痒，不明白那是怎么回事。"

"要是遇到的事情一件也解决不了，那就注定一辈子要活在困难里，天天麻烦。——有很多人，一辈子没有痛快过一天。"

草丛里不时飘起一些吱吱的细碎的声音。老赵抬起一只手，突然放在自己的另一只臂膀上——他捉住一只蚊子，放在指尖上认真瞧着，脸上浮现出一种罕见的欣慰。

……从前，在水库边的堤坝上，柔软的青草迎风起舞，鹰在山谷的上空盘旋着，一俟时机成熟，便会突然来到地面上，张开宽大的怀，抱走一只正在吃草的羊，然后又稳稳当当地展翅而去。老赵说，活了多少年，我们原来都是一些眉目不清、毫无面子的人，我们都是一些羊，软弱，窝囊，不但谈不上趾高气扬、侵占别人，而且连自己的性命与仅有的一点儿利益都看守不住，乃至一丛最不起眼的沙蓬都得让给别人，不让不行。干任何一件事情都如同登天，比登天还要难上许多。无论什么时候，无论在哪里，别指望会有谁给你留面子，别指望谁会把你放在眼里，没有人会考虑你的请求，也没有人顾忌你。我们被杀的时候，最多不过咩咩地干叫两声，那也算是比较有血性的；……老赵泪流满面的样子给周围的人们留下了很深的印象。

一个曾经多么好高骛远的人啊！

10

时光擦着树木的边缘在村外的大道上奔驰着，人们住在村里，谁也不曾对其多加留意，一切仿佛都远在天边。一件能够在中午时分干完的事情，完全可以放到当天晚上甚至几天以后，这样做丝毫没有什么不妥。

什么人在频频地看表，不停地计划，一个很无聊的女人？一个恶心的男人？

卖花盆的人在一只缺了大半个边儿的花盆里加入两瓢水，然后将那个破盆放到南边的墙下。这样的残花败柳般的货色像一个年老色衰的女人，已注定不能再出手了，拉到市上只会遭人耻笑，使其他那些完好无损的受到连累。

这些天来，经常有一只焦渴万分的狗跑到他这里来找水喝，喝过后又急匆匆地夹着一条已没有多少毛的尾巴离去。一开始的时候，那条狗试探性地站在街上向这个院里张望，当看到并确信院里仅有一头躺着的骡子时，便小心翼翼地走进来了。一个长条的石头槽里盛着清水，那是卖花盆的人为自己的骡子预备的。不管骡子喝不喝，作为一个伤心的情绪低落的主人，他每天无论多忙，都要将石头槽子里的水换一次。

那只狗缓缓地从外面走进来，卖花盆的人在屋里看得真真切切——那是一只年纪很大的狗，走起来的时候老态龙钟，一副饱经沧桑的样子，对周围的一切都不大关心、不怎么在乎了。它的眼里几乎装不进什么，它看着石头槽子里的清水，然后低下头去喝。卖花盆的人从屋里出来，站在一旁注视着它。那年老的狗喝过水后，抬起头看了一眼卖花盆的人，然后又像来时一样缓缓地走出去了。

完完全全一副老祖母的样子。卖花盆的人这样想着，走出自己的院子，向两边观望，只见那位"老祖母"正蹒跚着从几棵黄绿的树下走过。几只轻浮的鸡在附近一带聒噪、忸怩，"老祖母"视而不见。

记忆中从来没有出现过这样的形象。这件既开眼界又长见识的事使他不禁感到有一些冲动，这样的活生生的一课不是每个人都能幸遇的，有多少人一生都挨不上。是的，一定要另外单独准备一个盆子，每天换一盆清水。卖花盆的人一项一项地盘算着，回到自己的院里。他想到了怠慢，想到了不义。卖花盆的人感到自己还不是一个不义之人，那么，他当然更不会怠慢那位远道而来的、焦渴万分的"老祖母"，不给她水喝，不是他这样的人能做得出来的。只怕不肯来呢！来了才说明眼里还有他。

卖花盆的人在自己的小小的院子里走着，做着一些该做的事。如果他自己不出去，从来也没有人会在外面叫他的门，或者径直进来，整整一天、一个月、一年，也不会有什么动静。有时，他干着活儿，会突然停住手，自己对自己说：

"那么大一个世界，那么多的人，各种各样的人，形形色色的人，没有一个人瞧得起我。我要是不先开口，没有一个人会主动与我说话。"

有一次，他正在屋里给骡子拌料，忽然听到自己的街门被人拍得很响，他放下手里的东西，跌跌撞撞地跑出去。他很不适应这样的声音，这样的声音使他感到心慌意乱、六神无主，身上的一切都像佩戴的饰物一样在混乱无序地振响、跳动……门开后，外面站着一个生人，一看见他出来，就立即将一个戴着橡皮软塞的瓶子举到他的脸前，高声问道：

"要奶瓶子吗？想要塑料的，还是玻璃的？塑料的烫手，玻璃的容易爆炸，我这里有磁化的。"说着，又举出一个。

"进来说。"卖花盆的人让开自己的身体，对那个陌生人说道，"你的这东西我不要，我要它没用。你知道，我没有孩子，一个都没有。我一个人过。明年，我就快四十岁了，我不能举着奶瓶子喝水。我不想把人们笑死。"

"不要就算了，还说这些干什么！你有没有孩子，我怎么知道？"那个人气呼呼地收起自己那一套，转身离去。

"我真的没有孩子，不信你进来看。"卖花盆的人说，"里里外外不是粮食，就是工具，连一件孩子的玩具都没有。"

晚些时候，又一位曾经沧海的"老祖母"借着黄昏的夕照，正在大摇大摆地穿街而过。——那是一只体态硕大、须毛皆白的老鼠，老得已快走不动了，从谷仓的那边走来，在人们的呐喊声中，不慌不忙地向农机管理站的方向走去。夕阳的余晖披在它的身上，使它镀了金，它步履蹒跚，每走一步，仿佛都要在途中留下某种纪念性的东西，留下它的气息或并不存在的金色，它的迟缓而沉默的影子使坐在墙边的一些老人受到了震动。我活了八十多岁，从来没见过这么从容大方的耗子。老家伙那眼里有谁？谁都没有，谁都不在它的眼里。一个人活到那个份上，还有什么可怕的呢？卖花盆的人心事重重地想道。没有什么大不了的了，没有什么了不起的了，一切都小得不能再小，有时肉眼几乎都快看不到了。……也许，那才是真正的遗忘，真正的目空一切。

卖花盆的人站在光线稀薄的街上，惊异的目光向前面循望着，追随着，一直目睹着它的富态的身影最终消失在农机管理站凌乱寂静的院里。它难道很适应柴油的气味吗？马达和水泵的刺耳的突突声也不在乎吗？司机们随随便便掏出来的僵直而丑恶的生殖器也不值得它避讳吗？好像是什么都不再要紧了，街道是普通的街道，溜达在街道上的人更是普通得不能再普通的一些人，农机站的内外也没有什么怪事。几乎难得有一件有什么刺激意义的事。

不论任何时候，只要一出现在他的面前，那只狗总是显得焦渴万分。卖花盆的人回到自己的院子里以后，它已经来了，正在石头槽子前喝水。眼前的情形使他不由得一阵感动。他站在它的后面，看着它的苍老的毛。很显然，它已习惯了这个石头槽子里的水，它一点儿也不知道它自己的水盛在一只花盆里。灰色的花盆，会在它饮水时发出某种相应的声音。仅仅几次，就已经熟了。喝足了水以后，它抬起头望着他。卖花盆的人此时垂手立在一边，目光柔柔的，像一个忠实的仆役。

"你知道我是谁吗？认识我吗？不认识？我是一个卖花盆的人。"

他的心情在流淌，有源头，却感觉不到流向与最终的去处。看到它对眼前的一槽清水不再感兴趣时，便小声问道：

"老人家，您还需要点儿什么？"

11

有一段时间了，老赵没有出现过。那些天，每当吃过晚饭之后，卖花盆的人都会看到有一个年轻的姑娘悄悄地走进隔壁的院里，先在阴湿墨绿的葡萄架下停留一阵，然后走进屋里。

卖花盆的人不知道那是哪家的姑娘。在墙的这边，他能勉强听到她们说话的声音，但无论如何不知道她们在说什么。有好几天，他一直在想两个女人在一起住，会说些什么？说得最多的是什么？一个中年的妇人和一个年轻的姑娘，她们睡在一个屋里的时候，说的又是些什么？这些没有答案的问题使卖花盆的人很伤脑筋，常常想着想着就开始头疼，渐渐地越来越感到昏昏沉沉——只有当他感到自己有些狗拿耗子的时候，才会暂时抛开那些恼人的问题。

有时候，天气温暖，熏风和煦，隔壁的女人便会站在街门口，远远地望着那个纤细、文静的姑娘从月光下轻轻走来，她像一只清纯无邪而又心慌意乱的小鹿一样闪现在那个女人的视线里，又如同信使一样停留在卖花盆的人的记忆中，使他不得不考虑她是谁？从哪里来？为什么来？是暂时住一段，还是住下就不走了？她为什么要和那个中年女人住在一起？她们是怎么回事？她的胆量难道要比那女人大得多吗？当外面响起某种动静的时候，她的年轻的身体说不定战栗得很厉害，她会紧紧地抓着那个女人的手，长长的头发披泻在脸前。那种时候，人届中年的她反而安慰她，爱抚她。无论从哪个方面来说，一个中年的妇女都没有理由比一个十八九岁的年轻姑娘更显得害怕，更加不安。长期在病中的女人，相信对很多东西已不再忌讳，甚至连曾经有过的对某种事物的畏惧之心也会日渐丧失，丢得干干净净。她知道自己的病，了解它的范围和程度吗？她们一边铺床一边说话，恐惧和不安被压入黑暗，扫地出门。近来，她的气色相当不错，身体结实、丰腴，充满弹性。那样的一种略显松弛的状态与年轻的姑娘们过于绷紧的皮肤又不尽相同。那个姑娘安安静静地坐在她的对面，坐在铺开的松软的被褥上，她多么像一个离开闺中不久的新娘呀！是的，早晚会有那么一天的。

　　天气不好的夜晚，村里的人们很早便都睡了。她和那个姑娘当然不是睡得最晚的。她们坐在灯下，火上煎着她的药，来自山野的清苦的滋味熏染着她们。街上在刮风，附近一带的人家的松动的门窗在风中呱嗒呱嗒地响着，每隔一会儿，她们当中或者谁，就得去翻翻那鳖黑的药汁。

　　夜深以后，她们灭了灯，屋子里只剩下一些忽明忽暗的火焰的亮光。火焰的形状在很多的时候像是用不规则的纸剪出来的。有一段时间——连续两三天，那姑娘心神不定，甚至连外面的衣服都不敢脱，总感到有人在窗外站着，在暗中窥视着她们。这个像鹿一样胆小的姑娘，宁愿睁着眼睛坐在黑暗里，呼吸着药味，注视着火光。她告诉那个比她年长十几岁的女人，说自己遇到一位医生，既懂西医，又精通中医，算是难得。

　　长期生病使那个女人先后认识了不下十几名医生，那中间有中有西，他们互相排斥，诋毁，她的病一直在时光中徘徊……西医对中医疾恶如仇，而又不屑一顾，自认为真理在自己手中，自己就是科学的化身。中医又是多么的不信任西医呀！他们笼统地将所有的西药制品视为图财害命的毒药，将手术刀视为杀人不眨眼的屠刀！他们又无论如何看不清自己的腐朽、愚昧和褊狭，某些医病的方法乌烟瘴气，形同巫术！多少年来，两种医生就这样互不相容，恶性循环，不知延误了多少人的性命。有一位富有经验的中医，化瘀祛风很有一套，但近来却热衷于配药，专门研制一些使妇女皮肤丰美的方子。具体做法是：将大量的胡椒粉一样的散面装入提前购回的空胶囊内，然后按粒出售。表现在女人的身体上，那药追求的是美白，润泽。有一段时间，这个女人天天服用，身心在安慰中舒卷如云，沃野一样肥美。

夜深时分，服过药以后，她们在干什么呢？很难说她们在干什么。卖花盆的人站在墙的这边，耐心地打量着隔壁窗户上一个又一个的安详的菱形。灯光仿佛是从缭乱的木纹间透出来的，但显然又不是，倒是那木头的形状与花纹被月色洗得十分青白。

隔着墙头，卖花盆的人仔细地想象着两个女人在一起睡觉时的情形。那是怎样的一种情景？很不好推断呀！脑子里的图画，有些需要裁剪，有些裁又不是补又不是，就那么一直空着，没有什么东西能让它显得合理而有情有趣。

"是不是所有的空白都得填满？"

卖花盆的人背靠着院墙，小声地问自己。白日里阳光的余温仍然滞留在墙上，这使得他不再感到自己是一个没有根基、没有依靠的人。我的背后有东西，有很高很硬的东西，牢固，结实，而且还时时传递着静悄悄的温热。

"不一定我就比所有的人都差。"

这样的念头刚一闪现，立即就被他抓住了。他在黑暗中使着劲……

卖花盆的人仰起头，望着隔壁窗户上的那种水一样的灯光——

随着时光的流逝，某些不容易成形结晶的问题，已被他琢磨得很光滑很尖锐了，这是他的一种直觉。

"那多半是对的。"

他对自己说。然而，过后不久，马上又意识到不满足，"不行！还得一直深入下去才是。"事实也正是如此。浅浅的一湾水不过是一种表面的流闪，真正伤脑筋、卖力气的时候还在后面。很多时候，他分不清哪个是直觉，哪个是经验。面对那个阴森幽静的葡萄架，他常常说不出话来，感到一种钻心的疼痛，却又很难觉出在哪个部位。面对那些，他只能像一个哑巴一样把长久以来积在心里的事情悄悄地颠倒一下，换个方向，挪挪位置，变变颜色，仅此而已；属于疑团的，也不过多留意一眼，很难认真计较。

老赵走了，那个姑娘来了。

老赵为什么不再来了？暑天已过去，他没有理由再泡在水里了。最主要的是，没有那个女人在一边看着，不住地发出阵阵撩人的笑声，老赵是不会认真在水里待多久的。明摆着的事，他所做的一切，主要是为了她，没有她在场，一切恐怕都谈不上，没有什么别的人和事让老赵心甘情愿地卖力，做这做那。卖花盆的人很清楚老赵是一个怎样的人。

一个好高骛远的人，是不适宜在乡村尤其是穷乡僻壤里居住的；郁闷、愁苦、寂寞、贫困，那样的一些东西慢慢地就会对他形成严重的梗阻，叫他走投无路。时间一长，街上的每一根草、每一块不起眼的小石子，甚至一滴水，对他来说都可以算得上是一种致命的障碍，都可以轻而易举地将他绊倒，像一块玻璃一样跌得粉碎。另外的阴雨、尘埃、漫无止境的黑暗、干燥、潮湿、恶心、绝望……那样的折磨比某些探亲访友的人遇到天灾人祸的阻隔更为直接而深入，后者只是感到日益焦虑，虚火攻心，渴望及早离去，一分一秒也不愿意再多滞留，说不上复杂，心碎，更谈不上有多么致命。

然而，就在那片灰色的背景里、人们接近于枯黄或奄奄一息的时候，隔壁的那个女人开始出现了——她如同一片流水，首先被救活，挺起腰杆，精神一日强似一日的就是老赵。……为什么第一个被雨露沁透的人竟是老赵？卖花盆的人想。"不应该是他呀！他有什么功劳？是我最早发现她的，她住在我的隔壁，我和她距离得近，最短，没有比这更亲近的了。还有谁能时时听到她不易察觉的呼吸，看到她的优美的身段？她的窗户中的帘子是什么花色的？里外共有多少幅？她的内衣里面还穿着什么？直接是一览无余的肌肤？还有一层空气一样稀薄的东西披在她的身上？"

卖花盆的人不相信还会有什么人能够知道这些，这样的最隐秘的贴着肉的事情，难道不是生活的内幕吗？如果不是，那又是什么？既是内幕，那当然就不应该成为一种人人谈论的广泛的话题。谁都清楚的事情还叫什么内幕！

"这样的事情还能上哪里打听去？只怕是有买的没有卖的。"

然而有一个人却得意无比地暗示自己想要的东西已经到手了，人也得救了，什么都不缺，——那个人就是老赵，卖花盆的人在从前岁月里最好的唯一的朋友。

"怎么可能呢？"卖花盆的人胆战心虚地想道。不可能吧？老赵和她，他们，她们……有时候站在葡萄架下，也能将就着把要干的事情干完？十几分钟过去，然后一走了之？不可能呀！草草地来，又草草地去，究竟是为了什么？有什么意思在里面？

卖花盆的人心急如焚地站在墙的这边，他的耳边传来了她的笑声。一个女人要是不能像花瓣一样时启时合，那还能叫女人吗？那是木头。木头也有亭亭玉立、风姿绰约的。也不全是榆木，榆木在春天里的时候，还禁不住常常要流泪呢，流又浓又黏的透明的油脂一样的东西……卖花盆的人这样想着，渐渐感到自己的一只手上沾满了无数黏稠喑哑的东西。隔壁院里的灯光熄灭了，有一种听上去很硬很挺的树叶在黑暗中哗哗地响着。

我要干一件大事。

这句小声而坚定的话将他自己也吓了一跳。他蹲在骡子的旁边，注视着附近的几个高耸的草垛。一件事情正在刺激着他，推动着他，他能听见自己的心跳得很厉害。"那要是弄成了，事情就是另外一种样子了。"是的，从后面上去，不知不觉地绕过去，踮起脚，屏声敛气，算是一种办法；直接迎上去，面对面地过去，开门见山，直来直去，也是一种办法；后一种办法不一定就不如前一个，几种办法都有可能，都可以试试，但到时候只能选择其中的一种，剩下的统统都用不上。"谁能知道我要干什么？"谁也不会知道，谁也不会想到。真是一件令人心跳的事情呀！无论摊到谁的头上，谁都会感到受不了！兴奋，激动，强烈的颤抖，一连串的反应有的在情理之中，有的大大地出乎人的意料。那是什么？那是怎么回事？脉络不清楚也没关系，甚至第一次弄砸了也没关系，那毕竟不是一件人人都可以干的琐碎之事，一次命中，一针见血，当然是好事。

卖花盆的人轻轻地喘息着，像一只辛劳的土拨鼠一样活动在自己的院子里，有很长一段时间他做着一些完全忘我的事情，在月光下忙得不可开交：窥视，眺望，修理，测试，敲打，倾听，洒扫庭除，磨砺工具，疏浚水道，搬运粮食……

12

长久以来，生长在他的院子东边的一片小树林子，在他的印象里已完全不存在了，似乎从来就没有什么东西曾在他的周围摇曳，晃动，并带来萧萧的风声。没有树林，也就不存在疏密，日间的光影在那里难得有什么变化，晚上的月色也是笼统的一片青光。

那是一个还算安静的小院，他一直这么认为，门前有一个沤麻的水塘，一池浓浓的绿水。他留意了很久，竟从来不曾看见有年幼的孩子从外面回来，小院里也从未响起过童年的声音。那房子上面没有瓦，烟囱细而高，分明是另一个什么地方的习俗，生拉硬扯地挪到这里，与周围一带的情形明显有别，格格不入。房子的前后都有门，后面的门向上升着升着就不见了。

一对患有失眠症的夫妻住在那里。失眠的情形是严重的，不是一般意义上的睡不着觉。看看他们那越来越坏的脸色、性情以及恍恍惚惚的身体，就不由得人不为他们感到担心。长期以来的失眠，使他们原本还算差强人意的记忆遭到了毁灭性的打击和损害，撕扯和吞噬几乎每天都在发生。不行了，什么都记不住了，无论任何事情，转个身就全忘了。

一切都在下降，减色，拿不起放不下，七零八落，四分五裂。夫妻二人，每天临睡前，双方都要互相再三提醒对方不要忘了吃药，服下一定数量——通常为每人每次五粒——的安眠镇静之药。

谈不上睡觉，因为那并不是真正的休息，而不过是天黑以后的一种没有多少实际意义的形式。还睡什么呢？与其说睡觉，不如说躺下更恰当。睡前不服药当然不可能很好地睡着，可睡前服了药，就能很快地睡着吗？温开水，安定。

亲爱的妈妈，母亲！我们睡不着！

对于我们来说，别说吃药，吃什么都扯淡！

我们已经看出来了。我并没有掉以轻心。你的已经吃过了吗？什么时候？剩下的这些都是我的？是的，我不相信，因为不是真的。这其中有诈，你知道吗？老天有眼，他可以证明我也已经吃过了，五粒白色的药片，一粒不多一粒不少，屋顶和窗户也在看着我们。咽下去吧！再过一会儿你又要忘记了，拒不认账。这是毒药吗？恐怕不是，这是能够让我们安静镇定、不出声的药。是的，只要能够睡着，我愿意立刻放弃说话的权利和能力，放弃一切！我什么都肯做！我所要的只是一种沉实！如果美妙的沉实被视为一种奢望，那么，我们可以转求那种重复的沉实，拖沓的沉实！现在看来，即使昏昏沉沉、恍恍惚惚，也足以使我惊羡不已！

我终于明白什么叫嫉妒了。我们争论的是到底有没有真理？若有，在哪里？我们嫉妒的是某些睡眠充足的人，他们是谁？生活在哪里？为什么总是休息得那么好？不说这几粒小药，实际上它是我们共同的东西，吃掉它，用水将它化掉很容易，为这样的小事争执不休有什么意义？那分明在说，咱们不是夫妻，而是刚刚才相遇，天黑以后才认识，更悲观一点儿来看，恐怕连那也谈不上。

我要说的是失眠，它像强劲有力的鬼魂一样跟了我们几十年，从南方一直尾随到北方，穷追不舍，难解难分，我原以为只要耳边听不见那里的轮船的汽笛，就能安心地睡好觉了。

我们为什么一直不瞌睡呢？从来不困，一丝倦意也没有。难就难在找不到根源。我们如同烧了太久的钨丝一样，这会儿只要被什么东西轻轻一晃，四周就会漆黑一片。深渊轻而易举地就形成了。

他妈的，我们才是真正的睁眼瞎呢！谁能说得清楚为什么会如此兴奋，闪动不已，一直都像抽足了大烟似的——是谁一直默默地、源源不断地为我们提供这种昂贵的消费？使我们不知不觉地兴奋了很多年，睁着眼睛，等待了一年又一年。我们在等待什么？

我们快抽掉一座城了吧？

……四周的声音消失了。枝头上的绣球被悄悄地打开，捧出花瓣，花心微露，温润，期待，似睡非睡地发出几乎不易察觉的喘息。

很难说他们已顺利地进入了渴望多年的梦境，也许他们至今仍然连梦的边缘都没有摸到，仍在艰难地辗转，吃力地挣扎。多么耀眼的花粉！在那整洁而明亮的光泽的映照下，卖花盆的人的忧伤正在逐渐变得平实而低垂，清晰可触。只要愿意，仅凭一只手、一只耳朵，就可以进入到那对失眠夫妻的生活中去。他们看上去也的确没有什么孩子，出来进去只是他们两个人。"你见过他们的孩子吗？大约有几个？"卖花盆的人总是忍不住自己问自己。他感到不甘心，不瞑目。为什么他们总是睡不着觉？仅有一个遭受不幸的折磨还不够，夫妻二人竟患着同样的病，走投无路，度日如年。没有人注意过他们，更没有人过问过他们的生活；即使有一天他们双双或其中的一个死在自己的家里，别人也仍然不会知道什么。说到底，这事与大多数的人都无关。

"撇开他们先不说，我自己又何尝不是这样？"卖花盆的人想着，眼前豁然开朗——多少年来，他一直自觉而主动地、不知不觉地替别人——不能说是每一个人——着急上火，而那一切，不管内心的火焰有多么强烈，情绪多么饱满，竟从未引起任何人的注意与反应，没有一个人知道一鳞半爪。无论你如何焦虑不安，无论你将花盆敲得多么嘹亮，多么悦耳，也只不过是你自己的事，任何人都有权充耳不闻。……可是，卖花盆的人很早就发现自己有点儿管不住自己，一厢情愿地主动像一块藏在暗处的磁铁，流泻在那上面的团团幽晕时时吸引着他，不管跑出去多远，最终也还得被鬼使神差地牵回来。游离是不成功的，漠视是不现实的，破碎不是纯粹的破碎崩裂，只是在完整的范围内错综一下，变变位置——就是这么回事，他无法不为别人着急上火。

究竟是一些什么样的事情使他们夫妻天天睡不着觉，长期失眠？卖花盆的人不打算弄清楚这个恼人的问题，他觉得希望太小了，渺茫得几乎无影无形。再说，那需要时间、机会、巧合，纵然这些东西都齐备了，那也并不意味着事情就清楚了。也许，对他们自己来说，都还是一笔糊涂账呢。

有一天晚上，卖花盆的人坐在自己的院里，骡子伸出温热的舌头慢慢地舔着他的手。骡子把他的手心舔得很痒，他不断地躲闪着，既嫌痒，又怕骡子吃不着。就在他手里的盐块要被舔净的时候，耳边忽然听到那个叫田玉梅的女人惊慌失措地说道：

"健生，醒醒！快醒醒！"

一直是她一个人的声音，没有人回答她。名叫田玉梅的女人不断地叫道：

"健生，醒醒！快醒醒！"

男人终于被摇醒了。"你干什么？我好不容易才睡着一下！"

"健生，你忘了一件大事。"

"我睡着一次容易吗？什么事？"

"你还没吃药呢，健生，五片安眠药你一粒都没动。吃了药再睡，啊？"

……卖花盆的人将自己的手贴到骡子的软腹下。多么温暖的夜晚！名叫健生的男人多年来从未停止过，一直都在不懈地与失眠做斗争，偶尔小胜一次。

13

……天色时暗时明……卖花盆的人浑身湿漉漉地坐在自己的家里，谛听着外面的动静。没有人暗中尾随着跟来，也没看见有人在他的家门口附近探头探脑，东张西望，这使他渐渐感到安心，喘息也开始变得均匀起来。

卖花盆的人确信自己在不久之前的一段光线晦暗的时间里将一件在心中预谋了许久的事情干得神不知鬼不觉，天衣无缝。很难说那是一天中的一个什么时辰，树木、街巷、房屋和山的影子，一切都昏黄而模糊。

走了很久，没有看见一个人。

一路上所看到的水都是圆形的，树叶像人的耳朵。

刚从家里出来那阵子，卖花盆的人感到自己顶多有三成的把握，他一边走，一边不住地哆嗦。后来，看到那昏黄模糊的天气后，他哆嗦得不那么厉害了，他觉得这时候至少有五成的把握了。他吃惊地发现，人的信心和勇气原来是一寸一寸往上长的，很难一下就树立起来。倒是消亡和坍塌来得很直接，说没有很快就没有了，转眼就不见了。这情形和人的病正好相反，后者是来时容易去时难。

一路上没有碰到一个人，这又给他增添了不少信心。

及至后来看到沿途所见的水都是圆的、树叶像人的耳朵时，卖花盆的人便诧异地感到先前的把握已陡然升至九成，接近于十成了。这个时候，他发现自己兴奋了，先前那羞于示人、不成气候的欲望像晚间的火焰一样，越来越强劲，越来越热烈！

他的脸烧得通红。

他的胆子越来越大了，无人匹敌，无所畏惧。一个人在目空一切的时候，连走路都显得与众不同，与自己的以往不同。现在，他径直来到一处靠近路边的房子前，厉声叫道：

"老赵！老赵在家吗？我再也不能忍受了，该算算总账了，是时候了。"

他感到自己目前很像那只饱经沧桑的大老鼠，拖着一副硕大的身体，兵临城下，频频叫阵。在这个黄昏，他看到自己变得巨大无比。

一个老女人从里面走出来，是老赵的母亲。她看到她儿子的昔日的朋友站在外面，一副要吃人的架势，不禁诧异道：

"你怎么了？是在叫我吗？"

"叫你干什么，"卖花盆的人说，"快让老赵出来。"

"你在说什么？我听不懂你说的话。到底出了什么事？"

"去问你的儿子就知道了。"

"我上哪里问去？五年前他不就已经在村后的水库里淹死了吗？他入殓的那个晚上，谁帮着抬过？那中间没有你吗？"

"你别护着他，快让他出来！这一回我坚决不让他！不让！我受够了。"

"柳条子，你的气色不大好呀。"她叫着他儿时的小名，一脸生疏地看着他。附近的一些树枝垂在他的身后。在过去的那些年月里，他几乎天天在这一带出现，他嗑过她无数的葵花子，一转眼几十年过去了，现在，他以一种让她感到无比吃惊的方式出现在她的门外，气势汹汹，不可理喻。老妇人倚在门边，吃力地听着他的陈述。她先是听到一个来历不明的女人，接着又听到了自己的儿子，还有一个院子、一处阴森缜密的葡萄架……有什么声音在轻轻走动……熏黑的草药……碧清的水……

"天哪！你不是也死了吧？你这说的可是一整套鬼话呀！"

接下来，老妇人听到了一声重重的关门的声音，她的稀疏的头发几乎飘扬起来。

走出去很远了，耳边还能听到老赵的母亲的哭声在空荡荡的村子里回响着。不能怨我呀！卖花盆的人想，一切都是老赵逼的！卖花盆的人感到自己的心在这个晚上变得很冷很硬，真正的铁石心肠。他目不斜视地走着，他知道能在哪里找到老赵，因而在行走的过程中不需要东张西望，更不需要停下来询问、打听、辨别、选择。一切都用不着，计划中的策略、措施、绳索和刀子，看来也不一定能派得上用场。天高云淡，轻车熟路，有影子像流动哨一样在远处晃来晃去。老女人在晚间的村庄里哀号着，伤心，苦闷，但没有什么分泌物。

一件想象中的难事要是过于简单了，过于顺手了，反倒让人觉得意外、惊奇，难以置信，疑心没做干净。

水库附近的情形似乎已是深秋的季节，所有的树叶都落完了。

卖花盆的人刚一在那里出现，那碧清而圆形的水面上就荡起了层层波纹，紧接着，一个人从水里慢慢地浮上来，嘴里"噗噗"地吹着气。

100

不用细看，也知道那是老赵，除却他，没有人会在深秋时节的水里游泳，摆阔，轻浮地做着各种各样的肉麻的动作，打肿脸充胖子，以博得一个女人的嫣然一笑或阵阵浪笑，获取她的欢心。不是公羊一样的老赵，还能是谁？

卖花盆的人不声不响地走过去，蹲下身，伸手将那个人的头轻轻地按回水里。水面上咕咕地冒起一串水泡，不久便消失了。

"总算把你处理了。"

卖花盆的人低声说道。他随手捡起一片叶子，放在手里看着。并不是所有的树叶都像是人的耳朵，仅仅眼前的这些便形状各异，分别呈现出不同的颜色和式样，有的像舌头，有的像手掌，还有一些像兽医的小刀。

水面上响了一下。老赵突然浮出水面，抹着脸上的水珠，笑着说道：

"我踩住一条鱼。"

"别扯了。"卖花盆的人伸出手，又将那个头按回去，"你已经是死了的人了，怎么还能说这种话。"

总算把他处理了，彻底处理掉了。这是今年的头等的一件大事。

卖花盆的人浑身精湿地站在自己的屋里。黑暗中，堂屋的一道门槛将他绊了一下，他一身虚汗地爬起来，耳边听到几声"噗噗"的声音——那仿佛是在吹灯。

恍恍惚惚的，他看到一片碧清而圆形的水，轻轻地在眼前涌动着，一汪一汪的蓝色，一团一团的幽晕，仿佛是一口与地面齐平的井，不见井盖，只见一个人慢慢地从水里浮出来，笑容可掬地说：

"我又踩住一条鱼。"

14

卖花盆的人脱去身上的湿衣服，站在火边，一边烤火，一边低声对自己说：

从明天起，我要花钱买一个玩具，一个很好的玩具。不是为了讨好某一个女人，而去送给她的孩子，不是，是给我自己买的，我自己要玩。白天，我是这个家里的主人，唯一的成员和唯一的主人。我得扛大头，出大力，每天拉着车出去到处卖花盆，骡子只能帮我一些小忙，这些天竟连先前那点小忙也帮不上了，里里外外只有我一个人在转来转去，有时候我转得心里很麻烦。晚上回来以后，我就不再是出门挣钱的主人了。太阳一落山，我的身份就变了，我是这个家里的一个娇生惯养的孩子，唯一的孩子，唯一的一个无法无天的孩子。我想要什么就要什么，想哭就哭，想笑就笑，想怎么闹就怎么闹，没有人敢说我，我谁也不怕。

我想玩东邻那对患有失眠症的夫妻的安眠药。他们每天偷偷地送进各自的嘴里，从不让我一句，我很生气。他们为什么如此小瞧我？我不是没有想过，我要用他们门前的那个水塘里的麻，将他们两人捆到一起。谁说捆绑不成夫妻？我看有时反比那些自由松散的夫妻要结实得多，也牢固得多。捆绑成的夫妻没有花架子，不像那些自由结合的夫妻，全靠各自的谎话维系着，一旦有朝一日谎话说尽了，说烦了，他们也就快散了。

只要有一个烦了，这事就成了。

……

我要玩西院那个女人的乌黑芳香的头发和她的柔软的乳房。我不允许老赵不管白天黑夜，没完没了地黏在她的身上！我要让他下来！他不能再那么做了，我不会让他的。很多年前我们曾经确实是朋友和伙伴，但现在不是了，很难说那是因为什么。

我们彼此都生分了，越来越寡淡了。

是的，我要让他下来，他不能再那么做了，我定不依他！

……

如果减去从前的那梦一样的三四十年的光景，我如今恐怕只有一两岁，两三岁。夜里天气很冷，我要把我的脚插到她的两条大腿中间。如果有老赵插在中间，有他的干扰，哪里还有我的事？另外，最主要的，我要吃奶！

是的，我要吃奶！我要响亮地把这个口号提出来。是时候了。

按照时间和年龄来推算，我还是个十分幼小的孩子，根本不到断奶的时候，那么，是谁这么自作主张，为什么这么早早地就不让我吃奶了？人人都有一份属于自己的口粮，为什么偏偏没有我的？我不服，我不让！

是的，我要吃奶！我就要吃，非吃不行！我要从晚上七点一直持续到第二天天亮以后……不要在半夜的时候偷梁换柱，拿一个橡皮奶嘴来骗我，我能觉出来！

……

早上起来，太阳一出来，我的身份就又变了。我又得拉着车出门去卖花盆，扯着破锣一样的嗓子到处吆喝。

我不希望有人买我的花盆，买的人越少越好。我喜欢无人问津。

我希望每一个家都能有一个像样点儿的园子，如果是一个阔气的后花园，当然更好。

我希望所有的花都不要栽在花盆里，而是直接生长在土质松软的园圃里，每天吸收地气，接受天上赐照下来的阳光和水。

我希望所有的花盆都被打烂，碎片消失，永不再重现。

15

瓦窑爆炸了，我拄着一根棍子到那附近去看。天是青的，有些地方的景象让我想到伤口。水里漂着凉意，榆树的身上流着胶一样的汁液。早上一起来，谁家驴跑了，寻它的人像疯子一样，满口胡话，眼里出火。

我想起了她的病，她的熏黑的药渣和雪白的肌肤。

我的骡子，站在雨前的檐下，浑身散发出强烈的马的气息，很难说那是健壮的流露还是不祥之兆。

门外是绿色的池塘。

一个女人带着一个孩子，在那一带的雨里走着。

王家峪

1

午后过去不久，在距离傍晚还有一会儿的一段时间里，在弥漫的烟雾和树木释放出的阵阵苦味里，三十已过的王家峪正在一间僻静的西厢房里睡觉。他侧身躺着，心脏和左臂被压迫在下面，由此引起的不适和疼痛正源源不断地纷至沓来。四月的光线透过有些晦暗的窗户，停留在他右面的脸颊上，使之看上去如一片发亮的山丘。

他梦见自己正在结婚。婚礼虽然比同龄的人们晚了很多年，但毕竟还是来了！他的记忆中从此有了喜悦而发红的一页。前来参加婚礼的客人们大多因兴奋过度而显得十分疲倦，至于是因喜悦而发红，还是因发红而喜悦，他还没有来得及去深究，因为事情本身已经足以让人无法分心了，它的庞杂而又不容懈怠的特性也使人难以顾左右而言他。仿佛一出因场次过多而变得既复杂又漫长的戏，此种状况在婚礼临近结束时尤其变得明显而突出。有人用"留得青山在，不怕没柴烧""跑了和尚跑不了庙"之类的俗话安慰王家峪，作为眼前这场婚礼的验证和对于新郎本人的一种不无善意的吹捧。这样的说法非但没有博得王家峪的好感，使之产生共鸣，反而让他心生厌倦，期望眼前这场极度混乱的婚礼早早收场。他对人们说：

"虽然我的年龄一天比一天大，但我从来没有为这件事情着急过。我知道总会有这一天的。"

"这一天不是已经来了么。"他的一位端着一只酒杯到处乱走的表弟对人们说,"我们大家现在正在干什么?难道仅仅只是聚在一起简单地吃喝?不,完全不是!"

有人将喝得烂醉的表弟拖到一间房里,令其休息,之后又从外面将门反锁了。但过了一会儿,人们惊讶地看到他又摇摇晃晃地出现在婚礼之上。门是锁着的,谁也不知道他是怎么出来的。他东倒西歪地出现在每一张桌子前,仿佛有无数的话要对在场的每一个人说。这个几乎很难站稳的人,不断地歪倒在一些女人的身上,有时甚至像拥抱一样扑进她们的怀里。女人们的尖叫声此起彼伏地传来,渐渐地引起了王家峪母亲的注意,她几乎是充满仇恨地将王家峪的表弟拉到一边,在他的耳边咬牙切齿地低语道:

"你这个挨刀的!你在干什么?你的表哥他好不容易才举行一次婚礼,你把他的脸都丢尽了,你把我们所有人的脸都丢尽了!"

婚礼似乎是从早晨开始的,人们在朝霞中渐渐走来。午后时分,达到了高潮。

眼前的这场婚礼虽然从哪个方面看都显得真实自然而又不违背生活,但从一开始就逐步显露出一种越来越逼近的狰狞可怖与残酷。因为在婚礼开始不久,一个时期以来身心已极度疲惫的王家峪便不无惊骇地发现自己的身份在霞光将尽的余晖之中和人们的嘈杂声中发生了某种自上而下的变化,甚至是一种完完全全的颠倒——

他是在向一位似曾相识的客人敬酒时偶然发现的。作为新郎,他不可能认识所有到场的宾客,但每一位前来参加婚礼的客人都应该有理由认识他本人,至少应该明白他才是这场婚礼的主角,否则,所谓的参加婚礼,就将不可避免地成为一次纯粹的漫漫长夜里的进食。很少有人只顾埋头吃饭,只顾与身边的人聊天,而直到曲终人散仍不知新郎是谁、何等模样。

但王家峪发现那位客人对于他的到来竟视而不见,只是轻蔑地向他点了一下头,之后转身端起桌上的酒杯,对身边的另一个人说:

"我不能陪你说话了,我要去与新郎喝一杯,差不多有两年没见到他了。这几年过得真惨，活得不如人了，但愿这场热闹的婚礼能冲掉我的一些晦气。"

一边说，一边用目光向四周搜寻。那个人从椅子上站起来，也在帮他寻找新郎的踪影，搜索幸福的源头。他记得不久前似乎还看到过新郎，喜悦中蕴藏着不尽的辛劳和某种伤痛。过了一会儿，他用手指着远处台阶下的一群人，对那个心存期冀、渴望去掉晦气的人说道：

"啊，我看见新郎了，他好像在那里。"

"在哪里？"

"在那些女人们中间——"

"我看不见他。"

"是的，那就是他。快过去与他碰一下，这时候去还不算晚。"

那个人打起精神端着酒杯向一群女人前走去。王家峪望着他的背影，有些狐疑地对自己说："谁是新郎？难道不是我？难道还有另一个人？"他低头看看自己的胸前，他的衣服上挂着一个写有"新郎"字样的鲜红的标志，此刻正在他的胸前拂动、飘扬。这个及时的发现给他带来了极大的安慰与镇定，帮助他摆脱了迷雾，重新确立了做人，尤其是作为一名新郎的信念。现在，他觉得自己比不久以前的时候更加坚定了，更加成熟了，比以往任何时候都更加坚信自己就是眼前这场婚礼的新郎、主角，其余的一切人都不过是舞台上跑龙套的。

"我就是新郎，真正的新郎；别人都不是，至少今天不是。"他有些沉痛地对自己说。

有一种死里逃生的脱险的感觉伴随着他的觉醒远远地到来，很快又在人们的喧闹声中消失殆尽。历险对他来说已不是初次，但这一次却意义非凡。想起那位有眼无珠的客人，他不禁冷笑了一下。"让他去找吧。"他想。他不相信他能在今天的这个场合里找到第二个新郎，用不了多久，他就得回来向他道歉，并为自己的粗疏拙劣的眼力而请求原谅。

三十二岁的王家峪端着一只空酒杯，像一名性情安静的侍者一样在人们的中间穿来穿去，脸上始终洋溢着一种疲倦而经久不息的笑容。作为一名正处于喜事旋涡中心的新郎，为表达对所有客人的感谢，他有必要与所见到的每一个人喝上一杯，寒暄几句。又走了一阵，他终于发现了事情的严重性：几乎没有一位客人认为他是新郎。当他笑容可掬地端着酒杯走到一些人的面前时，人们有的置之不理，或者视而不见；有的则对他说：

"去去去，找新郎喝去！我们这里不碰杯。"

他没有立即声明自己就是新郎，因为他觉得这不是一个问题，此时此刻，他应该说一些更重要的话，因为他是今天的中心，自我感觉炙手可热。这么多的人从四面八方纷纷前来，正是为了给他和另一个被称为"新娘"的女人捧场、祝贺，这样的时候，傻瓜才会画蛇添足，急不可耐地声明自己是谁。

只有一个贪杯的醉汉虚拟性地向王家峪扬了一下手中的酒杯，表情中虽然不乏热情，但那完全是在自斟自饮之中滑出的一个无意识的动作，一种两耳不闻身边事的自娱行为。醉汉一个人占据着一张桌子，喝得天翻地覆、姹紫嫣红，顺理成章地将王家峪认作是一位陌生的酒友，甚至壶中的同谋。

婚礼的高潮似乎已经过去。除去那个醉汉还在自斟自饮，大多数的人都三五一群地在一起交谈着，有的谈话让人感到诡秘。王家峪不知道他们在说什么。高潮之后的人们都显得慵懒而倦怠。在靠近窗户的地方站着一个身材高大的女人，她的一双过于突出的乳房仿佛一桩后果不堪设想的恶性事件一样让人感到触目惊心。那个醉汉拎着酒，从一张桌子前转到另一张桌子前，向所有的人微笑着，向所有的人点着头，招手致意。在他的上首，一位四十多岁的男人正在向一位老女人诉说着自己的不幸，老女人先是默默地听着，渐渐地露出一副痛心疾首而又无可奈何的神情。

"恐怕是遗传在起作用。"老女人对那个四十多岁的不幸的男人说道，"她的母亲，已经六十多岁了，至今还是那样。"

"在我的印象里，岳母可是一位严肃的人。"男人说。

"那是假的。她只对你这个没本事的女婿一个人严肃，对别人可不严肃。"

"听您这么一说，我好像找到我的病根了。"四十多岁的男人眼睛亮了一下。

在隐隐传来的一阵女人们的笑声中，王家峪意识到自己成了一个真正的闲人——看客兼食客，尽管从昨天晚上到现在，他一直没有吃过什么。他带着一只空酒杯穿过纷乱而又各自为阵的人群，走进西边的一间僻静的厢房里。他侧身躺下，望着有些灰白的窗户，心脏和左臂被压迫在下面；四月的光线透过窗户照在他右面的脸颊上，使之如一片发亮的山丘。

不久以后，过于迅速的心跳为他带来一阵钻心的疼痛。

2

表弟摇摇晃晃地站在一旁，看着睡梦中的王家峪。这个脸色通红的年轻人此刻正处于强烈的醉意和倦意的双重折磨与困扰之下，变得一句话都不愿意多说了。他在等待着表哥王家峪自己醒过来，不想用自己的声音叫醒他。他的头不断地向上仰起，因为他感到呼吸十分困难，充满了重重的阻力，因为呼吸出来的是一种十分火热的来自周围的气息；他不喜欢这种东西，却无法将它们赶走。

透过屋里的窗户，他用一种乏力的目光看着外面的情形。

"所有的人都醉了。"他想，"可能连蹲在房上欣赏婚礼的猫都醉了。"有些人，有些从来就管不住自己的人，不管何时何地，不管是去参加别人的婚礼或前去吊丧，首先要把自己灌醉，采用的完全是做生意时的一种主要的方式——灌醉或哄骗，但后者是针对别人的。这天中午时分，表弟在酒桌上看见一位富有强烈责任感和自我批评精神的人，不断地主动要求自罚一杯。不久以后，这个善良而自责的人便受到了来自自责本身的真正的惩罚：他的手再也握不住一双筷子了，先后换过几双筷子，但每一次筷子都无一例外地从他的手中飞驰而出，像某种可疑的暗器一样落到别人的面前。表弟对那种从自己耳边呼啸而过的声音至今还保留有一种模糊而勉强的记忆。他心情复杂地朝外面看了一会儿，不久又将目光收回来，仿佛树叶的影子一样落到王家峪的脸上。王家峪还在睡着，身体有时突然痛苦地抽搐一下，过后又一动不动，归于平静。

表弟感到自己的心里很乱，麻烦极了。

"王家峪，快醒醒吧！我觉得你要出事呀！"

表弟看着王家峪的受难般的姿势，在心里呼喊道。急促而艰涩的呼吸使他没有发出任何声音。他感到自己一筹莫展，无计可施，已没有任何办法能将自己的表哥叫醒。他哭丧着脸在地上走来走去，屋里的一些东西在他的身体的碰撞下，不时地发出阵阵的响声。有一只瓶子从柜子上滚落下来，在地上摔碎了，表弟被吓了一跳。他俯身收拾碎片时，看到自己的手被洇红了一片。他捡起几块碎片，转身往外走时，忽然又停了下来，他吃惊地看到表哥王家峪正在注视着他。

"对不起，我把别人送给你的九个花瓶打碎了一个。"表弟对王家峪愧疚地说。

王家峪没有说话。他是在一阵疼痛中睁开眼睛的。现在，来自胸前的一阵悸动又使他的一张脸严肃得几乎近于愤怒。

"你终于醒了。"表弟手里握着几块碎片，对王家峪说，"包括你在内，所有的人都醉倒了，不省人事。"

"我也醉倒了？"王家峪说。

"别说你，连附近一带的狗都变得软软的，像是纸剪出来的狗。"表弟说，"有人走到它们的跟前，它们都叫不出声来。"

"我们醉成什么了！"王家峪说。

"只有我没有倒下。"表弟说，"其他的人都完了。"

"谁在招呼客人？"王家峪有些吃惊地问道。

"没有人招呼。"表弟说，"神志稍微清醒一点儿的差不多都已走散了。已经没有什么客人了。"

透过窗户，王家峪向外面看去。前来参加婚礼的人们的确已经不多了，但还有一些人正在那里低声说话。有两个人在收拾残局。入睡前的嘈杂与喧哗已成为一种需要认真追忆才能勉强记起来的依稀往事。端盘子的人走来走去，某些遗落在地上的零星的鞭炮有时会在他们的脚下突然爆响。他认真地看了一会儿，发现事情并不像表弟所说的那样。现在，王家峪觉得眼前这位表弟的身上倒是浸透了令人忧虑不安的醉意。

"你也累了，"王家峪对表弟说，"你睡一会儿吧。"

他边说边将站在他面前的表弟拉到自己刚刚睡过的床上，接着，又将表弟按倒。表弟在向后倒下的时候，头碰到了窗台上，他听到"嘭"的一声闷响，仿佛有一只气球在身体下面破灭了。

为了维护某种必要的独立，证明自己是唯一没有倒下的一个人，表弟很快又站了起来。于是，王家峪又一次将他按倒在床上。但表弟像一个性能很好的弹簧一样总是不断地将自己弹起来，他的脸上呈现出一种不屈不挠的神色。

"你他妈的!"表弟喘着粗气对王家峪说，"你怎么总是想要将我按倒? 刚一睁开眼就要这样做，你要干什么?"

"我只是想让你睡一会儿。"王家峪说，"婚礼虽然是我的婚礼，但你看上去比我本人更累。"

"我说了，我不想睡。"

"你还是睡一会儿吧。"

"我就不睡。"

"你应该睡一会儿，或者睁着眼躺一会儿也很好。你现在看上去像一只忠厚的正在被挤奶的山羊，操劳已使你变得越来越瘦削了。"王家峪感到精疲力竭，他一边喘息，一边吃惊地看着看上去同样疲倦却又不服输的表弟。

"你不要折腾我了，我不想睡。"表弟对王家峪说，"我只是感到有些恶心……想吐……"表弟这样说的时候，仿佛忽然悟到了自己一段时间以来心绪烦乱的真正原因。他抬起一只手紧紧地捂住自己的嘴，有些惊恐不安地望着表哥王家峪。过了一会儿，作呕的感觉慢慢减弱以后，他才松开自己的手，但仍然紧锁着眉头。

"你的表嫂在哪里? 我怎么一直没有看见她?"王家峪忽然想起了什么，十分紧张地向表弟询问道。

"我来正是要告诉你这件事情。"表弟说，"事情本身已变得非常可怕了，而你却在这里睡得像个死人一样。"

"发生了什么事？"王家峪说，"作为新娘，难道她也醉倒了？"

"要仅仅只是醉倒了，那倒好了，事情就简单多了，也就不需要费什么劲了。"表弟说，"你的新娘——我的表嫂，大约在几个小时以前就不见了。从那以后，我再也没有看见过她。"

"你说什么？"

王家峪像一根棍子一样直立在表弟的面前。

3

下午的时光被众人拉得十分漫长。一位远房亲戚在婚礼结束之后竟忘记了自己要回去的方向。事实上，他的家在一个距此不过十几里的村庄里，而他却一再声称自己来自首都北京，不久又说是来自华东的上海，因而执意要让王家的人为他订购机票，要乘飞机回去。按照以上两个方面的实际路程，他的要求并不算过分。这个叫李富的亲戚已经有五十多岁了，但仍像一个女人一样喜欢生气。他怀里抱着自己的一个提包坐在台阶上，红着脸，要求尽快启程。

"好吧。"王家峪对他说。之后，又对自己的表弟说："你送他去机场吧。"

名叫李富的亲戚恍惚而迟疑地从台阶上站起来，事情多少有些出乎他的意料，太容易太顺利了反而让他觉得自己是在做一个梦。他认真地想了一会儿，然后认为很有必要地很在行地对王家峪说：

"好像不应该这么简单？"

"你是想事情再复杂一点儿？"王家峪说。

"我不想复杂，当然越快越好。"名叫李富的亲戚说，"问题是还应该有一些不得不办的手续和关卡。我连机票还没有拿到手呢。"

"你是说预订机票？啊，已经不需要那么麻烦了。现在经济十分发达，一切都变得赤裸而透明，直接登机就可以了。"王家峪说完之后，用手拍了拍他的肩膀，示意他可以走了。

名叫李富的亲戚自言自语地说："……还是有点不够正式，哪有这么简单的事？"事情好像在什么地方绊了一下，然后就开始出错，开始在一个看似光洁的槽子里飞快地滑行，开始让人虚实难辨。因为顺利得有些过头，还有些突然，很快又使他想到另一些事情。

"要是有人不让我上飞机怎么办？"

"放心去吧，不会发生那样的事情。"

"为什么？"

"因为你是从首都来的；一个国家可以有无数个城市，但首都却只能有一个。"

"不对，我是从上海来的。"

"这样一来，那就更没有人敢阻拦你了。"

表弟推出一辆哗哗作响的自行车，对名叫李富的亲戚说：

"走吧。路上紧一紧，说不定我们还能赶上六点四十分的那趟航班。"

"再见。"王家峪对名叫李富的亲戚扬了扬手说，"我们结婚三周年的时候，希望在吃饭的客人中间还能看到你。"

"到时候一定来，一定能看到。"名叫李富的亲戚一边说话，一边坐到自行车的后座上，用一只胳膊夹紧自己的提包，然后腾出另一只手朝王家峪扬了扬，高声说道：

"再见。越是大喜的日子，越应该多加保重，请多保重。再见。"

他一连说了三个"再见"，说第四个的时候，王家峪本人已经听不见了。那时候，王家峪的表弟已用自行车驮着他摇摇晃晃而又飞快地行驶在一条大路上。

四月的风中，王家峪的表弟和名叫李富的亲戚像两只匆匆而过的鸟。沿途到处有人在点火，焚烧一些无用的荒草，狼烟滚滚。烟雾在风的驱动与吹拂下，有时朝他们迎面扑来，将他们完全罩住，两个人一起咳嗽，一起流泪。王家峪的表弟吃力地蹬着车子，几乎是闭着眼睛在幽深而无边的烟雾中盲目地穿行。在一个较为平缓的坡上，王家峪的表弟突然停下车子，跑到一边去呕吐。在风的吹拂下，他的酒劲像一些火苗一样被越吹越旺。

名叫李富的亲戚一边焦虑不安地在自行车前走来走去，一边催促道：

"快一点儿吧。说不定飞机已经起飞了。"

"不误事。"王家峪的表弟一边呕吐一边说，"六点四十分的那一趟要是飞走了，那就换乘七点五十分的。"

"两趟都是一回事吗？我有些不信，我不相信它们都是去同一个地方。"

"不管你信不信，世界上所有的车船飞机一直都在奔向同一个地方。"

"我看出来了，你喝多了。"

"你才喝多了。你要是没喝多，怎么会想起要坐飞机，怎么会提出这种无理的要求？完全是无理取闹。"

"快走吧！我不和你计较，我从来不和喝醉酒的人计较，因为那根本决不出雌雄。"

又走了一会儿，王家峪的表弟突然停下车子，又蹲在路边去呕吐，他作呕时的声音很吓人。名叫李富的亲戚看看渐晚的天色，愁云又一次像深重的暮色一样笼罩到他的脸上。他想起一句话：人无远虑，必有近忧。于是，高声地对王家峪的表弟说：

"吐得怎么样了？快完了吗？能不能再快一点儿？"

"马上就好。"王家峪的表弟说。

4

"要仅仅只是醉倒了，那倒好了，事情也就简单多了。"表弟对王家峪说，"我一直都在注意着她。但从那以后，我再也没有见过她。"

"发生了这样的事，为什么不来告诉我？"王家峪说。

"老兄，我到处都找不到你。"表弟说，"我几乎逢人就问，但没有一个人能肯定你在哪里。"

"我们遇到麻烦了。"王家峪神色颓丧地看着表弟。

"那是肯定的，那还用说么。"表弟说，"从此以后，事情将一天比一天复杂，一天比一天难弄。"

"……"王家峪的嘴张了一下，但没有说出话来，突然像一根棍子一样朝地上倒去。表弟伸开自己的一双手，想将他稳稳地托住，但他的企图与动作之间充满了明显的距离。在自己的脸部贴住地面的那一瞬间，王家峪忽然感到获得了一种几乎从未有过的凉爽和随之而来的惊喜。他躺在地上，眼睛朝上看着表弟，说：

"你最后一次看见她，她在干什么？"

"我看见她与几个花枝招展的女人站在一起。"表弟说。

"还有一个男人？"

"是的，是有那么一个人。"表弟眨着眼睛，很快陷入了对往事的回忆之中，"他就在她们的中间，好像一直就在她们的中间。"

"你知道他是谁吗？"

"我隐约听说过一些。"

那个脸颊刮得很干净、身上散发着花香和蜜香的人刚一出现，就立即受到了在场的女人们的注意。从二十出头的年轻姑娘到四五十岁的中年妇女，很多人都变得心潮起伏，趋之若鹜。一开始的时候，王家峪感到有些疑惑不解，不明白女人们为何而激动。直到后来，当人们将一种巨大的东西传得沸沸扬扬的时候，才引起了他的一些思索。梦中的王家峪在听说了那件事后，变得心绪难平，悲愤填膺。他明显地注意到一个三十五六岁的女人面色潮红，目光痴迷地站在那里，仿佛早已被汹涌而来的激情湿透了。

"我明白他为什么那么受重视了。"王家峪对表弟说，"他真是那样的吗？"

"谁也没有亲眼见过。"表弟说，"也许只是一个传说，一个谣言。"

"可那些女人都以为是真的。"

"女人们，"表弟说，"有三分颜色就要开染坊。"

"今天来的女人可真不少。"

"老中青，各个年龄的都有。"

"我大都不认识。"

"别看她们长得不一样，可实质上她们都是同一个人。"

"同一个人？"

"我正在旁边向一位客人敬酒，我听见一个四十五六岁的女人对别的女人说，我们这个年纪的女人还图什么？就图一种看得见、摸得着、能够实实在在地感觉到的东西。"

"我不明白她在说什么？"王家峪十分困惑地看着表弟，"她到底在说什么？"

"应该明白。"表弟说，"她已经说得再清楚不过了，再不能更具体了。"

"你明白她在说什么吗？"

"我当然明白。我当时就想，这话对于新婚的表嫂来说，可不是什么好兆头。敬完酒以后，我走到她们那里，看见那个女人还在说，她分开自己的两条大腿，不是坐，而是骑在一只凳子上，一副火烧火燎的样子。"

"这些事情我一点儿也不知道。"王家峪轻声地说道。

"因为你不在场。"表弟说，"我非常难过。"

王家峪出神地听着，像一个聆听故事的、耽于幻想的孩子。他坐在床上，坐在表弟的对面。

看着表弟，听着他的讲述，王家峪感到自己正在从一个遥远的梦里逐渐清醒过来。

5

婚礼在午后达到了高潮，像滚雪球一样越滚越大，谁也不知道一共有多少人在这里吃饭，有多少张嘴在说话、交谈。在王家峪的父亲的紊乱而烟熏火燎的记忆里，仿佛全世界的人都来了。他和他的老伴两个人被众人用各种颜色涂抹得五彩缤纷、光怪陆离，看上去像两个上了年纪的小丑。欢乐与兴奋填平了各种年龄之间的界线，使人们不再有尊长老幼之分，所有的人都像兄弟姐妹一样。一位牙齿特别长的客人面对一道菜，对同桌的人说：

"我不明白为什么叫'鱼香肉丝'，这哪有鱼的影子？"

王家峪的父亲涂着油彩走过来，笑着对他们说：

"一开始就叫成那样了。依我看，叫'狗香肉丝'也未尝不可。"

他几乎成为婚礼上最活跃的人物，特殊的身份使他可以与所见到的每一个人进行程度不同的交谈。与某一位做母亲的女人说话时，他会腾出一只手拍拍她的孩子的脸，或者象征性地拽拽孩子的小辫。到处都能看到他的影子，这使他像一个会使幻术的善于分身的妖人，而且，每个人都能得到他的一些笑容。父亲的形象使身为新郎的王家峪感到汗颜，他尤其担心新娘在看到父亲的这种样子时会做何感想。不久以后，他将父亲叫到一边，半是埋怨半是劝谏地说：

"你看你像个什么样子。"

"怎么了？我怎么了？"父亲不解地问道，"我有什么过火的行为和不对头的地方吗？"

王家峪充满哀怨地瞥了父亲一眼，低下头。

"你懂什么！我是为了活跃空气，为了让婚礼的气氛更浓一些。"父亲大概明白了王家峪的意思后，理直气壮地说道，"也是我的人缘好，一个人缘不好的寡人，伸着脸过去，也未必有人会抬举你，更别说会有人给你化妆了。"

父亲将人们的嬉闹理解成为对自己的化妆，王家峪的头压得更低了。

这时，王家峪的表弟走过来，对王家峪的父亲说：

"舅舅，表哥的话也不无道理。"

"什么意思？"

"我是说，今天是表哥结婚，而不是您。"

"我难道不知道是他在结婚？用不着你来提醒我。"

"所以我劝您多一些沉稳，少一些激动。"

"什么意思？你想说什么？"

"舅舅，您不觉得您今天的行为多少有些喧宾夺主吗？"

"我喧宾夺主？我没有喧宾夺主。"

三个人悄悄地不欢而散。王家峪的父亲很快又将自己汇入到了汹涌起伏的人声之中。

"这老头，王八吃秤砣，铁了心了。"表弟对王家峪说，"真不知道他要干什么。"

"让他去疯吧，我们不管他了。"王家峪抑郁而有些伤感地说道。

"他看上去比你还要轻浮。"表弟对王家峪说，"这年头的老头老太们，个个都像妖精一样可怕。"

下午大约过去一半的时候，身心极度疲惫的王家峪来到厨房里。从昨天下午到现在，他没有吃过一口东西。一位厨师从盘子里拿起一个苹果递给他。王家峪坐在一只低矮的凳子上，擦拭完脸上的热汗之后，他正要将那个苹果放在嘴边，厨房的门突然被推开了。

一位客人出现在门口。

"啊，终于让我逮住你了！"客人兴奋地说道。

这位客人是来找王家峪谈话的，目的是为了追寻人生的终极意义，搞清楚一个人活在这个世界上究竟是为了什么？这个世界本身究竟有什么意义？是否值得每一个人流连忘返？谈话的基础当然是一开始就建立在婚姻之上，因为从今天开始，王家峪就是一个有妻室的人了，不再是孤单的一个。但客人所持的论点却是：婚姻——就算它美好无比——并不能给人带来什么，并不能帮助一个人解决真正的问题。这位试图从根本上否认婚姻的客人对王家峪说：

"一般说来，婚姻所能解决的只是一些生理上的问题。但事物是一分为二的，人们往往满足了一时的需要之后，总是得意忘形地忽略了它的背面，即它在解决一些问题的同时，又在引发出一些另外的问题，而这些问题——诸如气虚或肾衰——是在婚姻的基础上才有的；一个人要是没有婚姻，也许就不会有这些问题，但麻烦的是，一个人要是不结婚，最初的那些问题便无法得到解决，一切也都无从谈起，矛盾就在这里。这就叫按下葫芦又起了瓢。"

客人滔滔不绝地说着,并未注意到王家峪满脸的倦意。他想给自己找到一只小凳子,但四处寻觅不得,于是就蹲在王家峪的对面。过了一会儿,他突然停止了诉说,因为他听到一种声音——王家峪睡着了。

那时候,王家峪也听到了自己的一阵鼾声。他像被人从背后狠狠地打了一下一样,猛然睁开眼睛,用袖子擦去嘴边的一缕口水,不无惭愧地对蹲在他面前的客人说:

"对不起。请接着说吧。"

"矛盾很快就暴露出来了。"客人笑了一下,显得胸有成竹地说道,"不妨假设一下,要是没有眼前这场婚姻,你老弟何至于累成这样?"

"我不累。"王家峪勉强笑着说。

"假话!一听就知道是假话。"客人指着他的鼻子说,"怎么能不累呢?你累极了,可以说一塌糊涂,很难有什么事能让你再打起精神。"

"我很好,我很精神。"

"不,目前看来你很不好。你知道今天一共来了多少客人?这个问题恐怕你永远也没有机会和可能搞清楚了。你认识我吗?知道我是谁?"

"你是王英。"

客人摇头否认。

"孔祥云?……孟繁水?"

仿佛车胎撒气一样,从客人的唇齿之间发出"嗤"的一声。王家峪似乎被提醒了,他几乎有些激动地叫道:

"老罗?罗建军!啊,我想起来了,你就是罗建军,是的。"

"什么罗建军!不要再乱猜了。"客人说,"看来和我估计的一样,绝大多数的客人对你来说都形同路人。至于我,既不叫王英,也不姓孔孟。"

"你也不是罗建军?"

"当然不是。不要再试探了,你永远也猜不着的。"

"你到底是谁?"

不久以后,强烈的睡意又一次断送了他们之间的谈话。王家峪的眼睛虽然尚未全部闭上，但整个人大致陷于一种无意识的休眠状态之中，唯有他的身体还保持着一种与人谈话、聆听教诲的十分谦恭的姿势，令人心生恻隐而又肃然起敬。一直蹲在他对面的客人终于失去了耐心，来自王家峪身上的沉重而悠远的呼吸是促使他下定决心、毅然离去的主要原因。他猛地从地上站起来，眼前突然一阵发黑，身体摇晃了几下后才渐渐稳住。这位有备而来的客人原打算趁婚礼之机"寓教于乐"，但现在看来显然已行不通了，毫无可能。不仅仅是由于王家峪在倦意的侵袭下什么都听不进去，最让他感到不可思议的是，他自己也从一个信心十足的人变得异常悲愤而丧气，他的心绪完全被搅乱了。不久，他又让自己重新回到婚礼之中，沉默寡言地在一个陌生的位置上滞留了一会儿，眼前不住地闪现出一些出师不利的悲凉情景，未等到婚礼结束，便先行离去了。

这是一个让很多人感到难以忘怀的午后，喜悦和兴奋虽然像四月的柳丝一样从每个人的脸前拂过，但更多的人记住的却是混乱与疲倦，以及与此有关的种种细枝末节。所有这一切，以一个漫长的下午存在于人们的记忆之中。没有人关心别人是否离去或继续一如既往地沉浸于婚礼的喧闹与纷扰之中，人们甚至对各自身边的人也感到变幻莫测，难以把握，因为每个人的流动性都极大，到处乱走，随意落座，位置频繁地更换，有时还没有来得及将一个人的面目特征记住，转身之际，很快又变成了另外一个人，因而，很多人感到眼花缭乱，目不暇接。注意他人，成为一件累人而棘手的事情。

6

晚饭与午饭之间没有明显的过渡，甚至看不出丝毫的距离或反差，甚至完全是午饭的延续。如果把中午看作是一根绳子，现在这根绳子依然光滑无比。而渐渐降临的暮色非但没有给人以时间飞速向前的印象，反而为这一切带来了极为模糊的色彩，带来了白天所没有的幽暗无边与影影绰绰。时光在随意伸缩，变得既虚泛又任性，很多人感到中午与晚上是一样的，还有人根本没有意识到晚上已经到来。

从昨天下午到现在，两名受雇而来的厨师一直都在不停地制作，他们大汗淋漓在烟火油污中度过了一天一夜的时光。到最后，他们已经完全不清楚自己是在干什么，只剩下一种疲倦而机械的运动。在连续不断的接近于麻木的操作过程中，他们渐渐感到有一种行将崩溃的危险正在越来越快地向他们逼近。那位中年的厨师扔下勺子，用一只手托住自己的头，像一个失眠症患者一样痛苦万分地对自己的助手说：

"现在几点了？什么时候了？"

"不知道。"年轻的助手说。

"但愿他们不再要什么了。"厨师说，"这时候要是突然提出再增加两道菜，我就要疯了。我已经闻到那种越来越近的让人发疯的气息了。"

年轻的助手则抱怨自己自始至终一直未能一睹新娘子的芳容，他不无悲哀地感到自己是一个永远与桃花运无关的人，一个永远背时的人。"菜烧得再好又有什么用？"从昨天下午到现在，他的活动范围和生存空间一直被限定在这间低矮破旧的厨房之内，只在昨晚夜深人静之后才有机会在附近一带的月光下形单影只地走了走。仿佛是为了女眷们的安危，他像过去年代里的那些好色的僧人或道士一样被提防着，这使他感到无限委屈。"我并不是打算要干什么，"他想，"我只不过是看她们一眼。"透过烟熏火燎的日常生活，眺望远处，借机喘息一下，这倒是他很想做的一件事。

在某些问题上，两位厨师没有取得共识，达到一致。年轻的助手提出一个一走了之、不辞而别的主意。他的师傅从痛苦中抬起头来，严肃地提醒并警告道：

"往哪儿走？我们的工钱还没有拿到手呢。"

仿佛被人在头上狠狠地打了一下，年轻的助手猛然清醒过来。只要稍一回味，他便惊讶地发现他的那些主意不仅经不起推敲，而且令人作呕。诚如师傅所言，这时候往哪里走？这时候要是走了，难道一天一夜就白干了？有人正巴不得他们不辞而别，正盼望他们借着夜色的掩护逃跑呢，逃得越远越好。师傅告诫他，越是这种时候，越要坚守自己的岗位，除了厨房，哪里也不去，无论外面有什么，也不为所动。

于是，他们继续滞留在厨房里。

师傅还告诉年轻的助手，所有的新娘子都是一样的，所有的女人也都是一样的，熄灯后的感觉尤其一样，无不表现出惊人的一致性，有的甚至连大同小异都谈不上。天生一个仙人洞，千人一面，千篇一律，没有什么过多而特别的奥秘。漏掉一个不看无伤大雅，并不会因此缺少了什么。每天都有无数的人在结婚，在这里看不到的，在别处还可以无数次地目睹。

年轻的助手说：“我好像有些明白了。”

天快黑的时候，有人端来两杯水，王家峪起初像一位局促不安的客人一样再三表示不喝。杯子放在他的脸前，他的眼睛看着窗外。杯子里的热气渐渐使他的脸湿润了。不久，他怀着一种恭敬不如从命的心情，端起面前的杯子，很快就将水喝光了。过了一会儿，又有人端来两杯水，他很快又喝光了。

天快黑的时候，他忽然想起一件事。

7

暮色渐渐地遮住了已经持续了整整一天的喜悦。在黑暗将要代替一切的时候，王家峪对前来看望自己的表弟说：

“有一件事我一直想说，但又恐怕因记得不准而说错了，被人看成是一个什么也不懂的白痴。”

“什么事？”表弟吃惊地看着他说，“你放心说吧，说错了也没关系，没人会笑话你。至于我，无论任何时候，都不会认为你是一个白痴。”

“十几年前的时候，好像是一个下午，是谁把我推到一个女人身上去的？当时我正在专心地剥豆子，猛不防被人从后面推了一下。”

"竟有这样的事？"表弟更加惊讶地说道。

"那个女人有三十八九岁了，她用她的两条腿紧紧地把我夹住，声称要将我活活夹死。"

"有一点我必须声明，那不是我干的。"表弟说。

"我想不起是谁干的。"王家峪说，"这些天，我认真地想了很久，但一直什么都想不起来。我不知道是谁在我的后面推了我一下。"

"你应该清楚，那时候我还很小，根本没有力气推动你。我哪有那么大的劲？倒是我自己时常被你一推一个跟头，这你总还记得吧？你不会都忘了吧？"

"那么，我剥豆子的时候，你在哪里？"

"我怎么能知道？也许我也在剥豆子——帮你剥豆子。从小到大，我不知为你做过多少事。我一直替你效劳，且总是无偿的。"

"话不好这样说，哪一次剥完豆子以后，我没有犒赏过你？十次有九次，每次我至少要送给你一个又大又沙的烧土豆。"

"'至少'？好像应该说'只是'才对。我的劳动难道就值一个土豆吗？过去的事我看就不要再提了。"

天快黑的时候，王家峪忽然想起一件事。他对在暮色里变得极其模糊，甚至只剩下一个轮廓的表弟说：

"有一位叫李富的客人，你还记得吗？"

"是的，"表弟说，"还有点印象。"

"他好像是我们的一位亲戚。"王家峪吃力地在缓慢的回忆中确认道，"为什么这个时候还不见他来吃晚饭？晚饭已经开始了，是吧？"

"也可以这样说。事实上午饭一直就没有结束。"表弟，"不过，不管怎样，他都已经不可能来吃晚饭了。"

"为什么？出了什么事？我们不应该让每一位客人受到冷落。"

"因为我已经按照你的吩咐把他打发走了。他走的时候，看上去倒是显得很热。"

"打发走了？"

"他单方面提出无理要求，要乘飞机回去。"

"他要回哪里去？他是河对面白杨树的人，当过十几年基层干部。"

"我用一张站台票把他送到一列即将要开走的火车上。"表弟说，"火车很长，看不见头尾。他的头从车窗里探出来，狐疑地问我：'这是什么飞机？为什么和天上飞的那一种不一样？'"

"我告诉他说天上飞的那种很容易爆炸，还经常像带血的死鸟一样掉下来，而这一种却完全不需要担心它坠毁，它最多也就是猛烈地摇晃几下。"

"'那我就放心了。'他说，'再见吧。'"

"他没再说什么吗？"

"哪里还能再说什么，一到座位上，他很快就睡着了。"

"他手里有票吗？"

"有一张站台票。"

"可怜的李富！他已在不知不觉中骑上了老虎；是你让他骑上去的。当他睁开眼的时候，他的麻烦也就随着到了。"

8

表弟看到自己的影子以一种十分虚幻的形式依附在屋里的墙上，给这间新婚的房子蒙上了一片挥之不去的难以驱散的阴影，这使他变得忧心忡忡，神色不安。幸亏没有引起更多人的注意。"除非我离去。"表弟暗自想道，"否则那阴影将永远存在。"他用一些不易察觉的动作试图改变那种使他深感不安的图景，但收效甚微，反而看到它越来越黑。

早晨的时候，当王家峪穿戴一新、披挂整齐以后，曾漫不经心地对表弟说，结婚事实上也没有多大的意义，因为几乎所有的新娘差不多都是一样的。由此上溯到更多的人，所有的女人也都完全是一样的。他的这番话与那位厨师告诫其助手的话不谋而合，如出一辙。但王家峪的表弟却与那位年轻的助手不同，他对表哥的话充满了怀疑与不信。王家峪是用一种既得利益者的口吻谈论这件事的，尽管不乏自嘲，但仍然使表弟感到有些反感，他听出他话里的弦外之音和某些其他意蕴。"那怎么可能呢？"表弟想。人与人怎么会一模一样呢？世界上没有相同的两件事、两个人。人与人活着的时候难以求同，即使死了，也还是很难一样。死人与死人也是不一样的，尽管大家都是死人，不一样就是不一样。就说他的这位表哥，他才见识过几个女人，新婚的早晨就做出如此不尽沧桑的结论？那完全是在以点代面，一叶障目；那不过是他的一孔之见。喜悦尚未正式到来，早晨的霞光已提前映红了他的脸，使他变得心神不宁，目光闪烁，言谈举止之间充满了令人费解的叵测之意。

"是的，那真正是他的一孔之见。"过了一会儿，表弟又想道。

表弟在几年前曾做过一件令自己懊悔不已的事，失手打了一个叫贾小山的人一个耳光；此后，贾小山的五官和头一直向右倾斜着，几经医治无效。后来，有人告诉贾小山一个非常古老的秘方：解铃还须系铃人。病急乱求医的贾小山恍然大悟，于是决定去找王家峪的表弟。当初他打的是他的左脸，现在，他请王家峪的表弟在自己的右脸上下手，再打一下，希望再能帮他打回来。

贾小山找到王家峪的表弟时，表弟感到大祸临头，闻到四周飘满了强烈的血腥的气息。

"你终于来了。"王家峪的表弟故作镇静地对兴冲冲地到来的贾小山说，"我就等着这一天呢。是祸躲不过，请动手吧。"

"说什么傻话！"贾小山对王家峪的表弟说，"我是来请你动手的。"

"自从那年不小心打了你，我没有愉快地活过一天。"王家峪的表弟说。

"什么也别说了，请快些动手吧。"贾小山有些急躁地说，"我来找你，就是为了这事。"

"我怎么能再打你？我已经对不起你了。绝对不行。"

"行，怎么不行？赶快动手吧，再给我来一下。"

"老贾，我坚决不能打你。我把你打成什么了，你现在的模样让我感到难过死了。"

"是的，我就是为了改变这模样才来的。"

"实在不行，我打我自己可以吗？你可以监督，我决不手软。"

"那怎么行？那绝对不行。打你自己是没用的。你要明白，你不是在打我，而是在替我治病。像我这样的疑难杂症，没有人能够治得了，专家教授，江湖郎中，全都没有办法，只有你才能手到病除。"

在贾小山的再三恳求下，王家峪的表弟又打了他一个耳光。那时候，表弟有一种重温旧梦的感觉。贾小山的五官很快得到矫正，恢复了正常。几年来为了治病，不知花了多少钱，但从未听到过任何一种声响。现在，他听到响声了。真正的响声来自于一次迟疑但不乏响亮的重逢。他感激得无法用言语表达自己的心情，掏出身上仅有的四十元钱要送给王家峪的表弟。表弟执意拒绝收下，贾小山见状难过得流下了眼泪。表弟又一次遇到了令自己手足无措的事情。

"打了人还要拿钱，世上哪有这样的事。"表弟说。

"看病哪能不花钱，世上也没有这样的事。"贾小山说。

"四十元绝对不行。"表弟对贾小山说，"我拿二十吧。"

表弟看到贾小山笑了。于是，他收下了他的二十元。

表弟在外面欠了很多钱，因为无法偿还，很长一段时间以来，一直东躲西藏，四处奔逃。究竟欠了多少，现在连他自己也记不清楚了，往事如苍茫隐晦的暮色一样存于他的心中。每当夜深人静的时候，表弟常常会感到自己像一只被猎人追赶的兔子，无时无刻不处于奔逃与喘息之间。猎人是众多的，而兔子却只有他一个，他的周围和面前布满了陷阱和杀机，他的危险性越来越大，与日俱增。表弟强烈地预感到自己终有被众人合围捕获的那一天，那也许就是他的末日。他已经许久没有回过自己的家了。有一天深夜，他秘密地潜回家里。在窗户外面，他听到他的妻子正在哄他们的孩子睡觉，她一边轻轻地拍着孩子，一边唱着"摇篮曲"：

"宝贝，快睡吧，你爸爸正在过着动荡的生活……"

他没有推门进去，很快又转身消失在茫茫的夜色之中。我动荡不安并不是由于参加了游击队，而是因为欠了别人很多的钱不敢回家。他想。事实上，他过的完全是一种游击队的生活，但在某些方面远不能与游击队相提并论。游击队还时有出击、骚扰一下的时候，他却从来没有。更多的时候只是疲于奔命。看来他只能与兔子相提并论了，兔子才是他目前生活的真实写照与另一种身份。

在表哥王家峪的家里，借着为表哥筹备婚礼，他获得了一种从未有过的解脱与轻松，尽管包括欢乐在内的一切都是暂时的，甚至是别人的，但也足以让他这个长年奔逃、已惯于晓行夜宿的人感到十分满意了。有好几天，他几乎忘记与自己有关的一切，包括他的唱着摇篮曲的妻子和那些永远纠缠不清的债务，以及无数个不眠之夜。渐渐地，随着时间的推移，他将自己融入即将到来的婚礼之中。他觉得这桩喜事完全是冲着他来的，完全是他个人的一件私事。当表哥王家峪在他的眼里忽然变得像一个为他跑龙套的人一样时，他开始觉得自己就是新郎了。人们把他的这种只有他自己才知道的变化看成是一种单纯的热情和对于表哥婚事的全身心的投入，因而他不断地得到赞赏与褒奖，那是他有生以来听到过好话的最密集的时期。他都理所当然地一一接受了，并理解为是对喜事本身的一种正常的祝贺与礼貌，因为他本人就是喜事的象征与代表，因而所有的褒扬与甜言蜜语都将顺理成章地无一例外地由他来领受。

黎明之前，天还没有亮的时候，他忽然醒来了。婚礼将在天亮以后的上午开始。前来为婚礼帮忙的人们起得比他还要早，他们已经在厨房里忙了好一阵子了。人们的身影在烟雾与灯光中穿梭往来，他从中听到哗哗不断的水声和走路的声音。同样是使用刀，切菜的声音与砍肉的声音是完全不同的两种声音，他分辨得一清二楚。他感到自己的脑子很清醒，甚至比以往任何时候都更加充满了想象与智慧。他爬起来，隔着窗户向雾气弥漫的厨房里看了一阵，不久又重新躺下，幸福地闭上眼睛。

"这一天终于来到了。"他喃喃地对自己说道。

"人人都得结婚，我也不能例外。"过了一会儿，他又说道："这么多人起早贪黑地为我忙碌，我还有什么好说的？该结就结吧，不然能对得起谁？连厨房里那些烟熏火燎的帮忙的人们也对不起。就算是一个鬼门关，我也必须得过了。"

在距离婚礼三天前的一个午后，王家峪在纷繁的事务中忽然想起一件最让他感到担心的事，他特别提醒表弟：如无万不得已的事，尽量不要频繁地在婚礼上抛头露面，婚礼上人多眼杂，以免某些人将他认出来，因为谁也很难保证来的人中间没有一位是追逐他多日的债主。表弟当时听了，一边浑身哆嗦，一边在一旁点头称是。

在距离婚礼还有一天的时候，王家峪又一次向表弟重复了自己在两天前说过的话。

他们坐在院里的潮湿的台阶上，一边说话，一边似乎在等待着一件事情的到来。

新近雇来的两名厨师正在将整扇整扇的猪羊按照不同的部位分割成一堆一堆的小块，化整为零。那位中年的厨师剃着光头，宽盘大脸，虎背熊腰，看上去更像是一位在寺院里执掌事务的阅历甚广的僧人。他一边用一把锋利的小刀慢慢地割肉，一边对他的那个挥动着斧子砍骨头的助手说：

"智清，这回该你露一手了。"

"我不敢露，我怕弄砸了。"名叫智清的年轻助手说，"那样一来，人们也许会把我吃了。"

"放心地露吧，有我呢。"中年的厨师说。

不久以后，中年的厨师先是取下一个紫红色的猪腰子，接着又取下一个同样颜色的羊腰子，还有一根像生日蜡烛一样粗细的羊鞭。他将三样东西拿在手里，对坐在台阶上的脸色苍白的王家峪说：

"过一会儿你到厨房里来，我把它们炖熟了，给你补一补。"

"补什么？"王家峪说。

"补你的身体。"厨师说，"你看上去十分的虚弱。"

"我需要补吗？"王家峪不解地看看厨师，又看看身边的表弟，笑着说道，"我不需要补。我看见它们就感到恶心。把它们拿走，我不需要补。"

“怎么不需要？太需要了。”厨师有些蛮横甚至不容分说地说道，“一个小时以后，你到厨房里来吧。”

“我去厨房干什么？我又不是厨师，我不去厨房。”王家峪有些生气地说道。

“我是过来人，我是在为你着想。你看看你的脸。”厨师一边说着，一边托着那三样东西走进了厨房里。

“我不明白他要干什么。”王家峪对表弟说。

“我明白，他说得对。”表弟对王家峪说，“一个小时以后，你就到厨房里去吧。”

“我就不去。”王家峪说，“要去你去。”

“我去干什么？你应该去。你看看你的脸。”

表弟后面的话与那个厨师的话几乎是一个腔调。王家峪有些烦躁地说：

“我的脸怎么了？”

9

“你看上去比中午的时候好多了。”

表弟从暮色中进来，对王家峪说。表弟显得十分焦渴，他看到王家峪的面前放着两杯水，于是就端起来很快将它们喝光了。过了一会儿，又有人端来两杯水，他很快又将它们喝光了。

“有一件事我一直不放心。”王家峪对表弟说，“你把那个叫李富的客人送到哪里去了？”

“我把他送到了河边。”表弟说，“河对面就是他们的村子。等他睁开眼的时候，就能看到他的家了。”

“他在河边睡着了？”

“是的。”

“你没有遇到你的那些债主吧？”

"还好，还算幸运。"表弟看了看王家峪的脸，说道，"不过，我遇到了另外一个人，一个完全出乎我们意料之外的人。"

"什么人？"

"他是表嫂的一位哥哥。我遇到他的时候，看见他买了很多东西，光鱼就有两筐，光猪头就有八个，另外还有数不清的猪手。"

"他买那么多东西要干什么？"

"这也正是我要问他的。他说他正在为他的妹妹的婚礼做准备。顺便问一句，表嫂有几个妹妹？"

"一个都没有。据我所知，她是他们家最小的；她的上面有两个已出嫁的姐姐和两个已成家的哥哥。是的，我娶的是他们家最小的一个。"

"这就对了。所以，我告诉他说，婚礼已经结束了，我正在遣送客人，但他不信。"

王家峪忽然像一根蜡烛一样朝一边倒去。表弟伸手去扶他时，有一种被烫伤的感觉迅速地传遍了表弟的全身。王家峪倒下去的时候，仿佛被风吹灭了，变得无声无息。表弟一边摇晃他，一边呼唤他。有一个喝过水后的空杯子没有来得及滚出去，被压在他的身体下面，不久以后变成一声低沉的闷响。表弟看到自己的一只手在距离自己身体很远的地方忙碌着，有时又出现短暂的停顿或僵立，像一个犹豫不决的人蹲在那里。

表弟闻到表哥王家峪的身上散发出一种冬日里干草的气息。在他的眼里，表哥王家峪整个人也像一捆干草一样苍黄而轻软，偶尔才会泛起某些细微的响动。表弟感到自己的心里很乱，这使他的一条手臂不断地在自己的脸前挥来挥去，仿佛要将什么赶走。他不时地发出一种猫一样的怒吼，这声音尽管很低，但总是能够将他自己吓一跳，使他感到既害怕又无法完全控制，使他不住地将恐惧不安的目光投向窗外。

表弟听到自己的声音里充满了怀疑与冲动。

天开始黑了。

过了一会儿，王家峪睁开了眼睛。他有些颓丧而无可奈何地说道："我不知道他买那么多猪头干什么呀？"

"可怕的还不是那几个猪头，"表弟对他说，"而是那两大筐鱼，还有那些数不清的猪手。"

"那也还不是最可怕的。"他说。

不久以后，他的这种担心变成了一种真正的忧虑。当他从家里出来，走到街门外时，看到人们正在三三两两地站在一起说话，有的还不住地向他这边张望，翘首以待，似乎在期盼着一件事情的出现或到来。距离他不远处的几个人已经停下来不再说话了，因为他们看到他出来了，并正在注视着他们。他们多少显得有点尴尬，手足无措。他仿佛看到一个诡秘的话题或消息正在晚间的雾霭中不胫而走……

"你估计他们在议论什么？"王家峪向表弟打听道，"天气？收成？贪污？寻欢作乐？"

"那怎么能知道？"表弟隐在他的身后，言语如同他的影子一样模糊不清，"我们又没有在他们的身上安装窃听器，他们说什么，我们怎么能知道？我们永远也不可能知道。"表弟的声音仿佛雨前的天气一样异常沉闷而又无比沮丧。

"永远也不可能知道吗？"王家峪回头看着表弟说。

表弟看上去被他的问话明显地吓了一跳。"你说是天气或寻欢作乐，就算是天气或寻欢作乐吧。"表弟顺水推舟地说道。之后，表弟又在心里说道："你懂得什么叫寻欢作乐！"

"'就算是'是什么意思？"

"他们就是在说那种事情，和你看到的一样。"

"你看到什么了？"王家峪问表弟，眼睛却看着那些人。

"我不知道。"表弟说。

"我以为他们是在说我，你说呢？"王家峪突然又转过身来，盯着表弟说道，"他们难道不是在说我？"那时候，他忽然感到自己看到一种令人心悸的东西，他的嘴张了几下，但没有说出来。

"我不知道。"表弟说。

"他们就是在说我。"王家峪说，"你的脸非常红，通红的，潮红的，红极了。"

他们闻到了风中飘来的红白两种颜色的荆棘和荨麻草的青涩的苦味。没有人过来与他们说话，有两个人在看到他们以后便迅速地离去了。表弟像一个飘忽的影子一样不断地出现在王家峪的身后，他似乎已只能徒具其表地这样转一转了，无法再为自己的表哥提供任何意义上的帮助，灵机一动或出谋划策就更谈不上了。

"我们到底出了什么事，这样引人注意？"王家峪在苍茫的暮色中茫然不解地向表弟询问道。

"因为今天是你结婚的日子，他们大概是闻到了结婚的味道。"表弟小声地在一旁说道。

结婚是什么味道？王家峪轻轻地哼了一声。也许就是那种醉醺醺的喧哗与眩晕的体验。婚礼的味道难以言状，他只对曾经目睹过的一幕幕丧事心有余悸，因为那时候才有一种能清晰地闻到的不同于日常生活的味道。一个人断气了，到处都能闻到明显的死人味，到处都散发着不祥的死亡的气息，与此有关的每一个活人的身上也都或多或少地带着一种难以抹去的死相，仿佛全都登记在册，提前打上了死亡的烙印。表弟只说对了很小的一点，但那并不是他想要知道的，因而也完全没有涉及事情的全部和核心。从黄昏开始以后，忙碌了一天的表弟逐渐在他的眼里变得狡诈，虚假，推卸责任，甚至动不动就言过其实，谎话不断，总是有意无意地在回避着什么。谁想他竟是这么一个人，他的心里充满了憎恶。他开始意识到自己对他缺乏深入全面的了解。多少年来，虽然表面看上去熟得不能再熟，但现在看来却远不是那么回事。你的身边时常有一个人，但实质上却等于没有一样。

这样一想之后，他开始突然感到真正有些孤立无援了。

他再没有和表弟说一句话。他渐渐地发现，不仅远处不断地有人向他这边指指点点，甚至连家里的房子和街门都有人在暗中盯着。他有些悲凉地在家门口站了一会儿，直到一个新的决定在脑子里慢慢形成以后，他仍然不知道站在远处和附近的那些人在等待什么。

10

"天那么黑，你怎么能看得那么仔细？我的脸真有那么红吗？"
表弟在黑暗中说道。

这天晚些时候，王家峪到了岳母的家里。他的一朵别在左胸前的象征喜庆与吉祥的红绢花在路上被风吹掉了，他毫无察觉。走进院里以后，他感到岳母的家里无声无息，异常寂静。

没有人在家。钟在屋里走着。

王家峪站在门口，打量着屋里的情形。过了一会儿从西边的房子里传来一个女人的压低了的呻吟。

那声音将王家峪吓了一跳。于是，他高声地问了一声。不久以后，他看到新娘赵玲的姐姐赵青掀起帘子，从西边的房子里走了出来。这个出嫁已多年的女人面色潮红，神情十分慌张地整理着身上的衣服。当看到进来的人是王家峪的时候，她似乎又一下放松了许多。

她用一种自然而又娴熟的动作将裤子前面的拉链轻轻地拉上；与此同时，也让镇定与沉着回到自己的尚存着几分酡红的脸上。

"家里怎么没人？"王家峪对她说。

"我不是人吗？"她说。她用最快的速度和一种只有她自己才深谙的最便捷的方式恢复了常态。

"我是说其他的人，他们都干什么去了？"王家峪为自己的唐突而感到不安，认真地解释道。

"没想到你还是那么不会说话。"赵青叹息了一声，对王家峪说道。她显得有些倦怠而慵懒，又有一种深藏不住的对于某种往事的意犹未尽的眷恋，它们不久前刚刚逝去，尚未走远，尚未完全烟消云散。

王家峪看着面前的女人。他想起了距此两年前的一个夏天的晚上，在夜来香和合欢树混合弥漫的空气里，她站在窗户里面，神情慵懒而又有些急切地对他说：

"有什么事进来说吧。"

晚间浮动的暗香在风尘仆仆的王家峪的脸前萦绕不去。窗户是开着的，他看到她只穿着很少的衣服，又似乎什么都没穿，如同镶嵌在窗户里的一幅半身像一样清晰而又模糊地浮现在他的眼前。他有些心惊肉跳地问道：

"家里怎么没人？"

"我不是人吗？"她说。

"我说的是其他的人，他们都干什么去了？赵玲干什么去了？"王家峪的脸红了，声音与勇气仿佛都被淋湿了，变得艰难、滞重而苦涩。那时候他感到自己站在窗外，像一棵因受潮而发霉开始从内心深处渐渐死去的树，外表虽然还呈现着青翠与苍劲，但根须却正在暗中收缩，在枯朽中动摇。他被笼罩在晚间的树木的气息和四处弥漫的花香压得有些喘不过气来。那以后他开始意识到自己不知什么时候已被裹挟在一种幽晦无边的水汽之中。

"赵玲干什么去了？"他说。

柔软的树枝和湿漉漉的花茎垂在他的身边，有些挂到他的肩上，不经意间成为他身体的一部分。他没有留意到这些。一种过于潮湿的坠落在水中的感觉为他的身心带来了意想不到的沉重和自上而下的痛苦。对于这样的突然到来的变化，连他自己也感到害怕。以前的一些经验不仅丝毫不足为凭，而且在关键的时候总是显得毫无意义。站在敞开的窗前和花木的重重阴气之中，他有些魂不守舍地想道。不管什么时候来，总是没有人在家。慢慢地他发现寂静甚至销声匿迹也不能让他很好地集中精力，不能始终如一地专注于某一件事情。他开始走神，思绪纷乱而又不无羞怯，仿佛四周的繁茂的树木和娇媚之气十足的花瓣，某些念头刚一闪现，还没有来得及深究或回味，很快就又像纤细脆弱的花茎一样被轻而易举地折断了。

他的那种惶恐不安的魂飞魄散的样子使得站在窗户里的赵青大为不满。

"早晚是要成为一家的,难道你永远不打算进来了吗?"她的嵌在窗前的半身像冲着他说道,"每次来了,都像一个邮差一样隔着窗户说几句话。你非要把自己弄成这样,我们也没有什么办法,看来我们只能把你当作一名邮差看了。"

"我不是什么邮差。"他诚恳地赔着笑脸说道。说完之后,才发现她的身影已从窗前消失了。

她的话不无道理。剩下他一个人了,他在水蒙蒙的充满绿意的天气里想道。她说得很对。他哪里是什么邮差?他怎么会把自己装扮成邮差的样子?这样想过之后,他忽然感到自己变得轻松多了。他几乎有些惊喜地发现,接踵而来的轻松又为他带来了某种前所未有的幸福,并迅速地向他展示了其中的一页。

于是,他鼓起勇气,用颤抖的手打开门,轻轻地走了进去。

搁置在记忆另一端的是又一个水蒙蒙的浮现着树木般的绿意的傍晚,虽然周围一带的天空像沙滩一样有些微微发红,甚至红得有些过于夸张,充满了人为的痕迹和色彩;云彩也仿佛刚刚被明亮的犁铧犁过,但二者在很多方面却有着惊人的相似之处。在敞开的窗户里面,赵青呼吸着晚间的花香,她给风尘仆仆地到来的王家峪留下一种强烈而眩晕的印象—— 一种成熟的金黄的气息扑面而来,以至于使一直处于喘息与恍惚之间的王家峪判断不出她的身上是否穿着衣服。他仿佛在面对一个久攻不破的谜语。天快要黑了,但他仍然没有答案,一切也都没有结论。

"……看来我们只能把你看成是一名匆匆路过的邮差了。"

"我不是邮差!"他用一种争辩的语气说道,几乎是在痛苦地呼喊。说完之后,才发现她的身影不知什么时候已从窗前消失了。

她的话不无道理。剩下他一个人了,他在水蒙蒙的充满绿意的天气里想道。她说得很对。他哪里是什么邮差?他怎么会把自己装扮成邮差的样子?这样想过之后,他忽然感到自己变得轻松多了。他几乎有些惊喜地发现,接踵而来的轻松又为他带来了某种前所未有的幸福,并迅速地向他展示了其中的一页。

于是，他像一阵风一样走了进去。

"来了，我来了！我已经进来了！"

11

很长时间内没人回来。

当赵青又一次来到窗前的时候，看到外面有一个人，正在朝屋里张望。她被吓了一跳，发出一声脆利的惊叫。很快，王家峪也来到窗前，他看到赵青正在遮掩自己的胸前。王家峪对她说：

"不要怕，那不是一个坏人。"

王家峪看到表弟站在外面。眼前的景象使他意识到自己比身边的这个女人更加吃惊。

"你怎么来了，"王家峪对表弟说，"谁让你来的？"

"我让我来的。"表弟用手分开面前的湿漉漉的花茎，来到窗前说，"我以为你需要我的帮助。"

"你以为？你以为你是谁？"王家峪有些生气地说。

"我以为我是你的表弟，难道不是？"表弟说。

"那不一定，那要看情况。"王家峪高声地几乎有些蛮不讲理地说道，"就算是，你以为你就能帮得了我吗？"

"王家峪，我难道没有帮过你吗？一次也没有？"

表弟的身体站在窗外，一只手却因情绪过于激动起伏而冲动不安地伸进了窗户里，在赵青和王家峪——主要是王家峪——的面前挥舞着。赵青已不像刚看到表弟时那样感到害怕了，但依然保持一种难以掩饰的惊讶。她饶有兴趣而又不太明白地看着两个男人在面对面地隔着窗户争吵。

在表弟的眼里，表哥王家峪和眼前的这个女人并肩站在一起，他们的身体之间看不到什么距离，他们像两只准备冲出窗户、比翼齐飞的鸟。表弟看到眼前的情形，感到自己难过极了。表弟这样想着，突然将王家峪推到那个女人的身上。

那时候，王家峪觉得自己正在狂奔，他仿佛又回到了十几年前的那个午后。太阳很白，有一大堆豆子要等着他剥。

早上出的是白太阳，到午后渐渐变得晕黄而迷离，使每个人都有一种斑斓无比的体验。

王家峪怀着一种无悲无喜的心情站在炫目的光线里。

一位戴着假发、衣着体面的客人对王家峪说：

"新娘子在哪里？能否请出来让我等一饱眼福？"

"不要急。"王家峪笑着说，"到时候我让她出来，让大家看个够。"

戴假发的人离去之后，又有一位客人走过来，对王家峪说：

"你们把新娘子藏到哪里去了？都这个时候了，为什么还一直不见出来？"

"会出来的，就要出来了。"王家峪笑着说。

"再等等吧。"另一位知趣的客人善解人意地说，"心急吃不了热豆腐。她不出来，你着急也没办法。"

他们走后不久，王家峪看到一位二十多岁的胸部平坦的女客站在台阶上不住地向内房里心急如焚地张望着。她引颈眺望、翘首期盼的样子引起了王家峪的注意。于是，他走到她的身边，轻声问道：

"您要找什么？洗手间？"

那位女客看了一眼身边的王家峪，依然焦虑不安而又心不在焉地说道：

"都这个时候了，新娘子也该出来了吧。"

"是的，该出来了。"王家峪说，"到时候就出来了。"

"'到时候？'还要到什么时候？"女人说，"都已经这时候了。"

"'这时候'是什么时候？"王家峪小声地问道。

在厨房外面的窗户下，有两个人正在谈话。

"由此可见，我敢肯定，新娘子一定还是一个原封未动的、像一颗还没被碰破的葡萄。"

"你怎么敢肯定?"

"你想想看，都已经这个时候了，还不见她出来，这不是摆谱又是什么? 越是这样姗姗来迟、久不露面，越表明身价高、货真价实。这要是一位寡妇再嫁，她早就急不可耐地从里面蹦出来了。老骥伏枥，老马识途，中华儿女多奇志，不用扬鞭自奋蹄。"

"你的话不能说没有道理。"

"什么话! 道理完全在我这一边。"

他们在窗下的谈话使王家峪的脸上掠过一片阴影。

12

到处都没有表弟的影子，王家峪渐渐地开始感到事情有些不祥了。他怀疑表弟遭遇了某一位甚至数位旧日的债主，现在已经自身难保了。他开始感到后悔，也许正是由于自己的某种偏执和感情用事，才使表弟在婚礼刚开始不久便像一滴水珠一样在炫目的光线里消失了，变得无影无踪，吉凶未卜。

早在签发请柬的时候，表弟就显得极为不安，甚至如坐针毡。他在王家峪的身边团团乱转，忧心忡忡。他竭力劝表哥要对前来参加婚礼的每一位客人从政治上、经济上，甚至人格上严格把关，严加审查，不合格的一个也不要发给。王家峪当时听了极为生气，表弟这样说是因为他存着一份私心，唯恐有什么闪失。王家峪当即驳斥道:

"这样搞法，还能叫婚礼吗? 对每一位客人的资格进行审查，也许更像一次吹毛求疵的代表大会。"

表弟无言以对，神情无限沮丧地看着王家峪。婚礼不是他自己的婚礼，即使是，他也不可能做出多少随心所欲的决定，更无法完全控制事情的整个局面，很少有人能够做到这一点。现在看起来，这是造成他心境灰暗、情绪低落的一个重要的原因。

距离婚礼开始之前不久，有人忽然看见表弟独自一个人在一间房子里流泪。王家峪的母亲闻讯赶去，对他在大喜的日子里发出的这种异乎寻常的在她看来完全是神经质的悲音表示了极大的愤慨。她骂他是丧门星、冤家、居心叵测的乌鸦、游魂野鬼，甚至是反革命，三种人和长期隐藏在王家的坏人。之后，有人又将表弟啼哭的事告诉了王家峪，王家峪听后没有什么表示。他想，他想哭就让他哭吧，一个人要是没有什么过不去的事情是不会轻易流出眼泪的。他想到表弟也怪可怜的，像一只疲惫不堪的猎物一样终年漂泊在外，不得安生，有家难回，过着动荡凄苦而又朝不保夕的生活。王家峪没有将表弟的啼哭放在心上，唯一感到过意不去的是他自己没有专门的时间去安慰一下表弟。所有的事情都迫在眉睫，如火如荼，千头万绪，他甚至觉得连喘息一下都不得已要借助于忙里偷闲，借助于倏忽之间的缓冲。他感到自己劳累极了，身上的每一根骨头都在咯咯作响，举手投足之间，每一个动作甚至眼神都被打上了颓废或荒谬的色彩，不可避免地流露出强烈的倦意。事实上，表弟的眼泪也并没有给即将举行的婚礼蒙上耻辱或难堪的不洁之色，更没有为这个喜庆的日子带来什么不祥之兆，因为从一开始就没有几个人知道这件事情，就连到处乱窜的、什么事情都要亲自过问一下的王家峪的父亲都闻所未闻，一无所知，可见其影响之小，可见其所带来的不良后果之微乎其微；从始至终，它只存在于一个极其窄小的面上，并未呈恶性地向外扩散，形成蔓延之势。

"我太需要休息了，需要长时间的卧床不起。"王家峪在心里对自己说，"恐怕只有天知道我的这种心情。"

人们都以为他被即将要像曙光一样出现的喜事冲昏了头脑，没有一个人以为他很想闭上眼睛睡一觉。人人都觉得喜悦可以拨云见日，冲刷掉一切，这个时候睡什么觉？客观上，情理上也不允许这样做。

一直都在到处乱窜、显得忙极了的王家峪的父亲，无论见到谁，都要说：

"快点吧！来不及了。"

他的那种焦躁、兴奋、紧张、盲动，甚至痉挛般的无事三分忙的情绪如同失眠症一样几乎影响了每一个人，他几乎很少有停下来的时候。

在他的传染与影响下，人人都在动，也开始像他一样在到处乱窜；不断地有人相互撞在一起，有的当即酿成轻伤，做出无谓的牺牲，甚至从此潜伏下完全不必要的暗疾。焦躁是莫名其妙的，兴奋是莫名其妙的，紧张、盲动、痉挛和匆忙也全是莫名其妙的。

王家峪看着乱七八糟的人们，有些惊异地想道：

"好像有人要来了？"

他看见有一个人正在他的视线之内抽搐、挣扎，其状痛苦万分。他在疑惑与惊讶中观望了一阵，不久以后才看明白，原来是厨师正在与一只将要被宰杀的羊进行着殊死的搏斗。后来，厨师与他的那位年轻的助手两个人共同将羊制服了。羊被杀死了，流出一盆红油漆一样的血。厨师土头土脸地从地上站起来，一边擦拭手上的血迹，一边不无自嘲与牢骚地说道：

"他妈的，这年头的一切都乱套了。做厨师的不仅要负责烧菜，还得负责屠宰。"

有人从王家峪的面前匆匆经过。王家峪叫住他，问道：

"是谁让厨师杀羊的？不是说有人专门负责屠宰吗？"

"我怎么知道？"那个人显得烦躁无比地说道。

厨师站在厨房门口，看着羊皮在橙黄色的光线里展开。他半是玩笑半是认真地称自己从事的是"一条龙"的事业。从亲手将羊按倒杀死，到亲手烹制出羊肉，说不定将来还得亲自去养羊也未可知。一切不过是为了填充那些坐在桌子前的嘴。那时候，做厨师的忽然有一个大胆而空前的设想，希望人能够通过自身的努力繁殖出小羊。

父亲从外面跑进来，看见王家峪时微微愣了一下。他只对他说了一句："快点吧！来不及了。"很快又匆匆地不见了。

王家峪在强烈的光线中闭上眼睛，听到眼前的纷乱正如同风雨侵蚀的墙皮一样在严重地剥落、风化。想到自己的婚礼将要在一种斑驳迷离的情景中逐渐展开，他的心情变得复杂而又难以言状。

他抓住一个六七岁的正在燃放鞭炮的小孩，问他是谁家的孩子。他说："告诉我，你是谁？你的父母叫什么？你是跟谁来的？"小男孩突然发出一种碎玻璃一样的哭声。那锋利的声音将王家峪吓了一跳，他的神经仿佛被应声划破了。他有些手足无措地说：

"你看你，我又没有骂你，我不过是想问问你是谁家的孩子。"

小男孩不说话，眼泪汪汪地看着自己手里的一枚小鞭炮。

"你这么小的年纪就出来参加别人的婚礼，这可不算是什么好事。"王家峪换上一副和颜悦色的口气对他说，"你知道今天是谁结婚吗？"

小男孩摇摇头，表示不知道。

"你知道吗？是我结婚。"王家峪说，"是的，是我，我叫王家峪。我要把一个女人娶进家门，和她结为夫妻。你看到刚刚贴上的那些对联了吗？有的写着'百年好合'，有的写着'白头偕老'。那些都是表面光洁的假话，你知道吗？一个人怎么可能活那么长时间？一个人怎么可能活那么长时间而不出一点儿问题？"

"你能给我放一个大炮吗？"小男孩从衣服口袋里掏出一个又粗又大的炮仗对王家峪说，"我只敢放小的，不敢放大的。麻烦你帮我放一个吧。"

王家峪接过来看了一下，不禁有些沮丧地说道：

"这么大的炮仗，我也不敢放，从前敢，现在不敢了。"

"连你也不敢？"小男孩认真地看着他，惊讶地说道。

"你知道吗？今天我是新郎，我要是突然被炸掉一根手指，或者炸瞎一只眼睛，你们所有的人就都白来了，今天一整天就什么意义也都没有了。你不想我一只眼睛瞎了，是吧？"

"是的。"小男孩点点头。

"你去找那些十四五岁的哥哥去吧，他们敢，他们是初生的牛犊，什么都敢。退回二十年，我也什么都敢。"

13

太阳升起以后，一些他不认识的人仿佛戏里的角色一样开始陆续出现。他们衣冠楚楚，花枝招展，似乎早在很久以前便已做好了粉墨登场的准备。此刻，他们正迎着朝阳，在霞光的照耀下轻松地穿越着素昧平生和网络状的关系。

王家峪笑容可掬地站在强烈的光线下。

一两个小时以后，他开始意识到那种经久不息的微笑使自己变得很累，身心疲惫，倦意如同雨后的潮气一样正源源不断地从四面八方向他袭来。

每个人都在忙着自己的事情，各司其职，各尽其能。有一个人肩上扛着两块木牌，一块牌子上写着："此处禁止小便"，另一块牌子上写着："此处禁止放炮"，正要插到该插的地方去。两块木牌都十分醒目，字迹又黑又大，由不得不让人相信它的作用。

一位四十多岁的客人在目睹了木牌上的内容之后，不无感慨地对王家峪说：

"连这都想到了，工作做得够细的。"

"还是不够细，还是有点儿粗。"王家峪谦逊地说道。

"已经够细的了，不能再细了。"那位客人说。

四十多岁的客人慢慢地踱到别处以后，王家峪想，真的就不能再细了吗？难道我们不应该更细一点儿？但仅仅过了几分钟以后，他又忽然如同从梦中醒来一样想道：

"要那么细干什么？好像不需要那么细。"

客人们有的停下来说话，有的仍像刚到来时一样鱼贯而行。

大约一个多小时以后，王家峪又看见了那个喜欢燃放炮仗的小男孩，小男孩已被炮仗炸伤了，一只眼睛上蒙着雪白的绷带，看上去异常醒目。他的母亲——一个怒气冲冲的女人，牵着他的手，站在门边，仿佛要随时走掉。眼前的景象让王家峪感到惊愕不安，不久以前小男孩对他说过的话他还记忆犹新。

"……麻烦你帮我放一个吧！"小男孩充满希望地看着他说。

"……麻烦你帮我放一个吧！"

客人越多，王家峪的父亲就显得越高兴；他不断地和人们——主要是一些女人开着一个个自以为幽默的玩笑，他自己笑得尤其响亮而开心。

王家峪的表弟对他说：

"舅舅，该收敛的时候就收敛一点儿吧！不要把事情做绝了，做得没边了。你的行为已经让表哥感到无地自容了，连我也非常难堪。"

"你难堪什么？你这不是狗扯羊皮么！"王家峪的父亲说，"别在我面前说这种丧气话，我不会上你的当。"

"他妈的！我已经忍无可忍了。"表弟想。

表弟听见一声惊天动地的闷响。有人压塌了一把椅子，沉重的身体像一只麻袋一样被摔在地上。在人们嗡嗡的叫声中，表弟感到自己的脸前弥漫着一种异常灼热的气息，挥之不去。

有人踩着梯子爬到房顶上面，站在烟囱附近燃放炮仗，以为炮仗的声音会随着人的身体的上升而水涨船高；事实上，人们听到的是一种比在地面上更加遥远的响声，是一种逃跑了的响声。表弟不禁有些哑然失笑，不知这是谁出的主意，看来帮忙办事的人和来客之中不乏蠢材。但不久以后，他就又看到了让他更惊讶的一幕：王家峪的父亲嫌炮声不够响亮，遂命令那个站在烟囱附近的人离开烟囱，到高耸的屋脊上去燃放，响声不够，仿佛是烟囱在作祟。

表弟感到自己笑得直不起腰来。有人从旁边扶了他一下。

"这个死舅舅！"表弟看着屋顶上的情形，一边咳嗽一边想，"他是个什么东西，到处指手画脚，指鹿为马，到处都要插一手，好像是他自己在结婚。"

耸峭的屋脊使那个手持炮仗的人虽然高高在上，但几乎无法立足。他头重脚轻地在上面摇晃了一会儿，不久以后便像骑马一样骑在屋脊上，仿佛要乘着房子逃走。

"舅舅，你还不让他下来吗？"表弟对王家峪的父亲说，"你就不怕他踩坏你的房子？骑着你的房子跑掉？这年头可什么人都有。"

"谁说不怕？我正在这么想。"王家峪的父亲说，"可是当着这么多客人的面，我能骂他吗？好像不能骂。是的，一句也不能说。"

之后，王家峪的父亲冲着骑在屋脊上的那个人竖起大拇指，高声地说道：

"好！闹得好！再来一下。"

人们嗡嗡地沉浸在一种水蒙蒙的喜悦之中，很多人都在努力或不自觉地发出自己的声音。在黄白的光线里，人们相互湮灭。

又有人过来向王家峪询问新娘子什么时候出来，王家峪脸色阴沉地看了那个人一眼，似乎没有听见。

当王家峪突然意识到自己是一个无所事事的人时，他显得沮丧极了。但表弟却对他说：

"这个时候你不需要有什么事情。"

"这个时候，你和表嫂应该是神前的一对供品。"表弟接着又说。

14

午后过去不久，在距离傍晚还有一会儿的一段时间里，在末日般的晚霞和树木的清香里，王家峪听到人们对一件事情的议论已接近尾声。客人们是有礼貌的、懂得分寸的，每当涉及王家峪本人时，人们都很快地像山羊一样敏捷地跳开了。王家峪清晰而又遥远地感受到一种小心翼翼的走动和善意的回避。有的人酒后失言，仿佛完全是由于眩晕而导致的躲闪不及。

王家峪感到自己的头在夕阳下变得很大。

不久，一个人忽然慌慌张张地从外面跑进来，贴着王家峪的耳朵，用一种最低的声音告诉了他一件事情。

"她事先什么都知道。"王家峪惊恐地看着那个人，说道。

"知道又有什么用？就算曾经发过誓，那又怎么样？"那个人说，"人们经常发誓，但经常不算数。"

"我的表弟呢？你看见他了吗？"王家峪说。

那个人环顾左右，欲言又止。他又一次将自己的嘴贴到王家峪的耳边，发出一阵喊喊喳喳的梦呓般的声音。

有人端来两杯水，王家峪很快就端起来喝光了。过了一会儿，又有人端来两杯水，他又很快喝光了。

看着眼前的人们，王家峪仿佛又回到了多年以前的那个寂静的午后——他听到了轻轻的剥豆子的声音。

他找出昨天晚上剩下的半盆糨糊，要将一个很大的木箱子粘到墙上去。他的行为很快使他的那间装饰一新、到处弥漫着婚礼意蕴的新房里挤满了人。很多客人都在摇头，脸上挂着怜悯或沉默。

王家峪的父亲从人们的中间挤出来，疲惫而焦躁不安地叫道：

"不要胡闹了，那怎么可能粘得住？"

"怎么不能？"王家峪回了一下头，向父亲投去异常冰冷的一瞥。这个人让他厌恶极了。

不需要任何人的帮忙，他亲自动手，很快就在雪白的墙上刷好了糨糊。随后，他又搬起那个很大的木箱子来到墙前。看着眼前那面湿漉漉的散发着面粉气息的墙，他的脸上露出了安详的笑容。他觉得一个长期困扰着他的噩梦就要在晨光熹微之时结束了。

我 们

1

晚上七点多钟，正是孩子们在街上胡闹的时候，听见有人在外面大声地说话，接着又听见毛驴的一声紧似一声的叫声由远渐近地传来。我从屋里向外面走的时候，感到身后仿佛拖着一条长长的尾巴似的路，路的两边开满了野花，天是阴的。

2

我们是快天黑的时候来的，整个村子里的门窗都在风中响着。他不住地问我们路上太平不太平？我看见我爹似乎不愿意回答这个问题，只是说风很大。风很大是什么意思？说明我们来时的路上天气不太好。除了这个以外，再不能说明别的。

3

我帮他把驴拴好，又打发一个孩子出去给驴找了两把草。这样一来，驴是安静下来了。

他们的身上有很多土，我用一个带木柄的笤帚给他们扫土。他们的背影正对着我。有好几次，我真想照那个后脑勺上给他来一下，给他个猛不防。后来又看他怪可怜的，他已是穷途末路的人了。

4

我们面朝大门站着，他在我们的身上又是拍又是打的，说是帮我们扫土，可我的身上被他扫得很疼。我不知道这是哪里的扫法。脖子里也好像有了刺一样。他像扫地一样扫着我们。

门框上的一道旧符快要掉下来了，还连着一点点，风一吹，就在我们的眼前摇摇晃晃地飘个不停。

我不想再让他扫我了。

5

看出来了，我早就看出来了，他们他妈的肯定没吃晚饭，我相信我的判断是对的、无比正确的。看他们那灰眉土眼的样子，连嘴唇上都蒙着土，能说他们不久前刚刚吃过晚饭吗？绝对不可能。不可能。

现在就有这样一些人，能在外面解决的问题也绝不在外面解决，非要赶到别人的家里去解决，比如想方设法地蹭一顿饭什么的。蹭一顿就蹭一顿吧，大老远地来了，蹭一顿也是正常的，也是应该的，可是，该让他们蹭什么呢，拿什么让他们蹭呢？

一想起这事，就让我头疼。我真的很头疼。

6

从外面进来一个人，他立即撇下我们走了过去。两个人在大门旁边那个暗道里嘀嘀咕咕地说了一阵话，不久以后，那个人拿了一根扁担走了。他回过身，看见屋顶上落了一群灰褐色的雀儿，他恶狠狠地骂了一句，接着又张开两条胳膊，嘴里发出一连串含糊不清的呜呜的声音。

我听见房顶上面传来轰的一声，不用说那些灰褐色的雀儿都飞走了。

这个人看来很难说话。我悄悄地对爹说。

爹没有说话，一声不吭地站在那里。

7

趁着做饭的炊烟在院子里弥漫的时候，我简单地将目前的形势给他们讲了一下。他们很认真地听着，但又像是什么也没有听懂，或者完全没有听进去的样子。这些人，不教育教育还真不行，根本不能适应目前这个特别快车一样的社会，随时都有可能从这辆特别快的车上被甩下来，然后摔成肉饼。

关于那个孩子，我也得说两句。看上去什么也不懂，像刚从山里捉回来的小动物一样。

8

院子里飘满了烟，我们互相都看不清楚。

我听见他对我说："以后不能再雀儿雀儿地叫了，什么叫雀儿？那是鸟，知道吗？鸟才是文明用语。所有的雀儿都是鸟。"

"还有，以后叫你爹的时候，也不能直接叫爹。"他又对我说。

"那叫啥呀？"我对他说，"不让叫爹，也不能直接叫爹，总不能叫爷爷或伯伯吧？"

"你看你看，你又错了，你根本没有听懂我的意思。"他似乎生气了。虽然在烟雾的遮盖下看不清他的脸，但能从他说话的声音里听出他生气了。"并不是不让你叫爹，"他说，"也不是让你管爹叫爷爷或伯伯，那成什么了？你应该管你爹叫爸爸，或父亲。知道吗？爸爸，父亲，这些东西都像刚才说的鸟一样，都是一样的，都是一个意思，上等人都这么叫。"

"来，叫一声，让我听听。"他说。

"叫呀，叫一声。"他说。

"叫你叫你就叫一声么。"爹推了我一下，"总不能我替你叫吧？"

"快叫呀！怎么不叫？叫一声。"他说。

"快叫！不叫晚上别想吃饭！"他说。

9

真是个没见过世面的孩子，好好的突然就哭了，眼泪汪汪地藏到了他爹的身后，他爹怎么搜也搜不出来。

"算了，以后慢慢来吧。"我对他爹说。

10

晚上，我们吃饭的时候，他没有吃。他在一旁看着我们吃。我们问他为什么不一起吃？他说他头疼。这样一来，他就在一旁龇牙咧嘴地看着我们。我们没有办法也不能不让他龇牙咧嘴，他有理由这样做，因为他头疼，又是在他的家里。据他说，疼得实在厉害，非常的疼。

吃完头一碗面以后，我还想要。这时，爹悄悄地捅了我一下，我明白他的意思。于是，我就放下碗，不再吃了。

他龇牙咧嘴地在一旁看着我们，似乎想说什么，但又没有说出来。

"不行了，实在是吃不动了。"爹说。爹也只吃了一碗，但看上去显得很饱，一副胀得很难受的样子。

11

这一天真够我受的。

我从屋里出来，在照壁附近转了一阵，它在院子里投下一块方方正正的影子，看上去十分的厚重，如同我的家业。

月亮出来的时候，我的头忽然不疼了，这一下我就放心了。

12

我们被领到东边的一间耳房里睡觉。耳房是一种比正经房子又矮又小的房子，像是正经房子的两个耳朵，有了这样的一层关系以后，它任何时候都不可能比正经的房子大，就像再大的耳朵也永远不可能比头大一样。

这天夜里，我们就住在东边的那只耳朵里，里面有很大的石灰味。墙上挂着一件雨衣，自我们住进去以后，那件雨衣就不断地从墙上掉下来，我们把它捡起来，重新挂上去，不一会儿它就又掉下来了，一连掉了几次。"这是怎么了？"爹十分狐疑地看着它。等我们到了炕上以后，又听见身后传来咄的一声，回头看见它又掉下来了，像一个人一样软软地堆在那里。

有好大一阵，我们都不说话，一起默不作声地看着那件奇怪的雨衣。这个时候要是再把它挂起来，说不定早就又掉下来了。幸好我们没有再挂它，它最后一次掉下来以后，就一直堆在那里。后来，爹对我说：

"不要看了，不要再看它了，这样看来看去会把它看坏的，弄不好会看出毛病和麻烦来。"

于是，我们就躺下了。爹翻了一个身，我以为他睡着了。但过了不一会儿，听见他自言自语地说道：

"钱真是个奇怪的东西。"

我趴起来，看着他的脸。他的眼睛看着屋顶，说：

"他变得和以前完全不一样了。以前，说一句话，里面至少能有七八个脏字，不提起男人女人那两个东西，他就不开口。今天，咱们来了有一阵工夫了，我还没有听他说过一句那样的话。这是为什么？据我看，这都是钱在作怪。手里有了钱，他不好意思再说那种话了。"

"他为啥叫五猫？他们家真有五只猫吗？"

"那当然，还不止五个呢。他的上面有大猫二猫三猫四猫，他的下面有六猫七猫。最小的七猫刚生下来没几天就送了人，过了不久，六猫就死了，这都是七猫送了人的缘故。七猫要是不给出去，六猫也许就不会死。"

"为啥？"

"为啥？谁知道为啥！"

不久以后，我们就睡着了。

半夜里，我听见院子里传来他的声音：

"睡吧，日他妈的！也该睡了。"

第二天，天亮以后，我没有把半夜里听到的那种声音告诉爹。以他现在的心思，告诉了，他也不会相信。他已认定了那是一个早已脱离了低级趣味的人。

13

这天吃过早饭以后，我领着他们父子俩去我的窑上。我已替他们安排好了，老的下窑，小的干些杂活儿。我把他看作是一个钉子，哪里需要就把他钉到哪里。一个小钉子。

沿途的玉米纷纷吐出了红缨，有人正在往地里放水。在那明亮的水里，传来了人的走动声，这情景使我仿佛回到了二十几年前的那些日子里。那时候，天已经黑了，我们还在水里站着，无边无际的玉米林像兵一样和我们拥挤在一起。天上的星星倒映在水里，常有人弯下腰伸手去捞。当然什么也捞不着，更不可能捞到一颗星星，可就有人喜欢那么干。身材矮小的史大明就是那样的一个人，天一黑，他就来劲了。工作队的陈主任在他的身后站了很久了，他都没有发觉，只顾低着头拼命地在水里捞。陈主任抬起一条湿漉漉的腿，突然将他踢倒。史大明在跌倒的同时看见了踢他的人。

"捞，又他妈的在捞！社会主义就是让你们这些家伙给捞穷的，捞到什么了，让我看看？"

史大明满身泥水地站起来，天上的星星还在玉米地的水里闪烁。

"狗日的，今年的救济你就免了吧。"

"陈主任，陈主任，我啥也没有捞到，我以后再也不捞了。"

"谁能保证你没有捞到一块金子。"

"陈主任，这个地方哪会有什么金子，全是沙子。就是有也轮不到我。"

月亮升起来了，从另一块玉米地里传来一个女人的尖叫。

"陈主任，免不得呀，无论如何都免不得，我家里还有两个吃奶的孩子呢，我们的困难一个接一个。"

"你是不是还想说你还有一个八十多岁的老娘？你编吧，你就是再编出十个老娘来也没用。这种故事已经被人编了几千年了，早就不能用了。"

抽水机突然停了，青蛙也不再叫了，大地变得寂静如初。

152

14

爹从窑里上来的时候，我几乎都认不出他了。我们的那头驴也变成了一头小黑驴，要不是它鼻梁上的那道明显的白印儿，我也不一定能认出它来。

那时候，我正在门前的空地上给副窑主阿仁洗摩托。阿仁是个南蛮子，腰和女人的腰一样细，说话也是尖声尖气的，每天骑着摩托来，又骑着摩托去。你在屋里听到摩托大声地响，跑出去看时，他人已经不见了，只留下一股烟尘在路上飘散。窑上的人都管他叫孙悟空。的确，他的脸上要是粘上一些黄颜色的毛，完全就是一个真的孙悟空。

一开始，我用一把洗鞋的刷子蘸上水给他洗摩托，阿仁发现后，立即在我的身边尖叫起来。后来，我总算明白了他的意思，他不让我用刷子刷他的摩托，那会把油漆划坏。尖叫了一阵后，他给我找来一只旧手套。这以后，我就用那只旧手套蘸着水给他洗摩托。这样一来，阿仁不叫唤了，看了一阵后，回屋里去了。

从远处过来的飞机总是飞得很低，仿佛就在我们的头上，声音很大，还有尖厉的叫声。坐在地上的人们都对那种飞得很低的飞机充满了看法和仇恨。他们常说，要是家家户户都配备一门大炮或高射炮，人们早就把它打下来了。

爹坐在一块石头上，看着地。

我想起前面不远处有一条小河，过了眼前这片小树林子，就能看到河里的水了，河水日夜哗啦哗啦地流着。以前，水里还有青蛙和小鱼，这会儿没有了，都不见了，不知都到哪里去了。我们的那头小驴站在爹的身后，浑身又脏又黑。我走过去，对爹说，让我领着驴到那条河边给它洗洗澡吧。

"不用洗。"爹说，"一会儿还得下去，洗了也白洗。"

我摸了摸驴的耳朵，它看着我。它认得我，从小就记住我了。

"洗你的摩托去吧。"爹对我说，"站在这里干啥？阿仁可能马上又要出发了。给人家洗仔细一点儿。"

于是，我又去洗摩托。

又洗了一会儿，阿仁从屋里出来了。我看见他手里拿着一个婴儿吃奶用的奶瓶子，里面装的也是奶。他一边看我洗摩托，一边吱吱地吸奶，声音很响、很尖。这时候，窑主五猫也从那边过来了。

阿仁还在举着奶瓶子吱吱地吸奶，窑主看了一会儿，说道：

"这就是南方人，只要对身体有利，什么都要吃，什么事也都能干出来。"

"不把身体搞好怎么行？"阿仁说，"身体是革命的本钱嘛。"

"可是你的腰和腿还是那么细。"窑主说。

"细是细，可是有精神。"

"我让人给你弄了几副羊鞭和狗鞭，估计一两天就能拿来，你好好地补吧。我们这里的人，夏天是不吃羊肉的。"

"我吃，我是要吃的。"

阿仁吸完最后一口奶，瓶子里传来吱的一声。然后把瓶子交给一个叫小玉的女人，让她去洗。他走过来，踢了我一下，对我说：

"这里，还有这里，都要好好地洗一洗的。"

他几乎很少在窑上吃饭，主要是嫌这里的饭不好，缺少营养，又不对他的胃口。有一次，伙房里做饭的郭大头喝醉了酒，两只手举着两把菜刀，从屋里跑出来，看着骑摩托远去了的阿仁，大声地说道：

"日他妈的！总有一天，我要把所有这些细腰瘦屁股的南蛮子全部斩尽杀绝，鸡犬不留，一网打尽！"

窑主在一旁喝住郭大头，对他说：

"胡说什么！还不赶快回去睡觉去！南蛮子讨厌是讨厌，但搞经济、骗人，还是很有一套的，比我们都强。我们得向人家学习，不但你们要学，我也得学，你郭大头更得学。不学就没有出路。"

15

是的，很难想象，如果没有阿仁在外面频繁地活动，我们这个窑会是什么样子。挖出来的煤，也许一斤一两也卖不出去。正是由于他的那些让人眼花缭乱的办法，才使我们这个窑在众多的窑里能够鹤立鸡群，一枝独秀。当初，我看中他也正是因为这个。

人生地不熟的阿仁，刚来不久，便娶了一位妻子。女人是我们这里秧歌剧团的一位演员，自从嫁给阿仁以后，她就基本上不再出去演戏了，成天待在家里，身体一天比一天肥胖。如今，她和阿仁共同生下的一个女孩儿已经十岁了。

我知道阿仁在遥远的南方老家还有一个家庭，那里有他结发的妻子和两个孩子。不久前，有人曾经悄悄地向我反映，说阿仁在华北某地很可能还有一个家庭。不管有几个家庭，他都是那个家里理所当然的男主人。我不管这些，只要他能帮我把煤卖出去，他就是在全国各地组建一百个家庭，也不关我的事，只要他自己能应付得过来。

有些事情我是不愿意打听的、不愿意弄清的，比如阿仁的真实年龄。由于他一年四季常吃补品，人看上去显得很年轻。与阿仁在一起共事已有些年了，但直到今天，我仍然对他的实际的年龄完全不清楚，可以说一无所知。阿仁自己不吐露，这事恐怕将永远是一个谜。

管他有多大呢，多大又有什么用，他能把煤卖出去就行。

16

爹告诉我说，窑主以前也是我们那个地方的人，后来才带着一家人迁到这里，没几年就越闹越厉害了。那个至今仍在村子里摸着墙壁行走的瞎子叫铁猫，爹说他并不叫铁猫，他的真名叫二猫，是窑主的一个哥

155

哥。原来那一大家子如今只剩下他们两个了。我想起铁猫摸着墙走路的样子，他和窑主看上去完全不一样，无论哪个方面都不一样。我们经常在街上遇到铁猫，我们大声地叫着他的名字。他停下来，眨动着一双瞎眼，眼睛里面的灰皮像乌云一样飞快地翻动着，做出一副要寻找或抓获的样子：

"谁在骂我？我又没得罪你们。"

我们最怕他眼睛里的那种像雨前的乌云一样的灰皮了，它们在飞快地翻卷的时候，尤其让人害怕。听到我们奔跑的声音，铁猫说：

"跑也没用，我已经看见你们了。我知道是谁在骂我。"

他当然没有看见我们，他什么也没有看见，但我们都以为他看见了，我们就信以为真地到处藏匿，唯恐铁猫将我们找到，然后用他那双钳子一样的手将我们抓住。铁猫，铁猫，如今他还像一件陈旧的衣服一样整日在街上飘荡，与鸡毛和柴草一起飘荡。飘不动的时候，就停下来，脸冲着远处说：

"看那太阳多亮啊！今天的天气真暖和。"

17

远远地，我就看见一群人坐在窑前的空地上说闲话，在那里尽情地胡扯。这些人真他妈的，我一不在的时候，他们就这样，谁也不愿意到窑里去，更没有人主动带头下去。一看见我来了，他们就会像受惊的羊一样，哄的一声散开，全部向窑里跑去。正是他们，经常害得我像周扒皮一样辛苦。

一个人发生变化，有时是自身的原因，有时候则完全是被别人逼成那样的，由不得你不变。你不想让自己有一副坏脾气，可就有人不断地来麻烦你，一会儿揪揪你的胡子，一会儿又拍拍你的脑袋，一会儿踢你一下，一会儿又狠狠地掐你一下，充满恶意地骂上几声，于是，你就只能怒气冲冲地爬起来。你不想让自己发财，可是钱像一个难缠的叫花子一样，不断地来敲你的门，一有空就来，让你坐卧不安，烦躁不安，永无宁日，于是，你不得不打开门，让它进来，把它接过来。

眼前已经没有人了，四周的景物雾蒙蒙的，十分模糊。我用手擦了一下自己的眼睛，发现它是湿的。

我仿佛又回到了苦难的二十几年前……蝉在身边叫着……天蓝得让人眼前发黑……河边的草倒映在水里……圆环……柔软的头发……一张诱人的小嘴……一根弯曲的眉毛，孤独无比地挂在天上……在那堆满了草垛的打谷场上，女人们坐在那里，一刀一刀地将无数金黄的谷穗切下来。

多年以后，有人曾无意中对我说，她们那是在切割她们自己。

18

"来，过来一下。"

窑主在叫我。我朝他跑过去。他手里拿着一包东西，站在门口，认真地看了我一会儿后，对我说：

"能不能去办一件事？"

"啥事？"我说。我看了一眼他手里的那包东西。

"把这包东西送到老赵家里去。"

"老赵？"

"知道他的住处吗？"

"知道。"我说。他大约忘记了，他已经派我去过两次了。"从这条小路上出去，过了铁路，一直向北走，看见一座院子，黑大门，红柱子，门口有两个石狮子，就到了。"那就是老赵的家。

"嗯，说得对。"

听见我这样说，他满意地点了点头，然后把手里的那包东西交给我。东西沉甸甸的，不知道是什么。

"记住，路上不管有谁和你说话，你都不要理他。"他说。

"记住了。"

我抱起那包东西开始跑。我觉得自己仿佛抱着一包炸药,要去将一座城炸开一个缺口。刚跑了几步,他又把我叫住了。

"路上不许偷看啊!"他说,"偷看是不对的,小心把你自己这个月的工资给看没了。"

我告诉他说我不看,前两次是什么我至今都不知道。过铁路的时候,我注意到有两个人正坐在铁轨上低声说话,都低着头,也不看铁路两边。他们没有注意到我。照他们那样坐着,一会儿火车来了也不一定知道,没准会被飞驰而来的火车轧扁。又跑了一阵,我就看见老赵家门口的那几根又粗又高的红柱子了。

老赵的家里只有老赵的女人一个人在。

我进去的时候,她正在熨衣服,蒸气在她的身边缭绕。很快,她的那张很鲜艳的脸就从雾气中分离出来。

我把那包东西递给她。她接过去,笑了一下。

"你几岁了?"她问我。

我告诉了她。我转身要走的时候,她叫住了我。我看见她打开一个白色的冰柜,从里面拿出一瓶绿颜色的水。

"我不渴。"我对她说。

"天这么热,哪有不渴的?"她说着,走过来,将瓶子塞到我的手里。"拿着路上喝。"她笑起来很好看。

又来到铁路边的时候,我看到有大团大团的白气正在铁路上奔跑,飘散。火车刚刚过去,不久前坐在铁轨上小声说话的那两个人已经不见了。我停下来,四周看了一回,也没有看见他们的影子。

回到窑上以后,我找到窑主,告诉他事情已经办完了,他夸了我两句。后来,他看到了我手里的那瓶绿颜色的水。他说:

"是她给你的?"

我点点头,说是的。

"收获不小嘛。"他笑着说,"打开喝吧。好好干以后会有更大收获的。"

我叫了他一声窑主,他立即就生气了。

158

"你这个死孩子！怎么回事？"他说，"告诉过你多少遍了，怎么还是记不住，还是窑主窑主地叫个没完？我是窑主吗？看样子，下一步你还准备管我叫地主呢，是不是？盼我倒霉？听着，我不是什么窑主，我是矿长！正儿八经的矿长！"

他说他不是窑主，可他分明就是个窑主。他让我叫他矿长。矿长就矿长吧，还不是一回事么。

19

有一天，下了一点小雨，仅仅把地皮湿了一下，很快就又不下了。

雨刚下起来的那时候，一个赶着马车的人激动不已地在车上又喊又叫，声音很大，很刺耳，完全属于狂呼乱叫，鞭子也不停地在空中颤颤巍巍地乱抽乱晃。是许久不下雨才让他变成这样的。雨点落在他的脸上，使他的整张脸变得湿漉漉的，头发也像鸡毛一样凌乱。很快，他的那种乱七八糟的叫喊就停下来了，他一边轻轻晃动手中的鞭子，一边开始用一种十分悠扬而又充满深情的声音唱了起来：

"感谢——你们——带来了——毛主席的——书——"

"书"后面的声音拖得很长，很慢，像是在撒娇，又像是在期待一件什么事情的到来或一个人的出现。

后来，雨就停了，忽然不再下了。赶车的人抬起头，呆呆地仰望着午后灰蒙蒙的天空，鞭鞘像一条僵直的蛇一样垂在他的肩头。

"唱吧，怎么不唱了？"一个人对他说。

"有什么好唱的？"赶车的人看了那个人一眼，有些冷森森地说道。说过之后，就又抬起头呆呆地看着天空。

不久以后，赶车的人不再看天了，低下了头。他半躺在车上，用一顶帽子盖住自己的脸，就要走了。还是那个让他唱歌的人，提醒他：

"你那样不行，会翻车的。"

赶车的人忽然将帽子从脸上拿开，十分烦躁地说道：

"我愿意翻，不行吗？"

眼看着那辆马车越走越远了。我坐在门前，将他先前唱过的那首歌，反复地唱了很久。"不打酥油茶呀，不敬青稞酒呀，也不献哈——达——，唱上一曲心中的歌儿……唱上一曲——"

唱着唱着，我的眼泪就不知不觉地流出来了。

我仿佛又回到了苦难的二十几年前……

20

我和爹住在不远处的一间小房子里，是他给我们找的，据说不要钱，只要别把房子住坏了就行。我们基本上不吃菜。本来我们有一小罐咸菜，一直放在外面的树荫下，每天吃饭的时候，去树下打开罐子夹一点。但有一天，我们都不在的时候，我们的菜被一匹受了惊的马给踢翻了，连那个罐子也破了。等我们回来以后，只看到树下有一些乱七八糟的碎片。

爹说，打了就打了吧，好在我们还有酱油。

我要说说酱油，这种黑红色的东西我以前从未见过，它能使我们的每一顿饭都增色不少。酱油，难道是用酱做的一种油？虽然我目前还不清楚它的来历和出处，但自从我第一次看见并尝到它，便喜欢上了。这样，无论我们吃什么饭，都少不了酱油。有时候，喝粥的时候，我也要往里面掺一点。每逢那时，爹就用那样的一种眼光在瞟我，看我。有时候他实在忍不住了，就说：

"你不能老这样干，这太铺张浪费了。"

他认为喝粥无论如何不应该掺酱油，我那样干，多少有些作孽。爹呀，真是个小气的人，他好像忘了我正处于成长的时期。

有一天，窑主回家的时候，路过我们这个小房子前，进来看了一下。我们正在吃饭。爹的碗里是白饭，我的碗里颜色重些。窑主看了一会儿，似乎发现我们吃的不是一样的饭。窑主对我说：

"吃什么呢？黑乎乎的？"

"你问他，"爹对窑主说，"这个小挨刀的，不让他放酱油，他偏要放，还放了不少。饭是一样的饭，他酱油放多了。"

窑主先是叹了口气，后来突然对我说：

"我没有儿子，只有两个女儿。你做我的儿子吧，怎么样？我保证你会像旧社会的那些少爷一样幸福。我家里有的是酱油。我不仅有酱油，什么都有。"

"他哪有那样的命。"爹讨好地看着窑主，一脸贱相。

但窑主并没有看他。爹呀，又在胡说，坐在那里像个白痴一样。窑主本人也在胡说。旧社会的那些少爷真的幸福吗？根据我的经验，他们当中的大多数人都是一些蠢材、窝囊废，什么事也不会做，不是二流子，就是常年病得卧床不起。这时候，家里的人就会忙着为他娶亲，从别人家里娶回一个姑娘来为他冲喜。有的越冲死得越快，动不动就死了，咽气了。有的结婚当天就死了，有的一边结婚一边死。一家人呼天抢地，呜呜咽咽地哭上几天。下葬时还要带走一些他平日喜欢的东西，扇子呀，玉佩呀，珠宝呀。我想，我宁愿不吃酱油，也不愿意做那样的人。

爹经常地、不止一次地对我说，我们来投奔这个叫五猫的窑主是来对了，投奔对了。一次吃饭的时候，他就这样说。

"他对我们有恩呢。"爹说。完了又说：

"从前那些年，我当队长的时候，没少欺负他，没少给他小鞋穿，可人家一点儿也不记仇，这是什么样的人？这是一种什么样的精神？"

每逢他这样得意忘形的时候，我就把酱油瓶子偷偷地拎过来，立到我的腿边，趁他不注意的时候，往碗里倒一股。一会儿看见他又不注意了，就又倒一股。我快香死了，快高兴死了。

酱油，美好的油！美丽的油！令人幸福的油！令人心花怒放的油！

21

晚上，我的财务主管程有才来了。这个曾经当了很多年孩子王的人，如今在我的手下干得很开心，十分的有精神。时常夹着一只黑包，拿着手机，让那些曾经与他一起共事多年、如今仍在做着孩子王的人羡慕得不得了。虽然目前已经五十多岁了，但他自我感觉却像一个二十多岁的毛头小伙子。"我的生命从现在起才刚刚开始……"这是他时常挂在嘴边的一句话。

三天前，他和阿仁一起出去联系一列火车，将窑上近来积压的煤一次运走。现在，事情经过阿仁和他的努力，已经办妥了。接下来，他从那个黑包里取出一大堆票据给我看，有请客吃饭花掉的，有花在车站两位副站长身上的，还有花在计划科科长和调度员身上的……我没有细看那些乱七八糟的东西。我对他说，只要事情办成了，就是最大的成功。

"临走时从家里带的那些钱都用光了。"程有才说，"不瞒你说，我和阿仁两个人差一点没回来。"

"怎么回事？"

"我们两个人身上只剩下几块钱了。多亏阿仁机灵，卖掉了自己手上的一个戒指，这才平安无事地回来了。"

"这就对了，他手上的戒指多的是。"

"是的，阿仁当时还说，要是把他手上的五个戒指都卖出去，我们坐飞机的钱也够了。"

"回来就好。只要到时候他们能把一列火车开来，我们就算赢了。"

"没问题。几个管事的人都一再拍了胸脯的。更何况，咱们和他们打交道，也不是一天两天的事了。"

已经很晚了，他还没有要走的意思。抽出一支烟，重新点上，坐在我对面的那个地方，很认真地看着我。

"还有什么事吗？"我问他。

"当然。"他说。

"干吗不说?"

"是那件事情。你好像已经忘记了。"

"什么事,是哪件事情?"事情过于繁多,我真不知道他指的是哪一件。一件喜事?一件烦人的事情?

"许飞霞。你总不至于忘记了吧。总不至于连她也想不起来了吧?"

他这一说,我仿佛被他打了一下,立刻就觉得自己不对了。

"快说说是怎么回事,你已经去见过她了?"我说。

"是的。"

"你见到的是她本人,还是她的家里人?"

"当然是她本人。我认为这事和她的家人不能说完全没有一点儿关系,但关系不是很大。"

"是的,关键还在于她本人。"

"这孩子,我还曾经教过她两年呢,一见了面,还是叫我老师。平时不觉得,可这时候老师这个称呼别提有多难听多别扭了。我是去干什么的?我可不是去给她补课的。我自己反倒像一个做错了事的小学生一样十分拘谨地站在她的面前,而又不敢面对她,不敢正视她。"

我看着这个昔日的孩子王,不禁感到有些兴奋起来。

"你没有把我的意思对她说吗?"

"是的,当然要说,可问题是要怎么说。不管有多难说、多难开口,也得说。那是我此行的唯一目的,不然我去干什么呢?我一直就那么憋着,说一些不相干的话,憋了很久,最终,终于还是说出来了。那个时候,我就像感冒发汗一样,出了一身汗;那个时候,我真恨不得找一条缝子钻进去。"

"为什么会那样呢?"

"实在是难说呀,我的矿长大人,实在是不好开口呀!不生孩子不懂得肚疼,你是不知道,你不知道那有多难说,真是难以启齿啊。"

"那也得说。"

"我已经说了,总算说出去了。我没有像从前在学校里那样叫她许飞霞，也没有叫她小许，而是叫她飞霞。这样叫是不是比较好一些？是的，好多了，这有一种长辈的口吻，既亲切，又温和，又不生分，还有一种同志或朋友式的关怀在里面。"

"然后呢？"

"然后，我就装作无心的样子问她今年多大了，她说了一个数，我记得好像是二十七。是的，就是二十七。现在这年头，不管是未婚的姑娘，还是已婚的妇女，没有愿意说自己大的，都愿意把自己的岁数拼命地往小了说，说得越小越好。还有那些机关里的干部，也是如此，五年前已经是五十岁的人，又过了五年以后，他反倒只有四十七八岁。多么奇怪的事情！多么让人哭笑不得的事情！时光好像在倒流。"

"照现在的情形来看，二十七岁也还是个孩子。"

"是的，道理是那样，可我不能那么说。许飞霞说的二十七岁是个什么概念呢？我猜她说的一定是周岁，周岁二十七。那么，她的虚岁应该有二十八九了。这样一算过之后，我似乎找到了她的缺口，找到了她的麻烦所在。我就趁热打铁对她说，说起来你也二十七八了，也不算小了。"

"年龄不年龄的无所谓，我更关心她的态度。"

"我一把你的意思对她说了以后，她立刻就慌乱得不得了。脸红了，说话的声音也不对了，像是跑了调。脸上的红晕很久都褪不下去。刚才还一直在看着我，这会儿也不敢正眼看我了。"

"她的脸要是红了，那就更好看了。"

"我看出她有很多问题都不理解，就像当年在学校里做功课时一样，总是会遇到一些解不开的难题。她问我，有那么多的姑娘，他为什么偏偏看上了我呢？"

"你是怎么说的？"

"我对她说，事情奇就奇在这里，巧就巧在那里。每天都有那么多花枝招展的蝴蝶一样的姑娘，在他的眼前飘来飘去，飞来飞去，他为什么就没有看见她们呢？你没有在他的眼前飘，他为什么就单单看见了你呢？为什么？"

"'为什么?'"

"'为什么? 所有的事实都在说明着同一个道理, 说明你们有缘。无缘对面不相识。你们有缘呢。'"

"'可是这事来得太突然了, 我一点儿准备也没有。'"

"'还准备什么呢, 什么也不需要准备。稍微收拾收拾就行了, 稍微收拾收拾就行了。'"

"'程老师, 我是说, 这两天……我有些不方便。'"

"'不方便, 有什么不方便, 我看没有什么不方便的, 一切都方便得很。是的, 一切都方便得很。'"

"'哎, 程老师, 我不是那个意思。'"

"'你是什么意思?'"

"'哎, 程老师, 我是说, 这两天, 我的身上有些不干净。'"

"'不干净? 为什么不干净? 洗洗就干净了。认真地洗一洗, 一切都会很干净的。'"

"'哎, 洗不掉的, 不管用。我来那个了。'"

"'哪个, 什么? 你病了?'"

"'哎, 程老师, 你非得逼着我说出来吗? 非得把我羞死吗? 那个就是月经, 我来月经了。'"

"'哎, 我当是什么呢, 吓死我了。不要紧, 结婚就是结婚, 管什么月经不月经的。有三天时间够了吧?'"

"'不行, 三天不行, 三天无论如何不行, 怎么也得四五天。'"

"'那就四天。'"

22

以前, 每年的这个时候, 我们都要爬到高高的树上, 把那些圆溜溜的上面还带着花纹的小蛋掏出来, 然后找一只老母鸡, 放到它的身下, 让它替我们孵蛋。我们都不大相信母鸡能孵出小鸟来, 但我们都想试一试。为了防止它不负责任地中途跑掉，我们时常用筐子将它盖住，一整天一整天地将它关在里面。

但现在不行了，尤其是今年，我时常有很多很重要的事情要做，很少有空闲去想以前的那些事情了。

阿仁骑着摩托车突然停在我的面前，那一串尖厉的声音将我吓了一跳。如果不是亲眼看见，光凭耳朵去听，你十有八九会以为他轧死了一只鸡，或者撞翻了一个人。他让我替他看着摩托，他去那间红房子里找窑主。临进去前，他一再嘱咐我："眼睛都不要眨一下，一直紧盯着它。"还说，这年头的人，稍不留神，就不知会发生什么事，让你死都不明白是怎么死的。

我坐在旁边的一块石头上，眼睛看着那辆摩托。

爹从窑里上来了，朝我这边望了一会儿，不久又下去了。

今天早上吃饭的时候，他对我说，窑主家里有两个女儿，都在收费很昂贵的私立学校里上学，如果我有命，将来娶了她们中间的任何一个，我们家从此将会从根本上发生变化，发生翻天覆地的变化。

爹呀，又在胡说。

我对他说，我们连买衣服的钱都没有，有时连打酱油的钱都不够，怎么可能娶得起他家的女儿？

"傻瓜！"他说，"我们缺钱，难道人家也缺钱吗？人和人是不一样的，他缺少的不是钱。"

快吃完饭的时候，他又对我说：

"我只不过是随便说说罢了，你别当真了。"

谁当真了？我什么时候当真了？我看他才当真了，把一件事情反复地说来说去，还让别人不要当真。

自从来到这里以后，我发现爹变了很多，有时甚至和以前完全不一样了。我不止一次地听他对别人、对我说起过他年轻时候的一些事。有一个叫周小青的女人，当时家里很有钱，很愿意嫁给他，但被他回绝了。那时候，他的眼里只有我妈，认为她才是世界上最美丽最可爱的女人。但现在，一说起这事，他就十分明显地表示他后悔得不得了，后悔得嘴里时常吸吸溜溜的，有时甚至捶胸顿足。

"我年轻的那时候真他妈的傻瓜！"他说，"你说我娶你妈干什么呢？那时候光图她长得好看，好看有什么用呢？现在看起来，她也并不好看，就那么回事。"

接着又说：

"可以设想一下，我当初要是咬一咬牙，娶了周小青，我的后半辈子可能就不一样了，我也不至于沦落成现在这样。"

爹这样说话，我觉得他很没良心，短短的一段时间里，他变得几乎让我认不出他了。可以设想一下，他当初如果娶了那个叫周小青的女人，他又会是什么样子。一个人眼前暂时富裕一点，但能保证一辈子永远都富裕吗？能永远都没有灾难吗？说不定因为一件什么事情，他早就会送了命。从某些方面来说，我觉得正是由于我妈和他在一起过，才使他平平安安地活到今天。不是吗？就是，绝对是。现在，她老了，他看她也不顺眼了，后悔了。他是在拿一个五十岁的女人与一个二十岁的姑娘做比较，他是在强词夺理。一段时间以来，他经常这样，总是这样。现在，我们住在这里，只有我一个人时常在想家，想我妈，想我的妹妹小沙，想我们的羊圈和鸡窝，想我们房顶上冒着笔直的白烟的烟囱和门前的柳树，想住在我们家的燕子和屋后的青色的碾盘，想晚上的白盘子一样的月亮和窗户上的红黄两种颜色的小绒花……而爹却什么也不想，既不想他的女人，也不想他的女儿，更不想他那个家，他冤屈得不得了，后悔得呼天抢地。事实上，我觉得我妈嫁给他才亏呢，从我记事的时候起，她就没有幸福过一天。设想一下，我妈当年要是嫁给一个……

吃过早饭以后，爹领着我们的小毛驴又要下窑里去了。临走时，他在门口停留了一会儿，对我说：

"不许趁我不在的时候偷喝酱油啊！我在瓶子上做着记号呢，你喝了多少，我回来一看那个记号，就都知道了。"

说完以后，他就慢慢地向窑前走去。我站在后面，看着他，我有些吃惊地注意到，他的背不知从什么时候开始，已经弯曲得很厉害了，头上尽是一些花白的头发。又加上他牵着驴，走得很慢，从后面看上去，完全是一个行动迟缓的老人。看了一会儿，又想起他曾经说过的那些话。要不是看他每次从窑里上来后累得可怜，要不是怕他返回来打我，我真想大声地对他说，爹，你是一个小人。

我不知道是什么使他变成现在这样？在我的记忆里，他以前不是这样的。

23

已经很晚了，程有才还在兴致勃勃地说着。他现在说的每一句话，我都喜欢听，因为那都与她有关。

"放心吧，一切我都替你看好了。"程有才说。

"她的身体很好，胸前的两个乳房也不算小……"说到这里，他忽然停住了，有些不安地看了我一眼，见我正看着他，于是改用一种协商和恳求的口气对我说：

"我这样说，你不介意吧？"

"当然不！"我说，"乳房就是展示给人看的。再说，你也有权利看，也有权利这样说。你不说，我怎么会知道。"

"你不介意，那就好。"

"接着往下说吧。"我用自己的表情对他鼓励道。

"另外，我还特别注意了一下她的胯骨。"说到这里，他又不由自主地停顿了一下。见我看着他，便很快地说道：

"她的胯骨很宽。不过，你放心，这并不影响她的身材。总的来说，她的身材还是很好的，这你也见过。"

我点点头，又用先前那种表情在鼓励他、示意他：尽可以大胆地说，说错了也没关系，因为这里没有外人，只有我和他。

"胯骨很宽说明什么呢？"他说，"这样的女人，一看就知道是生孩子的高手，所有宽胯骨的女人都是生孩子的好手，难产是不存在的，不会发生在她们的身上。只要经你一调理，一开怀，生个十个八个的，不成问题。"

"胡说八道，"我对他说，"我要那么多干什么呢，留着他们将来为了争夺我的遗产互相残杀？"

"当然，我并不是说就真的要你生十个八个，那当然会很麻烦。我说的是那个意思。我只是想对你说，这样的女人，将来她生孩子的时候，不会很费事，不会像那些小胯骨的女人那样痛苦，痛不欲生。你知道，女人生产的时候，对男人来说，同时也是在经受着空前的考验和痛苦，她们的那种撕心裂肺的叫声能把你的心都叫碎了，能把你叫得反应迟钝、呆若木鸡，能把你叫得浑身没有一点儿力气。你很快就会体验到的。到时候你想想我现在说的话，就知道我不是在危言耸听，不是在吓唬你。"

应该说这种事我还是很早就体验过了的，我的两个女儿都已经那么大了，难道我没有过类似的体验？但现在无论如何都想不起来了，一点儿都不记得了，完全忘记了当初是怎样的一种情景。事情过去了也就过去了，谁也没有料到多少年后还会再经历这样的事情。

夜已经很深了。我把程有才送走。天上没有月亮，程有才在黑暗中走得很快。河水的声音从远处传来。

往回走的时候，我又想起了她。看着四周漆黑一片的大地，我的眼前渐渐地浮现出一张脸……不知道她这会儿在做什么呢？

24

火车是临近中午的时候开来的，除了车头和车尾，中间共有二十一节车厢。还没有完全停下来的时候，从车尾那间平顶房子一样的车厢里突然冒出一个人来。那个人满脸胡子，穿着一身油腻腻的工作服，戴着一副脏手套，一只手里拿着一顶和他的衣服一样的油渍斑驳的帽子，另一只手里拿着一只和帽子同样脏的饭盒，笑容可掬地出现在车尾的平台上，看着等候在窗前的人们。

在人们还没有弄明白是怎么回事的时候，那个人突然举起一只手，将那只脏帽子在空中晃了几下，然后大声地说：

"同志们好！"

从早晨开始以来，一直坐在窑前枕木上吸烟的两个工人闻声后都站起来，也大声地说：

"首长好！"

那个人将帽子放下，又举起另一只拿饭盒的手，使劲地挥舞了几下，能听见饭盒里的勺子在哗啦哗啦地响：

"同志们辛苦了！"

"首长辛苦了！"工人们一边说着，一边乱哄哄地朝车前走过去，"首长还亲自拿着饭盒呢。"

"真是岂有此理！"阿仁盯着那个人看了一会儿，皱着眉头说道。

"这家伙是个什么人？"窑主也有些不解地问阿仁。

"看上去像火车上烧锅炉的。"阿仁说。

"他妈的，他这是在过当首长的瘾呢。"窑主说，"真是世界大了，做什么的都有。不过，他们总算来了。来了就好，我就怕他们不来呢。"

"他们不敢不来。"阿仁很有把握地对窑主说，"我早已写好了检举信，他们敢不来，我们就把信递上去。"

"阿仁，这个窑多亏你！"窑主紧紧地握住阿仁的手，久久地看着他，声音有些哽咽。

"哪里！我只是做了一点点分内的事。"阿仁谦逊地说道，"我自己的命运也和这个矿是时刻连在一起的。"

火车完全停稳以后，所有的人立即都忙开了。这时，我看见先前冒充首长的那个人也从车上下来了，好像在四处寻找什么东西。过了一会儿，他来到我的面前，还用先前喊话时的那种声音对我说：

"小鬼，水管子在哪里？"

我对他说："你要接水吗？"

"我要洗洗我的饭盒。"他说，"里面可能已经发霉了。"

于是，我领着他来到水管子前，看着他打开那个饭盒，从里面倒出一堆看上去连猪食都不如的脏东西。

"你真的是首长吗?"我问他。

"首长?你说我是首长?真他妈的,居然也有人会认为我是首长!"他突然大笑起来。"是的,我也不能说没有一点儿权,我管着七八个锅炉和很多热水呢。"他说。水管子里的水哗哗地流着,从饭盒里蹿起很高,溅湿了他的衣服和脸。不久,他收起笑声,对我说:

"我什么也不是,我只是一个王八蛋,我活得猪狗不如!"

看见我还在他的身边站着,他又说:

"你不要看了,到一边玩儿去吧,洗饭盒有什么好看的!我也不可能把你们的水管子拧下来拿走。"

我向一边走去。我后来听说,就是这个人,火车每到一个地方,他都要第一个从车尾后面的车厢里冒出来,然后故技重演,笑容可掬地挥舞着他的破帽子和旧饭盒,向下面的人们招手致意。同志好!同志们辛苦了!

同志们可能都很好,但他自己活得并不好。至于辛苦,我觉得他才辛苦呢。

25

这些天,令人喜悦的事情一件接着一件。这种事情,要么几年都不来一次,像是绝迹了一样。要来开了,又让人应接不暇,手忙脚乱。先是许飞霞,后又是从远处隆隆地驶来的火车,那是阿仁和程有才像招魂一样从外面把它们招回来的。火车在这里停了一天,然后把我们眼前的那些所有的麻烦统统拉走了。拉得越远越好,至于拉到哪里去,那不关我的事,只要别再给我原封不动地拉回来就行。接着,又有人悄悄告诉我,说县里的丁县长可能找我有事,要与我见面。我猜测这很有可能是一次小范围内的密谈。丁县长我是认识的,曾经打过几次交道,这个时候,他要与我谈什么呢?

看着火车远去之后，我请工人们吃了一顿。很多人都把握不住自己，都喝醉了。有的喊爹叫娘、痛哭流涕，有的像神经病人一样开一些让人觉得过分的、让人眼里含满泪水的玩笑，还有的完全醉得不省人事、灵魂出窍，仿佛死了一样。

我也醉了。

26

晚上，我们来到房子外面。爹躺在树下的一张席子上。所有脊梁弯曲的人都有腰痛的毛病，又加上白日里的劳累，他常常刚一躺下去，马上又像有针扎或虫子叮咬一样很快又坐起来。为了减轻腰痛，他不得不把一块木头垫到腰下面，这样看上去似乎就好多了，使他能够躺得时间更长一些。

由于事先烧了很多的炭，所以当我们吃过饭以后，我们的炕已经热得完全不能再睡人了。人睡在上面来回翻腾，我翻腾了一会儿，爹又翻腾一会儿，我的头上出满了汗。那时候，我觉得我们很像热锅上的两只一老一少的蚂蚁。是的，我们就像是热锅上的两只蚂蚁。老蚂蚁劳累了一天，很想闭上眼睛睡一觉，但这个时候，这样的愿望已变得完全不可能。他看上去烦躁得不得了，一会儿看着门，一会儿又看着房顶。后来，我对他说，我们不如到外面去睡，外面要凉爽得多，而且，睡在地上和睡在热炕上的感觉也会完全不一样。说完之后，我看着他，他闭着眼睛没有吭气，好像已经睡着了。

于是，我一个人来到外面。我先在附近玩了一会儿，然后躺在一块木板上，外面的确比闷热的屋里凉爽多了。

不久以后，我看到有个黑影在门口晃动了一下，爹也出来了。他拿着一片席子，一边走到树下去铺席子，一边说：

"唉，我总算是明白了，占别人的便宜并不是一件什么好事。只说是在这里烧炭不要钱，就一直拼命地烧，现在害得我们连觉也不能睡了，到头来受害的是我们自己。害人又不利己。"

他开始像一个影子一样倒下去。

因为忘了在腰下垫木头，他很快又痛不欲生地爬起来。他喊我回屋里去给他拿那块木头。我把那块小孩枕头一样的木头拿来，放到他的腰下面，这样一来他总算躺好了。

我坐在这边的木板上，看着树下。树下很黑，几乎看不见他的身体，更看不见他躺在那里的样子。如果光凭眼睛去看，你会以为树下什么也没有，以为他这时候已经不在那里了。他躺在树下，好像连呼吸也没有，手和腿也完全不动一下，我抬起头，天上的星星多极了，看上去又拥挤又嘈杂。我比现在更小一些的时候，也常常在晚上望着它们。那时候，它们也像现在这样拥挤。那时候，我最担心它们中间的某一颗在上面粘得不太牢固，而被别的那些挤下来。直到今天，这样的担心也没有完全打消，时常还有一种清脆的从空中坠落到地上的声音潜藏在我的身体里面。我想起了与星星有关的一些传说，我对爹说：

"你觉得那上面哪一颗可能是你？"

"哪上面？"他声音模糊地说。

"天上面。那些星星，你觉得哪一颗可能是你？"

"胡说什么！"他在漆黑一片的树下说道，"我从来也没有觉得我会在那上面。"他的声音听上去离这里十分的远。

他不相信天上面有一颗星星和他有关，他只相信他此刻睡在树下，在不久以后，可能要做一些梦，也可能什么也梦不到。我觉得一个人只要还在地上活着，还在说话、走路，就不会是孤立的，就不会和任何东西都没有一点儿牵连。牵连肯定是有的，只是我们有时候看不见，感觉不到罢了。我们经常在匆匆忙忙地赶路，自以为和沿途的一切都没有什么关系，事实上，我们的命说不定正写在沿途曾经看见过的哪一棵树上，或者映在某一片水里，说不定那正是我们活着的秘密！那种秘密，像一种不起眼的绿颜色一样藏在一片树叶上面，像一块有花纹的石头一样浸在水里，故意让人忽略，故意让人不以为然，故意让粗心大意的人忽略，故意让细心谨慎的人不以为然。忽略了，也就永远忽略了，不以为然了，也就永远不以为然了，否则，也就不会有那么多人感到一辈子活得无聊，活得疲劳而没有意思，没有着落。我们错过了停下来翻看那片树叶和水里那块石头的机会，就永远再没有机会返回来重新看了，机会只有一次，错过了就永远错过了。看了和没看是完全不一样的，看了就不一样——因为那上面极有可能正写着我们活着的秘密和理由。

有一天，是个天气晴朗的晚上，我正在屋檐下一颗一颗地往碗里剥豆子。一抬头的时候，我看到了月亮里面的山，山上没有树，也看不到草，看上去和图画里的假山完全一样。

27

"你总算清醒过来了。"程有才坐在一张椅子上对我说，"有好几年了，你从来没有把自己醉得像昨天那样。现在好了。"

我隐约记得，我是被几个人扶回来的。他们离去后，我听见房门响了一下。之后，我看见整个屋里变得一片通红。

在我昏睡的整个过程中，程有才命人用温水给我擦了脸，又叫人来打了吊针。看到我的脸色渐渐恢复过来时，他让一个人守着我，他自己有事出去了一会儿。后来，他从外面回来后，就一直坐在我屋里的那张椅子上。我醒来后，他告诉我说，伙房里的郭大头正急得团团乱转，很想给我做一碗可口的饭吃，但又不知道做什么好。我对他说，替我谢谢郭大头，让他别再急了，我这会儿什么也不想吃。

"我们是不是都醉倒了？"我问程有才。

"差不多。"他说，"大多数的人确实都醉了。只有一个人没有醉。"

"谁？"

"阿仁。"

程有才说，只有阿仁没有醉，只有阿仁一个人是清醒的、自由的，腰里的呼机和手机声大作，响成一片。

我和程有才互相看了对方一眼。

疲劳和乏力使我又一次闭上眼睛。我听见程有才用一种很轻弱的声音在说：

"我也时常有这样的感觉，总的来说，生活在长江以北的人，大部分人都有一点儿傻，有的完全是一些只有七八成的愣子。"

"真理啊。"我在心里暗自惊呼道。

我睁开眼睛，希望听他继续说下去，但他却不再说什么了。他从桌子下面拖出一只装满水果的筐子，开始为我削梨。他削得并不熟练，一片一片的梨皮像秋天的枯黄的树叶一样从他的手里掉下来，落到地上。他削好两个梨，将其中的一个递给我，另一个放在那里。然后看着我说：

"有一件事，藏在我的心里好几天了，本来不应该在这个时候告诉你，但我又觉得非说不行。"

"是关于阿仁的吗？"我说。

"不！"他摇摇头，说，"是飞霞那边的事。"

"什么事？"我听见自己的脑子里传来嗡的一声，然后是一阵很长的钟声般的余音。

"说起来，这事不能怨飞霞，要怨只能怨我，我事先没有把话说清楚。"他说，"飞霞对结婚证书看得很重，这一点，恐怕所有正经的女孩子都不会例外，都非常在乎。她对我说，'不领结婚证，那算什么事，我一个大姑娘，给他生孩子，那又算怎么回事，我不干！他有多少钱我也不干！'"

"听起来，她好像说得很对。"

"不是很对，也不是好像，而是完全在理，她说得一点儿错也没有。"

"问题是一个人不能同时持有两个结婚证。"

"你说得也没错。我可能老了，办事越来越不得力了。"

"也不能怪你，要怪只能怪我自己，谁让我已经有了一个结婚证呢？老程，你看结婚证像不像一个紧箍咒？"

"这要看怎么理解。从某种意义上来说，完全是。"

"你也有同感吗？"

"我已经老了，紧不紧都无所谓了。"

我有所谓。我从床上坐起来，觉得再也躺不下去了，觉得再也不能这样继续躺下去了。我告诉程有才，我想亲自找许飞霞谈一谈。程有才听了我的话以后，似乎完全没有准备一样，先是好像让我的话吓了一跳，继而又面有难色地看着我，好像我是要让他陪我到月亮上去。这个老鬼，他平常时候的那种精明劲儿这会儿一点儿也显不出来了，他有些痴呆地坐在那里，似乎完全不明白我要干什么。我走到他的身边，在他的肩上拍了一下。告诉他，让他尽快找个时间，把许飞霞从家里约出来，随便什么地方都行，我要与她亲自谈谈我们的事情。我特别强调了"我们"这个词。程有才听了，刚要说什么，阿仁从外面推门进来了。

看到我正在地上站着，阿仁有些惊讶地说道：

"啊哟！想不到你已经站起来了，没事吧？看上去恢复得蛮好的。"

我示意阿仁坐下，他没有坐，来到我的面前，低声对我说："丁阎王要找你。昨天下午我已经见过他了。"

丁阎王就是丁县长！阿仁带来的消息使我顿时就将那个叫许飞霞的姑娘忘得干干净净，什么结婚证不结婚证的，都让我忘记了，好像一切都与我无关。我得打起精神，去见那个阎王。

我的目光越过阿仁的女人般瘦削的身体，朝他的后面看去，发现程有才不知什么时候早已不在屋里了。

一个人不愿意知道更多的事情，是不是因为他从根本上完全不愿意承担那些事情，甚至连在一旁倾听的兴趣也没有，我想，多数的时候是这样的。

28

早上出的是红太阳，附近一带的天空被映照得十分艳丽，连窑后面的山都被染红了，汽车和马看上去也是红色的。

吃过早饭以后，爹又要去下窑，我站在门口看着他。红色的太阳一点一点地往上升，渐渐地，爹也被染红了。

走到漆黑的窑门前的时候，爹忽然停下来，向四周张望了一下。

这时，我看到从后面赶上去的阿仁叫住了他。阿仁和爹在那里说了几句话，然后，阿仁就拍着爹的肩膀，两个人开始一起往回走。等他们走完那条不太长的小路的时候，我才发现他们并不是要向我们的房子前走来。于是，我离开门口，跑到一个小土堆上看着他们，他们都没有注意到我。很快，我又看见窑主站在他的门前，也正在看着他们。

阿仁和爹一直向窑主那边走去。到了那个门口，停了一下，不久以后，他们三个人都进去了。

一直到中午的时候，爹才回来。他走路有些摇晃，好像喝多了酒，脸上也出现了一种少有的红光。这以后，一种让我感到罕见的笑意一直驻留在他的脸上，这使我感到非常奇怪而又不安。我怀疑他是不是有了什么病。在我的印象里，那些神经不太正常的人，经常就是这个样子的，笑起来让人非常害怕。

吃饭的时候，他用一种少见的温和的口气对我说，多放点儿酱油。又说，酱油又不贵，我们还是能够吃得起的。

他越这样说，越让我感到害怕。看到他这个样子，我宁愿自己一辈子再也不吃酱油。"不能再放了，已经放过了，已经够了。"我对他说。这个月还没有过完，距离下个月打酱油还有七八天的时间，要是一下子都倒完了，剩下的那些天怎么办？爹呀，他好像完全没有听见我的话。酱油对我们来说一直都很贵，他竟然说不贵，还说我们是能够吃得起的，这不是胡说又是什么？我们什么时候觉得酱油便宜过？从来没有！看他那样子，我觉得一定有一种什么东西正在暗中刺激着他，左右着他，使他不断地胡说，像说疯话说梦话一样。这些傻话不仅和他的过去不一样，和我们现在的处境也完全是两回事，根本对不上号，仿佛说的是别人的事。

"大胆地倒吧！"他看着我说，"不就是一点儿酱油么，我们很快就要有钱了。事实上，我们现在已经开始有钱了。"

又在胡说了吧？看着他那昏头昏脑的样子，我感到心里很难过。我问他，从哪里来的钱？

这以后，他再也不提让我倒酱油的事了，他开始平心静气地告诉我。早上，阿仁和窑主亲自找他，正是为了求这件事，在窑主的屋里，他们三个人整整说了一上午。事情是这样的，丁县长的儿子不知犯了什么罪，被判了三年徒刑，但他有更重要的事情要去做，所以不愿去坐牢，愿意出钱，让别人去替他坐，最低也给三万块，弄好了说不定还能多给些。丁县长马上就想到了窑主和阿仁，想到了他们这里的那些挣钱不容易的工人，而窑主和阿仁马上又想到了他。

"你要去坐牢?"我说。

"看你大惊小怪的，牢不是人坐的吗?"他说，"牢房就是专门给人设立的，人不去坐，难道要让动物们去坐吗?"

"丁阎王的儿子有重要的事情要做，你就没有重要的事情要做吗?"

他说，我有什么重要的事情? 每天无非是下窑。我仔细算过了，这桩买卖可以做。我在这里下窑三年，也不一定就能挣到三万块，肯定挣不到。而我去那里住上三年，三万块钱就到手了，权当在亲戚家借住了三年。我打听过了，他们说里面好得很，既不用担心挨打，也不用担心挨骂，因为没有人打你，也没有人骂你，更不用担心吃不饱。每天吃完饭以后，就开始看书学习，看累了就出去跑步，做广播操。我这胳膊和腿，都不太灵活了，做广播操恐怕要费点劲，不过，我一定能学会。人到了那里，没有学不会的。

听他的口气，看他的样子，他好像已经提前进去了，并在里面生活了一段不算短的日子，有时候谈的完全是里面的一些经验。

我对他说，你说得再好，那也毕竟是监狱，没有几个人愿意进去。监狱和外面是完全不一样的。

"那当然。"他说，"就因为是监狱，人家才肯出三万块钱给你，要不是监狱，人家凭什么给你? 你去逛商场，人家丁县长会拿出三万块钱给你吗? 这里也有许多挣不到钱的人，他们不去，那是他们的事，我是要去的。再说，丁县长事先也对他们说了，这事完全靠自觉自愿，决不勉强，一个愿打，一个愿挨。你不愿意去，人家也不会派人来把你抓进去。"

"他们凭什么抓你？你又没有犯罪。"

"别跟我抬杠，我们这是说正经事呢。回来的路上，我一直在想，我看在三万块钱的基础上，能不能再争取一万。一万不行，八千也行。这样一来，我们就赚定了，只赚不赔。你这个傻瓜孩子，还不想让我去呢，到哪里找这样的好事去？"

原来阿仁和窑主一大早就找他，就是为了这件事情，怪不得他们看上去鬼鬼祟祟的。这件事，窑主当然也掺和在其中，但多半肯定是那个南蛮子的主意。爹看上去很兴奋，好像要去做官。他对我说：

"三年很快，一转眼就过去了。等我回来，你已经是大小伙子了。到那时，说不定又该操办你的婚事了。"

又说：

"你在这里要听窑主的话。给阿仁洗摩托的时候，仔细一点儿，多洗几遍。另外，窑主让你干什么，你就干什么，该问的问，不该问的不要多嘴，多嘴是没有好处的。很多的祸事不是从天上掉下来的，而是从嘴上说出来的。"

有些事情我一直不太明白，比如眼前，干活儿可以找人顶替，难道坐牢也可以顶替吗？他说，怎么不能顶替，自古以来就有很多这样的例子，你不知道，是因为你还太小。

他告诉我说，他已经决定了去。这以后，他又出去找他们，去争取那另外的一万块钱。过了一会儿，他很快就回来了。他说，一万块看起来困难重重，没有争取到，只争取到五千。五千少吗？谁能说五千是一个小数字？看来去争取还是有好处的，争取对了，如果不去，我们怎么会凭空又有了五千？对于有些人来说，五千可能只是五块、五分，而对于我们来说，五千就是五万、五十万，在不同的人眼里，它是有弹性的，会变幻的，有时缩成一团，有时会越拉越长，首尾不见。关键是看你用什么样的心情和眼光去看它。

天快黑的时候，窑主和阿仁来到了我们住的小屋。

"我就要走了。"爹看了我一眼，说道。

"怎么样，准备好了没有？"阿仁对爹说。

"没什么准备的。"爹说。

阿仁从身上掏出两包烟,放进爹的口袋里。爹不要,他的一只手刚伸进口袋里去,就被阿仁的手按住了。

"拿着路上抽。"阿仁说。

"本来,丁县长还要派车来接你呢,是我不让来。"窑主对爹说,"我说我们这里也有车,就让我们的车送我们的人去吧。"

"是的,就不要麻烦他了。"爹说,"其实,我自己搭公共汽车,搭一辆拖拉机,也能去了。"

"那不行的。"阿仁说,"不能让你乘公共汽车或拖拉机去,我们得保证你的安全。你的安全就是我们的安全。"

过了很久以后,我才对阿仁的这句话有了更深一层的理解。

这以后,他们提出要请爹和我到路边的一个小饭店里吃一顿,说是要为爹送行。爹听了,摆着手说:

"不要费事了,我这会儿什么也吃不下去。等我走了以后,你们带着我这个孩子去吃吧,晌午他也没有吃好。"

"没问题,包在我身上了。"阿仁说。又问我:

"想吃什么?想吃什么就说。"

我看了阿仁一眼,没有说话。

"你放心吧。"窑主对爹说,"我会好好待这个孩子的。我会把他像儿子一样看待的。"

"这我知道,你一直都很喜欢他。"爹说,"有你在这里,我也就不再操什么心了,我很放心。"

"另外,钱的事你也不要管了。"窑主对爹说,"那么多钱,你带在身上肯定不行。这个孩子又小,交给他也不行。我会以你的名义给你存到银行里,三年定期。到时候,你出来后连本带利一起取走。"

"你想得真周到啊。"爹对窑主说,"我正为这事发愁呢。我一直在想,我走了,剩下那些钱怎么办呢。"

"你只管去就行了,什么都不要发愁。"阿仁说,"把一切的愁都留给我们,让我们慢慢地发吧。"

司机在门口出现了。

于是，我们一齐向外面走去。阿仁像搀扶一位老人或领导一样将爹扶到车上。爹坐好后，对我说：

"我就要走了。三年不长，我很快就会回来的。你在这里要听矿长的话，不要捣乱，不要惹别人生气。"

他呆呆地看了我一会儿，忽然又想起了什么，对我说：

"我在咱们放衣服的那个木箱子下面藏了一瓶酱油。你把上面的几件衣服取出来，再把那块木板拿开，就能看到那瓶酱油了，就立在箱子的下面。我走了以后，你就拿出来吃了吧。想多倒就多倒一点儿，但也不要太多了，太多了就咸了。"

车门关上的那一刻，我听见我哭出了声。司机握着方向盘的手停住了。我看见阿仁很果断地朝司机挥了一下手，汽车突然呼的一声就开走了。

29

八月里，麦子刚刚割倒，玉米也黄了。

我让人用堆在窑前的一些坑木搭起一个台子，又用帆布将台子的三面围住。那天，来了很多的人。我们既唱戏，又唱歌曲。我看看头顶上面，天蓝得有些不可思议，又高又远，像是故乡那边的天空。

我仿佛又回到了苦难的二十几年前……

我特意让人找来了那个赶马车的人，我永远记得他有一副令人难忘的好嗓子。那天，他正在家里生病，我派去的人一叫他，他马上就来了。他没有赶他的马车，而是骑着一辆自行车赶来的。

感谢你们带来了毛主席的书……他还是唱那首歌，那是他喜欢唱的，也是我喜欢听的，也是我叫他来的原因。他穿着一件半旧的灰蓝色的衬衫，有些拘谨地站在那个台子上。派去的人告诉我，为了演得更像一些，临来之前，他特意从家里带来一顶土黄颜色的皮帽子。他的女人看到他拿着皮帽子要出门，说他是神经病。他听了，什么话也没说，只是不置可否地笑了一下。此刻，我看到那顶土黄颜色的皮帽子就戴在他的头上，帽子的两个耳朵一颤一颤的，上下跳跃。秋天还不是戴皮帽子的时候，很多人都在笑他。但在我看来，那也足以能够象征翻身的农奴，以及他们喜悦的心情了。由于生病的缘故，他看上去显得有些苍白而虚弱，声音也不像我第一次听到的时候那么嘹亮，但他还是唱得很认真，还是那样的悠扬而深情。在他唱的过程中，有三四个小伙子在台上给他伴舞。他们都穿着平日里所穿的衣服，有的连头发也没来得及梳一下，就匆匆地上去跳开了。唯一有变化的是每个人的腰间都系了一根长长的红绸子，绸子的两头分别握在他们的手里。他们谁也没有专门跳过舞，所以有时候完全是在大踏步地前进，或奔跑，有时候看上去又像是天上的老鹰低飞盘旋，正在捕捉地上的羔羊或小鸡一样。

秋风里，高台上的帆布被吹得哗哗直响，有些当初没有系好的地方开始在风中掀动，飘扬。

人们在台下笑着，有的用手掩着嘴，有的笑得前仰后合，尘土飞扬。但并不是所有的人都在笑，比如我。

我也想笑，但始终没有笑出来。

我在人群里没有看见许飞霞的影子，明知她不会到这种地方来，但我还是用焦虑不安的目光寻找了很久。前天上午，程有才告诉我，她近来好像不在家里了，他先后去了几次，都没有看见她。

我猜测她一定是在有意地回避我，回避那件让她感到烦恼的事情。有些事情我已经想了很久了，只是没有来得及说，包括对程有才也没有来得及说。我觉得她已经不需要再回避我了，完全可以像从前一样，该做什么继续做什么，因为，我已经从心里开始放弃她了，她也不需要再继续难受下去了。近一两天来，我十分真切地感到有一种多年来一直牢固地驻留在我的心里、曾经无数次地鼓舞、激动过我的东西，突然地、悄悄地从我的心里流走了。那些东西一经消失，我顿时便发现并意识到我对很多事情的看法和态度都发生了极大的变化。

我想对她说：……对不起，如果我曾经做过什么令别人不快的蠢事，我表示最诚挚的歉意！一切都是我的不对。

对不起——

30

我数了一下，箱子里只有四件衣服。有我的两件上衣，有爹的一身半新半旧的过年时才拿出来穿一两天的衣服，另外还有我的一顶人造革的皮帽子。我把这些衣服拿开后，又掀开那块木板，果然看到下面有一瓶酱油。除了酱油以外，里面还有四块肥皂，都是半块半块的，还有几粒看上去很漂亮的纽扣。爹呀，什么时候把肥皂也藏进去了？那几粒纽扣也不知道是从哪里来的，我以前从没有见过。

半上午的时候，来了两个人，围着我们的那头小毛驴不住地看来看去。小毛驴拴在我们门前的那棵树下，自从爹走了以后，它再也不用下窑里去了，我还领着它到前面的那条河里去洗过两次澡。

看了一会儿，那两个人还不走，一人找了一块木头坐下，抽起了烟。他们透过脸前的烟雾，看着树下的小毛驴。

我问他们是干什么的，他们说，我们是来买这个小驴的。

"谁说这个小驴要卖？不卖！"我对他们说。

"不卖？"他们互相看了一眼，"怎么，是你的小驴？"

"当然是我的。"我说。

那两个人又互相看了一眼。其中的一个对另一个说：

"这是怎么回事？不是我们来迟了，人家已经卖了吧？"

"没有卖，正等着你们呢。"

一个人边说话边走过来，我看见是财务主管程有才。程有才匆匆地从那边过来，对他们说："就是这个小驴，怎么样，还不错吧？"

"不错是不错，可这个孩子说是他的。"

"就是他的。"

"谁要卖我的小驴？"我拉住程有才的衣服，问他为什么。

"你爹，是他的主意。"程有才对我说，"他临走的时候说的，让我和矿长做主，把小驴卖了。卖了哇，你爹也不在了，它留在这里纯粹成了一个吃闲饭的。"

"它不吃饭。"我对程有才说，"它只吃一点儿草。我可以到山上去放它，给它拔草回来吃，它真的不吃饭。"

"夏天和秋天还好说，冬天怎么办？你爹还让你听我们的话呢，你怎么转眼就不听了？"

我对程有才说，我们三个是从家里一起出来的，如今，爹不在了，再把小驴卖了，这里就剩下我一个人了。

程有才叹了一口气，又用手摸了摸我的头。"有时候，我们不管用尽什么办法，想留一个人都留不住，何况是一个牲畜呢。"他说。他用手指了一下旁边那两个人，对我说："他们家里也有像你一样大的孩子，他们也会像你一样喜欢它的。另外，他们家里还有好几个像它这样的小驴呢。"

他大声地问那两个人：

"是不是这样啊？我说得对不对？"

"是的，完全对。"那两个人一起走过来，笑着对我说，"我们家里也有像你一样大的孩子，他们也会像你一样喜欢它，我们不会欺负它的。夏天给它吃嫩草，冬天给它吃豆子。它要是和我们家另外的几个小驴在一起，一定会像幼儿园的孩子们一样高兴。"

"驴也不能老拴着。"另一个人说，"你看，它现在已经变得有些闷闷不乐了，这都是因为缺少伙伴的缘故。"

"小驴卖了一百五十块。"程有才打开手里的黑包，抽出两张钱，对我说，"先给你二十，剩下的放在我这里，省着点儿花。矿上这么多钱，都在我一个人手里掌握着呢，我不会动你的一分钱，你放心好了。花完了再找我要。"

看见我流出了眼泪，程有才就又把包拉开，抽出一张，说：

"好啦，别哭了，再给你十块。"

我走到小驴面前，用手摸了摸它的脸。它认出是我，耳朵一个劲地向我这边弯曲，想靠过来，我看见它的两只眼睛水汪汪的，我看见我变成一个针一样大的小人出现在它的眼睛里。

我用手将它眼睛下面的两滴水擦干。不用说，那一定是它流出来的泪。

31

晚上，我正要回家，阿仁来了。

坐了一会儿以后，阿仁开始用一种平淡的口气告诉我说，丁阎王的儿子其实被判了十三年，并不是三年。

十三年？

阿仁的话把我吓得差一点儿跳起来。

"你从一开始就知道，为什么不早告诉我？"

"我曾经想告诉你，想想又觉得不行。"阿仁说，"我怕你动了恻隐之心，这种可能性是有的。"

我看着阿仁，在一起共事有很多年了，我头一次发现他是如此的陌生。很多人都认为我是一个很精明的人，但我觉得，不管我有多精明，在阿仁面前，我永远是一个长不大的小学生，而且是那种各方面成绩都很坏都很糟的差等生，甚至白痴。倒是阿仁对我更了解一些，甚至我想什么，他都知道。

"阿仁，你可把我害苦了，也把他害苦了。"

阿仁笑着摇了摇头，说：

"没办法，要奋斗，就会有牺牲。不牺牲他，我们就会得罪丁阎王，得罪了丁阎王，你还想开煤矿吗？恐怕连做一个正常的普通人，恐怕连睡个平安觉，也不是一件容易的事了。"

"阿仁，十三年哪，那和三年完全不是一回事。"

"我知道，十三年，时间不能算短，正是因为这个，我才事先没对任何人说。他要是知道有十三年的徒刑在等着他，可能给多少钱，他也不会去的。像他那样的身体和年龄，进去后恐怕就再很难出来了。"

十三年啊！

我的眼前变得一片漆黑。十三年是个什么概念呢？我开始用一个各方面成绩都很糟的差等生的思维去想象它的含意。十三年，如果连续不断地挖煤，会把一座结实沉睡的山挖空，使四周一带成为废墟；十三年，会使一头健壮的耕牛变成一堆废物，甚至连剥下来的皮和肉都一文不值；十三年，一个国家，一个家庭，会发生无数令人意想不到的目瞪口呆的变化；十三年，会使一个豆蔻年华的少女变成一个庸俗世故的令人无法忍受的已婚妇女；十三年，会使一个领着外孙在阳光下散步的人，在其中的某一天里发生昏厥，猝然倒地，永不再醒来；十三年，会使一段光洁美丽的皮肤越来越松弛，并附加了许多令人恶心的赘肉和斑点；十三年，一个人逃离苦海，又陷进泥淖，最终死在那里；十三年，一张崭新的床榻会被睡得斑斑驳驳，摇摇欲坠，行将坍塌崩溃；十三年，十三年前你在哪里？十三年后遇到你时，你已为人妻母……

……

"你也不要难过了。"阿仁对我说，"他如果在里面表现得好，也许用不了十三年，有十年八年就出来了。"

"阿仁，丁阎王到底出了多少钱？"

"你这样说话，使我不得不对你刮目相看了。"阿仁说，"你好像一个刚生下没几天的孩子，对这个世界一无所知，真不知道你这么多年是怎么混过来的。他怎么会真的出钱，他一分钱都不出。"

"给他的儿子消灾，他一分钱都不出？"

"是的，他出的是名义上的钱。真正的那笔钱还得由我们出，还得从我们的账上走。他怎么会出钱。"

我看着阿仁，我仿佛没有听懂他说的一切。

"你觉得奇怪吗？"阿仁看着我说，"你不应该感到奇怪。这年头，遍地都是牛鬼蛇神，各种各样的妖孽。"

我把一个杯子推到阿仁面前，请他喝水。

"你回去休息吧。"阿仁看了我一会儿，对我说道，"你满脸倦意，看上去疲惫极了。"

"是的，我要回去了。我也该回去了。"

临出门时，阿仁轻轻地握了握我的手，我们互相笑了一下，两个人的脸上都是一层苦笑。

走在回家的路上，我泣不成声，我仿佛又回到了苦难的二十几年前……一个声音在说：

"要下雨了，赶快把墙头上的南瓜收回来。"

我分辨了一会儿，听出那是母亲的声音。她的手里拿着一截头绳，正在给妹妹梳头。

瓦 蓝

一

晚上，我又去了供销社的那个杂草丛生的后院，就是他们那些人经常下棋的地方。天黑得让人喘不过气来。东墙上那扇小门还开着，平时他们都是从那里进出。小门的外面就是那口井，经常不盖盖子，先后有几个人掉进去过，有的是因为天黑，路不熟，有的是因为喝醉了酒。还有一个人是被别人在后面追赶，慌乱中不慎掉进去的，追他的人因而怎么也找不到他了，一下子迷失了方向。包括这个人在内，他们后来都活了，都被捞上来了，都没有死，但受伤是肯定的。

有了水，供销社后院里的那些菜和草都长得很疯。一到夏天，他们就会在那里摆开战场，开始没日没夜地厮杀。春秋两季，天气晴暖的时候，也断不了常有。到了晚上，灯一亮，蚊子啊，白蝴蝶啊，乱纷纷地在他们的头上飞来飞去。有一次，两只小壁虎顺着院里的草丛，一直来到了棋盘上，众人的眼睛都紧盯着那些被磨得又光又绵的木头棋子，谁也没有发现那两个灰白色的小东西，直到后来有一个人的手指突然被咬了一下——他是因为它趴在那里影响了他的观察和思考，以为那是两截草棍，就用手去拈，一拈才知道原来那不是草棍。后面围观的人渐渐多了以后，先前那种平静的一对一的拼杀局面就很难再维持下去了，很快就不复存在了。众人轰的一声像山一下倒下来，乱七八糟地压在一起，被压在最下面的两个下棋的人，一边保护着棋盘，一边发出很惨的叫

188

声，声音仿佛是从地狱里面传上来的，像是正在接受拷打和清算。这样的事情经常发生，谁也没有办法。

门口上方的灯光是青灰色的，青灰中又有一点儿靛蓝，这使灯光下所有的人看上去都像是坏人。一群坏人乱七八糟地蹲在那里。要是正巧有人背着一捆麻黄前来过秤，站在东墙上的小门那里往这边打量，那样的印象和感觉尤其突出而明显，要不是过于熟悉，卖麻黄的人会以为自己进错了门，走错了地方。看那一群人乌烟瘴气的样子，让人不由得开始怀疑自己背来的这些货色，这些和他们到底有什么关系？不过，和任何地方一样，这里也有安静的时候，有时寂静得连一个人也没有，只有草在微微地动，慢慢地长，阳光跃上墙头和屋脊，有耐心地戏弄着院里的一切，又缠绵又温情。那种时候，每一棵草看上去都是美的，健康、柔顺和本来的清爽。

后院里静极了，我站在那口曾经日夜都冒着阴森的冷气的井边，听到很远的地方有汽车的声音传来，持续不断的嗡嗡声证明它此时正陷进一个什么地方不能自拔。那些曾经灯火明亮的房子里现在都漆黑一片，很多的门窗都破了，满院的荒草使它们显得更加衰败。只有最西边的一间屋子里亮着灯，那是老米。老米是供销社留下的唯一的一个人了，负责看管那些积满灰尘的背时的货色。现在，人们有事都往小卖部前走，这是最让老米伤心、最不愿意看到的情景。一个小卖部并不可怕，可怕的是数不清的小卖部，众多的如雨后的蘑菇一样突然冒出来的小卖部使一向风光无限的供销社遭到了毁灭性的打击，想起来如同一个噩梦。

老米正在炒辣椒。我进去的时候，他一边用手抹眼泪，一边看着我，对我说：

"你又来了，是不是在这里丢了什么东西？"

我的眼泪也被呛出来了。我和老米坐在门前的台阶上，看着院子里的一人高的荒草。

后来，说起了麦主任，老米显得很生气。他说，供销社刚一垮，麦主任就跑了，跑到城里做王八蛋去了。

八月里的一天，学校里的一位老师领着她的一群学生帮助供销社劳动，将一辆汽车上的萝卜和甜菜搬到供销社的后院里。孩子们乱纷纷地走着，不时地被院里的杂草绊倒，将怀里抱着的萝卜或甜菜滚出去老远。那位老师叫树声，姓颜。那天，她穿着一身深蓝色的衣服，领口处系着一条丝巾，她也和她的那些学生一样从车上往院里搬东西，一手拿一个萝卜，一手拿一个甜菜，不难看出她是一个喜欢干净的人。我听到供销社的麦主任有时候叫她树声，有时候叫她颜老师，有时候又叫她小颜。麦主任这个人哪，喜欢喝酒，有人说他一天二十四小时中，至少有十几个小时是处于半昏迷的状态中的，因而，有些话他常常刚说过就忘了，转过身点燃一支烟，就把刚才的事情全忘了，只有供销社里的职工们知道他的话什么时候是认真的，什么时候是完全不作数的，这都是经验在起作用，一年一年慢慢品出来的。他再迷糊，也总有规律能被人摸透、掌握，默记在心里。不怕你暴露，就怕你不暴露，只要你露出一点点，就别愁别人没有办法。

　　麦主任披着衣服到处走来走去，有时站在院子里看着孩子们抱着菜源源不断地走进来，有时从东墙上的那扇小门里走出去，站在汽车的旁边。门外的那口井已经被他吩咐人盖上了盖子，这样，孩子们出出进进的时候，就不必再担心有谁会掉到井里去了。尽管这样，他还是不时地要朝那里望上一眼，有时甚至很专注地斜视着那个弄不好会害人不浅的地方。看着车上的菜搬得快差不多了，车厢已经基本空了，麦主任对树声说：

　　"不能叫孩子们白受苦，每人一碗凉粉。"

　　"一碗凉粉？"

　　"是的，每人奖励一碗凉粉。"麦主任斩钉截铁地说道，"这里我说了算，就这么定了。"

　　说好帮供销社搬菜是义务劳动，搬完后很快要回去的。树声有些为难地看着麦主任，说：

　　"我们回去还要上课呢。"

　　"学习也不在乎这么一会儿工夫。"

树声对麦主任说，这是义务劳动，孩子们回去后，每人还要写一篇作文。麦主任问，什么题目？树声说，《记一次有意义的劳动》。麦主任听了，乐得嘴都歪了。他说：

"不吃一碗凉粉，怎么会有意义？首先这些孩子就会觉得这次劳动非常没有意义，供销社小气得像一个女人，完全是白受苦，问他们下次还来不来义务劳动了，他们肯定不想再来了。是不是？"

"来不来义务劳动，不由他们决定。"树声说。

"可是，你不认为吃一碗凉粉会给他们留下很深的印象吗？他们会写得更深刻呢。"

"真的不能吃，万校长知道了会说我们的。"

"你可知道，万念有时也来我们这里，他来了，吃的可不只是一碗凉粉啊。"

"他是校长。"

"校长怎么了？他比别人多长一个头？校长也是一个头一张嘴，也并不是三头六臂的人。放心吧，有我呢，他不会说你们的。"

看着麦主任那样，树声觉得自己根本拗不过他，她寄希望于时间，她想过一会儿以后他也许就把这事全忘记了，因为她似乎隐隐地闻到他的身上弥散着一种深深的醉意，这让她感到一丝希望。

然而，不久以后，供销社里的刘砍说的一句话又让她没了主意。

刘砍对她说："麦主任今天可没喝醉，他可是认真的。"

树声说："可是我闻到他的身上好像有酒气，很厉害的。"

"那算什么！"刘砍说，"那是以前的旧味。一个常年喝酒的人，身上早已被酒精浸透了，即使一年不喝酒，身上的酒气也有四五十度。你要是单独和他坐一会儿，保证一会儿就把你醉倒。"刘砍又说，他的话夸张是夸张了一些，但绝对是那么回事。近朱者赤，长期的耳濡目染，使麦主任的女人也时常给人一种飘飘欲仙的感觉。这个从来不沾酒的女人，有一次竟一口气喝下一搪瓷缸子的酒，喝过后面不改色，安然无恙。众人又惊讶又兴奋，纷纷说这完全是被麦主任长期熏陶的结果。麦主任眯着一双眼睛坐在那里，脸前罩满了烟雾。

树声愁眉苦脸地看着刘砍，说："我们怎么办呀？"刘砍说："发愁什么，让吃就吃吧，一碗凉粉，又不是个什么问题。"树声说："可是我真的不想吃。""学生们也许想吃呢。"刘砍说着，看了她一眼。树声点点头。

近来，我经常会想起河边的那些比人还高的芦苇，那些绿得让人心醉神迷的芦苇，现在都没有了。还有那些棕色的又粗又大的蒲棒，也没有了。现在，它们只能在梦里，在过去的风中轻轻地摇晃。去年夏天，一个走南闯北的家伙竟然驮着一捆粗大的蒲棒在到处兜售，卖钱。后来出生的那些孩子都不认识，从来没有见过，还都以为是吃的。也难怪他们这样，那一捆蒲棒，连我看着都感到十分的稀罕和无比的亲切，仿佛遇到了一个从前年代里的故人。我在旁边看了一会儿，我想一定是从南边弄过来的。我对那个家伙说，我们现在站的这个地方，还有附近几十里以内的地方，过去都长满了这种东西，茂盛极了，高大极了，成百上千的人隐藏在其中也会浑然不觉。那时候，真没有人会觉得它是个东西。每天都能看见，觉得它就是我们生活的一部分，既是内容，又是屏障，既是颜色，又能到里面去胡思乱想。总之，它什么都是，又什么都不是。刮风的时候，它们不是像麦浪一样翻滚，就是齐刷刷地向一边倒去，形成一面灰绿色的山坡似的图景。我在想这些的时候，耳边能听到那种属于从前年代里的唰唰的声音。那个家伙向四周打量了一会儿，然后不无得意地对我说，问题是你们现在什么都没有了。又说，物以稀为贵么。钻石为什么值钱？就是因为少，因为难弄——主要是因为少。如果像石头一样遍地都是，那也就和石头一样了，有谁会把石头戴在手上或挂在脖子上？那些蒲棒啊，有不少都被他用各种颜色染过，变得不伦不类，失去了本来的面目。我承认这些。自从供销社和一些乱七八糟的人家在这里扎下根以后，他们没少往河边倾倒垃圾。除此以外，有时候，他们大人孩子站在河边，眼光像钩子一样，像伸出的手一样急切，充满了捞一把的念头，希望能从上面顺水漂下来一些什么东西，又正好从他们的面前经过，只要一弯腰，就捞住了。有一次，他们真的捞起一个东西，是一个货真价实的手榴弹，几个孩子蹲在地上，围成一堆，开始研究。那情景正好被骑车路过的宝才看见了，他跳下车子，看见那个手榴弹后吓了一跳。他对那几个孩子说，你们这几个小讨吃的，连手榴弹你们也敢瞎鼓捣？一会儿不小心真鼓捣响了，你们都得完蛋！送命的送命，缺胳膊少腿的缺胳膊少腿。强烈的责任感和阶级意识使身为治安员的宝才疑虑丛生，他的眼前跳得厉害，仿佛有血光在忽明忽暗地向他展示着什么。接着，他开始追问手榴弹的来历，孩子们都说是可能从上面漂下来的。宝才说，不可能！手榴弹怎么会顺水漂下来，这是一个铁家伙，不是一根鸡毛。机警的宝才啊！他断定这附近有敌人，也许就在河边那些乱七八糟的人家里，也许在供销社里，当然，也不能排除有人路过这里时，随手将它扔进了河里。一定是有人想做什么又没有做成，有人不配合或时机不成熟，才把东西扔进水里的。宝才这样想着，带着满腹的疑问和那个湿漉漉的手榴弹重新上路了。剩下几个孩子面面相觑，又看见宝才的影子已越来越远。他们说，咱们好不容易捞上来的东西，想不到让他给拿走了。一个年龄稍大一些的孩子说，拿走就拿走吧，手榴弹也不是什么好东西，又不能到供销社里去卖钱，供销社不收购这个，肯定不要！弄不好它真的会把我们都炸死。这样说着，他们仿佛真切地听到了那种提前到来的哭爹喊娘的声音。宝才拿走了，就让它去炸宝才去吧！让宝才去完蛋吧！让宝才缺胳膊少腿哭爹喊娘去吧！

凡事就怕觉悟。一旦明白过来，就再没有什么放不下的。

供销社的柜台前面站着几个孩子，用很复杂的心情和眼光看着站在柜台后面的人，想象着自己将来的职业。这样的工作应该是令人羡慕的，但也有不好的一面，比如卖煤油，比如给猪毛和骨头过秤，就是一件让人感到恶心的事情，无论怎么说也是不舒服的。但守着柜台，又有很多的便利，每天至少可以贪污一块糖，这是别的人做不到的。然而，贪污得多了，又会出问题，麻烦会不请自到地找上门来。永定庄供销社的张小文的事情让人一想起来就不寒而栗。这个像女人一样嘴馋的人啊。每天一上班以后，就从身后的货架上拿一块糖放进嘴里，一上午慢慢地品着，体会着从舌尖到内心深处的甜蜜。每天一块，每天一块，一年下来，供销社里终于短了三百六十多块糖。上面追查下来，张小文吓得不得了，又没有人帮他出主意，于是就在一天夜里，趁值班的时候，用一根捆棉花的细绳子，在供销社后面的仓库里把自己吊死了。是畏罪自杀吗？公安局的人回答说，当然是，这还有什么疑问！以后，再有人想伸手从货架上拿糖放进嘴里，空中就会仿佛有一个苍老而严厉的声音在说：干什么？想想永定庄的张小文吧，他死了还没几天哪。于是伸出去的手就又悄悄地缩了回来，老老实实地抄在袖筒里。实在是那件事情太厉害了，太让人害怕，一想起来就怕，不能不引以为戒。有的老人告诫在供销社工作的孙子，不要学张小文那灰样，实在想拿得不行，就放钱进去，拿一块糖出来，就放一分钱进去，这样，无论拿多少，估计也不会有什么问题，不至于犯错误。

有一个时期，公社在酝酿一个计划：准备挑选一些糖尿病人充实到各个供销社里工作，并且让这些人专卖糖果。

人们说，好主意哪！不知是谁想出来的。这就像让老虎拉磨一样，再也不必担心它会偷吃粮食，再也不需要像驴一样将它们的眼睛蒙上。好主意啊！不知是哪个诸葛亮想出来的。

二

反革命分子们聚集在兽医家里开会的消息被宝才获悉的时候，宝才正在家里睡觉。他听见轰的一声闷响，接着又听见一阵嗖嗖的声音，一个人像一阵阴风一样吹开了他的门，告诉了他这个消息。他还没有来得及看清来人的面目，那个人转身就朝外面跑了。宝才追出来的时候，那个人已消失得无影无踪了。他骂了几句，然后迅速回到家里，穿好衣服，又检查了一下枪，别在腰里，直奔兽医的家。快到兽医家门口的时候，他像一辆奔驰而来的汽车一样突然刹住，停了下来。在外面用心听了一会儿，听到里面静悄悄的，并没有什么动静。他开始怀疑自己刚才在街上奔跑的时候，已经走漏了风声，人们知道他要来，都临时躲起来了。快四十岁的人了，刚才那一阵拼命的奔跑还真让他有点儿吃不消，猛一停下来后喘得十分厉害，又想咳嗽，又想小便，眼睛里还流出几滴莫名其妙的泪。定了一会儿神以后，他径直走了进去。家里没有别人，只有兽医的女人一个人。

"叫什么名字？"他说。

女人看了他一眼，没有说话。她正在缝着一个什么东西，手里的线拉得长长的，一会儿哧的一声，一会儿又哧的一声。

"看清楚了，我是公社的老张，张宝才。"他说。

"我认得你。"女人淡淡地说道。

"认得就好。你叫什么？"

"许仙。"

"许什么？"

"许仙。'神仙'的那个'仙'。"

"'神仙'的那个'仙'……神仙……哎，这个名字有点儿怪哎，好像什么人从前就这么叫过……几岁啦？"

"几岁？三十六。"

"三十六？不可能吧？你有三十六吗？看上去可没有，怎么说也不像。看上去也就是二十六七岁的样子。是不是二十六？是的，一定是二十六。"

"谁说是二十六？我们可没那么年轻！我们整天吃糠咽菜的，哪会有那么年轻？你非要说是二十六，那就二十六吧。"

女人啊，真他妈的！很多女人都是这样，你真心真意地说她年轻，没什么变化，她们总是死不承认，非要和你论争，似乎不争得满脸褶皱决不罢休，不知道她们为什么要这样？比如眼前这个叫许仙的女人。宝才有些茫然地看着她，他感到有些话已不能再按照原来的所想再顺顺溜溜地说下去，它们正在像水一样迅速地回落，在远远地退去，直至完全消失，剩下一片死寂。那时候，他忽然想起了她的男人，他说：

"兽医去哪里了？又劁猪去了吗？"

"不劁猪劁什么！总不能去劁人吧？"

啊，这个女人，真是个有趣的女人啊！真是个无畏的女人啊！竟然与他这样说话，这是让他没想到的。他细细地打量了她一会儿，看见她肤色白皙，丰润，这样的人怎么可能是成天吃糠咽菜的？兽医的工作就很能证明这一点，日常劁猪骟马，不无裨益，与大多数穷苦的人们比起来，他们的日子应该是很阔绰的，不是吗？女人就像猫，一旦养成什么习惯，再想纠正过来那就很难了。贪图享乐的女人啊！喜欢安逸的猫啊！她们的身上有许多十分一样的地方呢。他想起了自己家里的那只猫，那只连气也不愿意多出的懒猫，那只目中无人的懒猫，长期以来一贯目中无人，自以为是，有人走到它的近前时，它连眼睛都不抬一下，完全是一副高级干部的样子，高贵得连关怀和危险都不知道，总以为危险是别人的事，与己无关。周围一带的赤贫的人们谁也没有机会见识高级干部，但只要见过他家里的那只猫以后，也就等于见过高级干部了。人们说，看见了，这回总算是亲眼看见了，总算是明白了，不看不知道，一看吓一跳，高级干部原来就是这样的，坐在那里是十分威严的一堆，卧在那里也是十分威严的一堆，变的只是姿势，不变的是永远的威严。但你要是想一心效仿，想如法炮制，模拟领导，却无论如何断然构不成那种威严，充其量也可能只是暂时堆放在那里的一麻袋土豆。土豆，一麻袋土豆。是的，就是这样，有人曾经不是没有试过，结果给人的印象就是这样，画虎不成反类犬。威严难道也是可以随便模仿的吗？不成！一个瘦人要是也居心叵测地卧在那里，其结果会像两件肮脏的旧衣服，正要准备拿出去洗刷或扔掉，神形都不像，两头都不沾边。有一次，校长万念来家里吃饭，宝才对猫说，麻烦你睁开眼睛看他一下吧，哪怕就一眼！他可是专门来看你的，顺便向你汇报一下他们学校近一个时期以来的工作和斗争情况。值得一提的是，他是一位相当忠诚可靠的同志，多年来一贯忠诚党的教育事业，德行高洁，勤勤恳恳，作风正派，不苟言笑。万念同志脱去衣服后，伸出自己的一只手摸了一下它的脑袋和脊梁，张开嘴露出黑黑的牙齿，笑着说：

"这家伙。"

临走的时候，万念又伸出自己的那只手摸了一下它的脑袋和脊梁，张开嘴露出黑黑的牙齿，笑着说：

"这家伙，真的是凡人不理，比李书记和郭副政委还牛×！你怎么养了这么一个东西？"

家里养着这样一只大干部，像狮子一样披着一身金黄的皮毛，相形之下，它的主人倒显得形容猥琐，举止唐突，不够洒脱，一身可笑的蓝制服又使他平添了几分穷气。事实上，主人在很多人的眼里也是蛮厉害的，在外面也算个叮当作响的人物，走路喜欢将手叉在腰里，使衣服上翘，掀起，有意或无意地露出挂在皮带上的手枪。那手枪时刻都有一种不可名状的冲动，跃跃欲试地想出来，跟随着主人的身体和神经一起跳动，颤抖，一起绷紧，一起披星戴月，冲锋陷阵。李书记有一次对宝才提起他的那只猫，李书记直哼哼。宝才看着李书记，心里想，他这是怎么了？李书记一开始用一种婉转的方式向宝才暗示什么，暗示不成，就直截了当地告诉宝才，不要用一只猫与高级干部作比较，那样做会有损于领导的形象。宝才说，他从来没有做过那样的比喻，猫就是猫，什么干部不干部的，它算什么干部？是人们非要那样说，作为猫的主人，他本人也受害不浅哩。用心良苦的李书记啊，这是拼命地想把他往某一条线上拉呢。他常常是因为自己的级别不够高才这样痛苦地哼哼，他也只敢在这些级别还不如他的人面前哼哼，以这样的方式表达他内心的某种不平和愁苦。世界在他们的眼里是完全不一样的，不仅生活的内容和方式有区别，有时候连形状和轮廓、声音和色彩也都是各不相同的。蓝衣服有时候会像血一样暗红，有时又酥白得像石头。

这是五月里的一天，草木刚刚发绿，风琴呜呜咽咽的声音从学校里传出来，声音里流出一种湿漉漉的东西，但同时又有一种尘土和皮毛的气息。风琴一响，就会有这样的一些东西纷纷出来，宝才感到非常奇怪。柳絮也在到处飞舞，在空中和脸前飘来飘去，时常落在人的头发上或挂在眉毛上。天又高又蓝，像是秋天，像是九月，抬头看一会儿，眼前就会感到一阵发黑，感到原来一尘不染的天上有了黑点，且越来越多，脚下的地也像毯子一样暄软，飘忽，不再坚实，不再让人感到可靠、安心。

宝才这个人你是见过的，似乎还多少有点儿怕他。他是公社的治安员，有枪，还有专门用来捆人的绳子，都是些像小孩手指一样粗的细麻绳，又长又白又硬，别看不怎么粗，却非常的结实，管用。任何时候一抽出来，总是雪白的一团，先是十分僵硬的，渐渐地才开始像蛇一样复活，蠕动，直至完全伸展开来，发出唰唰的响声。这样的东西，放到哪里哪里亮，放到哪里哪里怕，人们有理由怀疑这团东西是有生命有灵性的，但没有人敢说这是被施了魔法，而都一致认为这是无产阶级的力量在起作用，在暗中左右着一切，决定着一切。每想起这些，他的眼睛就会变得异常湿润，长久地站着，抚今追昔，感慨万千。他常用一种接近于呼喊的语言开始或结束自己的发言。宝才十八岁参加工作，一开始就在前途无量的组织部门当科长，势头很好，但到现在二十多年过去了，官却越做越小，又从县里做到了公社里，混迹于以年轻人为主的队伍之中，眼看就再也没有什么前途了。而当年与他一起参加工作的一个毛头小伙子，如今已是省委副书记了。

熟悉宝才的人，比如中心学校里的校长万念、公社李书记，背地里都叫他蠢材。他们常说，什么宝才！纯粹是一个蠢材，十足的一个蠢材！很少见过他这样的，真是蠢啊！别人都是从小到大，由弱渐强，一年比一年强，一年比一年厉害。他却是从大到小，先硬后软，一年不如一年。宝才自己也知道自己不行了，常感到自己像春天里的土豆，疲软，多皱，还生着一些无用的白芽，正经人是不会吃的，恐怕连做种子的资格和条件也未必有。因而就拼命地想把现在的事情做好，尽量地尽可能地做得淋漓尽致，不给自己留下更多的遗憾。认真地说起来，做个蔫土豆也不容易呢。他喜欢侦查，热衷于破案，因而也就理所当然顺理成章地喜欢别人出事，哪里一有了事，他马上就有了精神，可以连续几天几夜不睡觉。他还喜欢干一些越俎代庖的事情，这让公安局的人对他很有看法。他们常常在电话里酸溜溜地说，这个案子让宝才去破吧，他比我们强，比我们在行，我们去了也不一定就能破得了。这样的事情，宝才也并不推辞，公安局有醋意有看法，那是他们自己的事。破案如同过瘾，不是一次两次就能满足了的，而是长期的，甚至是无限的，永无

198

止境。世界就是由无数的人和无数件事情构成的。反革命案、盗窃案、强奸案、无头案、连环案，甚至一些如同疑难杂症一样不可名状的更复杂一些的案件，都是他所喜欢的，都常常能让他急中生智，突发奇想，恍然大悟，柳暗花明。兵临贵阳逼昆明，四渡赤水出奇兵。办法是人想出来的，办法总是会有的。只有笨人，没有笨办法，但笨办法有时候也是很管用很顶事的，为什么？原因就是那办法看着笨，实则并不笨，其中充满了不可言传的机锋。

眼前的这个女人应该说他是认识的，只是一直不知道她的名字。他与兽医本人熟得不能再熟，有时甚至到了相互厌倦的地步。人与人的那种关系永远让他感到奇怪而费解，毫无头绪可以让你梳理。兽医是个大舌头。舌头在一般人的嘴里不是个问题，但在兽医的嘴里却是一个问题，还是一个十分沉重的话题和负担，累累赘赘，难以卷曲，更不易翻转，这使他说话总是显得缓慢而又吃力，仿佛所说的每一个字都经过慎重的斟酌和深思熟虑，甚至痛苦的抉择，实际上远不是那么回事，但给人的印象就是这样，这使他无论任何时候看上去都显得十分憨厚。缺什么想什么，兽医生平最羡慕的人就是那种伶牙俐齿、巧舌如簧的人。那是一些多么灵巧的嘴啊！没理也常占着三分，那是嘴吗？有时他常常觉得那不是一些普普通通的嘴，而是另外一种东西。兽医四处出没，不常在公社里，哪里有牛马猪羊的叫声，哪里就有他的身影。另外，村里的人们也从未拿他的舌头取笑过。裤兜里时常揣着一把明亮的小刀，神情专注或恍惚地走在街上，在人家的院子里，逮住一只小猪后，把它放倒，用脚踩住小猪的后腿，然后腾出一只手掏出小刀，在小猪的身上哧地一划，再把里面的东西挤出来，一只猪就这样劁完了。他松开手，小猪从地上爬起来，一边大声尖叫，一边拼命地向远处跑去。他也知道小猪一定疼得要命，可是没有办法，不这样做不行。也许所有那些年幼适龄的小猪都非常仇恨他，从一开始就给它们留下一种十分恶劣的印象，比噩梦还要可怖，让它们刻骨铭心地永远记着，任何时候只要一想起来，就痛苦地哼哼个没完。还有的小猪仿佛认识他似的，一看见他过来，不顾一切地转身就跑。

进来已经有一会儿了，家里并没有什么异常，还是他和这个叫许仙的女人两个人。他有些不甘心。

"刚才好像还有一屋子的人，我一来，怎么都跑了？"他说，"都藏起来了吧？藏到哪里去了？我看看。"

说着说着就站了起来，眼睛闪闪发亮地看着面前的女人，又向四周开始睃巡，打量，倾听。

"胡说什么呢？"名叫许仙的女人说，"少胡说吧！从早上到现在，一直就我一个人在家，怎么会有一屋子的人？哪来的那么多人？"

屋里很干净，确实没有众人聚集时留下来的那种气息，要有什么气息，也只能是眼前这个女人的气息，那也许只是一种馨香。宝才现在开始有些怀疑那个像一阵阴风一样吹开他房门的人，那个人来得快，消失得也快，像是梦里的一个人，让他来不及思索和准备。他从眼前这个女人的脸上读到一层意思，这使他感到自己像一只瘟鸡一样不受欢迎，那么的不受欢迎，这都是不冷静不沉着和冲动带来的，一有风吹草动，他就愣头愣脑地跑出来。有人曾说他是一只智慧的老狐狸，还有的甚至说他是诸葛亮，现在看起来，完全是不负责任的胡说和无原则的吹捧，这样的吹捧害人不浅哪！害得他在这个女人的面前抬不起头来。他知道智慧是狡猾的另一种说法，为的是听上去好听一些，顺耳一些，不那么刺激，但他觉得自己一点儿也不狡猾，当然也就无所谓有智慧。兽医这一家人难道真的有问题吗？兽医怎么会是反革命呢？如果是，全公社的牲畜们恐怕早就都被他暗中做了手脚，一个一个地害死了，早就都不存在了，还能等到现在，还能等到今天？他一遍一遍地问自己，从很多个方面进行小心翼翼的论证和敲击。

此后的一天，在见到李书记时，他再也忍不住了，他对李书记说：

"兽医怎么会是反革命呢？"

"谁说兽医是反革命？"李书记有些不解地看着他，"谁说的？你听谁说的？"

"我看不像。"他说。

"当然不像。"李书记说。

他告诉李书记，不久前他亲自盘问过兽医的女人许仙。李书记听后，立即对他说：

"不要给我胡闹！怎么能去随便盘问一个女人，而且是一位同志的爱人？没事就老老实实地在家里待着，或者去供销社下下棋，或者到学校里听老师们弹弹风琴，无论如何不能出去给我闯祸！"

李书记刚刚参加完一个有关妇女工作的会议。他神情十分严肃地对宝才说，妇女们翻了身，在政治上的地位慢慢也会越来越高，照现在的情形来看，现在的人民公社将来极有可能改称为人民母社。到了那个时候，他这个书记也就不用再当了，母社理所当然应该由女同志来担任书记，所有的男人都将不可避免地成为助手或助理，听候吩咐与调遣，协助妇女工作，并维护她们的尊严。

李书记的话将宝才吓了一跳。他说：

"这是真的吗？已经定了？那我们可要遭罪了。"

"不要多问。总之，你以后要注意，千万再不敢随便盘问哪一个女人了。将来，她们都在我们的上面，我们到了下面。你要是不怕这个，你就去胡闹吧，我也不管你了。"

"那不成原始社会了吗？"他说。

李书记没有再说什么，盯着他的脸看了一会儿，然后披上衣服，又去开一个会。走到门口时，又回头看了他一下。日理万机的公社书记啊！一脸的问题与官司，宝才看得真真切切。做一名干部是多么的不易啊，是多么的幸福又多么让人头疼啊！做一名领导干部更是多么的不易啊！

人民母社。

这个词让他感到既新鲜又惊讶，又是一个新提法！不会是李书记个人发明出来的，李书记是个作风严谨的人，不可能发明这种东西，也不敢发明这个。一定是从上面一层一层地传达下来的，传达到李书记这个级别的时候，就不再往下传了，这样的情形是极为普遍的。想想他自己，成天也在胡思乱想，上天入地地想，却从来也没有想到过这个。

啊，这是多么新鲜的一个词啊！也就是平平常常的四个字，组合到一起，意思就不一样了。真难为他们是怎么想出来的。

三

星期六下午，距离天黑还有一会儿，听见一只鸡在对面的墙头上怪声怪气地叫着，余天又开始化装。先用一支毛笔在自己的上唇画了两撇胡子，又在眉宇之间描了一阵，简单的几笔如同画龙点睛，很快就使他的模样发生了极大的改变。他看到那样画过之后，他立刻就不再是他了，更不是原先的那个什么老师，谁也别想再认出他来。面对这样惊人的变化，他自己也常常感到惊愕不已。出现在镜子里的那个人，无论从哪个方面去看，都完全是一个生活在过去年代里的陌生人，脸上还明显地罩着一种那种年代里特有的、人们普遍容易染上的病症：严重的肺炎或结核。虚弱的身体，沉默的表情，偶尔才会发出的沙哑的声音，走到哪里咳嗽到哪里，谁见了都会觉得这个人真的已经不行了，没几天活头了。无数次的实践和经历证明，这样走出去以后，无论走到哪里，都确实没有人会认出他来，从来没有。有时候连家里的人也会感到迷惑、奇怪，仿佛在面对着一个噩梦。多年来，在人们的记忆和印象中，他的脸应该是很白的，也基本没什么胡须，一个文质彬彬的人，现在突然冒出一个谁也不认识的胡须很凝重的人，当然不可能是他，人们谁也没有往他的身上想过，而他，要的就是这样的一种结果。

距离天黑还有一会儿。现在，他很想像过去年代里的那些人那样用自己的手很闲适地捋一捋那两撇看上去充满了传奇色彩的胡须，但直觉告诉他此时还不行，刚刚涂上去不久的墨迹还没有完全干透，那种凉湿的感觉还在他的皮肤表面上停留着。如果执意要捋一捋那两撇胡子，结果只能是把脸弄花，让自己变得什么也不是。有一次，他不小心把自己的两撇胡子画得有些上翘而卷曲，站在镜子前看时，他不禁被里面的那个形象吓了一跳，很多的地方都在证明他把自己画得很像是民国时代的军阀。又有一次，镜子里的那个有着两撇浓重黑须的庄严肃穆的形象告诉他，他在某些方面已经快要接近李大钊了。天哪！这样出去，不但不能保护自己，反而极其危险，会带来许多意想不到的麻烦。好在这样的失误仅有几次，要是多了，要是每次都不注意，很难说现在会是什么样子，也许早就被抓起来了。

他看看外面，天气是他所喜欢的阴天，这样的天气总是让他的心里感到高兴、愉快，感到活着还是有奔头的，希望不能说完全没有，虽然影影绰绰，非常的渺茫而不明显，但毕竟也还是一件有影的事。他脱下自己的那件半旧的蓝色中山装，小心翼翼地挂到墙上，又换上另一件。这一件原来也是蓝布的，但早已褪成了灰白色，又脏又旧，是他每次出去时必穿的一件。这衣服脏是脏了点儿，但久经考验，在他的眼里，它是有知觉的，重情感的，只是不会开口说话罢了，在某些方面要比一个无情无义的人强上许多。他盘算着，在这样的天气里，无论走到哪里，人都注定不会很多，即使偶尔有几个，也如同没有一样。很多人在阴天里的心情都不同于寻常的时候，会无缘无故地感到憋闷、寂寞、烦躁不安，很想去做点儿什么，但又完全不知道做什么好。是的，有相当多的人都喜欢晴天，喜欢在太阳下行走，交谈，实现着一切。在他认识的人中间，除了他自己，好像还没有哪一个人喜欢黑沉沉的阴天。"天一阴，你就来劲了。"女人常这样说他。是的，她算是说对了，完全是那么回事。每当置身于那种暗淡的、夹着一丝若有若无的微风和草木气息的光线里，他就会感到安心、自在，又时时冲动不已。冲动什么呢？为什么而冲动呢？他回答不出，眼睛湿润着，感到有东西被封堵在里面。阴天常给他一种清净而又毛茸茸的印象，当空中不断地又有雪花飘来的时候，他感到十全十美——每一片雪花都让他幸福得想哭，让他泣不成声。

天越来越低了，傍晚就在这明火执仗的过渡中慢慢地出现、来到，模糊在先，昏暗随后，那时节也是真正的暗无天日啊。走出家门后不久，他紧了紧勒在腰间的一根绳子，看到暮色中只有一个人站在河边，望着流淌的河水发呆。路过供销社的时候，也没有看见人，只见一个旋风在供销社的门前不住地旋转，轮回，眼看着就要越过屋脊，腾空而去了，忽然又跌了下来，继续在原来的地方转动，徘徊。

　　前面就是他要去的煤矿了，煤矿冒着烟，堆积的煤比乌云黑多了，远远看上去如同绵延起伏的山峦。那上面有一些灯已经亮了，从远处看去，仿佛是一些浮现在山间的星光。在它们认真而又无奈地一闪一闪的时候，他背着一个与他的体质和力气不太相称的篓子，开始在这个黑色的世界里有目的地转悠，四处出没。有时两眼闪闪发亮，有时目光呆滞，像病了一样，但并不担心有人会认出他来。许多无声无息的机器散落在他的视线里，释放出很重的油污的气息。他走得很慢，像是在闲逛，又像是去见一个不愿见到而又非见不可的人，一路上谋划着一些必要的措辞和脱身的借口。不辞而别？不翼而飞？认真地恳求？不辞而别肯定是不行的，不仅说不过去，人家也不会轻易让他走掉。乌黑的炭在他的四周闪闪烁烁，幽亮而无边，它们比瓷器更让他感到安心、贵重，他时常觉得自己能听见它们的声音，能听懂它们的意思，多年来，它们一直都在以那样的一种固定不变的看上去十分老成而实则又非常浪漫的姿势诱惑着他，使他不断地在它们的周围出没，消失，流连忘返，无数次跌倒又爬起来，不断地接近，并一次一次疯狂地扑向它们。有时候，他很虚伪地躲着它们，像在躲一个人，故意不看它们，显得若无其事，了无牵挂，但那往往酝酿、预示着一次比以往更大更猛烈的接近。与那些不怎么会表达自己的炭相比，他常常觉得自己够得上老练，成熟得也要命，多谋善断，百战不殆。这样一来，它们就成了一些不懂事的容易被哄骗的孩子或小猫小狗。自从发现了这样的一种关系以后，他就变得比以往从容多了，有条不紊渐渐地代替了原来的紧张和不安，不再有明显的硬伤出现。

　　天气是青色的，风中充满了苦涩的药味。在那些冰冷的机器中间穿行时，他的心情是愉快的，只要鼓风机不响，他就能在那种死寂中顺利地做完一切。鼓风机巨大的嗡嗡声常使他感到自己正在一个舞台上独自表演，下面是无数双眼睛，都在看着他，虽然心情各不一样，但意味深长的是都在看着他。整个舞台上只有他一个人在表演，整个晚上只有他一个人在默默地来回走动，四处查看虚实。一台机器后面突然冒出一个人，那个人认真地盯着他，也许已经看了他有一会儿了。他一眼就认出那个脸上有烧伤痕迹的人是机修车间的一位电焊工，人们都叫他老狼，但老狼并没有认出来。感谢用毛笔画上去的胡须，又是它们帮了他的忙，才使老狼没有认出他来。无缘对面不相识，他忽然想起这样一句话。老狼姓徐，老狼的独生儿子还是他班上的一名学生，孩子长得很娇嫩，皮肤也很白，与大多数的矿工子弟不太一样，与他的父亲老狼更形成一种明显的反差。认真负责的老狼啊，见他一个人在这里溜达，就问他是谁，因为他觉得自己从来没有见过他。他用一种有些特别的声音对老狼说，我们国家这么多人，你怎么可能把所有的人都见过？对于我们来说，见到的永远是少数的几个。老狼说，我不是那个意思，我是说，你看上去很奇怪，尤其是你的胡子，越看越觉得奇怪。他说，有什么奇怪的？不就是胡子吗？老狼摇摇头说，不对，你的胡子和别人的不一样，像是画上去的，真的。老狼啊！眼睛好毒的老狼啊！他对老狼说，胡说八道！说完这句简短的话以后，他就不再开口了，他怕说得多了，老狼会听出他的声音来。老狼的眼睛如此厉害，想来那一双耳朵也差不到哪里去。言多必失，这话在今天让他体会到另外的一层意思。但老狼还在看着他，又试探性地问他，不是本地人吧？是从口外那边过来的？他看着老狼，将嘴闭得紧紧的，决计再不打算说什么了。老狼怎么会不认识他呢，他怎么会不认识老狼？说不定老狼早已认出他来了，只是不肯当面揭穿，故意装糊涂罢了，开学前一天的晚上，老狼下班后，还亲自领着他的那个独生儿子去他的家里拜访过他，要求他替他好好管教这个孩子，老狼那种望子成龙的心情溢于言表。老狼看看他的家里，十分诚恳地对他说，有什么需要焊的，就和我说一声。有什么需要焊的呢？他说，没有什么需要焊的，要有了，一定会说的。时间飞快地过着。现在，他有些虚弱地面对着老狼，要是再耽搁一会儿，说不定老狼真的会把他识破，认出他来，就凭他那一双狼毒的眼睛，也能看出点儿什么来。于是，他转身向煤山后面走去，那上面有一些灯，像是一些熬红了的眼睛。老狼也离去了。他听到老狼边走边说，唉，真是奇怪啊！一边慢慢地摇着头，一点一点地向远处移动，消失。

奇怪就奇怪吧。他想。旁边有一座房子，他从窗户上的一片玻璃上看到自己正浮现在里面，脸是模糊不清的，醒目的只有那两撇胡子。别人非说你奇怪，认定你奇怪，你也没有办法。老狼已经走远了。不过，他又看了一眼浮现在玻璃上的那个形象后，不得不在心里承认，老狼说得对，是够奇怪的。一个原来十分熟悉的人，突然间变得无比陌生，这难道还不让人感到奇怪吗？四周已基本没有什么人了，他解下背上的篓子，开始往里面装炭，都是很大的块，最小的也有碗那么大。眼前这些在阴天和晚上依然闪着光亮的东西让他心绪涌动，难以平静。什么叫品质？什么叫本色？在阴天和傍晚依然如故地闪着自己的光，这就是品质和本色，并不是只面对阳光时才闪闪发亮。每次握住它们的时候，都会有一种灼热的感觉迅速地流遍他的全身。这以后，他像一名穿越封锁线的交通员一样，十分机警而又敏捷地来到铁丝网面前，趴在地上，腾出一只手从口袋里掏出一把钳子，很快将面前的铁丝网剪开一个口子，然后迅速地从下面爬出去。为了行动方便，冬天里他不敢穿过于厚重的棉衣，寒冷的天气常常使他从里到外一片冰凉。值班的人只盯着大门口，很少注意铁丝网那边的动静，这在很大程度上使他每次都能顺利地过关，而不至于有什么闪失。跑出去很远以后，他停下来喘息着，听着河里的水声，又回头望着那个顶部装有探照灯的瞭望台，轻声地说道，再见。

这样的情景也时常出现在校长万念的眼前，总是让他感到无所适从。在学校里，余天是最容易迟到早退的一个人，为什么？因为总有事被分心，甚至脱不开身。万念不是没有说过他，但好像没有什么用。每次，万念一说他，他就哭丧着脸说，我穷啊！我没办法，一点儿希望也没有。万念说，这年头谁富裕？谁也不富，好像就你一个人是穷人。

余天把眼一闭，说，你骂吧，你想骂你就骂吧。

"我是要告诉你，"万念说，"你不能再去偷炭了，你已经暴露了，你还不知道吧？"

"怎么，有人反映到你这里来了？"余天忽然睁开眼睛，吃惊地看着

206

校长，校长也在看着他。

"你以为呢？"万念说，"矿上保卫科的龙科长已经和我见过面了，他早就发现你了，就因为你是个教书的，所以才给你留个面子，你也得给他点儿面子，是不是？铁丝网一次次被剪断，那是他的失职，听说矿长已经批评过他了，他很不高兴。要是一般的蟊贼，他早就抓起来了。"

"怎么能肯定那就是我？难道所有的铁丝网都是我剪断的？他们又没有抓住我。"

"为什么非得让人家抓住呢？真抓住了，你的脸往哪儿搁？你还能继续为人师表吗？"

"他是怎么说的？"

"他说：'那个王八蛋，气死我了！他当我们是傻子呢，以为我们一直蒙在鼓里。铁丝网破一次，我们补一次，谁干的？我其实早就发现他了，看他是个教书的，才不想逮他。他是不是感到很得意，以为自己是个素质很高的侦查员？是不是？他妈的！'"

"校长，龙科长是个坏人。"

"谁说的？这完全是胡说，你可不能这么胡说。龙科长基本上还是个好同志，宁肯个人受点儿委屈，也懂得组织原则，知道有事应该通过组织来解决，而不是私下蛮干。他来找我，就很能说明这一点，说明他很想通过组织来解决这件事情。他要是不通过组织，而私下蛮干，你恐怕早就没命了。"

"怎么，要杀我？"

"龙科长向我透露，他们准备给所有的铁丝网全部通上电，变成名副其实的电网，到那个时候……"

"别听他胡说！铁丝网要是通了电，每天不知会电死多少人，那些猪啊鸡啊羊啊，也会统统完蛋。另外，他们自己的孩子们也常去那里，我不相信他们不怕。他也就是嘴上说说而已，这是他最后的一招了。"

"余天啊，炭够烧火做饭就行了，要那么多干什么呢？你不会是准备用来卖钱吧？"

"我穷啊！我没有办法，一点儿希望都没有。"

"这年头谁富？谁也不富，我们大家彼此都是穷人。"

"校长啊，你们夫妻两人都教书，你们的女儿也能给家里挣钱了，我呢，家里只有我一个人挣钱，我的老婆是一个只能花钱不能挣钱的女人，另外还有两个不懂事的讨债鬼。我们不一样哩，在很多方面都不一样哩。"

"你也让她去挣嘛。"

"说得容易，她到哪里去挣？拿什么去挣？除了去卖，女人哪里能够挣到钱？挣不到的。就是真的去卖，我看也挣不了几个钱。"

"哎，你可是越说越不像话了啊，我可没有让她去做那事，我是在帮你出主意。"

"唉，没有主意啊！我想了多少年，早就明白人生在世根本就没有什么好的主意能够救自己。我还明白了一个道理：无产者要想解放全人类，首先必须得解放自己，不解放自己，一切都是白说，怎么能够去救别人？"

四

学校还是原来的老样子，与你在的那时候一样，所不同的只是人比过去多了。正面十几间房子连在一起，出门是又宽又高的台阶，台阶上和台阶下的空地上都长着树，一棵比一棵苍老。每年的演出都在空地南面的那个旧戏台上进行，老鼠和演出者在上面一起跑动，锣鼓咚咚锵锵地一响，老鼠们基本上都藏起来，不出来了，只剩下演出者戴着假胡子在上面来回折腾。学《毛选》，识字，种地，摘棉花，破除迷信。四个老汉学《毛选》，两个老头剥豆子，经常能从一颗小小的豆子中剥出人生和异常尖锐复杂的阶级斗争。过了西边的那个小圆门以后，教室都散落在那里。操场在最西边，与一些打谷场连在一起，这就使有人常把从地里拉回来的谷子和荞麦堆到操场上。另外，马和驴也常在操场上溜达，啃吃四周的青草，这些马，有时候会一直走到教室前，将头贴到窗户上，或者从门外伸进来，向里面张望，像是某一位来学校里看望孩子的学生家长。有一次，李富在操场上逮住一匹马，骑上去兜了几圈，高兴劲还没有过去，就被正好从打谷场上路过的会计给看见了，会计很不高兴地把李富说了一顿。会计对李富说，想骑回去骑你妈去！李富说，怎么这么说话？还是会计呢，还是党员呢！会计说，你还是教师呢，拿什么教育学生？末了，会计还说要到公社去告，去反映。李富说，去告去吧，去反映去吧，大不了我也被别人骑上一回。

学校每次开会的时候，校长万念都要说：

"来点儿盐（颜），来点儿鱼（余），再来点儿粮（梁），再来点儿松香（孙香）。孙香来了没有？梁赞美来了没有？余天来了没有？这家伙又没有来吧？又到自留地里去了吧？"

校长说的盐是指树声，树声姓颜，鱼代表余天，粮是梁赞美，松香就是孙香，除了余天，其余三位都是女教师。时间一长，下面的人们也常说，来点儿盐，来点儿鱼，再来点儿粮，再来点儿松香，这样的结果最终是什么呢？最终的结果只能是万念俱灰。万念俱灰。校长说，我就知道有人一直在想钻我的空子呢。

学校里有两架风琴，万校长、树声、余天、孙香，甚至李富等人都能来几下，但都不甚精通，弹得最好的只有梁赞美，似乎不仅仅因为她是学校里的音乐教师。梁赞美这个女人好像是从大城市里流落到这里的，很多人都对她充满兴趣，想了解她的历史和出身，想知道她的来龙去脉，想看她的档案，但都没有得逞。校长万念就常说，一个人的档案是可以随便看的吗？档案就是档案，档案又不是报纸，这是一种专门需要藏起来不给人看，又专门有人保管的东西。我们活在这个世界上，也只剩下这一点儿秘密了，但也是相对的秘密，并不是绝对的，因为，要是负责管档案的人想看你的时候，就可以尽情地看你，使劲地看你，拼命地看你，想怎么看你就怎么看你，想什么时候看你就什么时候看你，一直把你看得精疲力竭，落花流水，山穷水尽，一直把你看到厌倦为止，从此再不想看你。她不算漂亮，但四肢修长，皮肤雪白，又有一种别的女人所没有的气质，这就使她似乎很漂亮——正是这种别的女人所没有的东西使她永远与众不同。她究竟是从哪里来的呢？她究竟是怎么回事呢？很多人都曾有过这样的疑问。她喜欢穿黑色的丝袜，这又是她区别于别人的地方。黑色的丝袜，供销社里没有卖的，谁也不知道她是从哪里来的。有人说她有一个箱子，里面全是没有穿过的黑色的丝袜。这就有点儿问题了，宝才说。宝才每次来学校，都要对校长万念说，老万，这个女人不寻常啊。万念说，别胡扯，她可是个好教员哩，我们正准备培养她入党呢。宝才吃惊地看着校长，说，你不是被她给迷住了吧？那样的人也敢往党内拉？你好好想想，她的身上可曾有一丝一毫无产阶级的气息？万念想了一会儿，说，她挣的工资还没你多呢，你怎么看这个问题？宝才说，这不说明什么，只能说明我对革命的贡献比她大，资格比她老。万念看着宝才，不再说什么，露出黑黑的牙齿，目光里有水一样的东西在流动，闪烁。无产阶级的女人应该是不穿袜子的，她们敢于用自己的赤脚去蹚泥水，踩牛粪，而她敢吗？她不仅在夏天里还穿着丝袜，而且还穿着锃亮的皮鞋，这真让人受不了。稍微遇到一点儿可疑的东西，她也会小心翼翼地绕过去。这样的一个人，恐怕永远也不可能与我们打成一片了。宝才的眼前时常会浮现出梁赞美的那双穿着黑色丝袜的脚，又薄又瘦，惹人怜爱，又有一种让他不由得松动的秀美的韵致。平心而论，他也觉得不应该让这样的一双脚去蹚泥水，踩牛粪，甚至长出硬茧，裂开口子。不能啊！他听到自己的心里在呼喊。有时候，他会走着走着忽然停下来，认真地听一阵她的琴声，琴声常常使他忘记时间和自己出来的目的。"不好！我可能被迷住了！"醒悟后，他既吃惊又害怕，不断地在心里鞭笞自己，这似乎是变质的开始和胚芽。

有一天晚上，李富在供销社喝醉酒后，在摸黑回去的路上，他一边跌跌撞撞地走，一边说："梁赞美啊梁赞美，如果她前世不是妖精，那么，我就是妖精。"同行的人都被他吓了一跳，谁也不知道他在说什么，又幸亏梁赞美不在场。他不能喝酒，从来也没有喝过，但执意要喝，一喝下去就不对了。先是嘻嘻地笑，让在场的人感到毛骨悚然，十分害怕。人们对他说，你醉了，赶快回去睡吧。他拼命地挣脱出来，坐在一块石头上，又解开所有的扣子，头发向一边倒去，说："我没醉，我从来没有像今天这样清醒过。"人们说，没醉最好，赶快回家，明天还有课呢。他说："我叫李富，对吧？"他的眼睛盯着大家。人们说，对，没错，你就是李富，别人都不是李富，只有你一个人叫李富。听到人们这样肯定的回答后，他也点了一下头，似乎放下了一半的心。但接着又说："为什么我一点儿也不富？从来就没有富过一下？甚至连那方面的一点儿迹象也没有？"人们似乎都被他问住了，面面相觑地看着，谁也不知道该怎样回答他。僵持了一会儿，后来，大家忽然齐声说道："谁富了？王八蛋才富了！我们大家不都一样吗？谁富谁是王八蛋！"星星在距离他们很远很高的夜空里一闪一闪地亮着，河水在不远处的旁边很满很盈足地流着，发出阵阵油一样的声音。坐在一块大石头上的李富久久地目不转睛地望着大家，眼里的泪花不住地打转，闪闪发亮。有人帮他系上扣子，他很顺从地接受着摆布，也并不拒绝。他身上的这件蓝色的中山装已经褪得完全发白了，再看不出当初的一点儿蓝颜色，变得又薄又酥，轻飘飘的，像麻，被风鼓起来的时候，又如同一件绸缎的衬衫，稍一推搡，便会不可避免地绽开一些口子。人们说，慢一点儿给他扣扣子，要是把他的衣服扯破了，他回去可没法交代，他的女人不会轻易饶了他。扣子终于全部扣好了，却忽然看见他的两个袖口都烂纷纷的，大家不由得一阵紧张，吃惊得几乎说不出话来。这是怎么回事？不会是刚才扶他的时候不小心弄破的吧？有人判断说，看样子破了已有些日子了，不会是我们弄破的。又问李富，这是怎么回事？袖口是什么时候扯破的？李富不说话，只是眼泪汪汪地看着大家，恍如在梦里一样。大家沉默了一阵后，说，既然破了就破了吧，我们也不想让它破，是它自己要破的。大不了回去吵闹一番，打一架。有人忽然在黑暗中大放厥词，扯着嗓子对着黑暗的夜空说，他妈的！总有一天，我要把所有那些不通情理的女人全部打死！一个一个地都打死！一个老成些的声音说，算了吧！别胡说了，都已经这么晚了，一会儿你回去还不一定能叫开门呢，十有八九是叫不开的。那个高叫着的声音仿佛被击中了真穴、掐断了喉管一样，立刻不再出声了。仅仅沉默了片刻，又叫了起来，说，她要是今天还像以往一样敢不给我开门，我非打她个稀巴烂不可！有人说，过足了嘴瘾没有？过足了，我们就走吧，再不走，天就要亮了。

在夜风的簇拥下，他们先送了李富。

李富的女人来开门的时候，刚要开口骂，忽然看见门口站着一群人，都是学校里的老师、李富的同事，马上闭上了嘴。于是，大家耐心地向她解释李富那两只烂纷纷的丝丝缕缕的袖口，说这是我们大家不小心给扯破的，不是李富自己弄破的。因为大家的心里都没底，到底也不知那是怎么破的。女人笑着说："没事，明天我给他补，一补就行了。"有人大声说："好女人啊！李富够得上是一个有福的人，不像我们这些王老五。"李富的女人被说得红了脸，闪在一边，请大家到屋里来。李富也趁机狗仗人势地对女人喝道："还不赶快过来帮我脱衣服？还等什么！是不是想让我收拾你？"女人的恶毒的眼睛在柔情地笑着，像是两粒包裹着糖衣的药片。

风琴响起来的时候，校长万念正拎着一把沉重的黑铁壶往那几个竹皮暖水瓶里灌水，他的手忽然颤抖了一下，一股水顺着壶嘴流到地上，发出一阵很空的嘭嘭的声音。是开水，只有沸腾了的水才能发出这样的声音，老曹总算是把水烧开了。以前，每次听到水溅到砖地上发出的那种很瘪的啪啪的响声时，连他这个软性子的人也会感到十分恼火，叫来老曹，骂一顿。但老曹根本不尿他，也完全不把他放在眼里，冲着他说，嫌我烧得不好，你自己烧去！你自己为什么不烧？屎大的一个校长也想指手画脚地让人伺候！你要是再往上升一升，我们就都别活了！老曹把他噎得说不出话来，哑口无言，只能露出嘴里的黑黑的牙齿，看着怒火万丈的老曹。老曹是学校里的大师傅。万念想，我他妈的真没用，连个做饭的大师傅也管不了、镇不住。

现在，他基本上不再教课了，他终于有了那种多年的媳妇熬成婆的感觉。偶尔把全校的人集合在一起，给他们讲一讲目前国内和国际的形势，拣自己知道的讲，在这方面，从不敢随便虚构、编造什么。学校的后墙就紧挨着公社，稍微有点儿什么，马上就传到公社去了。因为离得近，公社的人也常来这里，比如讨厌的宝才，就是学校里的一位常客，还尤其喜欢和女教师们聊天，一聊起来就不走了，把什么都忘了。这个蠢材啊！说他干扰学校的工作，一点儿也不过分，一点儿也不夸张。

小米饭焖好以后，老曹给他送来了那一大铁壶开水，顺便告诉他，最后一筐土豆也于昨天全部吃完了，中午什么菜也没有，只有一大锅焖熟的小米。"总不能光吃小米吧？"老曹看着他说，"总不能什么也没有吧？"老曹站在他的对面，像是在故意给他出难题，想把他难倒，但又像是一名犯了错误、等候发落的学生。

"怎么办呢？"他看着老曹，说。

"是我在问你呢。"老曹说，"你是校长，你肯定知道该怎么办。你说吧，我听你的。"

"实在不行，就去供销社买糖去吧。"他说，"买古巴红糖，回来和小米拌起来吃。"

"也只好这样了。钱呢？"

"先赊上，让他们记在账上。"

"好吧，豁出去我这张老脸不要，我就再去赊一回吧。也不知道能不能赊得回来。"

"不是你在赊，是学校在赊，要闹清楚这种关系。"

看着老曹的身影在门口消失以后，他叹了一口气。老曹这个老家伙啊，一点儿也不懂得为领导为集体分忧解难，从来就不懂，一有了不管大小的什么问题和麻烦，就原封不动地给你搬过来了，像棒槌一样直挺挺地戳在你的眼前，让你难受，让你烦恼，让你心绪不宁、束手无策、走投无路，让你绝望，让你严峻，让你黑暗，让你寒冷，让你前无古人、后无来者。

有人告诉他，宝才又来了，正在那边听梁赞美弹琴。

中午开饭的时候，他说，来点儿盐（颜），来点儿鱼（余），再来点儿粮（梁），再来点儿松香（孙香），再来点儿古巴红糖。孙香来了没有？梁赞美来了没有？梁赞美为什么不吃饭？哦，她的牙不太好，从不敢吃糖。他自己的牙也很糟，一嘴黑黑的东西，但他从不在乎。时常半张着嘴，露出那些发黑的牙齿，很笨拙地看着你，无声无息地笑着，让你清晰而真切地感受到一种大智若愚般的东西，与你近在咫尺。面对金黄的小米，他显得比谁都高兴。他忽然想起一个人来，于是吩咐说：

"去，叫蠢材来吃饭。"

有人告诉他，宝才已经走了，听说中午是小米，什么话也没说就起身走了。他听了，愣了一下，然后开始埋头吃饭，颜色红黄的古巴糖使他想起了供销社里的那几个花天酒地的家伙，想起了成天醉醺醺的麦主任和寂寞地生长在供销社后院里的那一畦一畦的青菜……又想起了听完琴以后不辞而别的宝才，日他妈的宝才！一听说中午是小米就赶快跑了。连小米也不喜欢，他以为他是谁？人们端着碗到处走来走去，食堂门口那边传来一阵笑声，是由一个比较下流的笑话引发出来的，有人边笑边颤抖，连手里的筷子都掉到了地上。他听到一阵清脆的皮鞋走路的声音由远而近地传来，又渐渐地远去，梁赞美修长的腿和黑色的丝袜从他的眼前飘过去了。她至今还是单身一人。有一个，他清楚地记得，从外边来过一个人，是来找梁赞美的，但那已经是好几年前的事了，而且也仅有那一次，以后再没见有人来过。梁赞美这个女人啊，有什么事都装在自己的心里，不喜欢与别人交流，这是多么不好的一种性格啊！应该说出来，他觉得，起码对自己也是一种有效的释放甚至保护，还因为人们从来不知道你在想什么。一个人的心事如同一粒米，如果在自己的心里存放得久了，必然会发霉，甚至像一棵恶草一样独自生长，要是及早把它扔出去，那可能就什么事也没有了，一切都会自然轻松起来。为什么不能这样做呢？这样做不是很好吗？扔掉那一粒成色阴暗的米也许并不需要太多的勇气和思考，有时不过仅仅是一念之间的事，甚至比吹一声口哨还要容易一些。最简单甚至最原始的办法能够解决最复杂最让人伤神的事情，他一直这么认为，但好多人却不这么认为。

来点儿盐（颜），来点儿鱼（余），再来点儿粮（梁），再来点儿松香（孙香）……每当说起这些时，他都仿佛在唱着一支古老的歌谣。别的都又模糊又遥远了，只记得这些。

他眩晕了一会儿。后来，抬起头，看到那口生了红锈的钟依然一声不响地挂在对面的那棵榆树上。

五

这些天，兽医用在牛和小猪身上的心思被分散得很厉害，以至于他三天两头地回来，还经常找到学校里来。女人许仙在学校里代一点儿课，他回来，看见她不在家里，就找到学校里来了。校长万念有好几次在学校里遇到他，对他说，怎么，魝到我们这里来了？是不是上面有什么精神，要扩大范围？兽医很有点儿凄惨地笑着，笑容像是一个被不小心弄破了的苦胆。"苦啊！"他对校长说，"我们的日子真叫苦啊！"他随手提着一个小包，里面装着一把亮闪闪的小刀，粗大的针头和注射器，以及一些牲畜用药，有时甚至还会有几个生鸡蛋。校长免不了要宽慰他一番。貌似糊涂实则心细的校长啊，其实很早就发现代课教师许仙的样子有些反常，尤其是今年开春以来，经常动不动就无缘无故地发火，见了人好像连笑也不会笑了。许仙也是个四肢修长身材苗条的女人，与梁赞美有点儿相似，但不像梁赞美那样仪态万方，这可能与她的出身有关。去年，她十岁的儿子在煤矿附近的那个水塘里淹死了，她的变化大约就是从那时候开始的。孩子出事后，万念破例放了她一个月的假，原本是让她认真休养、恢复精神的，却没想到她会朝另一个方向变化，而且是那样的惊人，让人不敢相信。兽医十分烦躁地对校长说，这个女人啊，我越来越不知道她在想什么了，越来越让我不认识了。连她自己也常对他说，从前的那个许仙已经在去年那个天色阴晦的午后死去了，现在面对着他的是另外一个心如死灰的陌生的女人。她的这种宣言式的说明让兽医哭过不止一次，他的原本就不太灵便的舌头变得更加笨拙而不好使唤了。他几乎没有一天不希望她能回心转意，同意再生一个孩子，以期恢复和重现昔日的那个令不少人羡慕的家庭，但女人似乎铁了心，真正的什么都不再想了。这个仿佛被时间念了咒语的女人啊，不能说她有多么漂亮，多么美丽，但作为女人，她绝对不难看，尤其是她的身材。兽医的意思是，作为一个村里的女人，一名代课教师，有这样的一副姣好的身材也实在没什么用，一辈子也基本上派不上什么大用场。既然如此，为什么不能怀一个，再生一个呢？为什么要白白地浪费，让人看着可惜呢？平时，他没少用他的那个笨拙得要命的十分不便于表达的大舌头开导她，我们总不能一辈子都没孩子吧？他说。总得有一个吧？多了没有，一个总应该有吧？将来我们老了，谁管我们叫爷爷奶奶、姥姥姥爷？女人说，你去死去吧！你想得还挺远，是不是还想预备做曾祖父？想得远吗？复杂吗？爷爷奶奶，姥姥姥爷，曾祖父，曾外祖父，他并不想让自己的身份变得有多么复杂，他只是觉得那不过是再普通不过的人之常情，无论从哪方面来说都并不算过分和出格。但自从有了他这样的开导之后，女人时刻都在警惕着他，对他戒备森严，加紧了防范。两个人每次在一起睡觉的时候，她的眼睛睁得很大，十分严肃地看着他，这让他常常觉得自己像一个坏人，甚至无耻的小人。有时甚至会用一个橡皮筋将他紧紧地捆绑起来，五花大绑。这是在干什么？她说没什么，只不过是为了保险，为了更加安全起见。不容分说的捆绑使他既狼狈又扫兴，还伴有一种深深的屈辱在心头涌动。他说，你不能这样。她不理他，将自己用被子裹紧，很快就闭上了眼睛。女人啊，这个自以为是的女人啊，经常让他胸闷气短，束手无策。唉，不像话！真他妈的不像话啊！

　　兽医的一位叔叔曾经有一次对兽医说，你那个女人，也该管一管了。仗着自己长得不赖，把谁都不放在眼里，连孩子也不愿意生，这是一个什么女人？我真为你难过。女人不像女人，男人也都更加不像男人了。他本想说就这还不行呢，但最终说出来的却是，是的，要管一管。此后不久的一天晚上，他刚从一个村里劁猪回来，忽然感到附近不远处有一双隐秘的眼睛在注视着他，他的脑子里马上就嗡嗡嗡地叫了起来。那双眼睛像是叔叔的眼睛，但又不完全像，它使他的背上感到一阵剧烈的疼痛。那时候她躺在那里，眼睛望着天花板，不知在想什么。后来，黑暗就来了，不过并不是冬夜的那种寒风刺骨、冷彻心扉的黑暗，而是春天夜里的那种湿润和宁静，宁静中又有种生命的萌动。是的，就是一片初春时分的沉醉却又醒来的原野，柳梢未绿先黄，桃花将开未开。不管她是真是假，重要的是他终于抓住了一个时机，像农民耕作一样，终于赶在芒种之前下了种……对土地和秋天有了一个交代，这就够了，他想。

事情结束后，他露出了无限满足的笑容。女人经过一段时间的反思般的酝酿后，也终于睁开了眼睛。她看着他站在距离她不远的地方笑着，那笑容让她感到有些奇怪。

"你笑什么?"女人说。

"我非常高兴。"他说。

没有人知道充满在他内心深处的那种喜悦之情，无限的喜悦。不久之后，又多了一层期盼，像怡人的绿荫一样长驻在他的心里。他知道有希望了，虽然现在还什么也看不到，但用不了多久，一切就都会破土而出，这似乎已成为不争的事实。一个时期以内，这样的一种希望一直都在暗中激励着他，十分有力地鞭策着他，使他无论在任何时候都充满了朝气，连劁猪骟马也是那样的富有情趣。我从事的也许是一种很崇高的事业呢。他一有时间就这样在想，思考得也越来越深入，内容也更加庞杂、斑驳，有时甚至完全超出了他的承受能力。

但是，有一天——他已记不清是哪一天了，他突然发现他长期以来一直孜孜不倦地思考着的那个世界发生了让他瞠目结舌的变化，不仅中心变了，从根本上发生了动摇，就连所有的颜色和形状也都让他感到突然而陌生，惊愕极了。正是在他的思考和期盼交替平稳运行的时候，有一天，他突然看见许仙一个人在河滩里一遍一遍地搬石头……一开始的时候，他完全不明白她在干什么，慢慢地才看出那是一种相当徒劳的行为，像是原始社会里才会有的一种人们最简单的劳动情景。她只搬动那些大的石头，另外那些小的都不在她的眼里，一趟一趟地搬来搬去，头发披散到眼前。她的脸上一定有汗，但过来过去，没见她擦过一下。有些石头的重量，已远远超过了她的劳动能力。

兽医怀着一种无比困惑的心情，站在那里看了一会儿。后来，他如同被人从背后猛击了一下，突然明白了眼前的一切……一明白过来后，他感到自己被吓得浑身发软，无力。这以后，他几乎是摇摇晃晃地冲向河滩里。在那片比较开阔的地带，只有他们夫妻两个人。河滩里的石头很多都被动过了。

女人看见他的时候，她的怀里还抱着一块圆溜溜的白色的石头，突然到来的惊吓和意外，使她忘记了那块石头的重量和存在。她就那样一直抱着那块石头，像是要把它用自己的体温焐热，焐出某种情感来。

"你这个女人，你这个恶毒的女人！你这个糟糕的女人！你在干什么？"兽医在空旷的河滩里大声地说道，"想用搬石头的办法把我的儿子扼杀在摇篮里，办不到！"

"……办不到！"过了很久以后，他的那种愤怒至极的声音还在空空荡荡的河滩里回响着。

此后又有一天，他去学校里找她，看见她正领着她的一群学生在操场上拔河。他站在一排树后看了一会儿，不无惊讶和恶心地看到她比所有的学生都卖力。作为老师，她没有拿着小旗指挥两边的学生，而是身先士卒地站在一个最重要的位置上，充当着主力的角色。没有任何一个学生像她那样忘我地投入，用尽全身的力气紧拽着绳子。从旁观者的位置看去，她更像是其中一方的舵手和靠山。

兽医忍着内心深处的疼痛和不可名状的焦灼，默默地看了一会儿，他没有像上次在河滩边那样不顾一切地冲上去，对她进行愤怒的揭露和大声的叫喊，经验告诉他那样不行，不仅于事无补，还容易使事情彻底公开化，进而恶化，使她横下一条心，一直走到黑。女人一旦发起狠来，会比所有的男人更彻底。兽医想了一会儿，觉得自己应该去找校长。

兽医见到校长的时候，校长万念正在擦拭一只玻璃灯罩，他不时地往灯罩里呵气，然后用一块破布在里面仔细地转来转去，然后举到眼前看一下，照一照。兽医从外面走进的时候，万念高兴地举着灯罩，大声地说道：

"同志啊！我可找到你了，你让我找得好苦啊！"

兽医有些惊异地看了万念一眼，他不明白这个一向老成持重、不苟言笑的一校之长在干什么？不会是在发神经吧？他飞快而粗略地想了一下，然后便把刚才在操场上看到拔河的情形告诉了万念。兽医冲动不已地对校长万念说道：

"哪个老师像她那样？她那样拼命地和学生们拔河，明摆着是要把肚子里的孩子给拔掉嘛，想扼杀掉我的儿子。"

"我看，现在还不能肯定她怀的就是儿子。"万念说。

"什么话！不是儿子？"兽医说，"就算不是儿子，难道女儿就应该被拔河拔掉吗？"

"我说说她，告诉她以后不要再拔河了。"万念说。

"这不是办法哎！"兽医忧心忡忡地望着校长说道，"要是不让她拔河，她还会去干别的，尤其是那些重体力的事情。"

"那我可就没办法了。"万念说，"我总不能时刻都跟着她吧？不能她到哪里去我就到哪里去吧？别说我，你也不行，你也不能总那样跟着她。这事主要在于她本人。"

有一天，许仙终于流产了。她如释重负。

作为许仙的丈夫，兽医至今都不知道她是通过什么方式流产的，又去河滩里搬石头？去买米？又去拔河？他猜不出来，也没有更多地去想。得知消息以后，兽医顿时感到眼前一片漆黑，仅有的一点希望和等待也最后破灭了。兽医在一天中哭了几次，为自己，为那个还没有来得及见面的儿子或女儿。

这以后，他离开家，去了下面的一些村子里。

他长久地蹲在牛栏旁，蹲在猪圈和兔窝边，看小牛犊出生，看小猪出生，看兔子的家族里又补充了新的血液。先是兔妈妈慢慢地出来，然后是刚出生的小兔子们一只一只地跟在它的后面，像一些不懂事的孩子一样，相互牵引着，手拉着手，有的眼睛还没有睁开，摇摇晃晃，胆怯无比地感受着家庭外面的阳光和微风。它们的出现，使兽医忘掉了烦恼。欢蹦乱跳的小猪们拥挤着吃奶的情景，让他感到脖子里不住地发痒，仿佛它们是在吸吮他的奶。真痒啊！他想。他用自己的手去扶那些刚落地不久的小牛犊，它们跟跟跄跄地挣扎着，怎么也站不起来。他用鸡蛋清喂它们，又把馒头在自己的嘴里嚼碎了，一点一点地喂它们。用手指轻轻地捋它们的眼睛，捋着捋着，它们的眼睛就睁开了，无声地看着他。"站起来。"他低声说道，又用鼓励的眼神看着它们。不久以后，在他期待的目光里，它们终于摇摇晃晃地站起来了，头显得尤其沉重。身体已经站起来了，头还低着，需要努力和挣扎，才能非常吃力地一点一点地抬起来，那艰难的情形让他又担心又焦急。看着它们现在这种样子，他简直无法顺利地联想到它们将来耕地时的情景，那中间仿佛隔着千山万水——那中间分明就隔着千山万水，不是一脉的沿袭，不是成长，完全是另外一桩事情的开始。看着那些刚出生不久的小牛小猪，他常会想起自己的那个被流掉的孩子，他（她）会是什么样子的呢？这事只要一想，就会想上一整天，想得无边无际，密不透风，别的事情都插不进来，也代替不了。都说女人是水做的，把什么柔软啊、妩媚啊、芬芳啊、善良啊，与她们等同起来，成为她们的代名词。但通过这件事情，他发现女人的心是世上最坚硬的东西，如果愿意，可以摧毁一切。是的，没有比那更坚硬更尖利甚至更黑暗的了。过长的舌头使他常常拙于表达，但他的心里是清楚的。

现在，他总算是明白了。

有一个时期，那些油光光的皮匠和毛茸茸的毡匠显得异常活跃，几乎每一个村子里都有他们的身影和气味。有时候，人走了，气味还在，那些柳絮一样的细密的茸毛还在村里村外飘荡，在路上，在院子里和房屋上面长久地飞舞，仿佛在认真而又漫不经心地追述那些人的点点滴滴。那些自由而又常年生活在阴暗环境中的人啊，靠一点手艺和几张钞票，他们有时候会变得浑身是胆，雄赳赳、气昂昂地扛着家伙，在每一个村里游荡，出没，安营扎寨。皮匠的营生多为公干，那些长长的缰绳、短短的搭扣和笼头，都是由他们亲手编织、裁制出来的。库房里干硬的牛皮由他们来熟，熟好以后，他们一边在院子里摇动手柄，编织着长长的缰绳，一边聊着天，细心而周详地神情诡秘甚至不怀好意地笑着，打听着村中的情况。什么都想知道，有时候越谈越细，越说越深入。皮匠们很难见到毡匠，后者住在某一户人家里，日夜在羊毛与牛毛之间滚来滚去，很少出门。偶尔站在门口向外面张望一下，头上顶着羊毛，脸上和身上沾着羊毛，令人难以辨认。虽然互相不见面，但他们的身上有很多相似之处，最重要的一条，都喜欢在女人面前一五一十地数钱。钱掖在裤腰里，松开裤带，用手摸索一阵后就出来了。等她们目光闪烁、迷离不定、心思开始左右摇摆的时候，他们就开始下手了。尽管他们浑身脏臭，但女人们也不嫌弃，也不在乎，她们在乎的是他们能拿出多少钱来，他们到底有多少钱。这些常年穿行、蛰伏在民间的人，他们的很多行为如同走村串户的特务，但很少被当作特务抓起来。有人把他们形容为四处飘荡的鸡毛，但他们也不是鸡毛。因为他们都是有来历的，有根基的，有名有姓的，有他们自己的村庄、家庭和祖先的坟茔，有他们的亲戚朋友，任何人只要存在于这张关系复杂的网上，就都不会是一株孤立的无本之木，如同典故一样有出处，无须多费事，就能轻易地查访到、打听到。比如，张皮匠的叔叔是王毡匠的姨夫，虽然张皮匠和王毡匠互不认识，但那个叔叔兼姨夫的人可以把他们串起来，又对他们双方的情况了如指掌，仿佛他们的根须或索引，使他们有迹可循，循之必见。李木匠先后搬过很多次家，每到一个新地方，用不了多久，很快便又为那里的人们所认识、熟悉。都知道有个李木匠，很会做门窗，心情好的时候，还喜欢在门窗上面精雕细刻，寄托一些东西，实现一些在日常生活里或其他方面完全无望实现的梦想。李木匠吗？认识，很会做棺材，做出来的棺材又大又沉，七八个人都抬不起来。另外，做活儿的时候，总有一滴露珠一样的清鼻涕悬而不决地挂在他的鼻尖上，让人看着揪心。几年下来，认识他的人成倍地增长，越来越多了。李木匠于不经意之间——完全是无意地——成为一个家喻户晓、妇孺皆知的人物。……从某种意义上来说，每个人都像是雪地上的一行脚印。

六

有一个故事，说的是余天化装成一名儒生，自称柳秀才，回到自己的家里，向他的妻子大献殷勤。独自在家的女人说，什么柳秀才杨秀才，我这一辈子眼不好，嫁了个教书的男人，已经够倒霉的了，你哪里来的，还请回哪里去吧。秀才扫兴而去，一路上喜不自禁又不胜悲凉。很多人都认为这个女人长得像传说中的鬼一样，她的一半以上的脸多年来一直都被披散下来的浓密的头发遮挡着，相信没有几个人看见过她的全部的脸，有人甚至怀疑余天本人也未必亲眼见过，这事如同一桩公案一样。但女人的另一半没有被头发遮住的脸却非常之美，尤其在早晨的霞光里或接近于无限透明的夕照里，看上去美得让人惊心，异乎寻常，出类拔萃。不甘心的余天，有一次在漆黑的羊圈里又一次将自己化了装，然后走进家里，将正在用梳子梳头的女人从后面抱住。这一次以武力相向，女人的变化让他着实吃惊不小，他听到了她的喘息声和几缕游丝断线般的呻吟。对于他来说，那是一种多么陌生的声音啊！此前多少年闻所未闻，竟完全不知道世上还有这样一种无论从哪个方面来说都够得上特别的声音，他不由得感到兴奋，新鲜而又不知所措。每一次化装，都会有一些或大或小的意外的发现或收获，并伴随着暗暗的惊讶和掺杂着不安与兴奋的喜悦，这样的东西在一段时间里一直形影不离地左右着他，影响着他的言行甚至一举一动。他的那双显得无比唐突的手在她的胸前盲目而乱七八糟地游走了一阵后，最后像一个经历了动荡的奄奄一息的生命一样歇息在女人的皮带上。他异常笨拙地解着女人腰间的皮带，但女人的皮带像无人在家的柴扉一样久叩不开。就在他感到焦虑无奈的时候，他听到女人轻轻地叹息了一声，然后低声说道："还是让我自己来吧。"惊异尚未过去，他就听到"嘭"的一声，女人自己把皮带解开了。这以后，他突然将她往前面的柜子前猛地一推，然后转身向外面飞快地跑去。他想躲进羊圈里，但又恐自己的身影显现在窗户上被她发现。女人啊！他想，他总算明白她们是怎么回事了。

女人啊！他觉得从此以后他再也不需要怕她们、顾及她们了，因为她们完全不值得顾及与尊重。

他想起以前，每次背上驮着炭，从铁丝网下面穿过的时候，他的衣服总要被铁丝钩住或者挂破，那时候，他是多么的害怕和惶恐啊！一路上忐忑不安，总是担心回去要挨骂，担心过不了女人这一关，把自己弄得愁云满面，心事重重，一身的伤痛。为什么会这样？说到底还是一种对于女人的在乎。什么是在乎？深究下去，就会发现在乎原来就是隐藏在最深处的尊重，对一个人的在乎就是对一个人的尊重，尽管有时候无论表面上多么的相悖，但根本上却是的啊，无论多么犀利的否认和雄辩也掩盖不了这样的一个事实。余天现在总算是明白了一个道理，女人，你越尊重她，她越不把你当回事，甚至不把你当人看。现在，余天感到自己把很多东西都彻底放下了，仿佛坐在一棵清风拂面的树下休息一样，一种劳累过后的轻松和微微的酸痛时常在他的周身流动，弥散。很难说过去他的身上究竟背负着多少东西，连他自己也完全不清楚，连大致的估计也很难做出，也许是因为那一切都过于厚重了。现在，他真切地感到他把它们——那些多年以来一直都在无情地压迫着他，一直都在他的身上高高隆起的，而从来又都一直不明白的东西一件一件地卸下来了，这使他有时候轻松得想哭，大声地号啕一场。傻了那么多年，糊涂了那么多年，牛马一样挣扎、蹒跚了那么多年，煤油灯一样昏暗地熬了那么多年！

这以后，他像是完全变了一个人。

他哼着歌去学校里给学生们上课，一路上边走边哼哼，有时候哼的是很严肃很正经的革命歌曲，有时则哼出一些下流的小调。"……七月里来七，大娘呀！"

学校距离他的家有二三里的路程，一望二三里，他在路上哼不了多久就到了。除了上课，他还要领着学生们去收蓖麻，薅谷子，捋树叶，挖水渠，积肥，把葱绿的草木从田野里背回来，全部扔进水坑里沤得发黑，变成肥料。所有这些当然全都是白干，连一声表扬一声问候也听不见，因为每个人彼此都在做贡献。这些他都不计较。有时候，倒是来自学生们身上的某种热情和难以名状的东西让他感到恍惚而又不知所措，很难说在他们的中间还蕴藏着别的什么。一次，一个学生在作文里这样写道：

像大多数的中国人民一样，我的老师余天也是一个勤劳勇敢的人，每天放学以后，不论多晚、多黑，他都要拐到河东的自留地里去看一看。有一天晚上，天黑得伸手不见五指，我看见……

学生在念自己的作文，余天的眼睛瞪得很大，吃惊而认真地听着。他打断学生的声音，说道：

"既然天气是那样的天气，一个人连自己的手都看不见，你能看见什么？"

"我看见你在做好事，在为人民服务。"学生说。

"胡说！我做过什么好事？"

"你做过。"

"那么黑的天，连走路都困难，我能做什么好事？你说说，我为什么要在那样的天气里做好事？"

"那是因为你做好事不想让别人看见。"

"可你还是看见了。"

"我命好。"

"那么你说说，我那天做什么好事了？"

"你在帮助军属刘成万家挑水。"学生认真地说道。

这些孩子，可真能胡扯哟！他想。刘成万虽然有一个儿子在部队服役，但家里至少还有五个如狼似虎的儿子，另外，刘成万本人也并不算很老，能用得着他去给人家挑水吗？此外，谁会在一个天黑得伸手不见五指的晚上去挑水？不出溜到井里才是怪事。把这样的事情落实到他的身上，安到他的头上，他真的无法消受，无法不感到不安，这要是传出去，刘成万会找他问个所以的，你什么时候给我们家挑过水？刘成万可是个厉害的人，连公社李书记都不怕，连治安员宝才都不怕。

在一阵焦虑不安之后，他听完了学生写的作文，好在后面再没有更离谱更传奇的事情发生，他不禁松了一口气，放心了。这事无论任何时候想起来，都让他感到有些侥幸而又凶险，一直有一种脱险的感觉历历在目，萦绕不去，伴随在他的前后。事后，他对那个学生和别的学生说：

"都记住了，以后写作文不要写我，要写有意义的事情。我有什么意义呢？我没有什么意义。我是一个有自留地的人，家里还养着鸡和羊，还有一个断奶不久的孩子，无论从哪方面说，我都不值得你们写啊。"

学生们都望着他，有的眼睛水汪汪的。记不清有多少次了，他背上驮着炭，从铁丝网下面钻的时候，衣服被铁丝钩住，像被鬼拽住了一样，怎么也解脱不开，很多次都是被他的学生们营救出来的。王贵，快来救我！……贾珍啊，你来得正好，快帮我爬出来……为人进出的门紧锁着，为狗爬出的洞敞开着……任何时候，一闭上眼睛，他就能听到自己的那种在重负与绝境的双重压力下的沙哑急切而又无比压抑的呼喊，听到灰蒙蒙的冬天里北风呼啸的声音，听到世上的很多东西，包括他自己在内，都被冻得像竹节一样叭叭直响。"老师，你就不能少背点儿吗？"营救他的学生看着不堪重负的他，对他说。他无言以对。他在心里也承认自己真的有点儿贪多，负载在背上的重量时常都远远地超出了他的体能，让他感到如同背着一座山一样。有时候，学生们救他心切，慌乱中常常会将他的衣服撕破，这让他既心疼又害怕，害怕衣服破了，回去后无法向家里的女人交代。女人啊，男人的衣服在外面破了，回去后她们也要不肯放过地数落一顿，真不明白她们成天在想些什么。就是因为这个原因，使得他还常常向营救他的某一个或某几个学生发火、生气，埋怨他们毛手毛脚地撕扯了他的衣服。学生们把他从铁丝网下面解救出来，他从心里感谢他们，但刺啦一声破了的衣服又确实让他焦躁不安，他觉得自己矛盾死了！想不百感交集也不行，更无法获得被解救后所应有的轻松。摆脱了矿方的捕获，却又不可避免地遭受女人的数落甚至责骂，天下乌鸦一般黑，这句话让他一年一个地越理解越深了，有了更多的含意和指向，所覆盖的东西也日渐庞杂，越来越广了，几乎所有的人都能在这句话的下面找到各自的归宿。

有一天上午，一个留着两撇黑胡子的人来到学校里，衣着整齐，夹着一个黑皮包，胡须的两端有些微微上翘而卷曲，几个年龄很小的学生好奇地围着他看。来人看见这几个小孩子，显得很生气，但并不说话，只是用一只手夹住那只黑皮包，另一只手恼怒地挥舞着，想用挥手将那几个孩子尽快赶走。后来，他像老虎一样咧开嘴龇了一下牙，几个孩子都跑了。

来人穿过院子里的浓重的树荫，健步登上正面的台阶，径直走进校长万念的办公室里。

那时候，校长万念在灶火的灰堆里埋了几个土豆，土豆埋进去已经有一会儿了，但还没有熟，万念蹲在地上，正在用一根铁条翻动，灰雾在他的脸前弥散、飘荡。听见门外的石头台阶上有皮鞋的声音响起，万念转过头来，看见一个陌生人从外面走了进来。于是，万念站起来，手里依然拎着那根翻动土豆的铁条，对进来的人说道：

"你找谁？"

来人把手里的那个黑皮包放到小腹前，用两只手按住，这样一来，万念就一目了然地看见那个扁扁的黑皮包了。来人用严肃的表情看着站在对面的万念。来人对万念说，他是教育部的特派员。

"特派员？"

来人不住地看着万念的左手，万念猛然才发现自己的手里还拎着那根沾满炉灰的铁条，于是，他急忙把铁条丢到一边，然后充满歉意地对那个人说：

"对不起，我正在闹火呢。火总是不旺。"

来人没说什么，只是用鼻子哼了一下。

"特派员同志，您下来我一点儿也不知道。"万念对来人说，"我还没有接到县里的通知。以往……"

"恐怕你永远也接不到了。"来人微微地笑了一下，对万念说，"因为他们和你一样，也根本就不知道。"

"噢？连他们也不知道？为什么？"

"我这次下来，省、地、县三级教育部门都不知道，我就直接下到

226

最基层来了。要下就下到底嘛。"

万念有些呆傻地看着来人，他的嘴变成了一个圆圆的黑洞，代表着他满脑子的惊讶、费解和一丝似是而非的理解，他"啊啊"地叫了两声，然后压低声音，用严肃而相当理解的口吻问道：

"是微服私访吗？是的，一定是这么回事。"

来人没说什么。

来人操着一口十分生硬的普通话，这一点，万念早就听出来了。等来人在一张椅子上坐下后，万念小心翼翼地问道：

"特派员同志，您不是北京人吧？"

"当然不是。"来人对万念说道，"在下面工作的同志，都有这样的认识，以为从北京来的人就一定是北京人，事实上这是一个天大的误会。事实是，在中央工作的人，绝大多数都不是北京人。"

"是的，您说得对极了。"万念说，"就我所知道的，首先，我们伟大的领袖毛主席就不是北京人，他是湖南韶山人，对吧？（来人在一旁点头）另外，周总理、朱总司令也不是北京人，还有在京的那些老部长、老将军，也大多不是北京人。"

"那我为什么就非得是北京人？"来人有些不高兴地说了一句。

"唉，是我没见识，让您笑话了。"万念张开嘴，露出嘴里的黑黑的牙齿，很难看地笑着。

"我不计较，也不笑话你。"来人说，"基层有基层的困难，我是能够理解的，把谁一辈子放在下面，也会这样。"

"谢谢您能理解我们这些人的苦楚。"万念感激地看了特派员一眼，又看看外面。就在这时，他忽然闻到了土豆烤熟后的那种让他再熟悉不过的气息，但他不敢去看。他看了特派员一眼，吃惊地发现那一位的鼻翼也在微微地翕动。

坏了，坏他妈的了！万念想。

"这是什么味道？"特派员突然冷不防问道。

"啊？您说什么？"万念慌乱地站了起来。"是火吧？"他说，"好像是火又行了，刚才一直不行，现在可能又行了。"

万念边说边来到灶火边，他向里面看了一眼，知道是埋在灰里的几个土豆这会儿绝对烧熟了，但有特派员在场，他却无论如何都不能把它们从灼热的灰里扒出来。早上他没有来得及吃饭，这几个土豆原本预备着要在上午吃的，现在看来是不行了，无论如何都不行了。这要是让特派员把这个消息带回北京去，说某某地方的一位学校校长在办公室里烧土豆吃，一定会成为一个在全国广泛流传的笑话的。……这样想着，他又拎起刚才扔掉的那根铁条，胡乱地在火里扒拉了几下，然后走过来，对特派员说：

"真的是火又行了。北京喜讯到边寨。您不来，它一直不行；您来了没一会儿，它马上就行了，马上就旺了。"

特派员笑了，"你也很会说话啊。"

过了一会儿，特派员问起了学校里的一些情况，学生、老师有多少人？学校与所在地的公社革委会关系如何？学校里有没有搞勤工俭学？比如办一个小农场、小养兔场？万念一一地做了回答。学校与公社的关系应该还是不错的，公社李书记有时会到学校里来，说是来串门的，实际上是对学校的关心，对党的教育事业的无限忠诚。就连一位并不分管教育的治安员，也可以说是学校里的常客。要是关系不好，能成为常客吗？小农场也有，校长本人还兼着场长呢，还有一位副场长，没有专门设立革委会主任和工会主席以及武装部部长和办公室主任一类的职位。小农场里种着小麦、萝卜和胡麻，虽然亩数不多、面积不大、收成也不太好，但小农场总算办起来了，只要好好发展，相信将来是会有前途的。小养兔场目前大概有一百来只兔子，除了十来个兔妈妈，其余的大多是年轻的小兔子，将来拿到供销社去，能卖不少钱呢。

"你们这里有一个叫余天的人吗？"特派员说。

"有，有啊。"万念说。

"这个人平时怎么样啊？"

"书教得还不赖，就是纪律……比较松散一点。主要是家里很困难，生活本身太严酷了。说起来，他也是很愿意上进的，可惜的就是生活本身一直都在拖他的后腿。您知道吗，这么多年来，生活从来就没有维护过他的形象，从来就没有给过他半点儿做人的面子，一次都没有。"

万念一开始说的时候还有些轻描淡写，他想起了余天曾经说过的那些话，有些话真让他生气。但渐渐地，他不由得变得沉重起来，仿佛正在述说的是自己的一份从出生以来的不幸遭遇，连坐在一旁的特派员似乎也受到了触动，表情沉郁地看着他。特派员好像是突然回忆起了什么，不住地用手捋着自己的那两撇有些微微卷曲的胡子。万念不知不觉地停下来，有些疑惑不解地望着。万念想，他为什么老摸他的那两撇胡子呢？两撇胡子有什么好摸的？真不明白那是什么意思。从中央来的人，他的一举一动，甚至完全不举不动，都不是地方上的人，尤其是像万念这样一辈子都生活在最底层的人所能理解的。万念从来不把底层叫作基层，底层就是底层，基什么层？说得那么书面又有什么用？说得再好听也丝毫不能改变底层的一砖一瓦、一草一木。但万念不明白眼前这位特派员怎么会突然提起余天，难道他们相互认识？他们怎么会认识呢？真是一个让人头疼的谜啊。

有一阵子，两个人都不再开口说话，静静地坐着，像是在等待着一件事情或一个人的到来。

这样的情景让万念感到憋得非常难受，不知道眼前这位特派员的葫芦里到底卖的是什么药。他想起了余天，这狗日的，竟然认识上面的人，这么多年竟一次也没有提起过，嘴够紧的。一开始还觉得奇怪，后来慢慢就不奇怪了，社会就像一张网，上上下下都有牵连呢。水磨头的那个叫什么弓二蛋的，不是就有一位做司令员的舅舅吗？是的，人不可貌相哩，每个人的身后都有一潭深水在晃动哩。又过了一会儿，他回头看了一眼墙上的那只许久以来都一直默不作声的老式挂钟，然后站起来，走到特派员的面前，像最初那样小心翼翼地问道：

"特派员同志，中午就在我们这里吃饭吧？"

特派员看了他一眼，未置可否。

"就在我们这里吃吧。我先去准备一下。"

说着，慢慢地出了门。一跨出门外，偏离了那位特派员的视线以后，万念就做出了一个与他的年龄和平时的习惯极不相称的举动：几乎

229

是在拼命地逃跑，夺路而去。

后来，当他满脸瘟气地拎着一瓶酒和一只鸡重新回来的时候，发现那位特派员已经不见了。没有人在他的屋里。

鸡是他从自己的岳母那里借来的，还活着，翅膀和腿都用细麻绳捆着。当他把手里的鸡放到墙角的时候，鸡站立不稳，咚的一声靠着墙倒下了。他从心里叫了一声苦。

屋里还残存着那个人的一些气息，但更多的是从灶火那边飘来的焦煳味。他如梦方醒般地捡起那根铁条，在灶灰里翻动了几下，看见那几个土豆已经变得和木炭一样了。

这以后，他来到屋门口，看着空荡寂静的学校，又看见台阶下的树荫里有几只麻雀正在走来走去。

"哼！说什么是教育部下来的特派员，我看不太像！顶多是从地区教育局来的一个什么鸟人。"站在门口，迎着上午的阳光，他不禁有些生气地想道，"这年头的人啊，什么不能做的事情都能做得出来，真他妈的捣蛋！"

他走下石头台阶，穿过院子里的斑驳的树影，来到学校东边的一个豁口上，在那里站了一会儿，一直没有看见一个人。

后来，忽然开始有人了，一下出现了四个男人。四个人抬着一口棺材，几乎迈着一样的步子，朝一条巷子的深处走去。

又有人去了。看着那些人越走越远，身影被幽长的巷子越吸越小，他想道，许久以来，我们所有的人一直都不过是在含辛茹苦地胡闹。

七

女人回她的娘家奔丧去了，宝才获得了比以往更大的自由和无限的喜悦。宝才想，要是她经常隔三岔五地回去奔丧，那就更好了，一切都会变得更加美好起来。那些日子里，他高兴得饭都不好好吃，连睡觉也极不踏实，每天只例行公事般地睡一小会儿，生怕睡多了耽误大好的时光，造成人为的浪费。那些日子里，他腰里别着一把小手枪，到处出溜，到处乱窜，连许多平时从来不去的地方也都去过了。按他自己的说法和理解，就是该看的都看过了，连许多不该看的也都看了。四十多岁的人了，精力还是十分旺盛的，有时他觉得自己比那些二十岁左右的年轻人还要有精神。很多年轻人都不如他，有的甚至更像是以前的那些无精打采、奄奄一息的少爷。有一天他奉命去丁家村捉拿一个偷盗牛饲料的年轻人，让他吃惊和没想到的是，他还没有使劲用力，那个年轻人就像一根轻飘飘的葵花秆一样被他放倒了。那一瞬间，宝才真切地感到那个年轻的身体是那样的虚弱和衰败，完全是一具徒有其表的空壳。那一瞬间，惊愕和不解代替了他满心的得意和胜利的喜悦，他看到年轻这两个字在这里已失去了全部的意义。年轻有什么用，年轻又怎么样？问为什么会这样经不起折腾，不堪一击？年轻人靠在墙角，懒洋洋昏沉沉地说道："饿的。"宝才说：

"少胡说吧！我们的国家目前形势这么大好，怎么就把你饿着了？净给国家脸上抹黑。"

年轻人翻着白眼，看着宝才。

"宝治安，你想骂就骂吧。"年轻人有气无力地对宝才说，"我实在不愿意和你多说，也没有条件和你多说——身体不允许。我只想保存一点儿体力，好跟你到公社去，还有十几里路要走呢。走不动，你又不肯背我。"

"还想让我背你？"宝才说，"我看你是不知道马王爷有几只眼。"

"知道，三只，我知道你有三只眼。"年轻人说，"从我穿开裆裤的时候起，就知道你的厉害了。看见过你打枪，捆人。"

"为什么不主动去公社投案？非得让我来抓你？"

"我想去投，可是走不动路，只好麻烦你来抓我。这些天，我天天都在盼着你，哪里也不敢去，就怕你来了找不见我。我已经整整等了你三天了。我什么都不怕，就怕你不来。"

宝才歪着头，有些吃惊而费力地听着，他觉得眼前这个年轻人的话有很多地方让他听不大懂。他不怀疑自己，但怀疑这个年轻人很有可能是被饿疯了。一些最普通最浅显的话，说出来让别人听不懂，摸不着头脑，这就有点儿问题了。此外，他还从年轻人的话里隐隐地预感到他的这趟差事将不同以往任何一次缉捕所充满的意义，事情很有可能会朝着一个完全没有意思的方向发展，即使是全部的胜利，也会被莫名其妙地大打折扣。他仿佛已提前看到一种凋落的景象。

"看样子，你是早有准备了？"

"是的，我时刻都在准备着跟你到公社去。"年轻人充满向往地说道，"等到了公社就好了，一切都会好起来。公社总不能把我活活饿死吧？总得给我一碗饭吃吧？不是我在这里吹，我要是吃饱了饭，刚才被放倒的那个人就不是我了。"

"不是你是谁？难道是我？"宝才说。

年轻人看着宝才，神情凄然地苦笑了一下。

"光他妈想着吃饭，你知道会给你定什么罪吗？"宝才说，"盗窃，破坏，毫无疑问。"

"我才不管是什么罪呢，只要给饭吃就行了。"年轻人说，"说我是什么我都不在乎。说我是反革命也行，流氓也行，甚至说我是狗屎也行，我都不计较，只要每天能按时吃饭，我就知足了。每天吃完饭以后，打我一顿，我也没意见，骂和审问就更不算什么了——那是怕我闷，是在丰富我的业余生活。"

回公社的路上，宝才对年轻人说，要不是因为这一桩公事，我真想领你到一个饭店去吃一顿，等你吃饱了，我们真正地好好较量一场，看看到底谁厉害，谁能把谁放倒。年轻人说，吃饱了就恐怕更不行了，你请我吃饭，我能下得了手把你放倒吗？忘恩负义、过河拆桥的事，咱们绝对不做。宝才翻着白眼，看着走在他身边的这个年轻人。真是一块难嚼的牛皮糖啊！一路上真让他生气，不生气几乎是不可能的。宝才不断地训斥着年轻人，像父亲训斥儿子一样。年轻人有时候很听话，但有时又像一个不肖子孙，不断地和他理论，拌嘴。宝才说，你他妈的就等着吧，在这路上我不便动手，怕别人说我谋害你，等到了公社，看我怎么收拾你！年轻人说，只要有饭吃，什么样的收拾我都不在乎，不就是挨打么。宝才从头上摘下帽子，一边在脸前扇风，一边谋划着一些措施和对策。年轻人走在他的身边，紧紧地跟着他，两个人像是去看戏或开会，又像是去贩牛。

回到公社以后，宝才把年轻人关进一间黑屋子里，又从外面锁上了门。临走的时候，宝才对年轻人说：

"暂时就不捆你了，让你舒服一会儿吧。谅你也跑不了。"

"我不跑。"年轻人对宝才说，"傻子才跑呢。我来公社干什么来了？我要跑，就成了真正的傻瓜。"

有人来叫宝才，宝才急匆匆地去了。快到中午的时候，关在黑屋子里的年轻人忽然睁开了眼睛，精神变得异常振作亢奋起来。年轻人从门缝里闻到一种让他蠢蠢欲动、坐卧不安的气息，他感到自己的鼻子变得像猎犬一样灵。从公社食堂里一阵一阵飘来的气息中，他飞快地思索着，判断着午饭的内容。他深深地抽动了几下鼻子，吸了几口从门缝里飘进来的气，他觉得很有可能是煮南瓜的气息和炒土豆的气息，另外还有别的一些味道，他暂时还捉摸不准，不敢妄下结论。他闭上眼睛，他觉得那锅里的南瓜一定是金黄的或橙红色的，颜色不用说，肯定漂亮极了，问题是用什么方法做的。什么方法都行！年轻人在黑暗中想。用肉炒出来当然最好，但即便是素的，也是非常不错的。就素的吧，素的就很好，这年头哪来的肉！食堂里一定有不少人，每个人都拿着自己的碗和筷子，耐心地等待着。有人一定等不及了，在用筷子叮叮当当地敲碗。年轻人想，唉，着急什么呢。年轻人自己从不用筷子敲碗，很小的时候曾经敲过，没有把饭敲来，却敲来父亲抽向他的一个巴掌。父亲恶狠狠地说，敲吧，你就使劲敲吧！敲碗敲筷子，讨吃一辈子。从那以后，他再没有敲过。碗有什么好敲的呢？他想，碗又不是鼓，碗就是碗，不是用来发出响声的。

被宝才关进黑屋子里的这个年轻人，这一生中最大的理想就是希望将来有朝一日，能够成为公社食堂的大师傅，当然是正式的，在编的，不是那种临时雇来帮忙的，什么时候说打发就打发掉了的。不过，现在看来，他距离这个理想还遥遥无边，远得没有期限。如果老天有眼，将来真有那么一天，能够当上公社食堂的大师傅，管着全公社的柴米油盐，他一定会高兴死的。什么时候只要想吃就吃，很难想象那是一种什么样的日子，不是人过的日子吧？神仙的日子。但有一点他至今还不清楚，大师傅权力有限，根本管不了柴米油盐。在大师傅的上面还有一位管理员，那个人才是食堂最有权的人。要想实现理想，也得应该向管理员的位置冲刺。

不知又过了多久，有人给他送饭了。年轻人从黑暗中蹦了起来。来人把饭放在地上，将小窗户上的一块木板拿下来，探头向里面看了一下，什么也没有看见。来人说：

"你他妈的，偷牛饲料偷得有功了，还得让我侍候你，亲自送饭给你。"

年轻人从黑暗中来到小窗户前，看见站在外面的是公社食堂的真正的大师傅老李，他简直有些不敢相信自己的眼睛。来的竟然是老李，竟然是老李！看见站在外面阳光下的老李，他仿佛看到了多年以后的自己，他激动得有些说不出话来。老李近些年闹得可不得了，不但会做食堂里的饭，更善于为结婚的人家赶制宴席，在人们心目中的地位与日俱增，红得发紫。如日中天的老李啊！红得发紫的老李啊！肥头大耳的老李啊！

做人就要做这样的人。年轻人有些冲动地想道。

"这个黑房子里关过的人可多了，我也记不清你是第几个了。"老李抽着烟，站在外面说道。

"看你还不大。小小年纪，干什么不好，非得去偷牛饲料？不是我教唆你，偷一袋麦子，在这里关两天也值得。"

我要是有你那样一份差事，我也就不会去偷牛饲料了。年轻人看着老李，但没有把话说出来。

整整一个下午，宝才一直都没有露面。年轻人一开始还趴在门边，很注意地谛听着外面的动静，但也没有听到有人在外面走动，至少没有人到这边来。后来，他睡了一会儿，又醒了一会儿，完全混淆了时间。因为房门一直锁着，根本出不去，他又在黑暗中尿了几次，此后就一直

234

待在这片令人窒息的黑暗中。现在，年轻人惊讶地发现自己的某些想法和刚来的那时候以及来此之前相比，竟有了很大的变化，发现一个人能吃饱饭，原来并不是唯一的最重要的事情，与这件事情相并列的，至少还应该有自由。如果一辈子都待在这间黑屋子里，每天都能吃饱饭，那又有什么意思？还不如去死。想起来此之前，他那么恳切地希望宝才将他带走，想起即将就要到口的饭，一路上他是那么积极主动地配合着宝才的工作，不用他像对待别的人那样操心、防范，而又处处维护着他的威严。想起来，宝才将他从十几里外的地方带到公社，一路上比牵一只山羊还要轻松，放心，他宝才治安了几十年，什么时候遇到过这样轻松愉快的差事？他的神经不仅不需要高度紧张，即使闭上眼睛走也不会有什么闪失，唯一需要防范的是路上的那石头。那时候，即使宝才有事缠身，命令他独自一个人到公社去受审，他也会欣然前去的，保证等宝才回到公社后，他正在台阶前老老实实地等着他，等他回来后用绳子狠狠地捆他，大声地拷问他，用下流的话骂他。他见过宝才骂人。有一年夏天，几个孩子在一个大水坑边拔牛毛，正巧被从那里经过的宝才看见了。宝才对那几个孩子说："想拔回去拔你妈的毛去！"孩子们一听就全跑了，水边只剩下几头牛和一片一片的水草。

有一段时间，年轻人想着想着，不知不觉地流出了眼泪。起初他并没有意识到自己流泪了，还以为是屋顶上漏下来的滴水。

我要是死在这里才冤呢，那才叫冤呢。年轻人想。只有宝才和食堂的老李知道他被关在这间没有一点儿亮光的黑屋子里，他们要是不说，没有人能找到他，谁也不知道他在这里。

年轻人越想越害怕。过了一会儿，他又睡着了。

小窗户上的那块让他与世隔绝的木板被打开的时候，年轻人还在昏昏沉沉地睡着。老李在外面用勺子敲着窗棂，大声地让他过来拿饭。年轻人从潮湿的地上坐起来，来到小窗户前。老李在外面对他说：

"干什么呢？半天不过来！"

"我睡着了。"他对老李说，"还做了一个梦。"

"你还有心思睡？"老李说，"还有心思做梦？"

这个老李啊，做梦能由人控制吗，又不是我非要做，是它自己跑过来的。年轻人想。

"老李，晚上的菜里有没有辣椒？我喜欢吃辣椒。"老李很奇怪地看了他一眼。

"你喜欢？你以为你是谁？喜欢什么就会有什么？你安静点儿吧！你以为你是我们公社请来的客人呢。"

老李的头和脸上的胡子在外面闪了一下就不见了。

一看见李书记的那种愁苦的痛不欲生的样子，宝才就知道他的牙痛的毛病又犯了。李书记坐在那里龇牙咧嘴的，吸吸溜溜的，难以承受的疼痛使他的心情变得十分恶劣，看什么都不顺眼。这些年来，不管工作多忙，李书记从未放弃过任何一个能够根除牙病的机会，别人也在帮他留心这事，但收效甚微，有时甚至疼起来的时候比前些年还要厉害。各种办法都想过了。光宝才一个人就为李书记介绍过至少十位牙医，这还不包括那些奇怪的民间偏方和土办法，但每一次治疗的结果都让认真配合治疗的李书记感到更加绝望。宝才也常在心里暗自嗟叹，那些牙医也太不争气了，只懂得收钱，从来不知道把自己的技术钻研钻研。彻底治不好了，完全没有希望了，李书记时常这样想。但有一点他永远也不明白，为什么越治越厉害，甚至不如过去？李书记是一个认真而随和的人，但这件事多年来留给他太多的尴尬和绝望，使他对包括牙医在内的一切医生充满了看法，当然，这只是他个人的一种看法，并不代表公社革委会的意见，但革委会一班人马大都赞同这种看法。

已经有两天了，李书记没有正式吃过一顿饭，每天只喝一点牛奶。李书记说，不是我胃口刁钻吃不下什么东西，完全是这倒霉的牙作怪。粮食和蔬菜以及其他一切副食，都是劳动人民用血汗创造出来的，还有比那更好吃的吗？肯定没有了。从这个意义上来说，牙痛常常迫使他远离人间烟火，仿佛过起了一种修行般的生活，这使他感到多少有些辜负了党对他多年的培养和人民对他的期望，病急乱求医也常常是基于这样的考虑。在他看来，这样的一种久治不愈的毛病也可以算是人间的疑难杂症了。多年的牙病终于酝酿、演绎为他的一种心病，遇到心情异常愁闷烦躁的时候，他也会失去平日的理智。他说他什么都不想吃，只想把这个乱七八糟的世界狠狠地咬一口。

前来参加会议的公社联校校长万念听到李书记这样说时，突然笑了起来。万念露出嘴里的黑黑的牙齿，十分憨厚地笑着，一副大智若愚的样子。李书记看着在一旁傻笑的万念，对方嘴里的那些乱七八糟的牙齿让他若有所思。不久，李书记问万念是不是也有牙痛的毛病，看那样子，痛起来的时候也一定手足无措，非常厉害。万念说，不痛，从来就没有痛过，从未体验过牙痛是一种什么感觉。李书记不解地看着对方，像是在对众人又像是自言自语地说，怎么可能呢，怎么可能会不痛呢？真是一件奇怪的事情。听到李书记这样说，万念想，不痛就是不痛，这有什么好奇怪的呢，难道大家都有一样的毛病才算是正常的吗？想到这里，他对李书记说：

"我牙是不痛，但经常头痛。另外，每次喝多了酒的时候，手就会不由自主地颤抖，拿什么都拿不住。"

李书记充满关切地看着万念，说："要注意了。身体是革命的本钱，本钱没了，就什么都干不成了。"

很多人都在点头，发出一阵嗡嗡的声音。

列席公社扩大会议的，除了正式的委员外，还有各村的党支部书记和会计，联校校长万念和卫生院的史院长也是与会者之一，他们坐在一起，互相交换着让对方和自己都感到无比困惑的眼神。人们都抽着烟，还有人将两支烟接成长长的一支，十分吃力地吸着，烟雾中不时地传来公社团委书记苏梅的清脆的咳嗽声。眼下她正怀着孕，她在为自己腹中的胎儿担忧。

一位党支部书记从人群中站起来，对苏梅说：

"等生下来后，你要是嫌不好就给我，你不要我要。我的几个孩子都是在烟雾中长大的，锤炼出来的，一个比一个结实。"

在人们的笑声中，苏梅说：

"凭什么给你？"

"这不就完了么。"那位支部书记说。

会议开始了。李书记对大家说：

"今天，我主要讲九个大问题，每个大问题包括九个小问题。"

众人又嗡嗡地叫起来的时候，宝才说：

"大家要认真地听，李书记是忍着巨大的牙痛来给大家开会的。"

"说这干什么？"李书记对宝才说，"牙痛的事能在会上说吗？应该到医院去说。"又对众人说："大家不要听宝才胡说，我不牙痛，我的牙一点儿都不痛，可以说好得很。"

有一个村里的会计给李书记说了一个偏方，建议他每天嘴里含一口冷水，以减轻疼痛。李书记听完后，笑得嘴里咝咝的，笑声重新牵动了他的疼痛。他忍着痛，对那位会计说：

"开会吧。不行，你那个办法不行，十年前我就试过了。"

"对不起，李书记，"那位会计说，"这么多年来，我还一直以为它很灵很管用呢，我没想到它竟然不顶事。"

"这不怨你，这怎么能怨你呢。"李书记说，"谁还没有个盲人摸象的时候？想当年，我也和你一样。"

会议开到快一半的时候，卫生院的史院长再也坐不住了，他坐的椅子不断地发出吱吱扭扭的响声，李书记在讲话的过程中有好几次将眼角的余光瞟向他。毫无疑问，史院长既在折磨他身下的那把摇摇晃晃的椅子，同时也在折磨着大家。

李书记说："我们有些同志……"

后来，史院长终于站起来了，向李书记请假。他说他走的时候，有一个女人正在他们卫生院里生孩子，他得赶紧回去看看。

李书记说："有医生在，你回去干什么？"

"是难产，难产呀！李书记！"史院长大声疾呼道，"我走的时候，正较劲呢，这么半天，不知怎么样了。"

"你觉得你回去，她就不难产了吗？"李书记说。

"我估计，我分析……"史院长看看众人，欲言又止。李书记让他把话说下去。他说："她那个地方也许太小，而孩子又极有可能很大，所以根本没有办法出来。来时的路上，我就在想，必要时得采取非常措施，用剪刀把她那里剪开……可是，如果我不在场，医生们谁也不敢给她随便来一剪子，那毕竟不是剪头发，即使剪错了也没关系。"

听史院长这样一说，很多人的嘴里都同时发出了咝咝的声音，仿佛被剪的是他们自己，连李书记也用手捂着左边的脸腮，目不转睛地看着史院长。李书记对史院长说：

"你去吧。要保证安全，保证大人和小孩的安全。实在要选择的话，首先要选择大的。留得青山在，不怕没柴烧，有鸡在，就不愁没有蛋。"

史院长表示回去以后要立即把公社党委的意见传达给每一个人，尤其是那位正在生死线上挣扎着的产妇，更要让她知道有人在关心着她，而且距离她并不远。这以后，他像是逃窜一样从会场里跑了出去，下台阶的时候，没有一级级地下，而是直接从最上面跳了下去。

万念看着史院长倏忽即逝的背影。会议开到现在，他还没有弄明白这个会和自己有什么关系，他自我感觉自己像一尊泥像，被不容分说地搬运到这里。他以为会议的内容会有一点儿变化或新东西，但说到最后依然没有。有一段时间，尽管他的眼睛还睁着，甚至睁得很大，但整个人实际上已经睡着了。难得的是，难能可贵的是，他并没有因此而放肆地打起呼噜，身体也没有向前倒伏，或向一边歪去，依然保持着一个独立静坐的姿势。要不是有人后来突然用力拍了两下桌子，他或许会做一个好梦呢，很难说会梦见什么让人惊喜让人意想不到的东西。清醒之后，他听到李书记正在痛心疾首地说：

"……大家看看，革命在这些人的眼里成了什么？"

他的身体微微前倾了一下，以百倍的清醒和注意力看着李书记，但不知对方在说什么。"这些人"是些什么人？革命一定被演绎得变了形，情形一定糟透了。他无法归纳，只能猜测。他问身边的一个人，刚才是谁在拍桌子？那个人低声说，谁有资格在这里拍桌子就是谁拍的。他哦了一声。又看看那个人，觉得虽然长得有些粗笨，却是个会说话的人，又觉得人真是不可貌相。

他重新坐直了身体，以无限的热情和极大的敬意看着李书记，心里却在想，好你个李书记，不好好地开会，拍什么桌子！

他想起有一次在距离公社门口不远的地方，看到一行歪歪扭扭的字，这样写道：

李书记是个王八蛋，宝才也是。

他断定写这句话的人一定不知道李书记的大名，否则不会以职务代替。他想象那该是一位苦大仇深的贫农，或是一个从小就懂得愤世嫉俗的孩子。他急忙收住像水一样快要溢出来的笑声，飞快地向学校里走去。一路上，他一直在想，在广大的人民群众中间，从来都蕴藏着一种巨大的取之不尽的无限能量和数不清的星星之火，虽然多数的时候看起来是无形的、在四处分散的，但要紧的是这样的东西一直都存在着，这是一个最重要的基础和前提，甚至是一切事情的基础和前提……现在，他觉得自己开始有些理解早期的那些革命家了，理解他们当年为什么一发动群众，就呼呼地发动起来了，不仅仅是因为他们会说，言语具有很大的煽动性，而是由于他们说出了群众多年以来的愿望，又说出了实现那愿望的办法和途径。

八

快到家门口的时候，宝才告诉李书记，这几天家里没人收拾，很乱，可能和一个狗窝差不多了。李书记望着远处的逶迤的青蓝色的山岭，有些漫不经心地问道，为什么会这样呢？宝才说，家里没个女人还真不行。又说，要是有两个就好了，一个去奔丧，另一个留在家里操持家务。奔丧的那个她尽管去奔去，想奔多长时间就奔多长时间，没有人管她，也没有人盼她，想她，这样一来……李书记的目光从远处的山岭间收了回来，很严厉地看着他，却不说什么。宝才说，我是在胡说呢，所有的人都是一夫一妻制，我怎么能娶两个，我又不是从前的地主老

240

财。你这个人啊！李书记叹息了一声，看上去想说什么，却又把目光抛到了远处。

家里其实并不像他所说的那么乱，比他们想象的要好。猫盘踞在炕上，警惕而又虎视眈眈地等待着从外面进来的人，看清是主人后，随即又闭上眼睛，继续入定，轻轻地几乎不易察觉地念着经，身上的黄毛也不见起落和波动。

"李书记来了，连个招呼也不打？"宝才说，"光顾念经？"

李书记说："念的是什么经？猫经吧？"

"它能念什么！"宝才说，"既不是课文，也不是社论，和阶级斗争也没有关系，一点儿边都不沾。"

宝才有两个儿子，一个叫运星，一个叫行星，原是两个想入非非、好高骛远的年轻人，这几年不断地碰了一些钉子，开始变得比原来实际多了。最小的行星几次跟父亲提出，想向兽医学习技术，但都被做父亲的否决了。宝才不喜欢兽医，包括他的技术，这是一个原因。还有一个，宝才一直认为兽医有问题，尽管现在还一直没有水落石出。宝才经常想，别让我抓住什么，抓住了再放手，可就没那么容易了。回家的路上，宝才还在向李书记建议，说兽医这个人我们不能要了。李书记说，他是国家干部，哪能说不要就不要了？他要是墙上的一个钉子，我们就把他拔出来扔掉，问题是他不是一个钉子。宝才说，他是一个人。李书记瞪了他一眼，说，既然什么都明白，那还胡说什么！又对他说，以后不要再拿这些没用的废话来折磨我，消磨我的时间。那些废话常常使他正在思考着的一些问题发生断裂和堵塞，然后消失，跑得无影无踪，而且多数时候永不再回来，永不再重现，使一些好不容易才有的眼看就要形成的思想从此烟消云散，完全是毁灭性的打击。要知道损失的思想——一个人能有多少思想？又能有多少经得起这样的流失？心中的懊恼是不言而喻的。

坐了一会儿，李书记要走，宝才有些急躁地拦住了李书记，让李书记无论如何在他这里吃饭。李书记说，这样不好吧，让群众看见，会怎么想？宝才有些沉痛地说，先不要说群众，先说说我自己，我在您手下干了这么多年，您今天要是不在我这里吃饭，我以后还怎么有脸去公社上班？李书记见他说得恳切，就不再坚持要走了。宝才又说，别看今天家里没有女人，没有女人，也照样不怕。没有屠户，我们照样不吃带毛的猪，没有女人，我们一样能做出一顿真正的饭来。这以后，他很快地杀了一只鸡。

煺鸡毛的时候，他想起有一次在家里留一位武装部部长吃饭，他临时抓来一只猫，去掉头尾后，冒充兔子，竟然吃得那位武装部部长像日本鬼子一样朝他直竖大拇指，赞不绝口，还不住地询问兔子是哪里的兔子，野兔还是家兔？

鸡炖进锅里以后。他又来到院里，站在院墙下跳起来摘豆角。豆角是隔壁邻居家的，由于不住地疯长，已经越过墙头，有很大一部分长到他的院子里来了。前几天，他就在院墙下一蹦一跳地摘过一次了，豆角架被他一跳一跳地扯动得厉害，晃荡中被隔壁的女人发觉了。女人没有直接骂他，而是站在院子里指桑骂槐，指着几只鸡骂他，主要是骂他不要脸。宝才在这边的院子里听得真真切切。那时候他想，我要是连她也一起摘掉，她就不会骂我了。

这天，他和李书记说了很多话，两个人都有些微醺。

李书记说，我要回去了，迟到了，老师会骂我的。

他听了，心里一惊，对李书记说：

"李书记，你醉了，真的醉了。"

李书记斜着眼看着他，说：

"你才醉了。"

他想，李书记说他没醉，那可能就是我有问题了。他的眼前很花、很乱，有许多看上去很玄妙的东西在动来动去，还有的动着动着就变成了双数或复式的。他清清楚楚地看到李书记有四个耳朵，心里感到既吃惊又害怕，不住地翻腾、彷徨，但又不敢当面提出来。好家伙！有四个耳朵哩！看着坐在对面的李书记，他不住地想。他知道有些事情可以当着别人的面提出来，但有些却永远都不能，无论对方是谁。

李书记的四个耳朵在他的眼前像风轮一样转动着，有时忽然一起停下来，变得十分安静，看上去又像是四只举起来的小手。怪不得能当公社书记呢。

李书记的脸上浮现着一种枯木逢春般的笑容。

宝才几次向李书记指出目前阶级斗争的严重性，李书记不说话，还是笑着，仍然是那种对一切都不怎么计较的样子。宝才想，这个四个耳朵的人啊，别的可以不计较，这也能不计较吗？照这样下去……他们一人又干了一杯。之后，李书记低着头说，这酒好辣啊！我不喝了。

宝才觉得李书记真的有点儿问题了，喝了几十年酒，到今天才明白酒是辣的，这样的一个发现，来得是不是晚了一点儿？

到李书记真正要走的时候，他的帽子不见了。两个人找了半天，也没有发现。李书记怀疑自己的帽子被宝才坐在身体下面，让宝才起来。宝才起来后，却并没有。宝才对李书记说，你也站起来吧，说不定在你自己下面压着呢。李书记说，胡说！不可能的事！我怎么会把自己的帽子坐在下面呢。嘴里虽这么说，但也并不敢肯定帽子就一定不在他自己的身体下面，说着也摇摇晃晃地站起来了。宝才一看，也确实没有。李书记有些不高兴地对宝才说，没有吧？我说什么来着，我说没有，你还不信，非让我也站起来，你这个人啊！

宝才疑疑惑惑地说："一顶帽子，能跑到哪里去呢？总不会自己飞走了吧？"

猫正在炕上左右跳跃，胡子变得又直又硬，龇着牙，发出老虎一样的低声的怒吼。李书记定睛看了一会儿，突然叫道：

"他妈的那是什么？那难道不是我的帽子吗？"

循着李书记的声音，宝才也终于看到猫正在向一个黑蓝色的东西发起一次又一次的进攻——那正是李书记的帽子。猫把它当成了一个敌人，一位不速之客。使自己一次又一次地发怒，咆哮，吹胡子瞪眼地上下翻腾，两只前爪一会儿将李书记的帽子拼命地摁住，一会儿又闪到一边，用一种深思熟虑的目光打量着，谋划着下一次的进攻。有时故意遗忘，然后再给自己创造、迎来一次意外的发现和惊喜。正当它又要开始冲击李书记的那顶帽子时，宝才突然对它大声喝道：

"住手!"

"这狗日的,准是趁我们两个人都不注意的时候拿走了。"宝才对李书记说。李书记说:

"赶快给我要回来,我要走了。"

于是,宝才对猫说:"赶快把李书记的帽子拿过来。"

猫将头伸进李书记的帽子里,一会儿将帽子顶在自己的头上,在靠近窗户的那一带奔跑,接着又慢慢地行走。

李书记摇着头说:"不像话,真不像话!岂有此理!"

"听见没有?快把李书记的帽子拿过来!"宝才对猫说,"李书记要走了。还有很多极其重要的事情等他去处理呢。"

猫戴着李书记的帽子,停下来,远远地看着宝才和李书记。

"拿来,快把李书记的帽子给李书记拿过来。"宝才对猫说,"听见没有?"

火车带着弥天的大雾和尖厉的叫声从人们的生活中间穿过,很多人经常从各自的房子里被震出来,站在墙外或树下,看着那一列长长的铁甲,心头浮过一些陌生而又熟悉的东西。有人会想起当初修建铁路时,那些长年驻扎在这里的浙江人,想起他们的夏日里的帐篷,以及碗里的白色的大米和黑色的紫菜汤。到晚上,一群人男女混杂地睡在一起,时常引来一些躲在黑暗中的窥探者。住地四周积满了一汪一汪的灰白色的水,像护城河一样环绕着他们,那是他们洗浴过后的污水,水中散发着浓烈的香皂和廉价香水的气味。这些喜欢嚼水果糖的人,身上也时常散发着一种甜腻的气息。当地的人们第一次聆听到的劳动号子,就是由他们带来的。此前,人们并不知道干活儿的时候还可以唱歌,可以呼喊。有一个身材高大丰满的女人异常引人注目,她是跟随她的男人一起来的,但并不干活儿,每天无事可做,她是用大价钱娶来的。女人生了一个孩子,叫毛弟。毛弟是一个小男孩,身体像他的母亲一样结实,那时候已经有三四岁了,时常如同一个皮球一样到处滚来滚去。谁看见毛弟,都要停下来逗一逗,也有人醉翁之意不在酒,不在毛弟的身上。很多人都认识毛弟，都知道他是南蛮子的儿子。

有一天夜里，飞沙走石，刮了一夜的大风。第二天早上的时候，他们全部消失了，只留下一片散发着香皂和廉价香水气味的湿地。

火车的到来，使余天在不长的时间内练就了一身扒火车的本领，从此他远离了过去的铁丝网。先是在路基下面跟着火车跑一阵，然后突然飞身攀上去，像一块磁铁一样牢牢地吸附在上面。有时，他一手抓着栏杆，另一只手和另一条腿伸在空中，像一只迎风展翅的鸟，频频地向下面的人们招手致意。

很长一个时期内，他被人们称为铁道游击队队长。

在飞奔的火车上，他常常会与他的一些学生不期而遇，其中的尴尬不言自明。每次，他都劝学生们下一次不要再来了，但当他下一次上去的时候，又会遇到他们，他们早就在上面了。大多数的时候，火车上载着煤，但偶尔会有整车整车的甘蔗或甜菜，甚至花椒和大米，过度的惊喜常常让他们感到眩晕，有些不敢相信自己的眼睛和所见，不敢相信火车上居然什么都有。美不胜收——这是他们师生一致的看法和共同的心声。解开裤子往里灌吧，还等什么！于是，在飞速行进的火车上，出现了师生互相帮助的情景，老师往学生的袖筒里装花椒，学生给老师的裤筒里灌大米……够了吧？不行，好像还能装一点儿。下一次，下一次我要穿我爹的那条裤子，那个裤筒里装个人都不成问题。傻瓜！你以为大米经常有吗？等你穿着你爹的肥裤子来了，大米都被你吓跑了。要知道，并不是每趟车都有大米，十趟有九趟是没有的。

但上去的时候容易，下来就难了。学生们和他一样，都发愁如何下车。长期以来，下车一直是让他们感到最棘手最头疼的一个难题，几乎每一次都要负伤在身。如同一个善于制毒的人，却一直不知道如何解毒一样。尤其是余天，每一次都会像是一个沉重的包袱一样从上面被无情地甩下来，然后顺着路基，一直滚落到下面的某一个阴暗潮湿的涵洞里，摔得鼻青脸肿，伤痕累累，有时甚至不省人事。

那期间，他每天还要到学校去上课，有时打着绷带出现在讲台上。

有一次他布置学生写作文，作文的题目是：《我的理想》。有的学生的理想是：当公社书记或者军人。有的竟直截了当地非常露骨地说，希望将来能接李书记的班，让李书记把现在的位置传给他。这可能吗？他批改道，我们一个班怎么可能出那么多公社书记，公社书记又不是土豆或兔子，可以一窝生很多，想有多少就能有多少。另外，就算是卵生的，也不能保证出壳率就一定很高（且不说出壳后还有一个成长的过程），到时候能出十个公社书记就已经非常了不得了，就足以能把教育局的那些人吓死了。另有一些人表示将来要为共产主义奋斗终生，具体干什么没有写。有至少一半的人希望能够得到一件隐身衣或者是一把万能钥匙，甚至一个要什么有什么的聚宝盆。

一天清晨，一位割草的老人在路过一个涵洞前时，发现了死在那里的余天。老人把余天的身体翻过来，看到他的身边流了很多暗红色的血，已经干了。

这年秋天的时候，兽医也死了。与兽医一同死去的，还有白庙村的一头牛。兽医为它治了几天也没有治好。后来，兽医自己也病得不行了。兽医临死的时候，十分愧疚地对白庙村的支书说：

"对不起。"

声音很低很轻，微弱极了。

白庙村的支书一边让人剥牛，准备分牛肉，一边派一个放牛的孩子带着白庙村人民对兽医的哀痛和深切怀念，到公社和兽医的家里去报信。

孩子走出去没多远，忽然听到村中传来一阵小猪的叫声。他停下来，回过头向轮廓模糊的村子看了一会儿。

初 夏

　　早上起来一开门，看见门前的那座山还在，还像过去一样稳稳的，满山的露水，还有一点点雾，赵玲这才放心了。她手里拿着一把梳子，一边慢慢地梳着头发，一边有些愣怔地看着眼前的那座山。

　　昨天夜里，她竟梦见它跑了，无缘无故地不辞而别。最初的时候，忽然听见它在外面轰隆轰隆地发动，就是那种声音引起了她的注意。声音后来越来越大，一堆一堆地往她的耳朵里落，她就知道不对了，就赶忙往外跑，一只凳子也被她带翻了。跑到门口时，看见它已经发动完了，那种轰隆轰隆的声音已经没有了，整座山都已经起来了，离开地面两三尺高，一看就知道是刚才的那一阵发动已经发动成功了。它正在慢慢地飘着，有一些摇晃，但看上去却显得无比的轻盈，无论要飘向哪里，都应该是很容易的。她站在门前，有些吃惊地看着。她想，山怎么能自己升起来呢？像是修行得法，成了精，而且看样子是要走了。

　　就在那时，她忽然看见整座山微微地皱了一下眉头，然后就开始慢慢地舞蹈一样地向远处移动，满山的露水如石头一样在滚动。看见真的是要走了，并不是在吓唬她，她着急得脸都有些红了，她不停地向它招手，想把它叫住。

　　她说，哎，你要去哪儿？

　　山说，我走呀，我不在你们这里了。

　　她说，好好的为啥要走呢？

　　山说，肯定是不好，好我还能走吗？我又不是傻子。

　　她说，哪儿不好呢？

247

山说，你别问了，我想了好久，我决定要走了。

山的声音里有雾，还有一种她能听出来的艰辛。山上的草木也都十分安静，像是坐在一艘已经走开了的船上，有的靠在一起，有的独自站着，看着自己手臂上的苔藓。

已经走开了的山忽然又回过头来，对她说了一句话。

山说，我认得你，你姓赵。

听声音，好像后面还有话没有说尽呢。她有些吃惊地问道，你还知道我的名字？

山说，咋能不知道呢，每天都能看见你，看见你开门出来，关门回去。你一个人在屋里都做些什么呢？

听见山这么说，她又是吃了一惊，没想到它竟一直都在注视着她，真是让她又惊又吓。梦也没有梦到过，原以为平时很少见到人，她的一切都是一个又一个的秘密，没想到却被门前的这座山都看在了眼里。惊就惊在从来也没把它当成一个要防范的对象，觉得它就是一座山，石头、土、动物、植物、露水、阳光，从来也没有觉得它竟也会有心计，也会观察，会想，会思索……她不敢再往下细想了，她不知道它到底还看到过什么，还知道些什么。几年来，离得这么近，一出门首先就能看到它，它也许知道她更多的事呢，也许看在眼里的，记在心里的，比她本人还要多呢，只是从来都没有说过罢了。

这座山啊，这么多年一直都暗暗地憋着，憋得心里满满的，如今要走了，才突然冒出这么一句。

看着正在渐渐往远处移动的山，她忽然觉得这或许是一个能留住它的好办法呢，它不是说和她熟吗，熟还能这样？

于是，她说，就凭这，你也不应该走呀。

听见她这样说，山回了一下头，像是犹豫了一下，但很快又转过脸去，载着满山的草木和露水往远处去了。

她觉得是因为她一下没拽住，还有些话也没说到，它才走了的。她难过地惊叫了一声，醒了过来。

一伸手，摸到了脸上的泪，翻身的时候她又感觉到了，正在她的脸上露水一样骨碌碌地滚动。有一颗跑得最快的越过她的上唇，咚的一声落进了她的嘴里。那座山，怎么会突然想起要跑呢，怎么会说跑就跑了呢？她想不明白。尽管醒来以后很快就发现那不过是一个梦，但她还是觉得有些不踏实，不亲自起来出去看看，她还是不放心，躺着也已没有了躺着的意义。

于是，一边想着，一边就起来了。

慢慢地开了门，先不敢往高处往远处看。只是先从门口看起，一点一点地看过去，看见了一段七扭八歪的路，比水桶粗不了多少，白森森的，瘦干干的，像是一些熬过无数遍的骨头，心里就渐渐已失尽了油水，胡乱地连接在一起，越连越远，越接越高。心里就渐渐有了些底，知道那山应该还在，不然下面的那些又白又细的路就没地方去，就不会越走越高。接着又看见了黄米一样的沙子，粉红的沙子，挨过去以后又是一丛一丛的灌木，雨水冲出的小沟，如逐年留下的伤痕。到这时，已有了八九分的把握，再加上一些原来听惯了的声音，就终于敢抬头了。于是，猛一抬头，看见那座山果然还在，如同平时一样，庞大无比地坐落在她的面前。

她长长地出了一口气，听见满山的露水发出哗哗的响声。

那时候太阳还没有出来，但已经有了那种要出来的气象，似乎只要有人轻轻地叫上一声，它就会立即蹦出来。

年初，王明走的时候，对赵玲说，下次再回来的时候，一定要想办法给她带一只小狗回来。王明是怕她一个人在家里太闷了。小狗有多大呢？王明说，实在是小得厉害，比一个烤白薯大不了多少，这说的还是咱们这边的普通白薯。要是碰上河南山东的那种长得奇大的愣地瓜，它们一窝也没有人家一个大。而且，最重要的还是它不长，一直都不长大，抱回来的时候是多大，将来也还是多大，到死的时候也还是那么大，不管它能活几年，永远都是那么大。王明边说边用手比画着，又对赵玲说，你一定会喜欢的，只是到时候别光顾喜欢狗，把我给忘了。赵玲对他说，看你出息的，你还不如一只小狗吗？王明说，那可说不定，现在好多女人都把她们的狗当成她们的半条命呢。听王明那么说，赵玲就想，那是一只什么狗呢？怎么会一直不长呢？世上的东西，只要是生命，就都会长大，那小狗为什么不长呢？她想了半天，觉得很可能和人有关，是人不让它长。这样想过以后，赵玲忽然觉得自己的心里并不盼望那只小狗的到来，她想，最好的最简单的办法莫过于王明一到了那边后就把这事忘了。

王明是过完年以后走的，在一个离家很远的地方，他每天的工作就是在一张又一张的纸上涂抹胶水，至于那些涂抹了胶水的纸是用来做什么的，他完全不知道。不仅他不知道，与他一起在纸上涂抹胶水的另外几个人也都不知道。有一个已经涂了四五年了，到现在仍然不知道自己每天是在干什么。他们曾问过一个负责管理他们的小头目，小头目说，问这干什么？不该你们知道的就不要瞎打听，打听得多了，对你们大家都不好。你们只管把胶水涂好抹匀就行了，别的都与你们无关。慢慢地，见面的次数多了，小头目与他们也都熟了。有一次，小头目对他们说，你们问我，以为我不告诉你们，其实我也不知道。我只知道我负责监督检查你们在纸上把胶水涂好抹匀就行了，我真不知道这些涂了胶水的纸是用来做什么的。听见一向凶悍冷酷的小头目这样说，大家一时又都觉得他很诚恳。原来小头目也有另外的一面呢，他平时的那副鬼面目没准是故意做出来的，完全是怕镇不住手下的人才不得不那样做的。当个小头目也不容易呢，上下都得弄顺溜了，哪一头不顺溜了都是麻烦。趁着气氛好的时候，一个名叫翟贵的人大胆地推测说，我怀疑那些经咱们的手抹了胶水的纸是用来做皮鞋的。翟贵此言一出，在场的众人都被结结实实地吓了一跳，惊讶，没想到，梦也没有梦到过，老板是什么脑子呢，长了一个怎样聪明的脑子呢？那位小头目更是被惊得立马变了脸色，他问翟贵，什么？皮鞋？你是听谁说的？你是从哪里听说的？翟贵说，我也好像是听有人议论过，不过不敢肯定。小头目说，好像？不能好像，不知道就不要乱猜乱说，知道了更不能乱说，你这个人，好让人害怕呢。小头目说完就要走，他忽然察觉到一种异常可怕的危险，觉得自己不能再继续和这几个人说下去了，谁也不知道后面还会再说出什么

250

来，说不定会影响到自己的后半生呢。他命令大家继续干活儿，谁也不准再说话。边说边从身上摸出一个小黑本子，说，谁要是再说话，我就要毫不客气地把谁记下来，月底算总账，扣掉他这个月的工资。这个过程中，小头目不知何时又不知不觉地换上了平日里的那副凶悍冷酷的鬼模样，狼狗似的转了几个来回。待他走后，大家忽然又想起，干了好几年了，竟从来也没有见过老板的面，不知道长得什么样儿，更不知是男是女。众人都想，我们干的这叫什么事呢，一点儿也不像是人事。每天都在不停地干活儿，却从来都不知道自己在干什么。

走了几个月，王明只给赵玲打回来过一次电话，他说电话费太贵了。在电话里，他首先把电信部门骂了几句，因为怕花钱，所以也没敢多骂，只骂了几句，骂人也要成本呢。然后才开始说他自己，说他很好，让赵玲不要惦念。又说，上个月，他多抹了二百张纸，额外得到了二百块钱的奖励。自始至终，赵玲没有听见他再提小狗的事，就知道他可能真的忘了，这样一来，赵玲也就放心了。

结婚好几年了，他们一直没有孩子，不是不要，而是一直没有。王明对赵玲说，也许是看咱们没权没势又没钱，没人愿意投生到咱们家里来。赵玲虽然不这么看，但是也不明白是怎么回事。她的身体是很好的，丰满、结实、充满弹性，就凭那样的身体，别说生一个孩子，就是生十个八个也不应该是个事，可奇怪的就是一直没有。赵玲有时候也想，莫非真的就像是王明说的那样？

有一天早上，赵玲早早地起来，提着一个篮子到门前的山上去采蘑菇。头一天下了一场雨，树林子里的蘑菇纷纷冒了出来，都打着小白伞，静静地站在那里，像是在等着她去。她去了，一个人慢慢地在幽静的树林子里走着，把它们举起来，放进篮子里，有的进了篮子里，头还在摇晃。她说，不愿意跟我走吗？已经举起来了，不愿意也不行了，不可能再重新塞回去了。有一阵，她直起腰，听到有虫子在叫，叫声长短不一，声音也大不一样，各有各的叫法。她听了一会儿，再蹲下去摘蘑菇的时候，觉得背后有些灼热。她接连换了好几处阴凉的地方，可背后还是觉得很热，那种热，像是贴在她的身上。她想了一会儿，忽然感到树林子里好像有一双眼睛，从一开始的时候就寸步不离地跟着她，无论她走到哪里，它都紧紧地贴在它的身上。

这样一想，赵玲不由得哆嗦了一下。

她停住了手，低声地对自己说，不能再采了。

这以后，她从地上提起篮子，飞快地从那片多是阴凉的树林子里跑了出来，一直跑回家里，关上门，一边喘气，一边透过窗户朝对面的山上看着。她就是从那里跑回来的，现在重新再看那段路，忽上忽下，神出鬼没地伸来缩去，她一路上竟没有被绊倒。站在家里的窗户前，她明显地觉得自己是在用着一种很大的力气看着那片树林子，这让她看得很累。那里面的那些蘑菇也都被她忘记了，一心只觉得再过上一会儿，一定会有一个人从那片树林子里悄悄地出来。

但看了半天，却一直没见有人出来。她呆呆地站在窗前，心里如同长出了草。她觉得连她自己也说不清楚，她究竟想要看到什么？是盼望着从对面那片树林子里突然走出一个人来，还是希望那片树林子一直就像这样安安静静，里面只有虫子的叫声和众多打着小白伞的蘑菇？她在心里对自己说，肯定不是希望有人突然从那里面出来，那正是她最担心最不想看见的。可是，要是一直没见有人出来，她又怀疑有人一直在那里面躲着，让那片树林子变得凶险莫测，那又会让她更不放心。现在，她忽然觉得，出来也不是，不出来也不是，都不能说是一件好事。

村子的形状如一根腰带，他们的这个院子坐落在最东边，像是一段末梢神经，而且还时常血脉不通——一个又深又宽的大水坑将他们与别的人家完全隔开，与整个村子隔水相望。很多时候，就是赵玲一个人。王明的母亲隔几天过来看看，眼睛里更多的是不放心。赵玲有时候想，住在这里，要是一不小心死在家里，死上一个星期，别人也未必知道，未必就能发现了你，太偏了。当初盖房子的时候主要是为了图清静，不想与邻里之间有纠扯不清的事情，现在看来，清静得好像有些太厉害了。

校长对赵玲说："最近咱们这一带有些不大太平，王明也不在，你一个人一定要多加小心。"

看见校长很严肃，赵玲说："出了什么事呢？"

校长说："本来不想告诉你，但你知道了也好，这样你可以多提高警惕，多长个心眼儿。"

赵玲说："到底是什么事呢？"

校长说："有一个歹人，好几个月了，连续作案，专门袭击年轻的女性。每一回的程序都是一样的，先是强奸，强奸以后再杀死。"

校长把每一个字都咬得很重，铮铮作响，赵玲还从来没见过校长这样说话。她想，校长这样说，是在强调事情的严重性，是要让她引起足够的注意与警惕呢。校长说的这件事，赵玲也曾经隐约听说过，可没想到转眼之间好像已到了每一个人的身边。那事，她一直都是当作一个新闻或故事来听的，从来都没有贴近地想过，现在，听校长这么一说，好像已经来了。

校长的目光在赵玲的身上上上下下地扫了几遍，后来忽然伸出手扯了扯赵玲的衣袖。

校长说："不要再穿这件衣服了，赶快把它脱了。"

赵玲说："为什么，不好看吗？"

校长说："不是好看不好看的问题。你还不知道吧，那个家伙，专门袭击、重点袭击的就是穿红衣服的女性。别的颜色他都不管，只残害穿红衣服的，只对穿红衣服的女的下手。你还是小心为好，把它脱下来吧。"

赵玲说："为什么专门残害穿红衣服的？"

校长说："谁知道哩？也许最初伤害过他的，就是一个穿红衣服的女人。我是这么想的，至于人家到底是怎么想的，我就不知道了，我哪能知道呢？我又不是他，这得要问他去。"

这一回，校长的话真的把赵玲吓了一跳，要不是他说，她还不知道呢。她不禁有些感激地看了校长一眼，心里想着今天回去后就把身上的这件衣服脱了，以后再不穿它了。

这是在一个下午，在校长的办公室兼宿舍里，朝南的窗台上摆着一溜儿墨水瓶，大部分是空的，有的没有盖子。在这个有着一百来个孩子、八九名教师的乡村小学里，只有校长一个人有一个属于他自己的空间。校长有一次对他的女人说，为什么人人都愿意当校长？房子恐怕不能不算是一个原因，尽管不大，尽管很小。在那八九个教师里，有一半是正式的，剩下的就都是民办的、代课的，赵玲就属于剩下的那一半。

校长对赵玲说："听说要动了，要大动呢，要拿民办和代课的老师们开刀呢，以后再也没有民办和代课这种形式了，你还不赶快给自己转正，坐等着被拿掉？"

赵玲说："看你说的叫什么话呢，我咋能给自己转正呢，这是我说了能算的事吗？要是我说了算，早就转了，一百次也转了，还能等到现在？"

校长说："人是活的，不会想办法吗？你又不傻，你又不是想不出来。"

赵玲说："我就是想不出来。"

看见赵玲茫然若失地站在那里，校长说："你看人家孙晓红，一个人，要想在这个世界上混，就得像那样的，做人就要做那样的人，做孙晓红那样的人。"

校长忽然提起孙晓红，让赵玲一下想起好多事情。孙晓红原来也是他们这里的代课教师，来的时间比赵玲还要迟好几年呢。可是，短短的几年，孙晓红不仅转了正，而且一路上升，一路狂奔，很快就噌噌噌地上去了，如今已升至联校的副校长，已经不教书了，专门当官。如果她愿意干，校长一职也早晚是她的。

提起孙晓红，赵玲倒没什么，校长却是一身的伤痛呢。

"一转眼，人家已经成了我的顶头上司了。"校长牙痛般吸吸溜溜地说道，"我呢，死脑子，还以为还是原先的那个孙晓红呢，其实早就不是了。见了面，要么眼睛都不朝你看一眼，要么就是公文式的批评、教育、教训，对你一千个不满意、一万个看不上。公路不通，骂我；学生交不起学费，也骂我；井干了提不上水来，还是怨我；甚至全联校在县里排名靠后，社会风气不好，人们道德败坏，也都成了我的不是……你说，我一个比芝麻还要小的小校长，能管得了那么多吗？那和我有关系吗？后来，我总算是明白了，甚也不是，这就是在找我的碴儿呢，千方百计地寻你的不是，逼着让你自己主动提出来下台，辞职不干，真是厉害啊。"

赵玲说："当初是你帮她转正的吗？"

校长说："是哩，不是我还能是谁？就是我这个贱人！……当初每天哄着我，连哄带骗地让我帮她转了正，是我瞎了眼，办了那么一件事，那是我这一辈子办得最糊涂的一件事。平时不想还好，一想起这些，我就难过得要命。赵玲啊，我不能原谅我自己呢。"

赵玲说："孙晓红是个精明的人呢。"

校长说："岂止是精明，肚子里全是鬼。她这一生就是用接连不断的鬼话一程一程地铺出来的。和她在一起，你永远也别想知道她在想什么，永远都摸不着她的脉，她好像没有脉呢。"

看见赵玲刚要说什么，校长却一下按住了她的手。校长说："你别说，让我说。是哩，刚来的那时候，每天往我这里跑，你们可能也都看见过，每天最少来一趟。一来了就对我说：'胡校长啊，我最佩服的人就是你了，你知道我这一生最大的理想是什么吗？'我说我不知道。她说：'我最大的理想就是每天都能和你在一起。'……说实话，这话我当时就不敢信，可是，她总这么说，每天都说。人谁能架住这呢？我呢，慢慢地真的也就信了，不信也得信了。当时心里还曾经美过，还觉得自己很行，误以为很有魅力。有一次，我老婆让我穿一件几年前的旧衬衫，我嫌不好看，又担心不能够让孙晓红眼前一亮，就死活不穿，还大吵了一架，气得她呜呜直哭，唉。"

赵玲说："大家都说她有一套能迷住人的功夫，那是天生带来的，不是谁想有就能有的。"

校长不住地点头，说："是的，她会说话。她对我说：'校长啊，我要是转正了，就能天天和你在一起了，可是，我要是转不了正，说不定什么时候我就被辞退了，那你就再也见不着我了。'听她这么一说，我的头马上就嗡嗡地晕起来了，整个身上也热得厉害。我就在想，啊呀，她说得对呀！当时我就像烧红的热炭似的对她说，我一定想办法帮你转正。我没有和她来虚的，我是那么说的，也是那么做的。拿着我这张老脸，费了好大的劲，竟就真的帮她办成了。事情办成以后，连我本人都有些不敢相信，我总在问自己，那是我干的事吗？"

赵玲看见校长的脸有些微微发红，最初她以为是自己身上的衣服把校长的脸映红的。后来她往旁边站了站，与校长拉开一些距离后，发现校长的脸还是红的，就知道不是衣服的作用。那么，是什么让校长红了脸呢？赵玲觉得，应该是被孙晓红气的。她看得出校长真是又气又悲愤，一只手还有些抖呢。她想，咋能气成这样呢？她好像看到了他的心里，悲愤，难过，后浪推前浪。她想，那就再听他说一会儿吧，说出来他也许就不那么难过了。她本来是打算要走了，校长的这间凌乱的办公室兼宿舍让她这个一向整洁惯了的人有一种说不出来的担心和不适。那种东西，多少有点儿像校长头上的一撮头发，总是那么生硬地支棱着，不听话地翘着，从来都没有倒下去过。

但是，校长却不管那些，他继续说道："一转了正以后，我很快就发现她不对了，不是原来的那个她了，变成了另外一个人，再要想见她一面，已不是一件容易的事。有时候请假，说是去看病，实际上她没病，去的也不是医院，而是联校、教育局。"

赵玲说："事实证明，人家那样做是对的。"

校长像是被一个东西狠狠地噎了一下，有些茫然地看着赵玲。他的嘴张开一下，但很快又合上了，脸上闪过一丝痛苦的表情。他说："你是说，不然她咋能当上联校的副校长？"

赵玲点点头说："不然的话，她现在还是我们这儿的一个代课老师。"

校长说："是，肯定还在代课。当上就当上了吧，人是从我们这里出去的，我也高兴哪。可她的脸变得也太快了，全不念一点儿旧情。有一回，当着好多人的面训我，训得我抬不起头来，恨不得找个地缝钻进去，还说要撤我的职。他妈的个婊子，我他妈的一辈子忠诚党的教育事业，她说要撤就把我撤了？"

校长拖过那把靠背上露出棕毛和棉花的椅子，让赵玲坐。赵玲没有坐，他自己坐下了，坐下后不久，很快又在椅子吱吱扭扭的叫声中站了起来。

赵玲说:"我走了。"

校长说:"那事你要考虑。"

本来已经走到门口了,就在伸出手开门的时候,赵玲忽然又停了下来,她回过头,对校长说:

"你愿意再办一件糊涂事吗?"

校长的表情像是被打了一枪,他说:

"什么事?"

"帮我转正。"

赵玲说着,又返了回来。

"啊呀,这事有些难办呢。"校长看着赵玲。不知什么时候,他又坐在了那把靠背上露出棕毛和棉花的椅子上。赵玲转过身的时候,看见校长的身体在那把椅子上奇怪地转了一下,画出一个半圆。接着,又听见校长说:

"不过,再难我也愿意帮你。"

为了表示心里的感激,她朝校长笑了一下。

她笑起来的时候很好看,这一点,校长也知道,所以,校长一改不久前的那种悲愤没落的神情,很快又变得高兴起来。

"不过,我得纠正你一下,"校长对赵玲说,"帮你办事不能叫糊涂事,因为你和孙晓红是不一样的,有着本质上的区别。给她办事,那才叫糊涂事呢。"

听到校长这样说,赵玲没有说话,只是笑着。

校长又说:"要办的,我要把你这件事当作我后半生的一件大事来办。"

校长的话如同一根绳子,又把她拉近了一截。赵玲自己也明显地感觉到了,感觉到校长一直在用力,仿佛在对她说,过来,过来,再过来一点儿。她渐渐地又有些不由自主被拽了过来,离他越来越近了。

"坐下来和我说说话吧,我心里闷得很呢。"

校长看着赵玲,向她恳求道。说完,站起来,用手拍拍他才坐过的那把靠背露出棕毛和棉花的椅子,让赵玲坐下。赵玲犹豫了一下后终于坐下了，坐下去的那一刹那，她感到校长的一只手像一片云彩一样停留在她的头发上面。

很快，校长又从她的背后来到她的面前。那时候，赵玲听见校长出气进气的声音都很重，感觉他的身上好像背着一捆东西。

一个热气腾腾的学生突然推开门闯了进来，大声地问校长，水缸里还有水没有，要不要给你的缸里抬水进来？

校长瞥了一眼靠墙放着的那个水缸，里面的水已经见底了。按照以往，正是需要水的时候，学生们的估计是对的，但是此刻，校长却不想让他们乱哄哄地抬着水桶进来。另外，他本人也被那突如其来的动静吓了一跳，完全没有一点儿防备，惊得他三魂出窍，心里一阵乱跳。他说：“不要，不要。”说完这一句后，又对那个愣在门口的学生说：“不好好上课，瞎跑什么?! 赶快出去。”

学生有些奇怪地看了校长一眼，关上门出去了。很快，门外传来刚才那个学生的声音，他正在对别的同学说：

“明明缸里没水，他却说他不要水——”

一个学生说：“他是不是神经了？”

又有一个学生说：“门关得这么紧，是不是里面有女人？”

先前的那个学生说：“什么女人！是赵老师。”

“赵老师不是女人吗？”

“对呀，赵老师难道是男的吗？”

“一男一女关在一起，没有好事。”

“他们一定是在压擦擦。”

外面的说话声，校长和赵玲都听得清清楚楚，几乎每一句都到了他们的耳朵里。校长想，过去那些年代里的学生们多老实呀，他们哪敢这样啊，他们好多人什么都不懂哩。校长从心里怀念已逝的那些年代，怀念那些年月里的老实本分的学生们和老师们，甚至各行各业的人们，甚至手中有权却从不滥用的领导，再也不会有那样的时代了……校长看见赵玲面色绯红地站在那里，他没有注意到，早在那个学生从外面突然推门闯进来的时候，赵玲就被吓得从椅子上站了起来。

赵玲说："不行，我得走。"

说着，就往外走，校长突然拽住了她的胳膊。校长低声对她说："不能走啊，这个时候你哪能走呢？这个时候你要是出去，你就会像明星一样被注意，被瞩目，万众瞩目，那种光景，你不怕吗？"

校长的话又一次起了作用，赵玲顿时站住了。校长不是在吓唬她，他说得有理呢，校长三言两语描绘出来的那幅图景怕是搁在谁身上也受不了呢。那么，自己又是谁呢，凭什么能承受得了那些？这样想过之后，她就在原地站了一会儿，后来突然用两只手捂住自己的脸，像是自言自语，但又像是说给校长听的。她说：

"我完了，我以后还怎么在这个学校继续教书呢？"

她的声音里已有了一丝明显的哭腔，这让校长也没有想到。校长先是愣了一下，然后对她说道："看把你吓的，别怕，没啥大不了的。"

看见她还用手捂着脸，校长又说："别怕，我觉得我们不应该怕，你和我，咱们都穿着衣服呢，咱们又不是没穿衣裳。"

听见校长这样说，赵玲慢慢地把手从脸上拿开，看着校长。校长像个校长呢，一直都在尽量地安慰她，积极地开导她，从好多个方面慢慢地寻找口子切入，说一些好听的话，说一些温暖人心又鼓舞人心的话，说一些大多数的女人都容易能听进去又爱听的话。时常又担心说不对，怕一不小心伤了她，所以很多时候总是在反复地斟酌来斟酌去，小心翼翼地琢磨，想了又想，有时甚至完全拿不准，不知道到底是该把已经涌到了嘴边的话说出来，还是再不动声色原封不动地咽回去。校长也难呢，不当领导不知道领导的难处，这让他头上的黑褐色的头发里出现了不少的白头发，它们一冒出来就带着一种年轻气盛咄咄逼人的架势，积极地上蹿下跳，左顾右盼，多方联络、结盟、成团、成伙，到处抢占地盘。校长有时会自觉不自觉地伸出舌头，轻轻地舔一下自己的嘴唇。那是由于嘴里时常会尝到一种苦涩，他的心里或许比他的嘴里还要苦呢。

然而，也就在那同时，赵玲又隐隐约约地觉得校长似乎正在迅速而果断地完成着一件事情。那件事情，不能没有她，却又不能让她知道，甚至也不能让她有所察觉。校长像是有意瞒着她的，校长是在一种只有

259

他本人才一清二楚的秘密状态下三步并作两步地做完那件事情的。那情形，有点儿像是一个人在黑暗中打了一个手势，除了他本人，再没有任何一个人能够知道。赵玲惊讶地发现，在做完那件谁也不知道的事情以后，校长的那张一向气色都不怎么好的脸上竟有了一层薄薄的光，镜子一样忽闪来忽闪去。校长脸上的那层薄薄的光在一闪一闪地晃着她，她不由得多看了他几眼，此时的校长让她感到有些陌生。这些年来她还是头一次有这样的感觉，她觉得，校长有时候不像是平常的那个校长，也是个心如深井的人。

正七上八下地想着，忽然看见校长走到门口，先是重重地咳嗽了一声，然后猛地一下拉门。原本是要冲门外发一通火的，脸上已堆起了丛丛怒气，但拉开门以后却发现外面并没有人。眼前的情景让校长也有些惊讶了，有些不敢相信，不仅这边的门前没有人，整个院子里也没有一个人，只有两只鸡在南墙根下低着头刨食。

校长抬起头看看天，看见天上的云彩有些脏，像是刚刚用手摸过、揉搓过。

校长重新关上门，对赵玲说：

"一个人也没有。"

校长的口气是轻松的，脸上也重新平静了下来。不久前堆起在他脸上的那一丛一丛的怒气仿佛已被他没怎么费劲就铲平、运走了，甚至让他觉得他还没来得及收拾它们，它们自己就消失了。想了想，他又说：

"人们经常总是自己吓唬自己，凭空捏造出一个东西，然后把自己吓得半死。"

赵玲说："刚才外面那么多孩子，那是凭空捏造出来的吗？"

"都走光了。"校长说，"都是小孩子，不长记性，回去睡一觉，醒来以后就都忘了。"

忘了什么呢？赵玲想。她从校长的话里又一次感到校长是在尽力地秘密地做着一件事情，还是不久前她忽然感觉到的那件让她说上来的事情。校长一直暗暗地默默地锲而不舍地在做，似乎想做得更圆满更牢固一些。校长一直抓住不放，那到底是什么呢？

又想，管他是什么呢，我该走了。

于是，她对校长说："我走了。"

校长说："赶快把你身上这件要命的衣服脱了。"

她说："我回去就脱了。"

校长说："现在就脱了吧。"

看着校长的脸，听着他说的话，感觉却像是回到了小的时候，有人悄悄地走过来，猛不防从后面揪住了她的辫子。无论她怎样使劲地回头，却始终也看不见背后的那只手，你调整，后面的那人也随着你一起调整。

"路上也有危险哩。"校长的声音热风一样吹在她的脸前，"一不小心让他注意上了，那就麻烦了。"

说着，就上来帮她，一只手的拇指和两个手指捏住她一个袖子的袖口，噜地一下，剥玉米一样，一下就把她的一条胳膊剥出来了。赵玲惊叫了一声，或许是她叫得太低了，或许是校长剥得过于认真过于专注了，校长竟完全没有听见她的叫声。校长这个人喜欢剥玉米呢，每年的秋收时节，他都要放下手里的事，去地里客串几日农人，刨刨土豆，剥剥玉米，摘摘豆角。尤其是在趁着露水摘豆角摘南瓜的时候，校长会模模糊糊昏昏明明地把自己与多年以前的陶渊明混为一谈，嘴里哼哼着，手上忙碌着，痛快淋漓地打打喷嚏，无法无天地咳嗽几声。有时候一不小心把鲜嫩的玉米挤破了，玉米的汁液会嗞地一下直接溅到他的脸上，白白的，甜甜的，黏黏的，稠稠的，凉凉的，怪好受的，无论啥时候想起来都怪好受的。基于这样的一种感受，有时他会故意把它们弄破，为的就是让它们迸裂，让它们嗞地一下，黏糊糊地溅到他的脸上。是的，有时候就是为了那一下……他闭上眼睛，随手摸索着，到处都是丰收的景象和实物，硕果累累，随便摸到一个就是，多么粗壮结实的萝卜啊，多么滚圆饱满的南瓜啊！他觉得自己都有些忙不过来了，他想，有谁能来帮帮我呢？他叫了一个人的名字，但是却听到有人低声对他说：

"不行。"

是赵玲在对他说。接着，又看见她像沉甸甸的一株谷子一样从他的

261

脸前挣脱出去，一边斜着往门口走，一边将另一半衣服穿上，扯平。等他赶到门口的时候，她已经走到了院子里的两棵树下。她急急地走着，头也不回。

校长站在门口看了一会儿，看她走路的那样子，会让人以为天上正在下雨。校长抬起头看看天，天是晴天。看过后，校长忽然想道，啊呀，我这是怎么了？明明就是晴天，还不敢信，还要抬头看。

这以后，校长就那样站在门口，赵玲早已走得完全看不见了，他还在门口站着。他觉得自己并不是在送她、看她，她也没有庞大无比地塞满他的心里。他的心里正纠缠着许多牛毛一样的事情，如果一定要把赵玲也算进来，她也只是其中的一撮，最多也就是一束。"一束也不算少了，"他想，"我的老婆和我一起过了这么多年，生了好几个孩子，恐怕也刚刚只够一束，闹不好还不够一束呢。"这是一些。至于充斥在他心里的另外的那些是什么，他自己也不是很清楚，反正是有，每天都和他难解难分地纠缠在一起。

后来他回到屋里，看见那把靠背上露出棕毛和棉花的椅子，忽然想起了她临走时说的话，他不禁冷笑了一下。

"还说不行呢，有你行的时候。"

一只蜘蛛在门框上面依托着门楣和椽头结了一张网，已经安家落户住了下来。校长歪着头看了一会儿，找来一根两尺来长的木棍子，棍子握在手里，眼睛看着那张已经有了一些家的模样的网，在心里一遍一遍地问自己，捅还是不捅？捅吧，又觉得有点儿不忍，它们好不容易才找到这么一个角落，刚刚把家安顿下来；不捅吧，它们成天挂在他的门楣上方，让他的这间屋子看上去有一种没有人气、死门绝户的意味……他犹豫着，左右为难，捅也不是，不捅也不是。有一阵子，他忽然感到有点儿纳闷，不明白自己怎么会无缘无故地陷进这么一个奇怪的难题里去。没有人在前面引导，也没有人在一旁逼他，完全是他自己一不小心陷进去的。

过了很久以后，一位家里丢了牛的学生家长到处找牛，在从学校旁边的一条斜坡上经过时，看到了校长的那副模样。校长肯定不是丢了牛，倒像是丢了魂呢。正在四处找牛的学生家长本想过去和校长打个招呼，顺便看看他一个人到底在那里做什么。但想到家里的牛还无影无踪，没有一点儿着落，便只在那坡上停留了一下，又匆匆地往一条沟里去了。

院子里的那两棵沙枣树开花了，这些天来，赵玲一回到家里，沙枣花的香气就立即向她飘了过来。她走到哪里，它们就跟到哪里。有时她睡着了，它们也会一点一点地飘进她的睡梦里。有时她想，我没回来的时候，它们在哪里呢？有一天夜里，她梦见它们压在她的身上，紧紧地抱着她。她没想到它们有那么大的力气，把她的身体翻过来又翻过去，一遍一遍地让她的身体翻腾起来。有一阵工夫，她甚至明显地觉得她自己也像它们一样飘了起来，好半天落不下来。就在那时候，她用一种俯瞰的姿势，看到了自己刚才一直躺着的地方，那上面留有她的气息，枕边还有她的一只镯子。

晚上，她正在院子里坐着，忽然看见校长站到了她的面前。先是看见一双鞋，她吓了一跳，顺着鞋一直又往上看，就看见了校长的脸，她惊叫了一声。

她说："校长，你怎么来了？"

"我怎么就不能来？"校长说，"来看看你，世道这么乱，我担心我下面的老师们呢。无论谁有个闪失，都不是闹着玩的，也是我的责任呢。"

校长是怎么进来的呢？她想，吃过晚饭以后，她一直在屋门前坐着，身边萦绕着沙枣花的香气，没看见有人从外面进来。校长的样子更像是从沙枣花的香气中变出来的，更像是从沙枣树的树身里分离出来的。

她问："校长，你吃了吗？"

校长没有回答，像是没有听见她的话。他也没有看她，而是在院子里来来回回地走着，浏览着。抬起头看看天，看她房上的瓦，又看了那两棵开满了无数小碎花的沙枣树。校长觉得那房上的瓦很好看，像是有些时候的云彩，一畦一畦的，如同被精心地犁过。校长觉得盖这房子的人了不得呢，能把那么多瓦铺排得这么好看。校长还觉得那些在窑前烧砖烧瓦的人也都很伟大呢，一点土，一点泥，搅和搅和，揉巴揉巴，烧一烧，熏一熏，就烧出了这么好看的砖和瓦。除了这些以外，沙枣花的香气也一阵一阵地直往校长的鼻子里灌。其实，这样的树，他自己的院子里也有两棵，但他好像都不记得了，也完全不认识了。他边走边想，喃喃自语，这是什么花啊，开得这么香，这么好？又说，院子是个好院子，就是太偏了些。

后来校长就来到赵玲面前，停了下来。赵玲从屋里又搬出一个凳子，校长坐下，一条腿架到另一条腿上。

"住得确实有些偏哩。"校长对赵玲说，"我一路走过来，又是大水坑，又是树林子，又是一些没人住的快要倒塌的旧房子，感觉不是去串门，倒像是去探险。"

赵玲说："把我们这里说成啥了，好像我们住在荒山野岭。"

"你说对了，有一点儿呢。"校长说，"有一点荒山野岭的味道呢，这也正是让我不放心的地方。"

赵玲说："没事。"

"没事？"校长说，"等有了事就迟了，一切都来不及了。别人谁想马虎让他们马虎去，你可不能大意，大意失荆州呢。"

赵玲说："人们不常到这一带来。"

"谁说的？"校长说着，扭过脸，指了一下他们旁边的那座山，"这座山，我认识它比你早多了。小的时候经常上去砍柴、挖甘草，有时候一天还不止一回。"

赵玲看着校长，她一时无法把眼前的校长与很多年前的那个上山砍柴、挖甘草的孩子联系到一起，觉得完全不可能是同一个人，两个人之间没有一点儿像的地方。那中间到底发生了什么，她觉得恐怕没有人能说得清，就是让校长本人来说，他也一样未必能说得清。赵玲想，既然校长本人说他曾经上去砍过柴，挖过甘草，那就让他砍吧，那就让他挖吧，还能不让人家砍吗，还能不让人家挖吗？更何况，那已经是很多年以前的事了。

满院子沙枣花的香气。校长坐了一会儿，忽然觉得自己比不久前刚进来那时消瘦了不少，他抬起一只手摸了摸自己的脸，觉得脸瘦成了刀条。他想，真是奇怪呀。

又看看坐在他对面的赵玲，看到她丰盈的体态，沙枣花的香气仿佛把她的全身都染了一遍。

校长像一只喜欢嫉妒的猴子一样看着赵玲。校长觉得沙枣花的香气有些不公平呢，让作为这个院子的主人的赵玲的体态看上去那么丰盈，那么鲜润，而让他这个来串门的客人却失尽了水分，变得越来越扁瘦，越来越干枯。他想，我的那些肉到哪儿去了呢？好好的平白无故就短了不少，不见了。他模模糊糊地有一种被吸血的感觉。但是，很快他又想到，这是在人家赵玲的院子里，沙枣花也是人家的，无论多香也是人家的，不公平也是正常的。

院子里靠窗户下面还有一片牵牛花，校长一开始没有注意到，这时才看见，看见有的已探头探脑地爬到了窗户上。校长情不自禁地哎呀了一声，没有什么特别的深意，就是随口叫出来的。校长觉得自己仿佛听见了牵牛花用力吐丝的声音，一朵一朵的花在那种咝咝的声音里正在慢慢地张开、绽放，里面流着蜜。

校长说："王明不常回来吧？"

"不能回来，"赵玲说，"就过年的时候能回来几天。"

校长"哦"了一声，表情却有些茫然。

"人在这个世界上活，不容易呢。"校长说，"我就时常觉得活得很费劲，而且，不少时候，费劲也还是白费劲。"

校长的话让赵玲忽然想起了王明的弟弟。每次去王明的父母那里吃饭，只要他在，他都会说，这年头，好人不可能活得多幸福，只有真正的坏人才能活得得心应手、如鱼得水。看到赵玲在一旁笑他，就说，嫂子你别信，事实就是这样的。他和他的那些朋友经常讨论的一个问题就是怎样才能让自己成为一个真正的坏人。又说，成为坏人不是目的，只是一种手段，目的是要能够活得如鱼得水。几年过去了，他们既没有成为坏人，也没有成为多好的人，都在半空中吊着。他告诉赵玲说，成为一个真正的坏人也不容易呢，不是谁想成为就能成为的。

校长问赵玲："你们平时怎么说话呢，打电话吗？"

赵玲说："电话也不常打。"

校长说："为什么？"

赵玲说："他嫌贵。"

校长听了，就有些不平了，主要是替赵玲感到不平。校长说："这个王明，咋能那么算账呢？"

校长不经意之间的一句话恰好触到了赵玲的一个痛处，这些天来她每天都盼着王明的电话。走了好几个月了，她觉得打一个电话一点儿也不过分，但是每天都没有。有时候听见别人的电话响，她会莫名其妙地愣一下，然后才明白与自己无关。她知道王明不是不想打，主要还是因为他舍不得那两个钱。每次回家来，王明都会自豪而又满脸疲惫地告诉她说，他是一路站回来的。四五十个小时的路程，让他的两条腿肿得像树一样。她说，你不会坐着回来吗？王明说，坐票要比站票贵好几倍呢。王明这样做，是要让她相信他是一个勤俭持家、能够吃苦耐劳的好男人。这一点她相信，可是每次听到这样的消息时，她心里涌起的不全是高兴，而是一种莫名的烦乱和痛楚。她想，每次都一路站着回来、蹲着回来，省下那点儿钱又能干什么呢，也没见它们起了多大的作用。

对于那些事情的回忆，让她的神色渐渐地变得有些黯然。

院子里安静极了，只有微风吹过树叶的声音，对面的山上也是一片寂静。

她说："校长，你是为我转正的事来的吗？"

校长说："你真聪明，一猜就猜着了，是哩。"

她苦笑了一下。

"我觉得希望不大。"

校长坐在那里挥了一下手，说："不能说不大，希望还是有的。"说着，又挥了一下手，这一回是从反方向挥的，仿佛是在完成一个仪式，仿佛刚才只做了一半，"人是活的，事在人为，多少事都是这样的。"

说着，就听见他坐着的那个凳子吱吱嘎嘎地响了两声，接着又看见两个人之间的距离近了不少。

一只雪白的蝴蝶那么大的飞蛾在校长的脸前翩翩起舞，校长一挥手把它赶走了。不是它舞得不好，而是校长觉得它舞得太乱。

"世上那么多办法，并不是本来就有的，都是人想出来的，有不少是人被逼急了才想出来的。"校长说，"多少重大的革命、发明，包括那些数也数不清的阴谋诡计，都是人想出来的，一代一代的人想出来的。人要是不想，是不会有那些的。"

"我想不出来。"

"不是还有我吗？"

"校长，你来时带手电了吗？"

"手电？"

"这一带路不好走，又没有月亮。"

"啊，怕我掉进你们旁边那个大水坑里去？你就不怕我走了以后，那个人突然来了吗？"

"哪个人？"

"那个到处强奸、到处杀人的家伙。"

她愣住了。校长不像是在胡说呢，还说那个人随时都会翻上墙头，咚的一声跳进来，说得有声有色，有鼻子有眼。她看了看黑暗中的院墙，院墙不算太低，至少有一人半高呢。可真要是有人想翻进来，那也还是能进来的，尤其是像那种早就不要命了的人。墙头上插满了各种颜色的碎玻璃，都是尖的那一头朝上。王明早就想到了，就是怕有人半夜翻进来，可那又能顶什么用呢？校长特别提到，他听说那个人作案时，不管春夏与秋冬，都总是戴着一副厚厚的结实耐磨的黑皮手套，一来是为了避免手受伤，二来也是怕留下指纹、留下线索。这样一来，至少在翻越这样的院墙时，他的手不会被划破。这样一来，王明的一番苦心，那些尖头朝上的碎玻璃，无论怎样锋利，无论怎样耀眼，也就都没有用了。

这样一想之后，她立即就有了一种唇亡齿寒的不祥之感，仿佛一切还没有开始，先就已经失去了一层防护，不知不觉中已被剥去了一层衣裳。

她告诉校长说，她已经把那件红衣服脱下来、收起来了。

校长听了，却笑了一下，嘴里的牙像是黑夜里被一阵亮光突然扫过的一排树。

"那指的是白天，别人能看清你身上的颜色。"校长说，"到了晚上，天黑以后，就不能按那个来了，穿什么不穿什么已经不重要了，他才不管你红衣服不红衣服的。因为在那时候，无论是谁，看上去都会是模模糊糊的一团，根本分不清你穿的是红衣服还是黑衣服。"

校长说着，转过脸去，仔细地看了看周边的院墙，又看了看闭着的街门。校长像是看到了什么不好的东西，他的表情有些凝重。

校长的话和校长的举动，让赵玲在害怕的同时又有些泄气和绝望，先是说不能穿红衣服，没想到把红衣服脱了却还是不行，还是不保险。现在，看校长的神情，那个人好像就在门外。

果然，她听见校长说："今天这个晚上有些特别哩。"

有什么特别的呢？她屏住呼吸，看着已被夜色笼罩了的校长。

"我这个人一向运气不好哩，"校长的声音像是从很远的野地里传来的，"经常会不知不觉地沾上一些乱七八糟的东西，夹带在身上。没发现的时候，俺也不知道，等发现了，自然是想摆脱掉、想甩开，却不大容易能甩开呢。最早的时候，以为是跟上了鬼，带上了邪气。后来受党教育这么多年，才知道不是鬼怪，而只是一些不好的东西。一个人时运不济就会这样，常能碰上这些，不想碰也得碰，没办法。我们那几个孩子小的时候，每次我深夜回去，我的女人听见我的脚步声渐渐到了门口，就在屋里大声地对我说：'拍打拍打你的身上再进来，别把那些孤魂野鬼带进来，孩子们还小呢。'听到她在屋里这样说，我也就十分的心虚、自卑、不自信、没把握，也就真的觉得好像有什么东西附在我的身上，要跟着我回家。我就站在门口，前后左右地用力在自己的身上一遍一遍地拍打。拍得也响亮呢，打得也厉害呢，直到觉得彻底拍打干净了，觉得没什么问题了，觉得能进去了，这才推门进去。"

"听说真的有过那种事？"

"当然有，一个人深夜往家里走，本来心里就毛毛糙糙的，不像白天那么亮堂。自然，要是你回去后不久，睡到半夜，孩子突然发起烧来，脸烧得像火一样，突然抽起风来，说起胡话来，说你还欠他一百块钱，说他就要走了，或者怪声怪气地哭个没完，那种时候，真是让人疑惑呢，你真是解释不清呢。很难说是出了什么事，还是你不小心把什么带回了家里，真是说不清呢。"

在校长那低矮得如同一溜儿瓜棚一样的话音里，这个晚上正在一点一点地向更深处走去，正在被越涂越黑。赵玲突然发现，校长说得对，这个时候坐在他的对面，已经看不清楚他身上的颜色了。只看见模模糊糊的一堆，堆在那个凳子上。

就在那时候，她忽然听见院子里传来咚的一声，那一下像是落在了她的心上。她转过脸去看时，有人突然从后面把她抱住了。她急忙叫校长，校长却不见了，他坐过的那个凳子上空空的，刚才那一堆模模糊糊的东西已经没有了。

校长到哪儿去了呢？她想，不会是已经跑了吧？

她听到了微风吹过沙枣树时发出的声音。

就在那时，耳边却传来了校长的声音："不要怕，我在呢。"校长的声音是那么的低，仿佛在院子里挖了一个坑，他正站在那个坑里说话。她回过头去看，果然没有校长的脸，只看见一条黑乎乎的散发着日常气息的胳膊慢慢地爬上她的肩头，站在那里张望了一下后，又摇摇晃晃地贴着她的胸前一路垂了下来。每垂下一截都很费周折呢，都要经过一阵摩擦和斗争才能通过，才能继续成行。在前面开路的当然是那只手，可是它不像是一只手，像是五铧犁，呼呼地从她的胸前犁过，像是五名参加长跑比赛的运动员，别看出发时的位置都不一样，可到达终点却都是一样的。

她的眉头慢慢地锁紧，感到两个乳头被那五铧犁犁得痒了起来。她抓起那已经合到一起的五铧犁，狠狠地扔了出去。

好像真的被她扔出去了，从此再没见它们回来。就在她为自己的力气觉得惊讶的时候，消失了好一阵子的校长却忽然出现在她的面前，校长看了她一会儿，突然不容分说地抱起她，向屋里走去。

"你很有些分量呢，"校长呼哧呼哧地喘着气说道，"我要是再老个七八岁，肯定就抱不动你了。"

校长表现出一种与他的年龄不相称的稚嫩和好奇，像是刚刚得到一幅画一样，急于想看看里面到底画了些甚。他小心地放好，然后开始解那根系着画儿的小绳绳，一下没解开，他的鼻子上立即就冒出了汗。谁能帮帮我哟？他在心里喊道。

没有人帮他，但是，不久以后，他还是解开了。他不禁暗自想道：有时候你得相信人力，不能全信天意。他小心地放开、铺展，眼前的情景让他的嘴越张越大，嘴一张大，就发现说不出话来了。

校长忽然用一只手捂住自己的嘴，他觉得有些不对劲了。他听到一阵扑棱扑棱的响动，似乎他的那颗心就要从他的嘴里滑溜溜地蹦出来了，这种突然到来的危险让他及时地捕捉到了。校长忽然想起自己曾经在一辆从省城开往县城的大巴上看过的一部乱七八糟的香港电影，里面别的大都忘记了。他只记住其中的一个情节：一个人，一咳嗽，竟不小心把自己的心和肝咳嗽了出来，鲜红热乎地掉到了另一个人的肩膀上。那两个东西，都还活着呢，都还在动呢，都还在冒着热气呢。校长当时惊讶得差一点儿从座位上跳起来，他想，香港人真能胡闹呀，还没见有人这么胡闹过呢。校长现在就有那种感觉呢，他也怕自己的东西一不小心掉到赵玲的脸上，或者掉到她的两个乳房之间，那就不好往回拿了。他认真地捂了一会儿自己的嘴，直到觉得危险似乎已经过去了，才慢慢地把手拿开。

校长趴在赵玲的身上，用两只胳膊支撑着自己的身体，这样的一种姿势让他不禁回忆起一次痛苦而蒙羞的经历。去年秋天里的一天，他在操场边转悠的时候，看见学生们正在练习俯卧撑，动作十分可笑，完全是在胡做。那时，作为校长的他忽然一时兴起，心血来潮地走了过去，他要亲自给学生们示范一下，让他们看看什么叫俯卧撑。校长对自己的身体还是比较乐观的，他认为像俯卧撑这样的运动，自己还是能做几个的，却没想到下去后竟再没有起来。他的身体像是被地皮牢牢地吸住了，学生们在旁边大声地给他加油呐喊，他也还是没有起来，弄了一身一脸的土，结果自然后来被全体师生传为笑柄。那件事情让校长十分的懊悔，独自一个人的时候，他想，我他妈的，我那是怎么了？我真是有病呀！好好的步不散，为什么非要去凑那个热闹不可？像是有鬼催着呢。要是早知道会那样丢人，他是万万不会去的，他会远远地走开，或者就在旁边站着不动，别人也不能把他怎么样，谁也不会上来邀请他或者逼着他去做。问题的症结还在于他自己，在于他对自己的体能估计不足，估计得有些高了，以为它行，实际却不行，一点儿也不给他争气。笑柄不可避免地留下了，学生们常常模仿他呢，用来开心。有一次，他正在厕所里一边系裤子，一边仰头望着天，耳边却忽然听见外面不远处有一个学生正在学着他的声音和语气，对另外几个同学说："来，都过来，让我告诉你们俯卧撑是怎么做的。"他脸上不禁一热，就听见扑通一声，等他出去的时候，看见刚才模仿他的那个学生已经趴在地上了，一动不动地趴着，看上去像是昏迷了过去。后来，有人忽然发现了他，他们看见校长黑着脸站在那里，恼羞成怒地看着他们。校长的样子像是要把他们一口都吃了呢，他们急忙叫起还趴在地上的那个，逃命般朝远处蹦去。

对往事的回忆，让他忽然有些走神，松懈，他觉得应该马上振作起来。于是，他脸朝下看着赵玲，对她说："我就是那个到处强奸、到处杀人的歹人，你看我像不像？"

赵玲还从来没有这么近地看过校长的脸，他的眼睛、他的眉毛、他的嘴和脸上的表情，都不像是他了。看了一会儿，忽然觉得校长变得有些吓人，她不由得哆嗦了一下，脸上也变了色。

校长也看出来了，校长说："看你吓的，还真以为我是？我哪有那本事呢？"

看见她的脸色一时还没有变过来，校长又轻轻地拍了拍她，她的身上光得让他的手直打滑呢。

这以后，校长撤到一边，决定让自己小憩一会儿，可是，刚躺下，就听见一阵低低的抽泣。于是，他又疑惑地爬起来，用一只手臂支撑着身体，看见赵玲的脸上果然有泪痕，有泪珠，有一颗还正在滚动。

校长说："哭了？"

就在校长说话的那时，那颗透明珠子一样的泪滴流星般嗖地一下从赵玲的脸颊上滑到了她的下巴上。

校长伸出一个手指，抹去了那颗在他看来像一块大石头一样的泪珠，之后，又放到自己的嘴边舔了一下。

校长说："好好的哭甚哩？"

赵玲说："我要去告你。"

校长没有想到赵玲半天没说话，猛一说话却是这么一句话，他先是愣了一下。

"你不能告我。"校长说。

一边说着，一边用刚才抹过眼泪的那个手指在她的胸前写画了几下，至于写的是什么，他本人也不知道。

"你去告我，我肯定就完了。"校长说，"可是，你想过没有，我完了的同时，你也就完了，两败俱伤。我已经老了，你还小，你年纪轻轻的，你图个甚呢？难道这就是你想要的结果？这是一个结果。另一个结果是，你转了正，成为一名正式的光荣的人民教师，这是多好的事呢。"

校长说："一转了正，你的工资就是你现在的十几倍呢。"

校长说："你不说，我不说，谁能知道，谁能看出来？唯一能看出来的就是你已经转正了，别人只会羡慕你的运气。这年头，人们笑贫不笑娼。"

校长说："你有必要了解一下目前的形势呢，多少女人都把那作为资本和手段，去实现自己的目的。"

校长说着，又分开她的一条腿，对她说："你这又用不坏，难道是我把它用坏了吗？用坏了，你还值得哭一哭，问题是没用坏，不仅没坏，看上去甚至比原来还要好呢。"

她把一条腿弯曲了一下，然后又突然蹬出去，校长"哎哟"了一声，朝一边倒去。很快，她把两条腿并拢起来，接着又紧紧地编辫子一样绞到一起。

校长重新坐起来，似乎什么事也没有发生过。

"你比我年轻，"校长慢慢地说道，"可是你有些落伍呢，有些跟不上这个时代哩。你知道现在国际国内是什么形势？可以这么说，百分之八九十的女人都是婊子，只是身份不同而已。"

她想了一会儿，说："你老婆也是？"

校长说："农村里的女人，活得可怜哩，她们连那也谈不上，连当婊子都轮不上她们。"

她说："我也是吗？"

"你不是。"校长微微地笑了一下，"不是还有百分之一二十的人不是吗？你就是那里面的。"

这样的回答似乎让赵玲很是受用，似乎也正是她最想听到最想要的。这以后，她明显地看上去比刚才平静多了，也柔顺多了，脸色白里透红，全身的白肉也有淡红泛出，两条紧紧地绞在一起的腿竟在她不知不觉中又松开了。

校长看见她的小腹那里忽然跳动了几下。

校长笑了。

校长又上来的时候，紧紧地注视着那张此时看上去比今晚任何时候都要安详的白脸。校长听见一个声音在自己的心里说，什么百分之八九十？差不多全都是，别以为你不是。你也是，别人都是，凭什么你就不是？你当然也是，我只是当着你的面不好说，怕伤了你。

校长回忆起自己小时候在山上砍柴时的情景，回忆起成人后苦苦奋斗的情景，苦难，辛酸，一年一年，一步一步，费的那个劲哪，也不知哪来的那么大的劲，有时候一不留心就会砍到自己的手上，鲜血咕咕地冒出来，哭着跑出来，太阳的光也成了绿的。

校长咬着牙，瞪着眼，他竟有一种正在掘墓的感觉，那感觉让他觉得奇怪。

她的小腹那里又在跳动了，像是一下把她跳醒了。

她睁开眼，问校长："家里的人不会出来找你吗？"

"不会来的。"校长说,"我对她说,联校要召开紧急会议,连晚上的饭都得在那里吃,边吃边开呢。她倒没怀疑什么,只是说:'一群穷教书的,能有什么紧急的事?还非得要连夜开会,也不怕让人笑话。'"

她说:"你早就没安好心。"

校长说:"你说得对哩,我的宝贝儿。"

"男人都经常这样撒谎吗?"

"不能这样说,宝贝儿,女人更会撒呢。"

校长赤条条地半躺着,赵玲让他穿上衣服,但是校长却不穿,校长像是一个不听话的孩子。

校长说:"我不穿。"

赵玲说:"你像一个任性的孩子呢。"

校长说:"孩子就孩子吧,反正我就是不穿。"

赵玲说:"我都替你不好意思哩。"

校长说:"你不好意思,那是你的事,我不会不好意思。"

停了一会儿,又用一种近乎恳求的声调说:"就让我光一会儿吧,难得解放一回哩。"

赵玲说:"你光吧,你解放吧,我要睡了。"说着,拉过被子,盖住了自己的身体。

校长像是醉了,醉醺醺地看着她,说:"你睡不着,你睡也是白睡,这个时候你哪能睡着呢?"

这个晚上,他没有吃饭,也没有喝酒,可大多数的时候看上去却是醉醺醺的,有时又十分松懈地呆坐在那里,甚至好像是刚刚被人打过。赵玲的目光每次从他的脸前扫过时,都会觉得奇怪。她听见校长说,我这个东西,跟上我,可是受了大罪了,一辈子缺吃少穿,吃,吃不上,喝,喝不上,也没见过个甚世面,土得很哪,可怜得很哪,活得窝囊哩,活得寡淡哩,活得委屈死了。随着他的声音,赵玲的目光像一小片云彩一样在那里停留了一下,很快就又飘走了。校长说,它要是跟上一个大人物、一个明星,长在人家的身上,那又是什么光景?

沙枣花的香气从窗外飘了进来,他们都闻到了。校长使劲地吸了一会儿，吸入的花香让他笑了。

"我今天好高兴哩，"校长对赵玲说，"我一生都会感激你。"

没等赵玲表示，他又说："我像是回到了从前，回到了小的时候。那时候，我最高兴的两件事，一个是过年，一个是过'六一'。每年过完年，我就盼着过'六一'，过完'六一'，又盼着过年。过'六一'要到十里地以外的联校去过，所有的孩子都排着队，带着干粮，一路敲锣打鼓地走着去，红旗在前面飘着。我想着母亲放在我书包里的两个鸡蛋，怕把它们挤坏了，它们来得不容易呢。我家有一只鸡，有了蛋从不在自己的窝里下，总是要想办法跑到别人的家里去下。一家人让它气得没办法，父亲时常提着一根棍子满世界找它。父亲说，这是个鸡，这要是转成个人，转成个女人，我敢说它一定不是个正经东西。母亲说，要是转成个男人，也一定是个能把人活活气死的男人。父亲没料到母亲会那样说，他先是愣了一下，后来可能是觉得母亲说得也不无道理，就有些顺势下坡地说，那倒是，那也是可能的。他的脸暗下去了，情绪也像是跌到了谷底。"

"后来有一天，它终于死在了父亲的棍棒下。"校长说，"父亲拎着死去了的一路滴着血的鸡，一边往回走，一边对它说：'这一下省事了，你也不用再到处跑了，我也不用再骂你了，也不用再到处找你了。'"

赵玲说："打死了？"

校长说："打死了。"

校长说："我那时也觉得那个鸡可怜呢，虽然它可恶、不安分，可千不好、万不好，它死了，你才发现它并没有多不好。"

两个人互相看了一眼，他们没有把那件事情再继续说下去。赵玲的身体在被子下面起伏着，校长像一个偷看马戏团表演的孩子一样，掀起一角钻了进去，一进去以后就紧紧地搂住她。校长的嘴慢慢地升上来的时候，竟意外地发现赵玲的脸没有像原来那样往一边躲，竟像是在专门等着他，此情此景，让校长激动不已。很快，他就发现那张嘴湿润地张开了，他感到自己狠狠地晕了一下，打摆子一样浑身颤抖了起来。

校长用颤抖的声音说："现在就是把我拉出去一枪毙了，我也没意见了。"

就像他说的那样，这一回真的和一开始的时候不一样了。

听见赵玲用一种十分遥远的声音在问："月亮出来了吗?"

校长说："不知道。"说过后，又觉得也许应该爬到窗户前，掀起窗帘朝外面看一看，可是又觉得有些爬不动，窗户看上去也是那么的远。又想道，突如其来的，她干吗要问月亮呢，它出来不出来难道很重要吗?

望着远山般的窗户，校长想，要弄懂一个女人很难呢，不管那是一个什么样的女人。

后半夜的时候，校长忽然说："我还是走吧，睡在这里不踏实呢，总不像是在自己家里。"

说着就坐起来穿衣服。赵玲把灯打开，突然出现的亮光似乎把刚套上一只袖子的校长烫了一下。他像是赵玲小时候见过的图画里画着的那种坏人一样，用一条胳膊挡着自己的脸，火烧火燎地说道："开灯的不要。"

赵玲关了灯。黑暗中，她说："你说话像日本人呢。"

"我也是急糊涂了，"校长说，"猛不防看见灯亮了，吓了一跳。"

他穿好了衣服，又嘱咐赵玲不要忘了把门窗弄好。走到屋门前，把门开了一些，探出头去朝外面看了看，看到院子里又黑又静，连那几道墙头也看不见了，两棵沙枣树只能模模糊糊地看见一棵，还是凭着白日里的印象和树叶的沙沙声才勉强看见的。

赵玲听到校长说："我好像是敌后武工队呢。"

她觉得那声音就在眼前，但抬头去看时，人已不见了。

原以为是一件多大的事呢，原以为自己会呼天抢地，甚至于寻死觅活。但事情过去后，赵玲却发现自己竟是出奇地平静，这样的平静倒让她有些震惊，有些不敢相信自己。她知道，她不是这样的，她把那样的事情从来都看得重大无比，几乎就是另一条命，万万没想到那么重大的东西竟是这样的平常、普通，甚至连一种很重的痕迹都没有留下，说完就完了，一眨眼的工夫就过去了。再从头回想的时候，发现它竟已开始

276

她的嘴张了几下，却没有说出话来。

"我知道你想说认识局长有什么用呢？"校长看了她一眼说道，"怎么能没用呢？当然有用了。别的先不说，就说你转正的事，你连管转正的局长都不认识，咋能转了正呢？你肯定在想，只要把书教好就行了，别的都在其次，这不行呢，人家要是不让你教，你马上就教不成了。"

"教不成就不教。"她说。

"唉，你看看，就知道你会这么说，这又是何苦呢？"校长说，"让你去认识一下局长，联络一下感情，这不是挺好的事吗，为什么非要往一条绝路上想呢？你去了，无非是吃一顿饭，人家李局长又不是要剥你的皮。再说，回了家，你也是一个人。唉，山中一昼夜，世上已千年。你是不知道，这个世界上有多少女人，每天把自己拾掇好了，涂脂抹粉，描眉画脸，就等着有人请她们吃饭呢。"

她站在那里，一时间看上去显得那么孤立，又有些可怜。校长也看在眼里，他拍了拍她的肩："就这么说定了啊。"

她没有说话，但是，校长从她的神情中看出她似乎已经答应了。

送走了赵玲，校长也锁上门开始往自己的家里走，村中的树越来越少了，走到哪里都明晃晃的，让人觉得刺眼。校长一边走一边想，世界是给那些有准备的人的，一个人要是没有充分的准备，又不会临时见机行事，千万别想在这个世界上混。混也是白混，混也是瞎混，到头来只会落得一身的伤痛、一身的羞辱，有的甚至还没有开始，就已经噗的一声结束了。

校长忽然想到了自己的年龄，他为这个年龄庆幸呢，再用不了几年，就可以退休了。李局长可能也快了，昨天给他打电话时，从话筒里传过来的那份热情让他觉得他们之间的关系是那样的深厚而密切，这在以前是没有过的，连电话也是头一次。一个局长怎么能给一个小学校长打电话呢？那么多的校长，对于局长来说，如同一群多胞的孪生兄弟一样难以辨认。到了那个时候就好了，世界纷繁就让它纷繁去吧，复杂就让它复杂去吧，说到底，那都是别人的事了。想看呢，就看一眼，不想看就不看。如同观看别人下棋一样，他们下得好呢，就多看看；下得不好，下得很臭，就转身走开。

正是黄昏时分，太阳红得胭脂一样，赵玲把一只手放到脸前，发现手也是红的。从家里出来，走到那个大水坑边时，她看见了校长的女人。校长的女人是从那边的梁上下来的，一个人，挎着一个篮子。看见是赵玲，校长的女人很热情，她告诉赵玲说，校长这两天像一个怀了孩子的妇女一样，每天跟她嚷嚷着要吃野菜，说了好几次，她都没顾得上理他。校长恳求她说，你就不能给我多少挖一点儿吗？我是没时间，我要是有时间，我自己早就去了。她说，你领着老师和学生们去挖吧。校长说，胡说，那还不让人们骂死？再说，那是要犯错误的。今天有空，她就出来挖了一些。她说，再不挖，过两天就老了。说着，拿过篮子让赵玲看，又说，够他吃就行了。赵玲说，你不吃吗？她说，我不吃，刚嫁给他的那些年，我没少吃。看见赵玲，让她不由得想起了自己早些年的情形。她说，我知道一个女人有多难。那时候，他在别的村里教书，我一个人在家，还有两个孩子，那真是要多难就有多难。又对赵玲说，你没有孩子的拖累，比我那时候强多了，要是有两个孩子在身边你试试，顾头顾不了脚，东南西北都分不清。

赵玲以前没怎么和校长的女人多说过话，今天一见，她觉得这是一个身宽心也宽的女人。这样的女人，应该是校长的福气呢。风顺着水面吹过来，又贴着她们的身体一直往上。校长的女人用手分开刮到脸前的头发，对赵玲说："一个人不想做饭的时候，就到我们家去吃，别不好意思。"

赵玲说："我会去的。"

望着她离去的背影，赵玲忽然涌起一股歉意。一个人走了一会儿以后，那种东西还像野草一样跟着她。

校长带着李局长已经去了。一个小小的饭店，几间平房，房子前面有树，还有两个凉棚。赵玲穿过树荫和凉棚，走进最里面的一间屋里时，校长和李局长正在炕上坐着说话、喝茶。门上挂着帘子，窗户也是用碎花布的帘子遮围起来的，屋里因此显得很幽静。看见赵玲进来，校长立即像主人一样招呼她赶紧上炕。赵玲站在炕前犹豫了一下，侧身坐下，人是坐上去了，两条腿却还在下面。校长说，不脱鞋怎么能行？脱了鞋，完全坐上去。赵玲看看校长，又看看李局长，李局长正满面笑容地看着她，于是她把自己的高跟皮鞋脱掉，坐了上去。她有些不好意思地说，我不大会盘腿呢。李局长说，我们的传统正在一年一年地流失、消亡，现在的中国，已经没有几个人会盘腿坐了。又说，上一次他在省里参加一个酒会，说是按照国际惯例搞的，每个人都端着一个酒杯，都站着，谁也不能坐，把好多人累得腿又痛又酸。李局长回忆说，也确实没地方可坐，整个大厅里没有一个凳子，即使有，估计也不能去坐。那个时候，大家都枪一样地站着，戳着，只有你坐，你会被笑话，会被耻笑呢。完了以后还可能受到纪律处分和组织处理。校长说，中国人，就喜欢学外国人。李局长说，学得困难呢。酒会一结束，所有的沙发上、椅子上，立即都坐满了人。

在他们说话的中间，赵玲总算让自己盘好了腿，她的脸有些红。一张矮矮的方桌摆在炕中间，李局长坐在正面，校长和赵玲坐在两边。李局长轻轻地用手拍了拍炕说，现在的人们越睡离这个东西越远了。校长说，没有比睡在这上面更让人踏实的了，上午我就让他们把火灭了，这会儿是温凉的，坐上去正好，要不，会像火焰山一样热呢。李局长点点头，他的兴致看上去很高，一直都在与他们说话，与赵玲说，与校长说，问赵玲的家庭情况，又问她教书几年了，有孩子没有。赵玲刚进来时的那种拘谨慢慢地没有了。

一直没有看见饭店的人进来。校长说，今天，我就是服务员，我要亲自给你们端盘子呢。这以后，他就出来进去地开始往上端菜。李局长说，老胡，不要太复杂了，越简单越好。校长说，不复杂，一点儿都不复杂。嘴上说着，人还在来来回回地进出，门上的那道暗花的帘子不时地飘起来，又落下去。

赵玲从里面走出来，刚走到外面，正好校长又端着一个盘子走了过来，看见她，校长也吃了一惊。校长说，你怎么出来了？真是胡闹，把李局长一个人晾在里面。赵玲说，我也帮你端。校长脸一沉，说，谁说要让你端呢？我一个人还不够端呢，赶快回去。又说，不是我说你，你有些不懂事呢。刚进来那会儿，让上炕不上，只在炕沿上跨个边儿，你那样子，像是临时坐坐就要走呢，让李局长怎么看呢，心里怎么想呢？赶快回去。

两个人说着，来到门口，赵玲撩起门上的帘子，校长先进去，她跟在后面，又重新在炕上坐下。

李局长对校长说，老胡，不要再端了，你要是再端，我就走了。

校长说，不端了，不端了，想端也没有了。他这个地方，拿手的菜也就这么几个。

李局长有些沉重地说，你那个学校，我又不是不知道，穷得叮当乱响，连个电铃都没有，上课下课，梆梆梆，敲几下铁管子，你不应该这样啊。

校长说，李局长，我对天发誓，今天花的不是学校的钱，是我个人的一点儿心意。咱们开始吧。

几杯酒下去以后，赵玲已变得面如桃花。她忽然觉得屋子里有些昏暗，昏暗中，仿佛听见校长对李局长说，女人们喝了酒，就不需要再化装了。她想，他们在说什么呢？又觉得李局长正在认真地看她，在不住地点头。她低着头，有些不敢看他们，脸上也烧得厉害，体内似乎有无数舌头一样的火苗在蹿动，烛光一样地摇曳。

校长又开始倒酒的时候，他的手机忽然响了，但校长专心致志，不为所动，坚持把三个酒杯都倒满，然后才拿着手机走了出去。不一会儿，看见门上的帘子一动，他又走了进来。

校长一进来就说，唉，我那个老婆啊，真是个要命的女人，一会儿不见都不行，年纪越大，却越不要脸，年轻的时候也没这样过……

李局长说，那你赶快回去吧，涉及夫妻感情问题，我可不敢扣住你不放。

赵玲抬起头，有些眩晕地看着校长。她模模糊糊地觉得，校长的这个电话有点儿问题呢。凭她对校长女人的了解，她觉得她好像不可能打那样的电话，校长的女人不是那样的人。她不禁想起她不久前挎着篮子离去时的情景，水边的野草簇拥着她，草的下半截都是绿的，上半截一直至草尖上却一律都是又红又亮的，布谷鸟在远处叫着……

但校长还是要走了，临走前又敬了李局长一杯酒。他祝李局长身体健康，心想事成，万事如意。李局长高兴地说，好，好好好。然后，校长又向赵玲交代说，一切都不用管了，他都已经说好了，需要什么，就去找饭店的人要。

校长像是有些喝多了，临出门前，赵玲看见他的身体突然摇晃了一下，脸差一点儿撞到门框上去。赵玲正想下去扶他一下，却看见人已经像个影子一样飘出去了。屋里的那扇上面是半圆形的门也从外面关上了，门上那道暗花的帘子软软地飘动了几下后，也不再动了，一幅画一样挂在那里。

第二天，一直快到放学的时候，赵玲才看见校长。看看周围没有人，校长低声对她说："李局长说你好呢。"

听到校长这样说，赵玲的脸轰地一下红了。

但校长似乎丝毫没有注意到，他瞥了一眼那截挂在一棵树下的多年来一直被当作钟敲的铁管子，对赵玲说：

"你那事没问题了，我很为你高兴。"

赵玲看着校长，脸上的红晕还没有褪去。

"抽空给王明打个电话吧，让他也高兴高兴。"校长又说道，"告诉他，你就要转正了，就要成为一名正式的人民教师了。"

赵玲没有说话，她看看校长，又低下头去。她有点儿担心，觉得脸上的那层红晕怕是要住下不走了。

晚上，她给王明打通了电话。她有点儿想哭，但是却听见王明显得很高兴。王明说，太好了，我们没作过孽，老天也在关照我们呢。当得知她转正以后的工资将会是现在的好几倍时，王明在那头似乎高兴得已经跳了起来。他对赵玲说，这就好了，这样一来，我们慢慢地也能富起来了，我们要订两三个五年计划，第一个五年计划，先把家里重新布置一下，房子要是能装修再装修一下。

"等过两年，我回去以后，咱们再弄个孩子。"王明说。

对于未来日子的想象与憧憬，使一向打电话都很注意节约的王明有点儿收不住话头，但很快他就意识到今天的这个电话有些过于长了。于是，他对赵玲说，还有四百张纸在那里等着他往上抹胶水呢，一会儿，他还要再去多领一百张纸，他要把今天打电话的损失补回来。说着，又嘱咐了赵玲两句，就放下了电话。

这天夜里，赵玲梦见家里的院墙塌了一个豁口。在梦中，她找人修补，找来的人都像影子一样，只干活儿，不吃饭，豁口很快就补上了。可是，后半夜的时候，她又看见了那个豁口，从豁口里望出去，能看到外面的山和树，远处还有牛在犁地。

鱼鳞天：轻轻地说

　　惊悉老赵当上了劳模，正在草里认真穿行的蚂蚱们立即叫了起来。我对从门前经过的村长说，老赵被弄成劳模了。村长停下来，看着我说，什么叫弄成劳模了？你给我弄一个，我看看？那是弄的吗？连个话也不会说，还就喜欢到处胡说八道。村长这样说，我也没有计较他，让我感到惊奇的是，老赵离我们那么远，他也竟然这么早就知道了这件事。我想，到底是村长，就是不一样。我敢说，就连老赵的爹妈这会儿也未必就知道他们的儿子的事。我看着村长，村长这家伙心里有喜事，正窝藏着一大团让他高兴的事情，这我一眼就看出来了，只是我还不知道具体是哪方面的喜。现在的季节已经不是春天了，但村长的脸上却一脸春风，一脸的春风得意。一个人，心里要是不高兴，烦得要命，能这样吗，能在脸上刮风，开花吗？肯定不行。是的，（妈妈啊）我就是根据这一点看出他的心里窝藏着一团只有他自己才知道的喜事的。他笑眯眯地对我说，老赵是光荣当选。又说，以后说事就说事，不要动不动就弄啊弄的，一上来就弄，弄什么弄？本来是一件好事，可只要一说是弄，听着就不像是一件好事了，味道变了，起码不严肃了，不正经了，事情本身没问题，可要是说得有问题，事情也就有了问题。

　　村长摇摇晃晃地走了。我站在老赵的一堆事情里，我觉得我像是一只被不懂事的孩子弄坏了的钟表一样，说坏吧，也没有完全坏了，有时还能突然出人意料地走两下，要说好吧，肯定不能算是完全好得没有一点儿问题，就那样走走，停停，无论坐着还是躺下，都无法睡着。不是说不想睡，想睁着眼睛胡混，而是完全没有一点儿睡意，脑子里怪怪的，到处乱想，到处乱走，但就是不往睡觉的那个方向走。想想在这以前，我是一个多么能睡觉的人啊，常常坐着坐着就神不知鬼不觉地睡着了，有时在一旁听别人说话，也会忍不住犯困，许多人就由此判断并认为我是个傻子。傻不傻，天知道。我是多么想睡一会儿啊！倒并不是说我这个人特别热爱睡觉，而是因为担心和害怕，我早就听说过，一个人要是长时间不睡，出问题那是肯定的，就看出的是什么问题，大多数人都会慢慢地或者突然疯掉，我担心和害怕的正是这个。

一上午就那样过去了，一下午也那样过去了。慢慢地，我发现时间也变得捉摸不定，深不见底。黄昏里，蚂蚱们撩起最外面的那层外套一样的棕褐色的翅膀，露出里面的一层粉红或葱绿的衬里，我觉得那应该相当于人身上的贴身的内衣。不久，黑夜被一把扯去，扯得露水纷纷，天哗地一下亮了，又是一天，噌噌噌地走来了。我站在屋檐下，对自己好言相劝，对自己低声地说，轻轻地说，和风细雨地说，睡去吧，去睡一会儿吧，闭上眼睛，哪怕睡十来分钟也行，什么也别想了，要想等醒来再想。一边说一边闭上眼睛。也许是太急于要马上睡着的缘故，心里反而越来越亮，亮极，刺眼，毛糙，还有真正的粗枝大叶不停地在前面摇晃。眼睛是闭上了，但像是在表演，只有我知道它是虚浮的，眼睑和垂下的睫毛完全是两扇虚掩的门，门外有什么，大抵还都能看见。

这以后，我坐起来，开始用一种恨铁不成钢的、穷凶极恶的声音劝自己去睡一会儿。好说不行，就只好加上威胁和恐吓，我严正地警告自己，说明不去睡觉的严重性和危险性，以及无穷尽的后患。我看见我在走动的时候像一个疯子，我说的是那种真正的疯子，不过，这还不太要紧，因为别的人，很多人走的时候也都像疯子。让我感到难过的是，我显得有些特别，与众不同，即使停下来不走，坐着，也还是像一个疯子坐在那里。为什么我就和别人不一样呢？我想和别人一样，我想成为一堆土豆里的一个土豆，而不想是一堆土豆里的一个蚂蚱。

几只鸟在外面探头探脑地看我，鸡也和它们混在一起，打成一片，虽说不是同一类，可看上去倒像是亲亲热热的一家人。我觉得也有些糊涂了。（妈妈啊）这事我感到有些奇怪，又觉得也不太懂。红光满面的鸡，看上去富足，傲慢，像一些当官的。相形之下，那些矮小的、面黄肌瘦的鸟就无可奈何地显出一副群众相。那一刻，我好像有些明白，我想，所谓的群众实际就是穷众。领导者执意要与群众打成一片，滚作一团，有时候非要那样做，做穷众的也没有办法，那就打吧，那就滚吧，反正不滚也没有什么好事，看不见什么希望，倒不如一起滚一滚，说不定还能混顿饭吃，闹好了甚至谋个差事。

我看了看钉在墙上的镜子，隐约感到，里面不止我一个人。为什么这个扁扁的平平的东西总是经常让我吃惊，有时还要受到尖厉的惊吓？我每年都在想，但每年都想不清，后来我终于慢慢明白了，是因为它从来就不能让我不吃惊。有时候它变得水光潋滟，有时候又雾气蒙蒙，如一潭死水，这些都不算什么，我最不愿意看到的就是那些说不清是一种什么表情的脸，有时会突然冒出一张甚至几张。

掺杂了草汁味的风、玫瑰花的香气和烧柴火的烟，拧成桶粗的一股，在敞开的门窗间不断地进来出去，像是在完成一个任务。地上倒是有不少印痕，一看就是人走过的，大部分都重叠在一起，不过，我觉得那也不能说明什么。记得好像有人曾经说过，说，地上本没有印，走的人多了就有了印。这是谁说的呢？应该是蒲雨顺老师。我知道他是从别处拿来的。这家伙，我早就知道他一直在悄悄地锲而不舍地乱七八糟地窃取一些东西，有时能找到出处，有时还真不知道是从哪里来的。我一直没有当面揭露他，是因为觉得他太可怜了，作为人来说太可怜了，要吃没吃的，要穿没穿的，好不容易说了句话，还被人当面揭穿，下不了台，所以我一直按兵不动，假装什么都不知道，任由他胡说，任由他信马由缰地胡说，任由他不管不顾地、顾头不顾尾地胡说，任由他小心翼翼、战战兢兢、提心吊胆地胡说。我想，偷就让他偷一点儿吧，不就是一句话吗，又不能吃，也不能穿在身上，拿了来，无非也就是过过嘴上的瘾，还能怎么样呢？更何况，有的人拿得比他还要多，还要厉害呢。

（妈妈啊！）我很难用几句完整而又准确的话来描述我现在的心情，一阵平白无故的鼓声也会让我激动，心嗵嗵地跳上半天，跳得浑身都热乎乎的，明显地感到有力气通过四肢，通过神经末梢，流遍全身，有青蓝的光影一样的东西在皮肤下一闪一闪的，活蹦乱跳的，大步流星地……我有一种感觉，似乎一叫就能叫出来，顶破皮肤，跳到你手里，像凉凉的小鱼一样在蹦跶。看见早上披着霞光的喜鹊、画眉和知更鸟，就会理所当然地一厢情愿地认为它们全都是信使，从老远老远的地方驮来了一个又一个好消息。看见它们那样，我就想到它们肯定也没有顾得上吃东西，于是捧出小米，撒在门前，本身就黄澄澄的小米，让太阳一照，真的有点儿像金子。

（妈妈啊我的亲爱的妈妈！）我想起了前些日子，吃过早饭以后，我和老赵去纸坊营一带逮耗子。早上临出门前吃的什么，我忘了，走在路上的时候就已经想不起来了。本来印象就不深，再加上老赵一干扰，那就没有不忘的道理。有的书上说"混忘了"，我就有这种感觉。我只记得我吃了很少的一点，也许就是因为太少，所以才会忘得那么快，那么干净，那么容易就忘了。这事也给我一个小小的经验，以后得注意多吃一点，这样，别人一旦要是问起来的话，也就能够准确地不费力气地回答了，不至于一问就愣住。由这件事，我又想到别的一些事，我觉得，凡事只要次数多了，分量重了、足了，印象也就深了，再要忘起来也就不那么容易了。我这样想对吗？

风很薄，薄到不能再薄（再薄就没有了），一张一张地飘过来，一摞一摞地堆过来，碰到人身上的时候，马上就弯了，马上就软了，飘到脸前，还在脸前颤动，在耳朵下面和脖颈后面颤动，就像有人把颤巍巍的凉粉扔在你的脸上一样。说是一样，不过还是很不一样，因为这样的风吹着你的脸，掀着你的衣服，会让你觉得高兴，觉得心里晴朗如洗，天高云淡，几乎想不起有什么麻烦事。而真要是有一个人不停地朝你的脸上和脖子后面扔凉粉，扔那种颤颤巍巍又黏黏糊糊的东西，那就不对了，那就不好了，明摆着，那不是喜欢你，而是真真切切地在打你，在与你过不去，甚至是在残酷地斗争你，剿灭你。所以，还是风好，因为它没有恶意。唉（妈妈），我的这个比喻好像不成功，就不说它了。

去纸坊营的路上，杨树连着柳树，青绿让人觉得这一带还是很年轻的，但那些发黑的榆树马上又让你看见了许多个年头。有些树，从远处看去，很像是一些人弯着腰站在那里说话，交谈，从很小的时候，这样的一种情景就时常在我们的眼前出现，那时候，总感觉他们的手都很麻，总感觉他们相互之间所说的话与吃饭有关，甚至就是在说如何吃饭，别的什么都不说。每次只要一看见他们远远地站在那里，散落在那里，好多张嘴都在说，就会引起我们对一切食物的思念。现在，老赵在身边走着，我没有再像过去那样想，只是一边走一边看着它们。有些完全没有关系的草木一路上相互之间一直纠缠在一起，让人看了觉得十分的团结，无比的亲密，没有什么能把它们分开、拆散，它们释放出一种家庭般的欢乐和朋友之间的其乐融融。当然，也有一些看上去非常孤单的花草，独自一棵长在那里，有的柔顺得让人忍不住多看几眼，有的长满了刺，开着很凶恶的花，一看就知道很厉害，是一颗难剃的头，根本惹不起，像那种从来都蛮不讲理的草，牛和羊也不过去碰，割草的人也躲得远远的。

有的当爹的就一边割草，一边告诉他的儿子说，看见了吧，为啥我们不去割它们？就因为人家太厉害，太扎人，惹不起，但凡它要是稍微软一点儿，我们也早就毫不客气地把它割倒了，还能轮到它长到现在？人，都喜欢拣软的捏，我们割草，也只是割那些软的、好割的、不费劲的、没有危险的。偷东西也是一样的，偷这偷那，啥都可以偷，但就是没有人敢上去偷高压线……当爹的最后一锤定音，总结说，做人就要做这样的人，要厉害，扎人，要在各方面都很厉害，都很扎人，这样就没人敢惹了。不能说这就能摊上什么好事，但至少没有人敢平白无故地来麻烦你，祸害你，欺负你，做人要是能做到这一步，这就不错了，相当地不错了！有多少人一辈子自己做不了自己的主，说是个人，其实活得哪像个人呢，很多时候连狗都不如，连耗子都不如，耗子还能想做什么就做什么呢。这是一个方面。另一方面，都知道你厉害，这样，无论你去做什么，你都是对的，无论做得多么不好，也都是好的，别人都会说，不错不错。而其他的人，特别是那些软弱的人不厉害的人，做得好也是不好，或者实在挑不出毛病，就干脆被视而不见。这就叫世界。不是说现在的世界是这个样子的，世界从来就是这样的，到任何时候也都是这样。咱们远的不说，够不着，就说近的，就说你们的爹——我吧，狗日的干部们上门收钱，为什么从来都不敢先去咱家，而总是最后一个，还得像亲兄弟一样商量着说？我不想说这是为什么，我要让你们自己去想，去悟，去慢慢琢磨，我要是大包大揽地把什么都说出来了，就没意思了，是不是？你们去想，什么时候想明白了，悟出来了，琢磨出来了，就把你们的答案告诉我。什么？已经知道了？因为我是高压线？……哎，那先就这样吧，算你们及格。那些狗日的干部，人模狗样的，有的还穿着西服，打着领带。一个烂×支书还打什么领带！他们说，得打，现在都这样，不打不行。每一次，他们首先第一个踢开的总是孙可怜家的门，孙可怜殷勤地敬上烟，被推到一边，他们就是要和钱说话，他们只和钱说话。孙可怜和他的女人两个人都恨不得让自己变成一捆钱。可怜的女人，作为女人本身来说，也没有多少姿色，所以也就不值什么钱，不能当钱用，或许根本就不值钱，一文不值。人和人就是不一样，永远都不会一样。你们的妈，作为一个还不算太老的女人来说，也是不行，也没有什么姿色可言，可是她有你们的爹，有我这趟高压线在那里架着，所以她也就不需要像可怜的女人那样成天提心吊胆地考虑自己的姿色到底能值多少钱，到底值不值钱？不需要考虑！你们的妈她根本用不着去考虑这些，她只考虑如何把家收拾好，如何把你们一个一个都弄好，这就行了，这才是她的职责和应该考虑的问题，完全用不着像孙可怜的女人一样去操那些闲心。我告诉你们，我要让你们知道，作为女人，你们的妈她是有福的、有命的，找上你们的爹我这样的男人，摊上我这趟高压线，她算是捞住了，这一辈子都捞住了。

……

鬼辣椒也都开了，怒放得咝咝的，看上去又红又辣，还有一种看不见摸不着却时刻能感觉到的妖气。正是那种妖娆奇异的东西，才使得没有人敢与她们为伍，在她们的周围，除了一些几寸高的像不懂事的孩子一样的小草，再没有什么别的成熟的东西。好在她们也还不算是最孤单的，不需要支持和互相拉拉扯扯，自身就能长成一丛一丛的、一蓬一蓬的，成为一族，没有人喝彩，自己也能繁茂、鲜艳。那些朝上长着的小铃铛们从来也没有响过，里面的花蕊像大米，一半发红，一半还保持着米的本色。（妈妈啊！）鬼辣椒这种东西也许真的有鬼，你要是在她的跟前蹲一会儿，别说专门仔细地去闻她，就只是用眼睛看着她，在那儿蹲一会儿，用不了多久，就会感到头痛，两个眼眶也痛，脑子里还有声音，嗡的一声，像是有什么东西来了，接着又日的一声，像是有什么东西又走了，有时候是连起来的好几声，那是什么声音？能说那是一种喜讯吗？说不定与灵魂也有点儿牵连。不管别人怎么想，反正我认为那种声音不对。

　　关于鬼辣椒，我查过书，她有一个很特别的名字，两个字，可惜我把那两个字忘了，一点儿也想不起来了，但我知道那说的是鬼辣椒。我的记性，有时候好得惊人，有时要坏起来也坏得厉害。总之，那两个想起来很不俗的字，才是她的正经的名字。鬼辣椒只是我们的一种土话，书上哪能那么随随便便地直挺挺傻乎乎地叫呢，书上说的都是一些拐弯抹角的全副武装的穿着衣裳的穿着西服革履或者长袍马褂的正经话。

　　一路上，那种清水一样的风吹着我们，我们不像是在走，更像是在开满野花的路上飘，一家伙飘到纸坊营，让那里的包括耗子在内的小动物们都大吃一惊。我从来没有正式喝醉过，可我觉得一个人要是真的喝醉了，就应该是这个样子的，用眼睛瞄着一件东西，然后伸出手去拿，结果拿在手里的根本不是你瞄了半天的那个东西，而是另外的一个从来连想也没有想过的东西。（妈妈啊！）这真是一件奇怪的事情。我问老赵，老赵也觉得在这样的风里走很舒服，比在矿井底下不知要强多少倍。他说，我在想，过去的那些老爷太太坐在轿里，可能就是这样的一种感觉，这感觉就是能培养人傲慢、自以为是，让人一天天变得把很多人和事都不放在眼里，等到下轿的时候，见到周围的人，不是用眼睛一个一个地看，而是漫不经心地一眼扫过去，就等于都看过了，更有甚者，连扫也不扫，似乎没有人存在。哎，那种眼神有点儿像是联合收割机，一放就放倒一排，一扫过去就是一片，一片一片地往下躺。被他们扫倒的都是一些不如他们的人，比他们强的人他们根本扫不倒，倒是人家能把他们都扑通扑通地扫倒，一级扫一级，最下面的那一层人就像地上的土一样。

现在，我们也在坐轿，没有人抬我们，风抬着我们走。我们听见小河在唱歌，看见蝴蝶和远山在起舞，土梁弯着腰，喘着雾蒙蒙的气，凸现出瘦的脊椎。

老赵突发奇想，突然提出让我给他写信。

由于事先没有一点儿防备和铺垫，甚至连一点儿迹象和预兆也没有，所以，我当时就对他说，我不给你写。

写吧，他说。你认识那么多字，又会写那么多字，不写多可惜！留着它们又有什么用呢，难道要等着长虫子吗？

我对他说，我为什么要给你写信？没道理么。至于我本人，认识的字是不少，会写的字也不算少，可难道那就能成为我要给你写信的理由吗？字典里有多少字，字典难道也会亲自动手给你写信吗？你碰到一个不认识字的，除非你亲自打开字典，仔细去查看，主动去问，字典才会告诉你那是个什么字。你要不主动，别指望字典会告诉你，它永远也不会主动地告诉你，很贱地去跟你说什么。老赵，字典就是这样，不管他是谁，它谁都不尿。

不说字典，就说你，你也谁都不尿吗？

那得看是谁。

是我。我要让你写，我要让你尿我。

老赵啊，老赵同志啊！你说让我写我就写？你说让我尿你，我就尿你？你以为你是谁？你以为我是谁？我知道你属于工人阶级，早些年的时候也曾牛×烘烘，风光得怕人……可我不是个傻子，有些事情上我的反应可能是迟钝了一点儿，可并不傻，只要给我时间，我还是能够把一件事情、一个问题，从头至尾理清楚，还是能够回味过来的，该明白的也能弄明白，只不过在时间上比一般人慢一点儿，慢几拍罢了。比如现在，我就知道你们这号人大部分都瘪了，瘪得像破了的车胎一样，软得像蔫黄瓜蔫茄子一样，尽管你从来不说，我也知道，也能看出来，其实，别人也都知道，也都能看出来，只是不愿意指明、说出来罢了，这种事情，你们自己不说，谁还能狗拿耗子。有一天晚上，天黑洞洞的，我出去关大门，听见有两个人在树下说话，我听了一会儿，觉得那不像是说话，更像是在黑暗中一问一答地审问。一个人问另一个人说，这会儿你们还牛×不牛×了？另一个回答说，不牛×了，早就不牛×了，这事谁都清清楚楚，你又不是不知道！明明知道我们已经够倒霉的了，还要拿这样的话来噎我们，这不是成心要我们的好看吗？这时，先前的那个人还是不管不顾地继续追问，倒像是重新抓住了什么线索、掌握了什么证据似的，开始进一步的突审，进一步的刨根问底，黑咕隆咚地问道，说说看，本来牛×得好好的，为什么忽然一下又不牛×了？后面的那个人一个劲地叹气，叹了又叹，唉，这事谁能说得清呀！不仅我说不清，就连我们的矿长和书记，他们也说不清啊，别看他们成天开会、念文件，没用，狗屁的用也没有，该说不清的还是说不清。我跟你说，好多的事情，都像一些无头案一样，永远没有答案，永远也没有破解的那一天，你想寻找答案，那实际上就是等于给自己寻烦恼，找麻烦，找不痛快……那天晚上的天按说是够黑的了，可无论多黑，也还是很难把他们的那种无奈的东西给遮住。

说完这些后，我看着老赵。需要说明的是，那两个人中，有一个人的身份和老赵是一样的，也是一名工人，这是我听出来的。

老赵忽然有些不耐烦地对我说，别这么看我，那又不是我。

唉，这个老赵啊，我又没说那就是他。

我还是想和他说说刚才的事。我说，如果哪一天你让我替你去杀一个人，难道我也会乖乖地替你去杀吗？

听见我这样说，老赵看着我，认真地想了一会儿，然后忽然对我说，哎，你提醒了我，还真有这么个事。

听他这么一说，我倒是结结实实地给吓了一跳，一条腿忽然软了一下，另一条腿没有感觉，但好像并不在我的身上。我说，老赵，你不是在开玩笑吧？老赵说，不是。神情十分严肃。看着离我不远的那张有点儿发绿的脸，我在想，哎呀，也不知是谁，活得竟这么危险，竟然让老赵这么一个从来都没有一点儿脾气和火气的老实人惦记着他，谋划着要杀他，而他本人一定至今还不知道，没有任何这方面的感觉，眼也不跳一下，可能还很得意，兴冲冲的，兴致勃勃地，以为整个世界都在朝他微笑。

我问老赵，不知是谁，不知是几个？

老赵说，五个，你能弄得过去吗，你能对付得了吗？就一个还搁了这么多年一直解决不了呢，还敢有几个！一个，就一个。

又说，是个女的。

一个女人？

老赵说，看你吓得这样，一个女人，怕什么？站好，把头抬起来，腰也直起来。

我说，我认得她吗？

老赵看了我一会儿，说，按道理应该认得，应该是认得的，要是不认识，倒真是一件怪事。

老赵这样一说，我真的有点儿害怕了，就因为他说我认识这个人，那么，这个人也就极有可能认识我，这也正是让我感到不踏实的地方。我想着那样的一幅情景，当我举着刀慢慢地一步一步地靠近她的时候，她突然回过头来，看着我，说不定还会问我要干什么，我该怎么回答她呢？……我在想象中听见我手里的刀当的一声掉到了地上，那是把什么样的刀呢？我没有看清楚，我好像从来就没有看清楚过……

我把这样的情形战战兢兢地复述给老赵。老赵对我说，唉，你真是笨得少见，我不明白，你为什么非要慢慢地一步一步像捉鬼一样地靠近她呢，你就不能突然冲过去，一下把她砍了吗？再说，用刀干什么？你既然怕刀，为什么非得用刀？世界上能让人要命的东西多的是，你应该动动脑子。

我对他说，老赵啊，你不回来还好，一回来就给我出了个难题，我真怕你回来。这事真的不那么好办啊！要纯粹是一个完全不认识的人，那也还好，就把她当作西瓜，抡开了随便砍吧！可麻烦就麻烦在我认识她，她也认识我。

老赵说，既然你和一个人认都不认识，那就说明没有任何的关系和恩怨，既然啥也没有，那还杀人家干什么？我们不认识的人多了，难道都一个一个地去杀了？一个人活在世上，还是不认识的人多，认识的、有瓜葛的永远都是少数，只是那么几个，所以……所以，一般杀的都是认识的人，是不是？

我说，这就是说，你要是认识某一个人，说不定什么时候就会被他杀掉，当然，也有可能你把他杀了。

老赵摇着头说，你这个孩子怎么这么说话，不是那个意思，我说的不单单是那个意思。唉，我本来心里就很乱，让你这么一搅和，就更乱了。

我忽然想起一件事，于是，就对老赵说，说说她的名字，我看看是谁，看我到底认得不认得？

老赵说，先别管那么多，先暂时就叫她贱货吧。

贱货？

我想了半天，发现我对老赵所说的这个人没有一点儿印象，完全想不起是谁。

于是，我对老赵说，闹了半天不认识，你说的这个人我不认识。

老赵说，哪个人？

我说，就是你说的这个叫贱货的人，我想了又想，在我认识的人当中，没有人叫这个名字。

老赵又在叹气。

我感到很过意不去，看他愁得那样，眉宇像一座山，我对他说，老赵，我是真的不认识这个人。

（妈妈啊！）我没有骗他，我真的不认识。你想想，谁会叫这个名字呢？叫狗蛋，叫鸡胗，叫赖货，也不能叫这呀！

老赵说，唉，我没说她就叫贱货，我是说暂时就叫她贱货吧。实际上，她也是有名字的。每个人都有自己的名字，是不是？

是的，每个人都有自己的名字，有的还不止一个呢。史大明的表妹，一开始的时候叫毛毛，后来叫画梅，后来又叫欧米，再后来，开始发表散文了，叫樱花信子。我一遍一遍地问老赵，为什么要叫贱货，这难道是一个人的小名吗？老赵又叹了一口气，说，唉，我本来也不想这么叫，可是你不知道，没办法，先就这么顶一下吧。

往坡上走的时候，老赵对我说，有一天，他下井回来，在宿舍里做了一个梦，梦见一群斗志昂扬、意气风发的女人在开会，开着开着，会就散了。然后，看见她们都举着拳头，衣领雪白，异口同声地说，我们都有一个共同的名字，我们叫贱货。

以后，又听见有人尖声在说，形势于我们十分有利，此时不贱，更待何时？

（妈妈啊！）老赵的这个既黑乎乎又白亮亮的梦，我看很有些可疑，很值得怀疑和深思。一个人怎么能做那样的梦呢？一个人怎么能梦见那样的事情呢？

还没有走近，就看见纸坊营那一带的许多山墙都裂开了口子，有的像大张着的嘴一样。我们走过去的时候，看见有鸟在那些黑洞洞的嘴里飞进飞出，还有长长的草从里面长了出来。周围的每一棵大树上都有喜鹊住着，一窝一窝地住在那些漆黑一团的巢里，等里面的小的长大了，就都领出来了，最初的几天，先在树枝和树枝之间练习飞。

老赵说，唉，这地方。

又朝村里张望了一会儿，说，纸坊营村的党支部书记，名字就叫张大嘴，那家伙，不光嘴大，一切都大。他的所有的东西，都比一般人，比正常的人要大一号。就说他的那颗头吧，少说也有四五十斤。

一个老人手搭凉棚，在朝我们这边看。

我对老赵说，我们还是先抓紧时间逮耗子吧，要不然，再迟一会儿，耗子听见我们在它们的住处外面说话，就都跑了。

那就逮吧。老赵说。

这以后，我们就开始逮耗子。

一些圆圆的小洞十分明显地显露在坡上，看上去像是土的眼睛，据有经验的人说，耗子们就住在这里，经常出来活动，锻炼，买东西。看着那些敞着的门又连院墙也没有的住处，我在想，都说耗子狡猾，像狐狸一样狡猾，可是，连自己一家老小的住处也不会伪装，让人一找就找到了，又狡猾在哪里呢？还是人厉害啊。

老赵对我说，你的手小，你先把你的手伸进那个洞里去掏一掏，看看有什么东西没有。

我趴在地上，没有闻到耗子们的味道和家族的气息，首先闻到了泥土和青草的气息，还有野花的香气。有麦芒儿一样的草钻进了我的耳朵里，我好像听见供销社那边的锣鼓乱七八糟地敲了起来，一些鸟在空中颤动，像螺旋一样，抖得厉害，不用问，那一定是被供销社那边的锣鼓声吓的，以为发生了什么事。它们在飞的时候，在哆嗦的时候，没有颜色，也看不见痕迹，要是既有颜色又有痕迹，那一定会在天空里留下无数省略号一样的黑豆或者一些不断地凸起来又凹下去的墙垣。

我又听见老赵在说，我这手太大，看样子根本进不去。

太阳越升越高，离我们越来越远，从上面射下无数根亮闪闪的金针，但针的另一端始终还一直掌握在太阳本人的手里，一直都不撒手，只把明亮的针尖朝着我们。地上是黄的，看上去暖烘烘的，但那种满眼黄暖的东西又无论如何都是捉不住的，比耗子难捉多了，明明就在你的眼前，甚至就在你的身边，可你就是永远都别想捉住它，不是没试过，试也没有用，试多少遍也没有用。老赵在我的后面说，我这手够大的吧？

说实话，我不认为他的手很大。能有多大？相反，我倒是觉得他一点儿也不大，无非也就是一双正常的手吧。拿着这么一双一点儿也不大的手不停地说来说去，我真不知道他是怎么想的，他难道没有见过马文武的爹马左的手吗？要我说，那才叫大呢，真大！一个人怎么能长那么大的一双手呢？马文武的爹马左的那双手，一伸开，就像端出两个簸粮食的小簸箕一样，一抬起来的时候，你就能听见有风在呼呼地响，有时简直就是在呼啸，北风呼啸，呼啸山庄。那样的一双让人无论什么时候见了都要大吃一惊的巨手，那要是使劲地抡圆了，狠狠地打谁一巴掌，我敢说，准能把那个人忽地一下扇到几里远以外的地方去，还会让他好半天没有反应，深度昏迷，人事不省。不过，在我的记忆里，马文武的爹马左好像从来没有用他的那双手打过任何人，我想，他可能主要是考虑到自己的武器太厉害，太具有杀伤力，太让人难以承受，担心出事，担心一不小心弄出人命来，所以才一般不轻易出手，而总是把两只手深藏在两个袖筒里，除了干活儿的时候，一般不轻易拿出来，平时谁要想看一下，也不是一件容易的事。拿出来干什么？只会招来人，只会招来事。

我们连续掏了九个洞，连耗子的影子也没有看见。当然，主要是我在掏，老赵在旁边站着，或者走来走去，用他的话说就是我出力，他出脑子——不是要流出他的脑浆，而是要说出他脑子里的主意和办法。为什么要让老赵出脑子呢？主要是他觉得他比我有脑子，比我有办法，主意多，能够对付得了那些狡猾的耗子。为什么要让我出力气呢？主要是因为他觉得我的手比他的小，往土洞里伸的时候更容易一些。另外，我也比他年轻，说趴下马上就能趴下，说站起来马上就站起来。

在掏第十个小洞的时候，我的手刚一伸进去，就摸到了一些毛茸茸的东西，我听到里面传来吱的一声，很尖，很细。很快，我又听见我的脸上响起一连串的唰唰的声音，像是有什么东西正在从我的脸上经过，正在把我的脸一层一层地削薄，让脸上变得又冷又硬。那种声音，像米在流动，暗暗地流着，只有我一个人能够听见，我相信老赵也一定没有听见。

我回头看着老赵，我的样子像是要被强行带走。

逮住了吧？老赵说，一看你的表情就知道逮住了。

我的手还没有抽出来。这时，我看见老赵的两只眼睛嘭的一下全亮了，如同黑暗中突然来了电一样。那两个贼亮的眼睛啊，好像已经看到土里面去了，而且还在继续土拨鼠一样往深处拱。他有些急切地对我说，要是逮住了就不管三七二十一地掏出来，不要犹豫，免得夜长梦多。不是说一个人不应该深思熟虑，有些事情，想得多了反而更加不好，深思不如不深思，熟虑不如不熟虑。老赵是这样说的，也是这样做的，他在我的后面用他的热烘烘的目光和躁动的心情烘烤着我。我把手从里面拿出来，跟出几根鸡毛，白的。看见掏出来的并不是我们所期待的东西，我和老赵竟然不约而同地松了一口气。

我在想，我们这是干什么来了？

我们看着那几根鸡毛，有一根长的，让我想起了很多年前俄国人手中的笔。弗拉基米尔·伊里奇·列宁同志就用那种笔唰唰地写字，有时候在桌子上写，有时候就在自己的腿上写，在芦苇荡里吱吱吱地写出了《国家与革命》。

又过了一会儿，老赵才开始对我说话，他的样子让我想起了有关还魂的说法，本来我是不信的，就是在这时候也还是不相信会有那种事，但老赵的样子太像了，他对我说，这个洞有些特别，一看就和别的那些洞不一样，你再好好掏掏吧，肯定有东西。他坚持认为这个洞有问题。他说，鸡毛的出现在很大程度上证明有鸡，有一只或几只鸡曾经在这里出过事，也真的出了事，有它们的毛可以为证，那几根毛，就是被丢弃在现场的受害人的衣服或物证。我看他的意思是说有鸡在这里被耗子吃了，可我不这么认为，我不相信那么几个小东西能把鸡吃了，鸡多大，耗子又有多大？更何况，小土洞的口只有手臂那么粗，一只鸡怎么会进到里面去呢？而且，从那几根鸡毛来看，那显然应该是一只已经成年了的大鸡，不会是一只刚会走的小鸡，那么大的一只鸡，就算没有十来斤，少说也有五六斤、三四斤，你就是使劲往里塞也别想把它塞进去，更别提它自己能走进去。所以，根据以上种种情况，我认为这里并没有发生过像老赵所说的那种事情。老赵还推测说，事情可能发生在二月份，二月初，应该是又一次"二七"惨案。这个老赵啊，真他妈的！我想，几根鸡毛能说明什么，就不会是耗子们从别处捡回来当扇子玩的吗？

我的怀疑有些激怒了老赵，他像一个泼妇一样地说，我说过鸡是自己走进去的吗？啊？我说过鸡是自己大摇大摆地走进去的吗？是自己主动送上门去的吗？我说过这种话吗？

（妈妈啊！）你看老赵这个人，受革命教育多年，竟是这么的不讲理，说着说着，连大摇大摆也出来了，连主动送上门也出来了。我说过大摇大摆、主动送上门这种话吗？我没有说过，想也没有想起来，是他自己突然加上去的。

可是，你说耗子吃了鸡。

怎么，你认为吃不了？

那咋能吃得了？

对，一个耗子是吃不了一只鸡，两个耗子三个耗子也不行，可要是一百个耗子、一千个耗子、一万个耗子呢，还吃不了吗？

我看看周围，又看看那个手臂粗细的小土洞，我不相信这儿会有那么多的耗子。一万个？一万个耗子聚集到这里干什么？是在开群众大会吗？是在过节？是在五一假期里出来旅游的吗？（妈妈啊！）你看老赵是不是有点儿强词夺理？我觉得有点儿。动不动就是一万个耗子，一开口就是一万个耗子，谁见过那么多耗子？我敢说，任何人一次也没有见过那么多耗子，把从小到大听说过的、把想象中的耗子一个一个地加起来，也没有那么多。

基于目前的情况，有些事情我觉得我和老赵之间已经无论如何都说不清楚了。我坐在一片蒲公英的旁边，看蚂蚁们搬家，娶亲，搞运输，看蜜蜂和蝴蝶在飞，也不明白它们那种嗡嗡的声音是在唱歌还是在叫唤，是高兴的还是难过的。蜜蜂们好像在说，没有人给我们唱歌，我们自己唱。蝴蝶们好像在说没有人给我们跳舞，我们自己跳。事实证明，我们自己唱得也不赖，跳得也很好。天上的云彩也好像正在回家的路上，有的扶老携幼，一群一群的，有的一队一队的，有的独自一人，都朝着一个方向在走。天蓝得让人觉得亲切，又有一种淡淡的忧伤。我记得姐姐曾经有过一件衣裳，颜色就是天的颜色，那时候，她走在路上，我觉得就像是天上掉下来的一块。不过，现在要是问她，她也不一定记得了。肯定不记得了。

老赵走过来，坐在我的身边，我明显地感到他软了，不泼妇了，不蛮不讲理了，不再像刚才那么硬邦邦的了，他对我说，哎，就算你说得对，就算我不对，就算耗子们真的没有吃鸡，可是有一点儿我就是不明白，你给我说说，那几根鸡毛是从哪里来的？

说说看，那是从哪儿来的？

老赵啊！两个眼睛早已不再贼亮的老赵，他的这个问题算是把我给问住了，让我变得哑口无言，这也正是我很长时间以来一直在想却又一直想不明白的一个问题。要是从来就没有鸡，又哪来的那些鸡毛呢？耗子们肯定不会大老远从别的地方扛几根鸡毛回来，鸡毛又不能吃，也没有储备的价值，它们又不是不懂事。我刚才说它们把鸡毛捡回来玩，其实也有不讲理的意思在里面。现在，我和老赵都有点儿糊涂了，疑问像树荫一样，变得越来越浓。

我们看着远处的那些人家，一片一片的房顶，一棵一棵的树，一堵一堵的墙，烟和云彩在天上慢跑，报丧的人戴着白帽子，一声不吭地在长满野花的路上狂奔。

其实，我也并不擅长捉耗子，不大会捉。老赵对我说。

我想，除了猫，其实谁也不擅长做这事。有的人够厉害的吧，也许能捉住一只老虎，可是在耗子的面前就不一定有办法，只能看着它们吱溜吱溜地到处跑，有劲也使不上。最关键的我觉得还是因为它是活的，会跑，会躲，还有一肚子坏水和馊主意，脑袋尽管不大，但很有脑子，还有相当的悟性和灵气，也警觉得要命，它要是认真藏起来，你确实也不大容易能找到它。捉耗子这种事情，和上山砍柴，到地里割草，完全不是一回事。柴火和草长在山上，长在地里，只要你去砍，去割，它就会在那里等着你，老老实实地恭候着你，好像生来就是为了等着让你砍让你割的。让你去割一捆草，一般是能割一捆回来的，可是，要是规定让你捉五只耗子回来，你未必能如数捉来，十有八九是要落空的。因为，没有哪只耗子会乖乖地坐在那里，一动不动，等你去捉它，除非是一只脑子有问题的傻耗子。人里面有不少傻人，但耗子里面好像没有那种耗子。

比较起来，**我还是更善于掘进**。老赵说。

我后来才知道，所谓的掘进其实就是打洞。听我这样说，老赵马上纠正说，那可不是一般的打洞，小打小闹，挖个孔，掏个窟窿什么的，那是在矿井的深处开掘，越打越深，越打越远。从这个意义上来说，我觉得掘进，和耗子，和所有生活在地底下的东西们差不多。我知道老赵多年来一直在矿上工作，但不知道他原来是干这个的。他这次回来，是替家里的人捉耗子，完成任务。可惜比的是捉耗子，而不是打洞，要是比打洞，我敢说老赵一定会打在所有人的前面，越钻越深，也用不着像现在这么愁眉苦脸的，打到最后，一定会神出鬼没，会让所有的人都找不见他。

有人背着一只口袋，正在吃力地往坡上走。

我的耳边响着过去的热风的声音，烘烘的，和火焰是一个声音，气味和烧石灰的气味一样。

在那热火朝天的风里，我使劲地揉着鼻子，我听见老赵对我说，哎呀，你把血揉出来了。我问老赵，都说龙生龙，凤生凤，老鼠的儿子会打洞，我怎么从来也没有看见过它们打洞？老赵说，那是什么样的事情，哪能让你说见就见着吗？让你见着了，它们还怎么打？打是肯定得打，因为不打不行，不打，它们一群一群的一家子一家子的往哪里住？日子过得好赖先不说，先总得有个住处吧。它们打洞，造屋，谁也不能让看见，要是谁都能看见，一目了然，那还能叫洞吗？那辛辛苦苦地打了个啥，还不如不打呢。洞，主要就是为了隐蔽，为了秘密，不能让任何人看见，也不能让任何一只猫狗一类的东西瞅到。一旦要是暴露了，那就完了。又说，现在改了，已经不说龙生龙凤生凤，老鼠的儿子会打洞了，现在都说龙生龙，凤生凤，矿工的儿子会打洞。我说，老赵，你的孩子们，他们会打洞吗？老赵说，什么会不会，一切都得听命的，命里该你打，你就得打，不会打也得打，由不得你。一个人，你会做什么，不会做什么，那实在是不重要，一点儿也不重要，只要命里让你做的，不会的也能让你会了。

我对老赵说，我听说过一件事，说的是两只小猫，无意中发现了一窝耗子，高兴坏了，又蹦又叫，可是耗子们都在洞里不出来，两只小猫想吃也吃不上，于是就只好坐在洞口等着。等了好长时间，也还等不出来。两只小猫商量了一下，于是就去河边抬水，抬来一桶，灌到洞里去，然后又去抬。就那样一趟一趟地跑，一趟一趟地抬，到最后，洞里的水都满了，溢出来了，再也灌不进去了，可是始终没见有耗子出来。两只小猫互相看看，奇怪地说，咦，这是怎么回事呢？

老赵你说说，这是怎么回事呢？

都淹死了，是吧？老赵说。

不对，你说的和那两只小猫想的一样，你们都认为淹死了，实际上没有，实际上一个也没有淹死。

水都溢出来了，还淹不死？老赵说。

我说，请安静，请坐好，听我给你说。早在小猫们把第一桶水灌进去以后，老耗子就发现了，情况十分危急，环境十分险恶。于是，老耗子对小耗子们说，大难临头，跑吧。看样子，那两个小王八蛋不把我们灌死，誓不罢休。赶快往外冲，这时候要走还来得及。于是，趁两只小猫又去河边打水的时候，全体的耗子就吱溜吱溜地从里面跑了出来。

应该一个去打水，留一个在洞口守着。老赵神色严峻地说道。

我说，必须两只猫一起去，否则它们抬不回水来。

老赵有些吃惊地看着我，说，有这样的事？

夜里，我梦见我在家门前坐着，在看柳树。后来，就看见老赵在不远处很吃惊地看着我。

那时候，天还没有亮，我听见路上有车在走。

我听见路上的沙子被碾得像米一样。

一年前的这个时候，我一个人坐在家门前看星星。

爷爷从那边过来的时候，几乎没有什么动静。一开始的时候，没以为是爷爷，也没看出是别的什么老人。忽然看见黑暗中有白东西一闪一闪地正往家门口这边来，越来越近，像一缕麻，又像是一束湿润的玉米缨子，软乎乎的，见风就能飘起来，要是猛然扬到脸前，准能像马尾巴一样把你的眼睛打酸，准能！瞎倒是瞎不了，但肯定是酸了。这么想着，我下意识地闭上了眼睛，怕那东西突然扬起来，甩过来，抽过来，但耳边似乎听到那东西正在日日地响，又像喘气，又像叫唤……我在想，很多年前的那种镖，被主人甩出去的时候，发出的就是这样的一种声音吧。

后来，猛然听见爷爷问我吃饭了没有，把我吓了一跳，我说没有。

又问我，这么晚了，一个人坐在这里干什么？

我说在看星星。

爷爷呼噜呼噜地笑了一阵。

一颗流星嗖地一下从天上滑下来，像抹了油一样，一声不吭地一头栽进了西面的山里。

我们这里的人从来都把流星叫作贼星，只有书上才把贼星叫作流星。

我问爷爷，因为什么要把流星叫作贼星？

爷爷说，大概是因为从天上下来的时候跑得太快了，看上去比贼跑得还要快。通常情况下，贼就比我们一般正常的人跑得要快，虽说他也是人，但比我们快得多。道理很简单，因为害怕被逮住。你想么，一个做贼的人要是不慌不忙、不紧不慢地在跑，肯定会被捉住，至少打个半死，或者法办，所以不能不快，也没办法不快。反过来说，我们一般正常的人要是也都有贼那样的心情，相信也一样能跑得很快，不敢说像天上的贼星那么快吧，至少也和地上的贼差不多。

又说，那个时候，不是你跑得快跑不快的问题，而是你必须得跑，还得跑得飞快。形势逼人啊！贼他所以能跑得那么快，那完全也是被逼出来的，慢慢地锻炼出来的。人实际上就是一块面，把你放进一个方模子里，你出来就是方的，把你摊平了，你就是扁的，使劲地擀你几下，你就成了面条，要是不擀你，只捏你，你就变成了馒头、包子——

你看看，都是同一个东西，就那么一块面，用的办法不一样，最后的结果也就完全不一样。另外，你要是使劲地揉它，把它揉得死去活来，它就会像女人一样像杀猪一样叫唤。

为什么要叫唤？面也会叫唤？

因为想叫，不叫就过不去那个坎儿，所以就叫了。

我对爷爷说，刚才你从那边过来的时候，就像天上落下来的一颗贼星，又轻又快，还没有声音。

爷爷说，噢？我也有那么亮吗？那么晃眼吗？……不过，要有礼貌，要有孝心，不能把爷爷比作贼星，咋的也还是你的爷爷么。

我说，我取的是贼星好的那一面，是人身上正好缺少的那些东西，都是些求之不得的好东西。

听见我这样说，爷爷像个孩子一样高兴地笑了起来。他说，那就这样吧，我愿意是一颗贼星。

我说，爷爷是贼星，我就是贼星的孙子。

爷爷问我，天都这么黑了，怎么还没有吃饭？是家里没有粮食了，还是火不行，还是有人偷懒？

我告诉他说都不是。黑夜让包括我和爷爷在内的以及附近的所有的东西都变得神秘莫测，虚实不定。

在爷爷的注视下，在那种麻纱或玉米缨子一样的东西的拂动下，我渐渐地开始回忆起一些人的去向，尽管我还不太清楚他们的确切行踪，甚至不知道他们一个一个都去了哪里，但我还是决定要跟眼前这位贼星一样的老人说一说他们。是的，什么也不为，就因为他是我的爷爷。有一年，是一个夏天的早晨，爷爷要带我去公社卫生院打针，那个早晨，金黄的上面沾着露水的向日葵叶子到处出现，一抬头就能看见一片，一转脸又是一片。刚出了门，我的腿疼得厉害，一想起还有七八里路要走，疼得就更厉害了。

于是，我对爷爷说，咱们坐个车吧，要是没有顺路的拖拉机，坐个马车也行，小毛驴拉的小平车也行。但爷爷说，不坐，不坐车！多好的天气啊，还是凉凉快快地走吧……我现在已经想不起是怎样打的针，但肯定是走着去了的。那时候的天气倒是真的凉快，就像爷爷对我说的那样，凉爽洁净的风吹在脸上，就像一张一张的白纸一样，发出哗哗的声音。一路上，高粱挺着血红的头，谷子笑弯了腰。这样的一些话是我们从书上和课本上看来的，但我从来也没见谷子们笑过，那么一个硬邦邦的头，怎么笑呢？嘴在哪里？你让它怎么笑呢？据我们看，根据我们细心地观察和研究，那实在是打死它也笑不出来，那实在是胡说八道。可是，有人这样写，说谷子笑弯了腰，有人这样唱，也说谷子笑弯了腰，于是，我们也都经常跟着一起笑弯了腰。老师看过后，也说写得好，还啧啧有声地赞不绝口。我们在想，那些人可能从来没见过谷子，或者仅有一面之交，所以免不了要胡说，可是，老师本人他难道也从来没有见过谷子吗？姓蒲的老师，蒲雨顺老师，他藏在一个偏僻山坳里的那二分自留地上种的可全是谷子啊！为什么不在那二分薄地上种菜？他认为菜蔬一类有水分的东西不顶事，把里面的水一拧了，什么都没了，人吃了不起任何作用，当然主要还是抵挡不住从四面八方袭来的饥饿，而只有粮食，只有一粒一粒的粮食，才是货真价实的真家伙，才是结结实实的硬家伙，才能最终解决人的最根本的问题和需要。他每天早晚都去那个山坳里，去看望他的谷子，上心得很，他常说他的那块地是夹在××里的一块地。蒲雨顺老师，恨不得让自己改名换姓，叫风调雨顺。他的二儿子，我们都忘了他的名字，都叫他自留地。自留地念书不行，跟他爹去那个偏僻的山坳里干活儿也不行，成天挂着两股巨龙一样的鼻涕东张西望，一看见人，就赶紧哧溜一声把两股巨龙吸回去，像是生怕被人抢走。等没人的时候，就又出来了。至于那里的谷子长得好坏，完全与他无关。蒲雨顺老师忧心忡忡又恨铁不成钢地对自留地说，将来我死了，你怎么办呢？自留地不说话，也许是觉得这个问题与他无关，只让两条巨龙出来进去，探头探脑。蒲雨顺老师扔下自留地，又去那个夹缝里看谷子。谷子究竟会不会笑，他难道不知道吗，他难道真的以为它们能笑弯了腰？我们也到了谷地里，一站就是半天，又看又瞧，麻雀们也跟着来了，轰的一声飞起来，不久又嗖嗖地落下去，像雨点落到了地里。我们都看见了，也又一次证实了谷子的头是朝下弯着的，但弯的不是腰，和腰一点关系也没有。我们还看到，腰要是真的弯了，那谷子就黄了，就黑了，就死了，必枯无疑，必死无疑。这一点上谷子和人不一样，人的腰要是弯了，还可以继续活着，还能活，那么多弯腰驼背的人，尽管走起来的时候看上去显得比较困难，显得不那么理直气壮，不那么堂堂正正，可是不也照样活得好好的么，也没见他们有多蔫，有多么枯黄。我们看着明知故犯地说瞎话的老师，看着人云亦云的蒲雨顺老师，从心里感到有些凉。唉，这个人，这个头上沾着草、嘴上起着泡、胳膊上蜕着皮、裤腰上打着结、脚底下冒着风的人，这个一说话就浑身上下嗖嗖地冒凉气冒穷气冒酸气的人，这个唯粮食是图的人，我们真是越看他越觉得包括我们自己也没出息没希望没前途没意思。终于有一次，他坐在学校的门槛上，一边用土办法焊一只破烂不堪的严重走形的铝饭盒，一边诚心诚意地对我们说，其实，我也不愿意这样，我也知道你们统统都瞧不起我，鄙视我，只是没有明说出来罢了。我也知道我这种样子很让人讨厌，我自己也不喜欢我这种样子，可是孩子们，我没办法，真的没办法啊！我实在是饿怕了，无论任何时候，只要一想起那种骇人的事情，就会变得心慌气短，整个人有出气没有进气，像是马上就要活不成了，马上就要完蛋了。人，凡是个人，谁愿意自己总像一堆狗屎一样被人看不起，可有时候就是没办法，就是改变不了那狗屎般的命运，因为那根本由不得你，他倒是想被人瞧得起，想被人尊重，像花和花姑娘一样让人喜欢，像高山一样让人敬仰，像领袖一样让人爱戴，像盐一样让人一天也离不了，甚至像砂糖、酱油、棉花、缝纫机、猪肉以及猪下水、自行车、毛毯、切菜刀和粮票一样炙手可热，让人排成长队，耐心地等候。可是，那可能吗？要我说，永远都不可能，一辈子也别想。我妈就对我说过，孩子，看来你是没有希望了，希望是没有了，她不说一声就跑了，离我们越来越远，我们都没希望。我对她说，先不要灰心，希望不能说完全没有，一点点也没有，我总觉得，多少还是应该有一点儿的，只是目前来说太过于渺茫，我们一时看不见罢了。不过，对于我们来说，首先应该振作起来，鼓足干劲，热情似火，还是应该先抓紧时间和一切机会，把我们的肚子填饱，最大限度地塞满——谁让我们有这样一个永远都填不满的无底洞呢，要是没有它，那就省事多了，一切也就好办了。我的想法是，只要肚子填饱了，别的也就都好办了，难道不是这样吗？饭得一口一口地吃，事情得一件一件去做，家有千般事，先从紧处来，先从那些刻不容缓火烧眉毛的事情上来。至于希望，不怕她跑了，也不怕她跑得有多远，多么没有影儿。我的看法是，只要我们还活着，还存在，只要活一天，就不怕找不到她，就不怕她不回来，哪怕像王老虎抢亲一样，从别人那里抢，从别人手里夺，也要把她弄回来，让她最终属于我们。我总觉得，她迟早会回心转意的，迟早会浪子回头金不换的。你们信吗？不管你们信不信，也不管别人信不信，我信，我首先第一个信，不信还活着干什么？死尸了算了。这也就是说，不管她跑出去有多远，多么离谱，多么杳无音信，多么海枯石烂，她迟早还是会回来的，总觉得有一根绳子还一直握在我们的手里，拴在我们的某一根手指上，总觉得还应该凭我们多年的努力和不懈的奋斗能把她——狗日的希望拽回来。只要她像早晨初升的太阳一样刚一露头，刚一出现，甚至像蚊子或跳蚤一样不引人注意地哼哼几声，蹦跶几下，我们就马上，立即，毫不手软地，果断地，迅雷不及掩耳地，不留情面地，六亲不认地，毅然决然地，两手都要硬地，不管三七二十一地，死乞白赖地，奉若神明地，不再心猿意马地，左顾右盼地，而是求贤若渴地，他乡遇故知地，久旱逢甘霖地，饥不择食地，猛虎下山地，饿虎扑食地，得陇望蜀地，不计前嫌地，虚怀若谷地，满不在乎地，大无畏地，勇敢地，恶狠狠地，气咻咻地，狼一样地，兵一样地，从正面扑上前去，从四周包抄合围过去，铁壁合围，十面埋伏，明修栈道、暗度陈仓，美人计，离间计，苦肉计，连环计，以一当十，一箭双雕，三打祝家庄，三姑六婆，紧紧地死死地滴水不漏地天衣无缝地走投无路地叫天天不应叫地地不灵地，把她抓住，擒住，摁住，按住，压住，揪住，扭住，咬住，抠住，拧住，拴住，铐住，薅住，弄住……看她还往哪里跑！很久以前，前些时候，不辞而别，一去不复返，走了也就走了，这回好不容易回来，就别想再走了。我们是这样想的，这样说的，也一定会这样做的。

……

可我们到头来还是有些不明白，一个人把自己弄成这副样子，难道就可以抵挡饥饿和别的那些麻烦事吗？

我让爷爷随便找个地方坐下，爷爷不坐，仿佛没有听见我的话，后来我想，老年人，不坐就不坐吧，万一坐下去再起不来怎么办？那不是活活地害了他老人家吗？再说，他看上去似乎不像别的那些老年人那样沉重，迟缓，老牛破车，倒是很奇怪地显得有些轻飘飘的，也不怎么觉得他劳累，辛苦，更像是轻轻松松地逍遥了一辈子，能够忽隐忽现，随时都可以随心所欲地飘走，丝毫不受身体的拖累和一大把年纪的限制。我记得他老人家以前不是这样的，至少不像现在这样显得身轻如燕。七八十岁的老人，倒有点儿像马戏团里的孩子，一会儿贴在马肚子下面，一会儿又出现在高高的旗杆上或者尖尖的木棍子上。那时候，经常听见他咳嗽，自言自语，眼睛也非常的不好，看见一个人，会以为是一座山。有一次，有一个人背朝我们坐着，他指着那个人的头，对我们说，扶我到那上面坐一会儿，看看下面的景色。

告诉爷爷，他们都到哪里去了？

爷爷向我询问家里人的去向。爷爷啊！他即使不问，过一会儿我也会说的，我要把某些人的行踪和去向尽可能翔实地告诉他，好让他能够明白。为了不至于说得很混乱，让爷爷越听越糊涂，越听越不知去向，不知道他们到底都去了哪里，我决定一个人一个人地说，处理完这一个，再解决那一个。爷爷对他们这些人都是很熟悉的，相比较而言，我对他们的熟悉程度倒不如爷爷。

天是黑的，站在我面前的爷爷是白的。

我先从他的儿子说起。我说，去年有一段时间，他忽然突发奇想，让我改变称谓，叫他爸爸。我叫了，但他又觉得很不习惯，十分的不习惯，觉得那不是在叫他，而是在叫别人。后来说这不好，听上去不太好，还是改回来吧，还是像原来一样继续叫爹吧，不要这样叫了。于是，就又改回来了，还是叫爹，还是像原来那样。

爷爷说，他这是在折腾什么呢？

我说，这事其实还有一个原因，那就是，只有我一个人叫他爸爸，别的人，其他的人，人家都不。这样一来，这就马上有问题像关节炎一样凸现出来了。再说，我的叫声也是那样的与周围的世界格格不入，他本人听着也别扭。

爹就爹吧。爹这个称呼难道不好吗？我看挺好。爷爷说。

我说，当然行，所以后来就又改回来了。

我告诉爷爷说，你的儿子，今天一整天都没回来，从一早上起来，我就没看见过他，一直到现在。也许，昨天一天就都不在。爷爷听完我的话以后，笑了起来，笑声惊动了隔壁院子里的一只狗，十分响亮地叫了起来。我看爷爷像是在考虑问题，又像是在努力地回忆，打捞记忆里的什么东西。

天黑黑的，站在我面前的老人是白的。他的那种白，像面粉，又有点儿像羽毛。

后来，我听见爷爷又笑了。

爷爷笑着说，你说你爹他一整天都没回来？

我说是的，一直没回来。

爷爷又笑着说，这狗日的，按说他的年纪也不小了，老也老了，他能到哪里去呢？

看见我愣着，又对我说，别着急，等爷爷要是看见他，爷爷给你打他个狗日的，真不像话。

我对爷爷说，那倒用不着，也不用打他。八十岁的爹打六十岁的儿子，他会没脸见人的。

爷爷说，既然你这样说，那就算了，我先不打他。不过，该是他的账，一定要给他记上，一笔一笔地记清楚，等将来再说。等将来爷爷有工夫了，再和他理论，再和他狗日的算总账，收拾他，新账老账一起算。

我说，你先不要收拾他。

爷爷啊，真是通情达理的人，又爽快得要命。他说，好，那就先不收拾他，让他再蹦一蹦。不过，你要告诉他，让他明白，别看现在蹦得欢，就怕秋后拉清单。

我问爷爷，那句话是什么意思？

爷爷说，没什么，一句几十年前的老话。

爷爷这样一说，我想起来了，这句话我是知道的，很小的时候就知道，记得有一年，我曾经对住在榆树巷里的拴子说过这句话，还说拴子是秋后的蚂蚱，蹦跶不了几天了，拴子他爹当时就啪地给了我一个大耳光，那时候我也小，一下就把我扇到了他家大门外面的土台子上。从那以后，我就把那句话忘了。

这些事情，他们都不知道。

老大两口子去了一个叫印发的地方，有人在路上碰见了他们。这件事我原以为爷爷知道，但没想到爷爷竟然不知道。爷爷这个老汉，有时候我觉得他很精明，似乎什么都知道，谁也骗不了他，而有时候又像是中了风一样，什么都不知道，云云雾雾的，比如在老大两口子去印发这件事情上，他竟然不知道。不过，我也是听别人说的，也并没有亲眼看见。老二迎接剧团去了，听说剧团要来。这件事爷爷依然不明白，十分困惑地看着我，不知道是怎么回事，这件事我也不明白，也不知道是怎么回事，老二和剧团有什么关系呢？我和爷爷互相看了一阵，还是没有想清楚，反倒有雾一样的东西渐渐地从四周漫卷过来，浓稠的地方还在一点一点地往上翻卷。我看见眼前越来越模糊，越来越白，好像有米汤变成雾气，一股一股地从天上流了下来。

我说，爷爷啊……

爷爷说，我在哩。

我本想说，有人好像把米汤洒了，流在了我们的身上，可说出来的却是姐姐。我说，姐姐还在，哪里也没去，只是她在她自己的家里。

爷爷用手抹了一下他的脸。

爷爷放下胳膊的时候，我听到有水在响，哗的一声水退走了，哗的一声又来了。

爷爷看上去湿漉漉的，又好像猛然间一下瘦了好多。我在想，爷爷都湿成那样了，不用说，我肯定也好不到哪里去。黑夜有时候完全变成一面黑亮黑亮的镜子，会让一些神情专注的人越看越深，越看越远，远到有人大声叫你，你也根本听不见。

我说，奶奶是不是也出去了？

爷爷说，奶奶是你的亲奶奶，她不会不管你的。

又说，放心吧，她走不远，顶多到前院里的树下坐一会儿，和那几个老女人一起，摸一摸纸牌，说几句没有意义的寡逼话①。

我抬起头看了一下天上，我想起了刮风的时候，想起了月亮很白的一些晚上，想起村长曾经说过的一句话……有一天晚上，在孙文胜家里，我也在那里，等着拿条子。村长坐在孙文胜家里的一把椅子上，脸上红红的，呼呼地冒着热气，呆呆地透过窗户朝天上看了一阵后，忽然突如其来地对身边的人们说——

---

① 太原方言，寡逼意为没意思。

月亮像半个白屁股。

我把这事告诉了爷爷。

爷爷呸了一下,说,真是个下流的东西,狗改不了吃屎,从小就不是个正经东西,不是个好东西。没想到这么多年过去了,他当了干部,还是那么不长进,还是那么不要脸,本来好好的东西,也能让他给说得乱七八糟了。就说月亮,屁股,本来都没有问题,都是清白的,好的,可一从他的嘴里出来,就都不对了,马上就都有问题了,起码不像原来那么干净了。

我说,那天,因为一件事情,周主任啪地一下把眼镜摔了。周主任骂他说,这鸟人!我见的人多了,还从来没见过这种鸟人!怎么能让这种鸟人当了干部?

你妈呢,她应该在吧?

爷爷啊,我已经有好几年没见过她了。

爷爷吃惊地看着我说,好几年没见了?不能吧?不可能!没有那么长,也不应该有那么长。要有,顶多也就是最近一两年内的事。你一定是记错了。

要是没有好几年,那至少也有一年多了。

孩子,到底发生了什么事?

第二天,太阳还没有正式升起来的时候,我听说老贺来了,后来,又看见姐姐也来了。姐姐其实早就来了,那时候,我还没有醒来。她是一个人来的,没有带她的孩子。

老贺站在窗户外面,神色凝重地望着我。

(妈妈啊!)姐姐的那个孩子已经会跑了,我记得前些天的时候,我见他的时候,他还不会走呢,只会坐着,坐在那里,手里拿着一块面,使劲地往自己的前额上贴,由于不得法,怎么也贴不上去,嘴里呜里哇啦地像日本人一样不知在说什么,大概是说,这是怎么回事,怎么贴不上去呢?后来,我在旁边看了一会儿,我就对他说,你不行,还是我来给你贴吧。于是,我就啪地一下把那块面粘到了他的那个小脑袋上。那块凉凉的面让他高兴得咯咯地笑了起来。他看着我笑，眼睛笑得细细的，我想，这小家伙，他一定是觉得我这个人很好，很有趣。

后来，我又给他的奶瓶子里灌上水，让他喝，没想到他喝得满身都是，像是刚从水里捞出来的一个孩子。

姐姐正在咚咚咚地擀面，长长的头发跑到她的脸前，遮住了她的眼睛和脸。

姐姐说，还是舅舅呢，这哪像个舅舅干的事。

我不知道姐姐为什么非要生一个男孩子，为什么不生一个女孩儿呢？我问姐姐，姐姐说，女孩儿有什么用呢？你姐夫他们一家人还就指望他能够为他们传宗接代，像传递火炬一样一代一代地传下去呢。

我说，传下去又有什么意思呢？

姐姐分开脸前的头发，看了我一下，很快，那些头发把她的眼睛和脸都给重新遮住了。

你怎么一点儿事也不懂呢。姐姐对我说。她的声音里有一种幽凉寂静的气息。

姐姐对老贺说，看上去好像没事。

（妈妈啊！）我闻到老贺的那把山羊胡子上有一种气息，就是雨天里羊的那种气息，羊从外面回来后的那种气息。你把羊往圈里赶，让它们回去睡觉，它们有的不回去，就在你的身边来回转，这时候，那种气息就笼罩在周围一带，这时候，老贺的那种气息就笼罩在周围一带。

后来他又伸出手，手上有一股庙里的味道。

从我们的窗户里望出去，外面的天一格一格的、一畦一畦的，老觉得有人在那上面耕作，牛有时候偷一下懒，大部分的时候走得很快，像虫子一样在蹿，唰唰的。

从外面一进来，老贺就摸了一下我的头。为什么我能够闻到他的手上有一股庙里的味道？就因为他老摸我的头，两个人之间的距离又这么近，要在平时，想闻还闻不到呢。他说，搓一搓，麻一麻，大鬼小鬼全没了。

后来，他又把他那只庙里的手伸过来，嘴里念叨着，搓一搓，麻一麻，大鬼小鬼全没了。

老一套你。我对他说。

他有些怪异地看着我，那只手像被烫了一下。

我对他说，还搓呢，刚才不是已经搓过了么，别搓了。

老贺说，哎，你看你，说你傻吧，你还总不承认。

我一听他那话或者说口诀念得一点儿也不押韵，我就知道肯定来路不正，肯定不是他的师傅教给他的，也不是他们这一行一代一代地传下来的，而极有可能是他自己临时拼凑起来的，就地编造出来的。凑合着用吧，他一定在心里这么说，有一句总比没有强。后来，又过了很长时间以后，我才知道，老贺没有师傅，从来没有拜过任何一位师傅，完全是自学成才，是靠自己日积月累，一年一年地摸索，琢磨出来的，要说有师傅，他自己就是他的师傅。时至今日，还有人认为老贺是一个妖人，单独和他在一起的时候，觉得瘆得慌，头皮发麻，还有一种怪怪的气味不时地在周围弥漫，像是一种低低的嘤嘤的哭泣声。很小的时候，我们也觉得他能够变化，只是不常变罢了。看见他，常有一种担心，觉得他随时都有可能化作一股青烟，蹿入空中，消失得无影无踪，扔下一家老小，哭天喊地。又常见他到处作法，有时候戴着纸帽子，胡子像是用毛笔画上去的两条黑道。他的一只手的五根手指中，有一根手指，不知是食指还是中指，一直都是红的，一年四季都是红的，永远都是红的，就是棺材的那种红颜色，这样一来，像是手里永远拿着一口小棺材。很多人其实并不怕他本人，也不在乎他，怕的，在乎的，是他的那根可疑的复杂的来历不明的让人永远都不知道那是怎么回事的红手指，红色的棺材。人们说，那根红辣椒一样的家伙实在是太厉害了，点你一下，让你麻辣半天，还找不到出处，不知是哪里在麻，反正就是个麻，持续不断地麻，一阵一阵地麻，刚以为没事了，马上又来了，一浪一浪的。什么时候，只有他说差不多了，不麻了，你才能停下来，真的就不麻了。唉，真弄不懂啊！什么叫自己的命运掌握在别人的手里？那就是。

有一年冬天，是一个多雪的冬天，雪一场接一场地下，天好像就没有晴过，世界灰暗极了。就在那样的一个季节里，几个民兵全副武装，摩拳擦掌，要出发到二十里以外的一个地方去破除迷信，去抓一个人。民兵中就有老贺的小儿子，狗日的毛还没褪干净呢，就已经提前急不可耐地露出一副凌厉的咄咄逼人的杀相，杀气腾腾，戴着风镜，背着枪，腰里别着匕首，怀里还装着一份头一天就已经写好的入党申请书，要在这个大雪天里实现自己的愿望和一连串的梦想。当他把一张叠得整整齐齐的纸毕恭毕敬地交给武装部的贾部长时，贾部长说，这么大的雪，不要舍近求远，先破除破除你爹吧，他难道是个没问题的？听见贾部长这样说，几秒钟前还斗志昂扬、目光如电的老贺的小儿子一下就瘪了，本来系得好好的风镜也不知怎么掉到地上打碎了。贾部长望了一眼外面纷纷扬扬的大雪，继续深入地对他们说，要是认真追究计较起来，应该说这个世界上每个人都有问题，是的，都不清白，谁也不能说自己就是清白的，只要他在世上活着，就会有问题，因为活着本身就是一个问题，是一个极其难缠的永远都说不清道不明的问题。可以这样说，每个人都不干净，纯粹一点儿问题也没有、纯粹一尘不染的人是不存在的。老贺的小儿子本来想问，难道列宁同志和毛主席也有问题，也不干净吗？但没敢说出来，那句话像一小股卷着腿的风一样，在他的心里转了一下，很快就又跑远了。

就这样，老贺被捆了起来，然后往那里一扔，像一把轻飘飘的干草一样，不住地发出簌簌的响声。雪白簇新的麻绳仿佛勒住了他的灵魂，一些东西开始从四面八方走来，有的把地上的雪踩得吱吱直响。

但他拒绝交代任何问题。

一个衣冠楚楚、镶着金牙的中年人踏着雪，来找一筹莫展的贾部长，像献宝一样献计献策，他给贾部长出主意说，不是没办法吗？那就给他洗手，洗他的那个手，一洗，问题就出来了，所有的问题都会洗出来。

贾部长的嘴上起了好几个泡，一开始还漫不经心地咧着嘴歪在那里不住地吸溜，想通过吸进的凉风来缓解那种火烧火燎的疼痛，当听到中年人向他献出的计策后，他马上坐了起来，嘴里立即停止了吸溜。他有些惊讶地看着那个衣冠楚楚的镶着金牙的中年人和他从外面带进来的一些残雪，心里不住地叫好。好啊！自从把老贺捆起来以后，他的嘴上就开始有了泡，医生给他抹了很多药也没用。一开始，贾部长怀疑自己嘴上的泡与老贺被捆有关，他怀疑老贺在报复他，在暗中作法、作祟，但科学的头脑和多年的唯物主义的教育与熏陶，以及长期以来的锻炼，使他很快就摈弃了那种怀疑，认为自己先前的那一闪念真是糟糕可笑，完全是无稽之谈，又为自己曾经有过那样的犹豫和思绪而感到羞愧甚至后怕，尽管十分短暂，只是那么一闪念，尽管除了自己以外，再没有别的人知道。

一开始他不打算原谅自己，但很快还是又原谅了。

他是这样想的，反正又没有人知道，那么，自己和自己又较什么劲呢？无论千丝万缕，还是应该以工作为重，这样想着，他就原谅了自己，释放了自己。他使劲地拍了一下自己的头，大声地对那个冒着大雪来给他出主意的人说，哎呀，我日他娘的！真是个好主意，一个绝妙得不能再妙的主意！我怎么就没有想到这一点呢，我怎么就没有想到给他洗手呢？我纯粹是让他们气昏了头。

于是，就开始给老贺轮流洗手。小屋的地上摆了十几个盛满了清水的脸盆，老贺也坐在地上，像一个生活不能自理的人一样，让别人拿着他的手给他洗，当然，主要是洗他的那根怪异而特别的手指，别的部分不怎么洗，另一只普通的手则完全不洗，想沾一点儿水都沾不上。就这样，有的负责洗手的人还觉得委屈，有时说一些指桑骂槐的话，有时开门见山地对老贺表示不满和愤慨，主要是觉得他们是在服侍老贺，似乎在尽孝心，这让他们一想起来就觉得来气，憋屈，窝囊。老贺默默地坐在那里，那根手指握在别人的手里，似乎已经不属于他了。

一开始用清水洗，又用肥皂洗，但洗了一会儿，他们很快就发现拿这种平常的洗法来对付老贺的那根手指，是根本不行的，洗了和没洗一样。不是说收效甚微，而是完全没有一点儿效果。他们开始意识到光靠这样洗是不行的，还得另想办法，必须得另辟蹊径。于是，有人找来了刮胡子用的刀片和小学生削铅笔用的小刀，甚至橡皮。一个人抓住老贺的那根手指，别的人用小刀和刀片轻轻地刮，又用橡皮使劲地擦，一遍一遍地蹭，磨……贾部长在一旁提醒说，注意，不要刮破了，不要把里面的肉刮出来。从开始以后，贾部长就一直在现场指挥，亲自坐镇，监督，命令，连眼皮都没有眨过一下。有人担心他的身体，让他回去休息一会儿，但他仿佛没有听见。事情进展得不像他们一开始想象的那样正常，顺利，不要说立竿见影，甚至在朝着相反的方向发展。如果事情稍微有一点点效果，一线希望，那对在场的人来说也是一种莫大的鼓励和鞭策。人们通过斗争发现，人的信心也需要鼓舞和刺激，有时候就需要这个，要是没有鼓舞和刺激，那信心就可能长不大，甚至会越变越小，不复存在，消失得干干净净，无影无踪。现在，老贺就让大家觉得信心越来越小，越来越触摸不到。

贾部长本来想说，不把老贺洗出个名堂来，他决不回去睡觉，但最终说出来的却是，你们先在这里盯着，我回去迷糊一会儿。记住，一有情况，马上叫醒我。从四面八方无边无际地袭来的倦意让他突然觉得这间小屋其实很大，仿佛坐落在大地的中央，极目远眺，辽阔而遥远。他听见有人在对他说，放心地回去睡吧，睡个好觉，相信我们能把一切都弄好，相信广大的人民群众当中，蕴藏着无穷无尽的热情和智慧，长期以来一直都是如此。

贾部长离去以后，有人很快又想出了新的办法，他们弄来了白酒和酒精，继续给老贺洗手。接着，他们举一反三，在白酒和酒精的启发下，又从农机管理站搞来了柴油和汽油，甚至黏稠的机油，还有滑石粉、煤油和醋，还有一小袋本县水泥厂生产的水泥。

黄昏时分，贾部长睁开了疲倦的眼睛，他看看外面的天色，下意识地惊呼道，不好！我睡过头了。他一个鲤鱼打挺，坐了起来，深感对不起党和人民。

又想道千不该，万不该，真不该在革命和斗争最需要他的时候，独自睡去，而且竟然睡着了，而且一睡就是好几个钟头，一不小心就辜负了一大片。

就在他内心里无比焦虑和愁苦的时候，又忽然得悉有人在黔驴技穷的情况下，正在考虑使用硫酸，这让他又惊出一身冷汗。真是胡闹啊！

真能瞎胡闹啊！他说，什么都可以用，硫酸绝对不能用！绝对不能用硫酸来开玩笑，那还不如直接给他一刀或者一颗子弹来得更痛快呢。

昏暗中，时光像温水一样在微微地响着，积雪映照到人的脸上，反射出的竟然是一种令人难以置信的不可思议的蓝光。有人在外面的雪地里窃窃低语了一阵，然后轻轻地推开他的门，走了进来，向他报告说，已经整整一天了，能想到的办法都想到了，能用上的办法也都用过了，一点儿用也没有，那只鬼手还是那么红……一群人辛辛苦苦地白干了一天，有人难过得禁不住哭出了声。

贾部长啊，那只鬼手还是那么红！

……

有一年，我们在街上碰到老贺，看见他走着走着忽然走到一堵墙的后面去了。所幸的是，让我们感到踏实的是，他是从墙的旁边绕到后面去的，而不是直接从墙上穿过去的，这还算是一个平常人的做法，所以，无论是谁看见了，也不会觉得有多么吃惊和害怕，也不算刺激人。要是眼睁睁地看着他像个影子一样穿墙过去，那不是一件要命的事吗？正是因为这样，我们才敢于在后面尾随着他，追过去，我们以为他又要作法，一点儿也没有想到他脸冲着墙是在尿尿，要是早知道他走到墙后面是为了尿尿，我们就不跟着他了，更不会追随他。尿尿有什么好看的呢，谁不会尿？是个人就会，连羊和狗也会，甚至连蚂蚁也会，只是我们从来没有机会看见罢了。老贺这样郑重其事地做，我们觉得很可笑。他是在一种看上去十分陶醉非常忘我的情况下听见我们的笑声的，一转脸，看见五六个小脑袋都挤在墙边，每一张脸上都笑开了花。有人还冲他说，老贺，我看你尿了，你在尿，你的尿是弯的……老贺恼怒地盯着我们，只好草草收场，一手提着裤子，另一只手从地上捡起一块石头朝我们扔过来，仿佛他的一个隐藏了多年的秘密不小心在人们的面前暴露了，让那么多人都看到了。那时他是真的生气，气得胡子一撅一撅的，鞋也湿了，裤子也湿了。由此我们发现，原来他也要喝水，也要把喝进去的水再想办法弄出来，和大多数人一模一样，没有什么不同。就说那年下大雪的时候，才捆了他一天一夜，他的胡子就像灌木丛一样蹿

318

了一脸，怎么蹿出来的？肯定是愁的，麻烦的。都说他是个妖人，妖人能这样像凡人一样沉不住气，能这样着急上火，想不开吗？妖人应该不麻烦。由此可见，他肯定不能算是一个妖人，基本上也还是个正常的人。不要以为他就不病，他也病，相信到了一定的时候，他也会像许多人一样闭上眼睛死去。也不要以为他会点儿法术就是铁板一块，刀枪不入，很多人都曾亲眼见过他的二儿媳妇用擀面杖把他打得鼻青脸肿，头破血流，抱头鼠窜。一边狼狈逃窜，一边说，唉，没脸活了，没脸再见人了，真的不能再活下去了……为什么要跑，要逃窜？肯定是感到疼，觉得受不了。人们不明白，那么一个披头散发的儿媳妇，为什么不作法镇住她？为什么不使出最后的绝招，用那根来历不明的红手指麻她？那根手指，武装部的贾部长和手下的十几个人都拿它没办法，束手无策，她一个女人，难道比一股武装力量还要厉害？问老贺，老贺沉默不语，只知道跑，只知道逃窜，东躲西藏，寻找退路和生机。

麻过，又不是没麻过，肯定是不顶事。有人这样猜测。

四月的最后一天，是捕鼠队正式组建成立的日子，很多条幅和一些乱七八糟的东西在半空中飘着，所有那些乱七八糟的东西，都与祝贺庆祝有关。一位穿着狐皮领子大衣的富人和一位面色红润的领导为捕鼠队剪了彩。（妈妈啊！）你知道什么是剪彩吗？就是用一把剪子把一条红布，确切地说应该是一条红绸子，从中间铰断，那就叫剪彩。我听见有人说，真是寡逼呀！好好的一块布，非要剪烂了。（妈妈啊！）你明白这里面的意思了吗？我也不明白，直到今天，我也还是没有弄懂那是什么意思，难道是要表示从此一刀两断的意思吗？可是又完全不像。那种情景你没有见过，那是一种非常一团和气的情景，人与人看上去比一家人还要亲热，还要融洽，真正的兄弟姐妹之间也绝对没有那么亲密、融洽，因此，无论怎么看，都和一刀两断没有关系，谁也不会往那方面去想。狐皮领子和红脸领导互相推让，谁都不肯先动手，都要坚持让对方剪断那条红布。（妈妈啊！）他们那样推来推去，都不肯动手，你千万不要以为他们不爱劳动，是一些不愿干活儿游手好闲的懒人，不是的，（妈妈啊！）一开始我也这样认为，后来才发现不是这样的。他们真的不是不爱劳动，他们是在互相谦让，是要把荣誉让给别人，把光荣、体面和风光让给别人。

哎，那真是热闹的一天，翁主任说，捕鼠队的正式成立是广大人民群众生活中的一件大事，但是，要是没有上级领导和社会各界的支持，那是万万不可能成立起来的，甚至连想也不敢想，因为想也是白想，想死也没用。现在好了，他指了指站在正中间的红脸领导和狐皮领子，用一种鼓舞人心的声音说道，以后我们再也不用像原来那样以户为单位小打小闹了，再也不能那么干了，也再不需要那么干了。盼星星，盼月亮，盼来了领导和毕总，我们终于可以大闹一场，大干一场了。翁主任的声音洪亮，巨大，使周围一带雾腾腾的，像是把地上的土也给吆喝、发动、组织、号召起来了。

那时候，红脸领导正在与狐皮领子亲切交谈，但没有人能听见他们在说什么，只能看见他们两个人的嘴一动一动的，你动一下，我动一下，你再动一下，我再动一下，像是商量好的一种规矩一样，像是一个人身上的两条腿、两只手一样，在有次序地迈动、起落，先左后右。那情景，有人看得都有些呆了。那就是所谓的礼貌啊！或许还有修养在里面，人们在心里说，那不正是我们所欠缺的吗，那不正是我们需要学习和熟悉的东西吗？红脸领导和狐皮领子无意中的示范，不知不觉地成了一堂生动清晰的活生生的教育课，人生修养课，让大家深受启发，（免费）增长了见识，开阔了眼界。大家都纷纷高兴地说，这样的活动真是让人获益匪浅，今后还要应该多搞，继续搞，多多地搞，三五个月来一次，一两个月来一次，甚至七八天来一次，都不嫌多，都是十分必要的。通过学习、观摩和教育，大家普遍都提高了认识，有的如梦方醒，恍然大悟。大家都明白了一个道理，那就是，别人说话的时候，一般是不应该插嘴的，但事情也不是死的、一成不变的，有的时候，及时地插几句，会是一种恰到好处的补充和援助，会成为一次真正的意想不到的及时雨，对方不但不反感，还会在心里暗暗地感激你，有心的人并且会在日后在适当的时候报答你，认真地酬谢你。但是，什么时候才是一个恰当及时的时候呢？关键是要把握分寸，能够见机行事，掌握火候，不该你插话的时候，你要是热情万丈地去补充，去援助，去下无所谓的及时雨，那只能是画蛇添足，搬起石头砸自己的脚，到头来只能是你被你自己下的所谓的及时雨活活地浇灭，淹死。

为什么麻烦总会找到我们，就是因为我们太不懂事，有时候连一个眼色也看不出来。

狐皮领子站在高处，面带微笑，不停地向人们招手致意。对于广大的老鼠来说，那算得上是一个危险的信号，它们不知道，正是这位气宇轩昂的狐皮领子出钱让人们去逮它们的。

老赵也混在人群中，有时也浑水摸鱼地跟着别人呐喊几声。看见老赵那样，我就想，这真是一个枯木逢春、铁树开花、哑巴也要开口说话的时刻啊！千年的哑巴也要发言。

有人看见狐皮领子穿得很多、很厚，就担心他有可能会中暑，或者捂出别的毛病来，尤其是那条肥大而丰茂无比的狐皮领子，让人越看越热，情不自禁地冒汗。他们想对他说，是的，我们的身边出了你这么个人，我们肯定感到无比的骄傲和自豪，那是没问题的。我们也知道你富，都知道你很富，富得流光溢彩，流油流金，富得让人不知所云，哑口无言，甚至摸不着头脑，久久说不出什么话来，长期以来说不出什么话来。可是，也不能这么富啊，难道不觉得热吗？身上一感觉热了，别的地方哪里都跟着一起热。毕竟已经不是寒冬腊月了，节令不饶人啊！过了今天，明天就进入五月了，天气会越来越热，一天比一天热。再说，这些年，冬天也不那么冷，有时还热乎乎的，让人觉得怪异。他们想对他说，还是身体重要，保重好身体比什么都重要，尤其是对于他这样一个人来说，身体就尤其显得比一般人的身体、比一般人的贱体要更加值钱，更加重要，格外重要，无比重要，难道不是吗？

关于狐皮领子这个人，很多人都知道，只有我不认识。我听人们说，他就是我们邻近的黄花梁的人，有一年，不知是因为一件什么事（有不少人知道这件事），差一点儿被崩了，就差那么一点点。这事想想也觉得悬，就像一个人站在悬崖上，一只脚已经迈出去，踩空了，又被拽了回来，那时候要是马马虎虎地给崩了，现在也就没这么个人了。翁主任说的社会各界，实际上只有一界，一界里还只有一个人，就是这位多年以前差一点点被崩了的狐皮领子。那位红脸的领导，代表的是政府，政府只出面，不出钱。

村长后来说，作为政府，有时候只要瞅准了一个肥得流油的大家伙，把他捞上来（好像有钱的人都泡在水里），把他逮住，弄住，然后让狗日的乖乖地把钱掏出来。有了钱，好多原来不能办的根本不可能办成的事情就都能办了，也好办得多了。大家伙的钱是从哪里来的？何以肥得嗞嗞地冒油？还不都是人民的么，还不都是人民的血汗么，以为是从哪里来的？当初是从哪里来的，就再让它回到哪里去，当然不是全回去，有计划有步骤地回去，分阶段分层次地回去，有礼有节地回去，有情有义地回去，有大有小地回去，有血有肉地回去，绝不是胡乱地瞎回，绝不是！这样的经验，很值得我们在以后的日子里长期地学习、掌握和运用，弄得好的话，应该把它像一个祖传秘方一样一代一代地传下去，子子孙孙传下去，打不尽豺狼决不下战场！等于是给他们留下了一座又一座的青山和一个又一个的宝库。留得青山在，还怕没柴烧么！多年以后，子孙后代说起我们来，说起他们的机智善变的祖先来，只能是佩服得要死！只恨自己出生得太晚，除了坐享其成，再没有别的乐趣和意思，没有赶上他们当年那种摸爬滚打、斗智斗勇、两手都要硬的激动人心的好时候。

最终，红脸领导和狐皮领子一人来了一剪子，把那条已经绷了很长时间的红布剪断了。高潮已经过去，人们的脸上普遍露出倦意，这件事就这样结束了。

但喧闹的声音还在。

几个敲锣打鼓的跑江湖的人，完成了任务，领到了酬金，正要离去，很快又被一台摇摇晃晃的从远处飞奔而来的上面拴着白布条的拖拉机给接走了。从拖拉机上嗵地一下跳下一个人，对他们说，走，到俺们那里敲去，少说也得敲上三黑夜到五黑夜，要是还一直谈判不下来，恐怕得敲九黑夜。

于是，一群人又高高兴兴、摇摇晃晃地乘车远去。

狐皮领子走了，红脸领导也走了。红脸领导临走时对人们说，这次下来不算是下来，过些日子他还要来，那才算是真正地下来。他要认真地扎下来，一个猛子扎下去，与大家一起扑下身子，同吃同睡同劳动。人群里马上有人说，和我们一起吃吧，和我们一起睡吧，和我们一起劳动吧。红脸领导听到这样的来自群众中间的呼声，显得非常激动，十分动情地对大家说，那当然，那是当然的，肯定没问题，大家不要急，到时候都有份，每家每户都要吃，都要住，我还怕你们嫌弃我，不要我呢。

人民群众大声地对他说，我们不嫌弃你，我们要你，我们咋能嫌弃你呢！向来只有我们这种人才是被人嫌弃的，需要的时候就想起来了，不用的时候就扔到一边。

我问村长，像类似狐皮领子这样的人，算不算是一个你所说的那种肥得嗞嗞地流油的大家伙？

听见我这样问，村长把眼睛使劲一瞪，对我说，真是个傻瓜，一看就是个傻瓜！别人都是装傻，你是真傻，不是假傻。瞧你这话问的，当然算，当然算了，他要是不算，谁还能算？你也看见了，那么多的人都人模狗样地站在那里，大眼瞪小眼，只知道围观，只知道捧场，看热闹，起哄，狼嚎鬼哭地叫唤，可关键的时候谁能拿出钱来？狗屁也拿不出来——这个时候就显出大家伙来了，只有人家狐皮领子能拿得出来。你说，你给我说说看，他要是不是一个大家伙，谁还能是？

又说，你要是能拿出来，你也是个大家伙。

又说，要不是富得按不住，能在四五月的天气里穿狐皮领么，我们周围的人多了，谁能那样做？

说完这话以后，我看见村长转过身去，在偷偷地笑。我经常看见有人会这样，在独自一个人的时候偷偷地笑，或者悄悄地抹泪。世界上没有无缘无故的笑，也没有无缘无故的哭，我想，那一定是有原因的，即使一时看不清，找不出来，那也是因为埋得太深，或者暂时被别的东西遮蔽了。

　　这片柔软的迎风起舞的青草啊，我对它的熟悉的程度，应该说远远超过了对任何一个人的熟悉，亲近的程度也是一样的，没有距离，没有阻隔，没有任何林林总总头绪纷繁的附加条件，无论任何时候，无论任何场合，只要用心一想，它们立即会密集地青绿无限地出现在我的眼前，沙沙地摇晃在我的心里。世上的东西多了，但别的都不灵，唯有这片青草，不论在什么时候，只要我一叫，有时候叫都不用叫，只要一想，用心一想，它马上就来了，还带着无数明亮晶莹的露珠。有时候我想，这要是一个人，光靠想，你能把她想来吗？

　　草里涌动、弥漫着一种东西，像是一种情绪，多少年以前的草，我觉得可能就是这样的。清苦的气息从草根下面洇出来，冒上来，天气好的时候，天气晴朗如洗的时候，似乎能看见那清苦的气息，是软的、轻的、柔和的、淡绿色的，离开草根往上冒的时候有点儿弯曲。就是因为太软，过于轻，没有什么重量，所以才会弯成那样，要是有风来了，就会立即被吹跑，吹散，跑得没有踪影。阴天的时候，天气潮气很重的时候，还是那种清苦的气息，我看见它们一片一片地往上走，往上浮，形状有点儿像手帕，像毡子，像乌云，还有水在上面浸着。

　　那就有点儿重量了，不再是那种轻得让人没办法把握的时候了，明显地比原来沉了。

　　有牛来吃草，慢慢地若无其事地走进去，很快就不见了，那情景，倒像是一群草把牛给吃掉了。

　　有的地方的草又高又密，已经不太像是草了，已经有了树的规模和样子，看上去比那些鹅黄柳绿的不懂事的小草成熟多了，在风里也不像那些小的摇晃得那么厉害和夸张，生怕别人不知道自己在摇晃，在发言，在叫唤。大了就是不一样，老了更会不一样。人走进去以后，也像牛一样被草丛吃掉了，又像是走进了深水里，有一种昏昏不见天日的感觉。大家互相看看，每个人的脸上都是绿的，都不可避免地被映绿了，但每个人都以为别人的脸是绿的，自己不绿。

老赵走了以后，我终于给他写了第一封信。

我说，老赵，你好！你吃了吗？啊，我想起来了，现在是早晨，尽管没有太阳，但仍然还是一个名副其实的早晨，不能因为阴天就怀疑甚至断言说此时此刻不是一个早晨，真正的东西是不需要用一些旁证和有关的现象来证明的，即便没有那些，它也依然能够成立，能够独立存在，用不着引用大量的现象来装饰证明自己，生怕有一点不像，引来别人的误解……说远了。我说早晨，是想说我估计你刚从那无底洞一样的矿井深处上来，还没有来得及去洗澡，去食堂，对吧？这么一说，我觉得我已经看见你了，你，还有你们那些人，一群不断被黑暗的岁月吞噬掉又时常被吐出来的人，刚刚钻出坚硬的地面，像一些破土而出的僵硬而又疲惫的虫子，又一次从虚无缥缈的时光中和无比的不确定中夺回了各自的一条命，生活又开始重新继续。这样的事情，在你们的身上每天都要发生一次，每个人每天都要为各人争夺一次，进行一次殊死的搏斗，身上有劲，又有运气，有吉星高照，那就夺回来了，要是那两样都没有，那就难说了。要知道，那一头的力量是很大的，力大无穷，你这边稍一松懈，就会被一把拽过去，永不再回来。

说到这里，我认为这是一件值得庆幸的事情，每一天都值得祝贺，真正值得祝贺。

老赵，上一次你说你觉得你们的命不是自己的，倒好像是从别人那里租来的，不是一次承租，一劳永逸，而是每天都要结算一次，每天都要重新办理一次有关的手续，这中间谁也很难预料会发生什么。琐碎，频繁，出租者像一个居心叵测的房东一样，极尽刁难周旋之能事，你要是不去办理，可能就租不到了。

这样的事情不要说去经历——每天经历，光是想想就让人难过。

老赵，我想告诉你的是，你托付给我的那些事情，我从来也没有忘记过，一天也没有松懈过。你是那样地信任我，将人世间那样一些难以启齿的事情统统说给我听，我还有什么好说的呢？一想到你是那样毫无保留地将一切都对我和盘托出，我就觉得有火在我的眼前燃烧，升腾，就觉得我要是不认真地做点儿什么，无论从哪方面来说都是说不过去的，甚至是有罪的，既对不起你，以及你所遭受的那些罪，也有负于别的。不知从什么时候开始，良心这个本来软乎乎的东西被演绎进化得像一枚炸弹。人们只有在用得着它的时候才会想到它，设法找到，然后扔出去，为的只是引人注目。人们找到它的时候，只是找到了一个词，扔出去的时候，还是一个词——仅仅是一个词而已。老赵啊，那仅仅只是一个词而已，就是一个词，不代表不包含任何的东西和意思。

这里还是以前那个样子，和你记忆里的印象大致一样，当然，不能说一点点变化也没有的，变化还是有的。很多人不满意，嫌弃她，用不好的话诅咒她，还有的期望能够早一天离她远去，哪怕是背井离乡，四处漂泊，四处摇尾乞怜。他们有很多不喜欢她的理由，说起来每个人都有一大套，新仇旧恨，沧海桑田，几天几夜也说不完，还有的说，说上一千零一夜，也不一定能说完。

谁知道呢，也许是吧。

但在我看来，已经很好了。还要怎么样呢？说到这里，我忽然想起了老周和老许，他们两个都觉得自己的长相不好，老周对老许说，我们长成这样儿，没人来管你，没人来说你，让你自由地活着，就已经够不错的了，还要怎么样呢？老许说，就是，我们该知足了，再不知足，就是我们的不对了。我想起这些，是因为他们两个说这些的时候是非常严肃的，不是在开玩笑，那情景让我十分感动。我自己从来没有诅咒过她，也没有从心里怨恨过她，这毕竟是我们的出生地，我们在这里降生，在这里第一次睁开眼睛，第一次向这个陌生的世界张开红红的纯真无邪的小嘴，第一次哭出声来，第一次流出清纯的泪来。以后，又学会了走路和说话，从摇摇晃晃到飞奔如风，从牙牙学语到清晰地表达，直至后来的滔滔不绝、喋喋不休和啰里啰嗦。再以后，慢慢地长大，成人。不是吗？我们的每一个变化也许都让她感到欣慰、愉悦，我自己就常将那明亮的光线和流水的声音，甚至橙黄碧绿的草木，看作是她的安详的神情和会心的微笑。要知道，我们长大，我们成长起来，并不是为了要嫌弃她。为什么要对她心生怨恨呢？我们不行，是因为我们自己没有出息，鼠目寸光，斤斤计较，患得患失，可这一切与她又有什么关系呢，难道是她教我们从小就这样做的吗？肯定不是，我知道肯定不是。是我们自己有问题，是的，就是这样。

老赵，说句公正的话，是我们自己有问题，你，我，还有其他人，差不多这个世界上的所有的人，都有问题，有着太多的问题。

写到这里，我从桌子上抬起头向外面看去，阳光微黄，天气晴朗，白纸做的飞机在一些树下飞来飞去，给人一种轻巧的自由自在的感觉，另外，不知从哪里传来的零零星星的狗的叫声和木头的影子，像是一种浅浅的印在纸上的痕迹，轻描淡写，有如做梦。翻过一页，还是那样。一直慢慢地翻下去，眼前的情形令人惊讶，许多的事情看上去矛盾得厉害，按常理根本不能成立，因此也就无法解释，然而那一切又都是真实不过地存在着的，明火执仗地存在着，都在按照各自的方式继续着，似乎从来就没有停止过。实际的情形就是这样的，还能说那些事情是不合理的、让人难以置信的吗？说不承认吧，肯定是在自欺欺人。

信停顿在半路，我像一个遇到了难题的小学生一样，把手里的笔咬着，默默地思索着。这样的天气，让人有一种莫名其妙的冲动，心里的一些很不明白的东西正在唰唰地破土而出，吱吱地拔节，往上长，摇晃，出来的部分仍然很不明确，不知道是什么，而空气中蕴涌、弥漫着的那种倦慵的暖意，那种暧昧，更像是一种无所不在的催生素，使得仿佛一切都在发芽，盛开，显露出无限的春意。这样的季节，让人禁不住有些沉醉和飘忽，我想到了眼前的天气，很快又将一切都归咎于这样的天气，是温度和景象在作祟。

我决定让自己暂时忘记这样的天气，为自己，也为了别人。别人都有谁呢？比如老赵。天气是什么样的天气，是怎样的让人依赖，让人感到异乎寻常，老赵肯定不感兴趣，也无心考虑。对于老赵来说，真正牵扯他的是那些伤筋动骨的甚至鲜血淋漓的实质性的问题，他时常在梦里都能看见它们，有时清晰真切，伸手可触，有时又影影绰绰，闪烁不定。有些东西，就是烧成灰，老赵也能认出它们。

说到一个人的命，我觉得，老赵的命就够苦的了，不能说有多么糟，反正不怎么好，无论从哪个方面来说，都不能说是很好。工作真危

327

险，家庭真麻烦，心里真难过，感情真悲哀，本人真可怜……这就是老赵面临的问题和最真实的处境。一想到这些，老赵的那张早已被打败了的脸就开始在我的记忆里活动起来。那张脸，有时哗哗地过得很快，如同一幅一幅的幻灯图片，有时许久才酝酿，摇晃出一张，像一张不苟言笑的拘谨紧张的免冠照片，远远地挂着，冷冷清清地凄凉地张贴在那里，草木灰的气息笼罩在四周。那脸，远是远了点儿，有时甚至像是远在星宿之旁，但清亮，明白，又愁云满面，凄楚得让人难忘。

有一段时间，我不知该如何写。因为我十分清楚，信里所写到的每一句话、每一个字，甚至每一个标点符号，都会让远在异乡的老赵变得极其认真、计较、全神贯注，甚至一段与另一段之间的停顿和空白关系也会让老赵颇费猜测，寻思良久。为什么要这样写呢？为什么偏偏是这样说，而不是那样说呢？一段话，仅仅只有一种意思，还是另有别的意思？难道不存在暗示或提醒，不存在额外的含意、隐喻？为什么要使用省略符号呢，是不便说，难以启齿吗？不是说不能使用省略号，那就是让人用的，但不断地出现，多了就不对了，能说那中间没问题吗？

读信的人越是这样认真，计较，寸土必争，一句当成一万句，就致使写信的人越加倍感到拘谨而沉重，不安，在乎，仿佛负债累累，仿佛长途跋涉。真难写啊！真是不好写啊！我时常这样对自己说。有时候，觉得简直不是在说，而是在悲啼，哀鸣，如一只被打下来的鸟。不过，好在还能明白一个道理，即世界上没有一件事情是容易的，不费劲的。这样一想，又觉得有时候费点儿劲受点儿折磨也不算什么，那完全是正常的，应该的，而叫苦连天才是不对的，是不应该的。

于是，我决定专门写一些比较主要的问题，并主动放弃对于这一带的天气的描述。天气不天气的，老赵才不管呢。美丽也好，不美丽也好，看上去都不重要，有时甚至一点儿用都没有。天气好赖关老赵什么事？应该说没有关系，完全没有。更何况，老赵又不是一个靠天吃饭的人，一年到头都在地底下，也不指望天气能给自己带来什么好运，事实上也带不来，不可能带来。说到底，人的心情和感觉才是最重要的，不是吗？心里要是晴朗，美好，无论看什么，无论什么样的天气都是晴朗的、美好的，天空湛蓝，万里无云，风光秀丽。即使有用，那云彩也只能会是一些童话般的白雪、房屋、羊群和神奇的毯子。公主是云做的，美丽得让人不敢呼吸，宫墙是白雪堆起来的，通往故乡的路上野花芬芳，挂满了霜露……相反，人心要是阴暗，有泥，看什么都会首先发现霉斑。当然，天气有时候也会影响到一个人的心情，但那是针对那些没主意的、无所事事的人的，也仅仅是对别人而言，对老赵不行，老赵从不为那些枝枝叶叶所动，从不为那些所左右。在老赵看来，每一天都是一样的，每一天都在原地打转，一天只是另一天的翻版，最多只是颜色深浅上有些变化，屋檐下的阴影向南移了一寸、半尺。

我的心有些静下来了，像一个安静的晚上。

我想起一群人竞选捕鼠队队长时的情景，老赵出其不意地对人们说，我也要竞选捕鼠队队长。说着，拿出一张纸，就要展开。人们都被那张纸吓了一跳，都猜测那张纸一定是一个讲话，而且与竞选有关，而且一定写得斗志昂扬，振奋人心，具有极大的煽动性和鼓舞人心的力量。很多人都用十分复杂的目光看着老赵，老赵显然是有备而来，而别人都没有准备。有人小声地语无伦次地说，真是会叫的狗不咬人啊，不叫的狗才咬人，关键的时候给你来一口。此前最有希望当选的袁德行急忙按住老赵，对老赵说，老赵啊，你不能这样做，我们平时处得也不错，真没想到你会来这一手。老赵嬉皮笑脸地说，我也想过当官的瘾，这次再误了，就永远没有机会了。袁德行说，老赵，你还是回矿上挖你的煤去吧，别在这里瞎掺和了，啊？再说，你的户口也早就到了矿上，无论从理论上说还是从实际上，你都已经不能算是我们这里的人了，对不对？尽管你从小是在这里长大的，后来也是从这里出去的，可你确实不能算是这里的人了。

老赵说，规定户口不在这里就不能竞选吗？拿出来我看看。

袁德行不再说什么，他招了一下手，一群人突然拥过来，轰地一下就把老赵抬了起来，抬到半空中以后，有十几只手同时从各个不同的方向伸出来，挠老赵的痒，有的挠脖子，有的把手伸到老赵的两肋下和胳肢窝里，有人脱下老赵的鞋，使劲地挠他的脚心，还有人连他的两个手掌心也不放过……老赵一开始还在哈哈大笑，放声大笑，身体在半空不住地乱挺，乱蹬，笑得鸡飞狗跳，尘土飞扬，后来就有些上气不接下气了。

袁德行在一旁问道，狗日的，还掺和不掺和了？

老赵笑得头一歪一歪的，像是很快将不久于人世。他说，德行啊，快让他们住手，我不掺和了。

袁德行又说，还竞选不竞选了？

老赵说，不选了不选了……我原来就是和你们开玩笑的。

袁德行说，连竞选报告都拿出来了，还说是开玩笑，有这么开玩笑的吗？小的们，挠他！挠死他！

于是就又开始挠。都是些十七八岁甚至十五六岁的小兄弟，愣头青，出手很重，又都没有分寸，不知深浅，袁德行给了他们每人一包烟，让干什么就干什么。

老赵说，德行啊，饶了我吧。快让他们住手。

袁德行说，说，以后还敢不敢再这样胡闹了？

老赵说，不敢了，再也不敢了。

真的吗？

真的，千真万确。

那张纸上写的什么？

什么也没写，就是一张白纸。

一张白纸？

展开一看，果然真的就是一张白纸，上面一个字也没有，老赵于是嗵的一声又被放了下来，软软地瘫在那里，像是大病了一场。事后他说，他是寅吃卯粮，暴饮暴食，一不小心把后来很多年的笑声提前用完了，以后再想用的时候恐怕就没有了，可能再也笑不出来了。

但他的那张白纸让很多人重新变得踏实了，重新看到了希望。王侯将相，宁有种乎？捕鼠队队长，宁有种乎？在事情还没有水落石出之前，任何可能都是有的，捕鼠队队长一职最终到底会落在谁的手里，还不一定呢。人们纷纷走上去，各自诉说一番。有些人明显地没有希望，也没有章法，但也还是要在那里东拉西扯地胡扯。还有的出于阴暗的心理，只是为了故意拖延时间，浪费别人的机会，甚至从捕鼠说到生孩子，说到计划生育，植树造林，五月庙会，修桥补路，抗日战争，减租减息，阶级斗争，打土豪，分田地，做军鞋，送公粮，千军万马出太行……时间像水一样哗哗地向远处流去，袁德行的眼睛里仿佛长出了无数只心急如焚的手，恨不得把所有那些人都按倒，再一个一个地塞回到土里去。

终于轮到袁德行发言了。他说得更玄乎，他说他要把天下的劳苦大众都解放，要把世上的老鼠都捉尽。

我们都明显地感到他是发热发烧，说胡话。

在他之前，有一个人曾经提出一个规模极其庞大的、一望无际的养猫计划，那个计划要是成了，无论有多少老鼠都不再是个问题，即使有问题，也都会迎刃而解。就是这个令人耳目一新的养猫计划，尽管无比庞大，尽管一望无际，但却像是那人的一根小辫子一样，很快就被雄心勃勃而又眼疾手快的袁德行给抓住了，一把就薅住了。

袁德行说，要是依靠猫，那还要我们这些人干什么？

只这一句话就把前面那个想要养猫的人给打败了，计划再好，再令人耳目一新也没用。那个人听袁德行这么一说，也很快就知道自己完了，至少这一次竞争是没有希望了，一下就瘪了，软软地跌坐在地上，有些痴呆地看看天，又看看眼前的人群。袁德行正在给人们讲道理，老鼠多了是灾害，猫要是多了，不也会成为另一种灾害吗？什么多了都会成为灾害。

有人在鼓掌。

袁德行说，人工捕鼠，还有一个最大的作用，一个最重要的意义，就是可以有效地减少农村剩余劳动力，这也正是我不起用猫的一个主要原因。实际上，我本人也是很喜欢猫的，但喜欢是一个方面，干事又是另一个方面，不能用喜欢来代替一切。只这一句话，就把乡里和县里来的人高兴得嘴都歪了。这说得是多么好啊！说一千，道一万，归根结底，总而言之，谁能替我们分忧，还是人家老袁——袁德行同志，单凭这一点，他就要比那些乱七八糟的人高出不止一截，不知多少截呢，不知要高到哪里去呢。又听得袁德行同志用十分坚定的声音说，他这一辈子，前半生就这么稀里糊涂地过来了，那是因为没有目标，没有理想，人一没有理想，就会像没头的苍蝇一样到处乱撞，到处嗡嗡。现在，终于找到了理想，他这后半辈子就有着落了，再也不需要到处乱撞，到处嗡嗡了，他要为人民的捕鼠事业一直奋斗到底，一直奋斗到再也干不动的那一天为止。他说，如果我中途倒下了，牺牲了，请不要为我悲哀，相信我已经化作了山脉，化作了一支又一支的捕鼠队、一个又一个的捕鼠器和一包又一包的耗子药，一个袁德行倒下去，千百个袁德行会站起来，砍头不要紧，只要主义真！

（妈妈啊！）我原以为绝大多数的人都不喜欢听那种暴风骤雨般的讲话，而喜欢轻声细语、喜欢轻轻地说，但是我错了。袁德行非常的受欢迎，把很多人都感染了，有的都快被闹疯了。

（妈妈啊！）我也参加了竞选，但是失败了，很正常地失败了，遇上袁德行这样的金刚钻一样的对手，真是没办法，别说我，无论是谁，恐怕都得以失败而告终，没有不失败的道理，不败似乎是不可能的，也说不过去。你要是能赢了袁德行，那倒成了一桩怪事，袁德行本人也会摸不着头脑，百思不得其解。不过，（妈妈啊！）正像袁德行同志所说的那样，请不要为我悲哀，为我难过，虽然我失败了，虽然也不大可能像袁德行同志那样迅速地化作山脉，化作神奇的捕鼠队和捕鼠器，但我不会灰心丧气，就此沉沦下去。革命工作没有高低贵贱之分，我会依然像过去一样，坚持不懈地捉耗子，从小做起，一只一只地捉。要是能一窝一窝地捉，那更好，只怕到时候会忙不过来，捉住这只，跑了那只，抓住芝麻，丢了西瓜。

我在纸上记下一些东西。

在记下的同时，我有一种发现，有些东西，也可以说大部分的东西，无论是正在发生的还是尚未发生的，一旦变成文字来到纸上，很快便会被假以时日、假以天年，成为一桩一桩的往事，苍黄，遥远，酥烂，无数条发白的道路起伏隐现在其间——这时候就有了记忆。

写下这些，我像是在途中停顿了下来，陷入对某种往事的深切的回忆之中。回忆常常让人和事情变得如同夏天的树影一样斑驳，迷离，我现在就似乎看到了那种斑驳迷离的景象，一片一片的影子，一片一片的光亮，交织叠印在一起，揉在一起，人就像坐在树下，光线从上面的枝丫间穿过，有的不小心漏下来，漏到你的脸上和心里，在附近，仿佛有面粉在空中飞舞，飘扬……有些时候，我们记忆里的，我们所能回忆起的一些往事就是这种样子的，就是这样的一种情景，我为自己能够这样看清、认识往事而感到轻松并高兴。我站起来为自己倒了一杯水，看了看外面，此时此刻，在附近，在周围几十里以内，相信再没有人做着与我同样的事。

我告诉老赵，我常利用捕鼠的间隙给他写信，那种时候，整个人如同坐在一条细碎狭长的窄缝里，而要说的却是一些天高地远的话，有时会越说越庞大，越来越辽阔，以至于视线以内的一切都成了虚的，如梦如幻。

前些天，大概十几天前，我在一个场合见到她了。

老赵的妻子。

如果是一个平常的女人，那也就算了，很快就忘了，就是因为与老赵有关，我才特别留意了一会儿。我看到了她的头发、她的神情、她的身材、身上的衣服，还有她的皮肤、镯子……我是说，如果撇开其他的不说，如果单看她这个人的外表，如果单从这个方面来说，我觉得老赵也算是幸福的，并不完全就是命苦得一塌糊涂。

但是……

我给老赵写信说，老赵，请原谅，我又要说但是了，我是多么不愿意说出这两个字，但是不说又还真不行，因为回避是回避不了的，也根本绕不开。有谁能绕开这两个字，和它永远没有关系呢？这样的人世上有吗？说没有吧，会让人觉得这个世界真是残酷，可是，要说有吧，又从来没见过，连听也没听说过。要我说，姑且就算是有吧，这样的事情，有总比没有好，相信确实有那么一群人，就是我们常说的神仙，不食人间烟火，逍遥快乐，生活在遥远美丽的天边。按说他们是够幸福了吧，可是据说神仙也有神仙的烦恼，也有他们的但是，好在烦恼的内容与我们不同，也不是我们所能够认识和理解的。我们只知道我们周围有很多货真价实的永远都不走运的人，当然，偶尔也有得意的时候，但好景不长，很快一闪就过去了，能够回味的还是辛酸。正是因为几乎每天都有这样数不清的黑暗的令人无限沮丧的转折，才使得相当一些人过得困难重重，度日如年，深感活得吃力，费劲，多挺一天，都是一种实实在在的折磨。我常听见有人在叹气，也不知为什么，要是没事，谁愿意让自己长吁短叹？一件事情，本来好好的，可过不了一会儿，就开始变形，变质，发霉，开始出现波折，而只要一波折，就再也不是那么回事了。不波折不行吗？当然不行，你当然不希望让好事变坏，可那根本由不得你。

某某是个好人，但是……

老赵，我最怕听到这样的话了，我不知道是谁在捣鬼，什么在暗中作祟。这么多年来，古往今来，生活中像是有一只无形的黑手，一直都在蓄意地破坏着一切，一刻也不闲着，这儿拧拧，那儿弄弄，看见哪里美好，就不容分说地插上去搅和一气，不把一切弄脏弄乱，就永远没完。老赵啊，我痛恨这只看不见的却又无时不在无处不在的魔掌，憎恶它。

老赵，老赵同志，我这样说，别以为我就自在得像个无忧无虑的孩子。

我现在还记得，很小的时候，就常听一些年纪大的人感叹说，谁家的锅底下面能没点儿黑呢，那时候，我还完全不明白人们说的是什么。我当时总在想，这是在说什么呢，这不是一句废话么，锅底下面当然有黑，谁家的锅底下面会没有黑呢，除非他们永远都不生火，不做饭，或者压根儿就没有锅。很多年过去了，现在，我觉得，麻烦的还不是锅底下面，而是我们的头上、脸上和心上，那些地方要是统统给抹黑了，那会是一种什么情景呢？说到黑，我觉得你应该比别的人有着更深的体会和体验，你和你们的那些人常年在漆黑的万丈深渊般的地下挖掘，有人说，猛一见到亮，站在太阳下，常以为是闯进了别人的家里。另外，可能还有别人抹在你脸上和心上的黑。所以，无论从哪个方面来说，你对这个都不陌生。

老赵，我想说的是，我们的脸，我们的心，要是都给抹黑了，我们就会活得人不人鬼不鬼。

乌鸦没有来，今天落在外面树上的是几只颜色灰黄的鸟，从窗户里望出去，看上去如同一些卷曲的半枯的叶子。一开始的时候，我还真以为是几片叶子，正在上面做着飘落的梦，做着回家前的准备，只需一阵微风，它们就都会离开现在的位置。只等一阵风了，风一来了，它们就都下来了。看着看着，我觉得心被莫名其妙地悬了起来，仿佛是被一根细麻绳或一株细草串着，离开了地面，在风中荡来荡去，等待买主。

一大团黑得没有棱角的东西幽暗无比地从外面跑过，那应该是没有声音的，但我听到一声号叫……那就是一声号叫，只是有些来历不明。不应该是那几只黄毛的小鸟，鸟是不会号叫的，它们没有那么大的声音，更何况那还是几只奶声奶气的小鸟，即便是严刑拷打它们，它们也不会发出什么声音，即便是把它们握在手里捏死，它们最多也就会微微弱弱地呻吟一声，用来表示极度的难过和不堪忍受，那也就是它们所能发出的最强音了。

我想起了去年夏天的一个闷热的晚上，没有月亮，由于闷热，天色也总是显得不是很黑，而是一种浅色的幽暗，像是一个地方的入口或一件事情的开头。草丛里的吱吱的叫声此起彼伏，一些人正在燠热的夜色里游荡，目光里漂着油，心里也油汪汪的。

老赵是天黑前来的。

家里只有我一个人在。又是我一个人，经常总是只有我一个人在家，这常让我觉得我们的房子特别多，也非常大，大声地喊一下，能听到一小股一小股的回声像兔子一样在到处奔跑、跳跃，有的不小心撞到墙上，很快又气呼呼地折向别处。

我说，老赵，你心里要是难过，就哭吧。

老赵说，不哭，哭啥哩。

我说，这儿又没有外人。

老赵说，算啦，没外人也不哭。

停了一会儿，他问我，为什么哭呢？难道我们不幸福吗？

我看着他，我想说，那是当然的，但没有说出来。

他说，一个人要是真正想哭，眼里的泪会像伤口上的血一样止也止不住，就不会顾忌有什么人在场，谁在场也不行。又说，都这么大年纪了，有什么可哭的呢，还能像孩子一样像女人一样说哭就咧开嘴哭吗，那还怎么活？天气热得密不透风，我默不作声地坐在一旁，听老赵说话，说他的一些事情，偶尔插上一两句。我有些惊讶地看到，老赵看上去一点儿也不热，眼前的天气似乎对他没有任何影响，老赵像是存活在天气以外，存活在另一种别人难以抵达的清凉之中。我有时会拿起手边的一把扇子，在两个人中间扇几下，用以缓解眼前的闷热，但那并没有让老赵感到多么惬意，感到风来得有多么及时和必要。相反，老赵的反应有些突兀，甚至不适，以至于不得不暂时中断说话，用一种疑惑不解的神情看着我，似乎完全不明白对方在做什么。面对老赵的那种迷惑的又如同受到惊吓似的反应，我感到真是奇怪，老赵是个什么样的人呢？这样热的天，他竟然对于吹到他身边的风感到不适，甚至反感，他总不会是嫌冷，怕风吧？

老赵把一只手放在自己的脸上，慢慢地对我说着话，声音里有时竟充满了歉意。他说，我不怕你笑话我，人活到我这个份上，让人笑话已经不再是个事了。

我说，老赵，我没有，我从来没有那么想过，别人怎么想我不知道，我自己从来没有那么想过。我感到自己说得十分诚恳，甚至有些信誓旦旦。说着，又拿起那把扇子，在两个人中间扇了几下。

老赵说，我相信。不过，即使有也不怕，我早就无所谓了。

晚上临来之前，我的眼前浮现出一幅连绵阴雨般的图景，想象着不一会儿后老赵来了极有可能是要痛哭一番的。想到一个男人在哗哗地流泪，伤痛在脸上滚动，淋漓，我就会感到手足无措。要是再碰上一个喜欢号啕大哭的人，眼泪一把，鼻涕一把，那就更麻烦了。这样想着，让我坐立不安。所以，当老赵后来到来的时候，我如同受到了严重的惊吓一样，竟有一种当场被抓获被缉捕的感觉。打开家门，脸上挂出一副可悲的表情，可以说极其的可悲，极其的无奈，完全是一副束手就擒、坐以待毙的样子。但后来的事实表明，老赵还是很争气的，还是很让人放心的，非但没有下雨一样稀里哗啦地流泪和号啕大哭，相反却看上去出奇地平静，甚至轻松，安心，似乎是一个从来没有经历过任何事情的人，似乎是一个刚学会走路的孩子。老赵啊，就这么不声不响地、平平淡淡地，却让我在慌乱不安之中奔走了几个来回。

老赵的眼睛里似乎有星光在闪烁，很远的那种不是很亮的星光，散发着冬日的夜间才有的寒意。

这个闷热的夏天的晚上，老赵的很多话，说到的很多事，都让我听起来觉得凉飕飕的，甚至每一句话、每一件事，都如同一把冰凉雪亮的刀，有时更像是一种血淋淋的重创。有些事情我从来没有听说过，闻所未闻，也从未想过，因而听起来觉得奇异极了。老赵啊，不知他的心里还装着多少这样的事，这才仅仅说出一点点，仅仅只是个头，只是个大概，如果全描述出来，那岂不是一幅冰天雪地、寒风刺骨的景象？后来，我多少有些理解老赵为什么不怕热了。

但是，他忽然把我烫了一下。

为什么一口气说了那么多话，说出了那么多事，差不多有好几麻袋？老赵解释说，就是因为他感到自己活得不太真实，甚至太不真实。他的那些工友觉得钱比什么都重要，而他本人认为真实比钱还要重要。他说，钱可以通过出力挣到，多了没有，少的也总能挣到几个。但是真实就不一样了，有时候，你无论付出多大的力、多重的苦，都不一定能够挣到一种真实，连一丝一毫也见不着。有人说我是个傻子，傻就傻吧，但我还是觉得真实比钱难挣。是的，放着外面的阳光大道不走，我就是要往这个死胡同里走，就是要过这座独木桥。

掉下去怎么办？

掉下去就掉下去了，那还能怎么办。

......

　　就在这个忽冷忽热的晚上,老赵忽然拿出一沓钱要递给我,把我吓了一跳,仿佛从他的怀里掏出的是一条蛇。我并非虚情假意,而是诚心诚意地推辞不要。因为,我是觉得,哎,(妈妈啊!)他拿出来的东西真的是非常的烫手!这以后,两个人如同过招一样,如同较量一样,互相推来搡去,都想把对方制服了。我一边抵挡一边对老赵说,需要我做的事情我可以帮忙,但钱是不能要,说什么也不行。说是这么说,但要想拗过老赵去,也不是个简单的事,因为我看见他身上早已涣散、瓦解了多年的牛脾气这时候又突然重新聚集起来了,上来了。我看出了这一点,一种愁容像破土而出的绿菌一样很快就把我的脸覆盖了。

　　老赵说,你要是不要,我今天就算是白来了,那么多的话也白说了。我们窑黑子,一向被人瞧不起。

　　老赵,不是那么回事。

　　那好,那就拿着。

　　老赵,真的不行。

　　两个人不再互相推搡了,都有些僵直生硬地坐在那里,老赵像是突然听到一个意外的噩耗一样,呆呆地看着我。我在想,他认真了,不要怕是不行,过不去这个坎儿。世界上怕就怕"认真"二字,无论是谁,一旦要是认真起来,那真是没办法。

　　于是,我对他说,老赵,你的钱来得容易么,那是拿命换来的。他说,都一样,谁的钱不是拿命换来的。我说,大的方面来说,是这么回事,可是还有一个直接和间接的区别。虽然从理论上说,每个人的生命都有危险,可从实际的情形来看,人和人的差别又实在是太大了,那种危险的程度实在是太不一样了。比如有的人,如果不是自己故意去找死,不去主动自杀,寻短见,那在相当长一个历史时期内是死不了的,可以说什么困难也没有,一点儿危险也不存在。而有的人,太想活了,却又总像一根草一样、一盏灯一样,说灭就灭了、说完就完了,还不知道是怎么完的、怎么灭的。

　　老赵轻轻地笑了一下,说,我还行,大概一时半会儿还灭不了。老天爷可怜我呢，让我多留几年。

又说，钱虽然挣得不多，但也不是特别的紧张，比起那些纯粹没有一点儿办法的人要强多了。除去他自己的伙食费，他把大部分的工资都交给了家里。眼前这些钱呢，完全是工资以外的部分，是他平时一点一点积攒下的，有时候加个班什么的。过节的时候，别人休息，你要是不休息，又没地方可去，想继续干活儿，就会挣到比平日多一倍的工资。他本人不抽烟，不喝酒，也不到外面去鬼混。说实在的，要是没有这些方面的开支，钱装在身上也基本上没什么用，完全派不上用场，想花都花不出去。他早就想着要用这部分隐形的钱做一件事情。这么活着，别的也就都不指望了，就想知道生活中的一些与自己有关的真实的东西。妻子和他有没有关系？当然有关系，没有关系还能叫妻子吗？孩子和他有没有关系？应该说更有，因为那是他们身体力行、亲手创造出来的。家和他有没有关系？别说是他这么个恋家的窑黑子了，就是任何人也不能否认他和他自己的家没有关系，谁能没个家呢？至于好赖那是另一回事。按照常理，每个人对自己的家都应该是了解的，不能说了如指掌吧，也应该十分的清楚。但是，多年在外，一年回来三五次，老赵觉得自己对家的了解和熟悉，越来越没有把握，没有信心，而且随着时间的推移，往昔的那个熟悉的家被罩上了一层云雾，让他越来越看不清楚，越来越感到陌生。有时偶尔回来一次，他会有一种最直接最强烈的感受，觉得不像是回到了家里，倒像是走进了一个临时搭建起来的舞台上。看见他回来，相关的人开始更衣，勾脸，准备粉墨登场，进行表演，灯光道具什么的也一应俱全，女主角是鲜艳的，在一定的范围内来说还是十分的漂亮，动人，回眸一笑百媚生，每一个眼神、每一个动作，都会让人情不自禁地叫好，甚至想入非非。锣鼓已经敲响，音乐正在和弦，一切都已妥帖，齐备，就等他睁大眼睛看了。那种时候，他就会想，思前想后，在心里问自己，这是家吗？这是我的家吗？……就这样，疑云在一年一年地加厚，变沉，颜色也在日渐深重。问题像是瘤子一样在神不知鬼不觉中变大，像孩子一样成长起来。有人愿意破财免灾，花钱买个清净，而他也不要那些，他只想买到一些真实，哪怕只是一点点，只要是真实就行。千万别以为这是一件小事，是一件很容易的随随便便的事情，事实上，有很多人一生都没有触及到哪怕一点点真实的东西，一辈子都生活在一个又一个的骗局里。在外面处于别人设置、编织的一个个剧情里，回到家里，也好不到哪里去，可能从来连真实的边儿都没摸过。这样的人，别人看着他傻，他自己却觉得还算聪明，也正多亏了他这样的从来都浑然不觉，才让他在一种似是而非的幸福和欢乐中过了一天又一天。可是，一旦要是在半路的时候突然明白了点什么，接下去的日子就不再那么顺溜了，以前的那种看似光滑漂亮，甚至几乎可以说没有什么毛病的天衣无缝的生活就会像受潮的墙皮一样纷纷剥落，再也不能够让人依靠，再也不能够让人相信。就因为虚假，所以剥落起来才会那么快，那么迅速，那么彻底，哗地一下全塌了，连坍塌前的摇晃、震动的预兆和过程都没有，说下来就下来了。这以后，原来一直遮蔽得严严实实的东西显露了出来，丑陋、狰狞、尴尬、屈辱，一齐扑入你的视野，让你悉数饱览，尽收眼底。满目疮痍，一片狼藉，恢复估计是不可能了，费心修补也不成，一切都无济于事，只有眼睁睁地看着，或者转身出去，另起炉灶。一天过去了，然后又是一天，再然后又是一天。说到有什么指望、期盼，还真让人哑口无言，说不上来，使劲地想也想不起来。翻开记忆，没有什么值得自豪和炫耀的，一页一页，全都是由辛劳、屈辱、欺骗、眼泪和血组成的，看过一页，就不想再看第二页了。那种时候，难道不应该知道一点儿什么？老赵说，不论多少，得知道一点儿。要不然，这一辈子，活得窝囊不说，还真是一点儿不剩地白活了。我对他说，以后我会给他写信的。他马上说，从今以后，我最大的指望和最大的快乐就是你的信了。他这样说，让我非常不安，让我从此开始有了负担，感到身上变得死沉死沉的，又觉得空气异常闷热，使人喘不过气来。白天的时候似乎还没觉得什么，晚间尤其厉害。为了消除紧张的情绪，我让自己闭上眼睛，但很快就听到心里在咚咚地敲鼓，是一种听上去很冒失的动静。老赵好像已经走了，又回到矿上去了，好像是第二天天还不亮的时候就走了。有时候，我有一种感觉，觉得老赵很像是一只鸟，一只插着白翎驮着一些秘密和心事的鸟，嘴里衔着金黄的麦草和谷粒，在别人不经意之间，会秘密地飞回来。走的时候也悄无声息，又秘密地飞走，一点儿痕迹都不留。

鸟有时候还掉一根羽毛呢，老赵什么也没有。

中午的时候，我们正在吃饭，忽然听到刺的一声，声音不算太长，但也不是太短，听上去十分稀松而又无可奈何，不知是从哪里传来的，很多人都听见了，像是什么东西被点着了。五天皱着眉头，跑到外面。一开始，他以为是他的那辆让他操碎了心的自行车又跑了气，所以一边跑一边火烧火燎地叹着气，心里如同长起了一丛一丛的草，烦乱极了。可是，等后来看到自行车的时候，他笑了。他先摸了摸两个轮胎，感到里面的气很足，绷绷的，硬邦邦的，像两张弓，随时都能射出去，跑得无影无踪。平心而论，他觉得他待它不薄，有时比伺候祖宗还要殷勤，每天都给它打气，它怎么会说没气就没气呢？无论从哪个方面来说，也都应该有气啊！它要是平白无故地就跑了气，能对得起谁？可这样的事情就是断不了，经常发生。想起最初的几年，自行车还比较新的时候，他对它真是热情万丈，一心一意，经常把它收拾得像个花花绿绿的新娘一样，每天都骑着它招摇过市，得意扬扬，铃声大作，一路歌声一路风。只要一出门，他就骑着它，去走亲戚，去赶集，去看电影，甚至主动地帮别人一趟一趟地接送孩子，接送行动不便的老人。直到有一次，因骑得太快，把一个老人丢在半路上也浑然不觉，等回来时才发现车座后面空空的没有人，只有他一个人回来了。从那以后，他才不敢再轻易接送上了年岁的人了。现在，他看到问题不是出在这里，车子好好的。

这会儿，它像一个得志的小人一样十分满足地站在院子里。

等他后来再回到屋里的时候，听见父亲在说，终于过去了，临走前还长长地出了一口气，说明她老人家已经放下了包袱，没有心事了。父亲的样子像是在说书，像是在给人讲故事，东拉西扯地讲着一个与所有的人都无关的故事。

应该说，说的是一个鬼故事，应该说与我们也有关，因为奶奶死了，刚才的那一声就是奶奶的声音，并不是五天的自行车跑了气，而是奶奶出完了最后一口气。这么想着，有些问题支支棱棱地在我们的脑子里渐渐地凸现了出来。

五天这个头脑简单的家伙，说话也不会拐弯，直挺挺地问父亲说，人死的时候，每个人死的时候，最后都要这么叫唤一声吗？

父亲说，我又没死过，我哪能知道？

父亲有些恼怒地盯着五天，盯了一会儿，后来，恍惚似乎又记起了什么事，类似一种前嫌。他有些发狠地对五天说，什么叫叫唤？你奶奶她叫唤了吗？不会说话就闭上嘴不要说！小时候让你好好念书，就是他妈的不听。

我们都听出来了，父亲痛斥五天，像是人民群众痛斥汉奸卖国贼一样，都是出于满腔的怒火，出一口郁积已久的恶气。又嫌他不会说话，又扯起小时候念书时的旧事，主要是因为他说奶奶叫唤，用词不当。什么东西才叫唤呢，动物才叫叫唤，人叫发声。可是，那么样的一声，实际上就是在叫唤，但做父亲的不承认他的老娘是在叫唤，五天没办法，我们也没办法。

五天说，没叫唤就没叫唤吧，就算是我叫唤了，好不好？我叫唤了，我经常叫唤。

但过了一会儿，当我们都来到外面的时候，五天拍了一下我的肩膀，对我说，真他妈的，蛮不讲理，无论如何跟他说不清。

又说，我将来要死的时候，就悄悄地死，不让任何人知道，更不会这么大惊小怪地叫唤。

我对他说，这一点我和你一样，我也是这么想的。

听见我这样说，他有些惊讶地说，你才多大，就在想这样的问题？

我对他说，你又有多大呢？

他认真地想了一下后，说，说大吧，也还不太大，说不大吧，也不小了。这种年龄，属于二混子的年龄，七上八下的，七长八短的。

奶奶悄无声息地躺在那里，从此再没有叫过一声，也没有动过一下，就这么一会儿工夫，她的灵魂已走到另一个世界里去了。我看着一动不动的奶奶，又想起她平日里说话的声音，坐在窗前的样子和走路时的样子，突然发现人真是一种要多奇怪就有多奇怪的永远都难以说清楚的东西。说近吧，就近在你的眼前，要说远吧，又远得无边无际，杳无音信，无论怎么叫，叫死都没有音信。这会儿，这个老太太在另一个世界里干什么呢？睡着了？吃东西？与人说话？在街上闲逛，看热闹？她还能想起这边的人和事吗？是不是还记得她有几个孙子？是不是还记得门外的小羊和房后的杏花与葵花？

不久以后，父亲的号哭把我们吓了一跳，他突然放声大哭，像是被烫了一下，让所有的人都没有防备。

我看见院子里的麻雀们乱成一团。

眼泪也是有限的。

到午后的时候，已经再没有人哭了，我觉得都是累了，也再没什么哭头了。要是再哭下去，连自己都会觉得没意思。一家人有的烧火，有的在刺啦刺啦地撕扯白布。

县里的剧团就是在那个时候到来的。

奇怪的是，我们都在家里，谁都没有出去，但很快就知道了剧团到来的消息，没有什么道理能够解释这种事情，仿佛是从空气中闻到了某种气息，感觉来自于空气。

父亲说，没听说要来啊。

姐姐说，我听说了，听奶奶说的，好几天前我就听奶奶说过，她还让我帮她浆洗衣服。

五天不明白地问道，奶奶她为什么要让你帮她浆洗衣服？

为什么？你说为什么？当然是为了去看戏。姐姐说。

五天说，我还是不明白，看戏和洗衣服有什么关系？看戏就去看吧，又要洗衣服，还要浆，洗衣服干什么？

姐姐说，为了穿得干净，心情好，不愿意邋遢，懂了吧？

五天呆呆地看了一会儿姐姐，然后走到一旁，我看见他在自言自语地说着什么。父亲说，你们的奶奶，是一个最爱干净的人，可惜，衣裳洗了，戏也来了，她却再也不能去看了。

说着，哇的一声又哭了起来。

正要继续呜呜地哭下去，五天忽然对他说，老白家的那些桌椅板凳我借不来，恐怕还得你亲自去借。

这一招果然很灵，父亲马上收住哭声，看看五天，又看看我，然后对我说，你去。

五天对父亲说，我觉得还是你去吧，你去比较合适，也很正式，因为你是我们的家长，你去了就说明重视，隆重。外国的元首来访问，为什么不让他的儿子替他来，而他本人要亲自来？

父亲说，去借个桌椅板凳，能和那一样吗？

五天说，性质是一样的，一回事。我们要是去借，老白不但刁难，还要问，你爹呢，他怎么不来，难道他也死了吗？

老白是不会说这种话的。父亲怒气冲冲地说道，这种话只有你这种人才说得出来。

心灵手巧的姐姐，从午后开始就一直在窗前扎纸花，一朵一朵的小白花不断地在她的手里发芽、成长、盛开，纷纷扬扬地堆积在她的身边，这会儿，她看上去像是坐在雪中，坐在云里。

就在那时候，我们听到了锣鼓声。

那边好像热闹极了。

声音不断地来到我们的家里，一股刚进门，另一股马上又来了。那么多的人家，房子挨着房子，山墙连着围墙，为什么不到别的人家里去呢？我们听了一会儿，五天忽然说，你们先干吧，我跟他们闹去，我们家里刚死了人，他们就来唱戏，我得问问他们，这是什么意思？一边说，一边就要往外走。得问一问，不问不行。

父亲揪住他，像扭住一个从窗户里突然跳进来的贼一样，让他住嘴。父亲说，又不是冲我们来的！你奶奶还活着的时候，人家一班人就已经在路上了。

我们都不得不在心里承认，不管父亲这几十年来说过多少假话、废话和错话，但这一句话应该还是很对的，起码没有胡说，而且非常正确。实际的情形也正是这样的，当剧团开始动身上路的时候，奶奶还正在吃东西，根本没有一点儿要离去的表现和迹象。她坐在窗前，甚至还能看到远处山上往年的积雪，她的一个妹妹就住在那一带，也是一大家子人。早些年，还经常有一些乱七八糟的人不断地翻山越岭地来，来看一看，吃顿饭，抚今追昔，要是遇上大雨或大雪天，就得住下来，等天一晴了就走。那些人，有的背着莜麦，有的赶着驴，夹着毛口袋（毛口袋还有一个好处，要是在半路上遇到雨，就把一个角折回去，套在头上，当雨衣用），耳朵和脸都冻得通红，人还没进门，嘴里首先就呵出一股一股的白色的雾气。

五天告诉我，事实上他也并不是真的想要找剧团去闹，但不知为什么，他就是想那么说，说过之后，顿时感到身上轻松多了，好像真的已经去闹过了一样，甚至比亲自去闹过本身还要轻松，还要有意思。由此他突然悟到，有些事情，甚至有相当多的事情，闹不如不闹，闹了反而不好，反而不如不闹，不闹还能够在相当长一个时期内保留住一种东西，闹了就什么也没有了。

然而父亲还是怕他去闹，他心里没底，对他的这个儿子实在没有多大的把握。在去老白家出访之前，父亲找出奶奶生前用过的一个枕头，让五天撕开，把里面的东西倒出来，拿到门口去烧。不是要把那些拆出来的东西迅速变成一堆熊熊燃烧的火，而是要让它在家门口冒烟，细水长流地冒，轻歌曼舞地冒，表示门里面的这一家有人去了，眼前化作烟雾飘散远去的正是死者生前常用的一件东西，如同死者本人。至于烟大烟小，那真的不太要紧，重要的是能够把他拖住，稳住，让他有事情可做，不再去想别的。父亲的行为和一番苦心让我想到了那些真正的国家元首，事实上他们也经常做着和父亲一样的事，每次出访别国之前，都要煞费苦心地安排一些事情，一些可以长久做的因而在短时间内不可能做完的事情，好让他的大大小小的官员们和人民有事可干，而不去甚至顾不上去胡思乱想，没有时间去搞阴谋诡计甚至政变、谋反。一些他信任的人他要带上，另一些他觉得放心和可靠的人要留在国内，帮他看守着摊子；一些危险人物、反对派，他当然不可能带他们出去，但另一些危险人物、反对派，他必须带上他们，以便随时能够控制和掌握他们，以免他们彻底脱轨、失控，从而迅速地打造出另一个天下……眼见得元首的头发一天天地白了，越来越稀疏了，夜不能寐属于常事。元首真切地有一种孤家寡人的感觉，那种感觉，刻骨铭心，没有朋友，没有知音，有的只是利益一致的同谋，而且也并不像常人所想象的那样能够随心所欲，非但不能，甚至事事都有些束手束脚，一言一行甚至表情都必须经过慎思和过滤，经过检验和漂白，甚至染色、镶嵌、镀金。常有一个声音对他说，你并不孤单啊，你有人民，有广大的人民做你的基石。人民究竟是个什么呢？这样的问题元首不是没有想过，实际上，他们是这样一群人，谁在台上就拥护谁，有一开始阴阳怪气冷嘲热讽说反话的，但用不了几年也会变成一个拥护者，甚至会成为他们中间最为坚决的狂热分子，昨天还一心想着暗杀行刺的勾当，今天就把你捧在手里……去他妈的人……元首觉得自己有时很想说一句粗野的甚至是下流的话，但他的身份时刻都在提醒他，他不能那样做！别人谁都可以那样做，可以那样说，唯有他不行。更何况，估计人民也不会答应，一千个不答应，一万个不答应。人民需要的是一个彬彬有礼、风度翩翩的君子，而不是一个动不动就袒露心扉，开诚布公，时刻都憋着一股劲想要说真话的傻小子。是的，就是这样，不要动不动就来真的，不要看见谁都说真话，那并不能得到别人的心，还会把人都得罪光了。元首啊，有时候，不，应该是所有的时候，做一个彻头彻尾的花言巧语的伪君子会更受欢迎。是的，谁不喜欢听表面光洁的好话？……夜深人静之时，元首常常睡不着，有时会禁不住回忆起往事，一桩桩，一幕幕，记忆的刻度会上溯到几十年前，甚至几百年前，昔日顽童今何在？元首在心里问自己，以前那个满头乌发、满脸稚气的少年到哪里去了呢……

父亲为什么要让五天去烧东西，而不让我去呢？因为他感到五天比我要危险。

这样，他至少眼下是哪里也去不成了，只得一心一意地蹲在街门口，拿着一盒火柴，开始认真地焚烧那些东西，那样子完全不像是个正在完成某种传统仪式和风俗的孝子孝孙，而倒像是一个十分捣蛋的热衷于玩火的喜欢胡闹的孩子。应该跪着，但他是蹲着的，光这一个姿势，就让人觉得他是在玩火，而不是在做事，多亏烧的那些东西才帮他起到了纠正和说明的作用。黑褐色的荞麦皮和褐黄色的谷糠在不易察觉地流动，不一会儿，就有柱子一样的白烟从门前的空地上升了起来，而且还在一直不断地往上升，往上竖，往上蹿。到了最高处，烟就不见了，与云合到了一起。

他抬起头望着天空，这根越蹿越高越长越大的柱子看上去势头很好，前途无限，仿佛是从他的手里诞生的，变出来的，这让他突然有了一种让他感到十分冲动的很大的成就感，一种成熟的沉甸甸的东西又像风一样适时地浸入他的身上。这样的一种大功告成、功成名就的感觉，以前从来也没有过，对于他这样一个无论做什么最终都注定要失败的人来说，无疑是罕见的，令人欢欣鼓舞的。奶奶啊我的亲爱的奶奶！是她老人家帮助他有了这种成就感的。吃水不忘挖井人，他明白这一点，在这个问题上，奶奶她老人家功不可没。试想，奶奶要是不走，还好好地活着，他哪来的这种成就感？梦也梦不到。小的时候也不是没有点过火，有一次不小心把村里最大最雄伟的两个草垛都点着了，但那是一种祸害，不但与成就无关，不搭界，正好相反。

这些年，贩卖玉米，他赔了。

收购羊皮，别人都能赚，他又赔了。

与人合伙开店，失败了。冬天是因为店里的被褥太脏，炒的菜里全是雪白的肥肉。夏天是因为店里的蚊子跳蚤太多，一到天黑，咬得客人根本没办法睡觉。有的客人不得不在半夜里爬起来，到院子里点一堆火，用来驱散蚊子，等待天亮。有性情不好的客人，干脆摸着黑就走了。为这样的事，也没少和客人打过架。

独自去种药材，失败了。

培养蘑菇，失败了。不少人一致认为他培养的是毒蘑菇，其实不是，其实能吃，和正经的蘑菇一样，但没人相信。

饲养鸽子，失败了。别人的鸽子放出去，到时候都能回来，他的回不来，回来的不多，有一次只回来一只，放出去就放出去了，等于黄鹤一去不复返。

养猪，失败了。

学习木匠手艺，又失败了。

受雇替人押车，也失败了，还打断了车主人的鼻梁骨，并为此付出一笔不小的医疗费和营养费。除去民事部分，还差一点儿被追究刑事责任，由于他人的劝说和车主人的宽宏大量，大人不计小人过，最终被免予刑事诉讼。

学习熊氏太极拳，失败了。

钻研书法，失败了。

收集汉代陶罐和古旧线装书，失败了。

要求入党，准备当干部，也失败了。

用土模子印钱，也失败了，因为印出来的钱根本不像钱，其成色连冥币都不如，这让他再没有勇气和信心继续干下去。

前不久，和我在一起，和很多人一起，竞选捕鼠队队长，又失败了，回来后哭了一场。

……

就是因为从来没有做成过一件事，所以他才至今还不得不骑着他的那辆早已老得一塌糊涂的自行车，东奔西走，但凡能够做成哪怕一件事，稍微有点赚头，他早就把它换成摩托车了。南园村有一个人有一辆一跑起来就呼呼地冒黑烟的摩托车，他去看了几次，卖主才要六七百块钱，如果认真地跟他搞一搞，磨一磨，估计四五百块钱就能骑回来，但就是四五百块他也拿不出来。至于黑烟不黑烟的，他倒不在乎，不计较，关键是拿不出钱来。他常去那一带转悠，摩托车的主人常常也能看见他，但也并不和他说话，只是把那辆准备出手的车擦拭得很干净，还故意摆在他能够一眼看到的地方，引而不发，引诱他。有一天，他与我商量，想等天黑以后把那个东西弄回来。我告诉他说，那里早就设置好了一个圈套，就等着你往里钻呢，你要是摸黑去了，他们才高兴呢。他们不怕你去，就怕你不去。听见我这样说，他吓了一跳，问我说，你是怎么知道的？我对他说，以后别再去那里转悠了，转也是白转，等有了钱，直接买一辆新的。他说，你说得容易，钱在哪里？咋就能有了钱？我说，没钱也不能去那里瞎转悠，会转出麻烦来的。如果有一天那辆车真的丢了，他们谁也不怀疑，第一个首先怀疑的肯定就是你，你信不信？

他满脸焦虑不安地说，我没拿，你是知道的。

一个围着围巾的女人匆匆地走来，看见这边门前的烟雾后，犹豫了一下，闪身走进另一条巷子里，很快就不见了。

五天，谁死了？

墙边有一个声音忽然问道。

我奶奶。

哦，老人家有没有一百岁？

没有。

唉，那还小哩，还非常的年轻，这么年轻就死了？

七八十还年轻？谁能保证自己就能活那么大？你能吗？

唉，说得也是，还真没那个把握。

说话的人像一阵风一样很快就没了，他自始至终都没有看见那个人是谁。

到晚上吃饭的时候，奶奶已被转移到了西边的一间厢房里，猫还像往常一样，卧在她的旁边。

我端着油灯，五天拿着米和馒头，我们走进去。米是生米，刚从缸里舀出来不久，虽然也还很黄，但已经很快就有了一股死人味，不知是怎么回事。

我觉得很奇怪。

我把灯点亮。

五天对猫说，好，就在这里守着奶奶，哪里也不要去。奶奶活着的时候，对你小子可是够不错的。

猫说，嗯。

灯灭了一次，他又把它重新点亮，时而轻快敏捷时而又相当笨重的影子在墙上动来动去，活蹦乱跳，如同橡皮筋一样，突然拉长，又猛地

349

缩短。猫拉直身体，展展地趴在那里，看上去也像是跟着奶奶一起去了一样。

空气里有一种味道，从房子里一出来他就闻到了。

老赵，老赵同志，这些天没有什么事，今天一整天都没什么事，世界还和昨天一样，甚至还和从前一样，还像多年以前一样，羊在山上，牛也在山上，云贴在天上，附近的水里浮现出人们的房子和一些树木，那些东西，越看越熟悉。云彩是那样的一种云彩，一卷一卷的，看上去像是无数捆好的行李。那么多的行李都一动不动地搁在天上，似乎有千军万马要上路，出发。

要到哪里去呢？

我不知道。我怎么能知道？

上一次，我在孙文胜妹妹家的门前遇到了你的一位叔叔。老赵，我这么说，你知道我说的是谁了吧？对，倪文焕，就是倪文焕，就是那个看上去很瘦的走起路来一个肩膀高一个肩膀低的人。我还特别留意了一下，发现他的两条腿也没什么毛病，看上去十分正常，可不知为什么就是走起路来的时候一个肩膀要比另一个肩膀高出许多，或者也可以说一个肩膀要比另一个肩膀低下去很多，差着好大一截呢，我不知道这是怎么回事，总觉得这应该是一件多少有点儿奇怪的事。原以为问题可能出在两条腿上，既然腿没问题，那就说明问题可能在那两个肩膀上，不是这个有问题就是那个有问题，也说不定两个都有问题，这种可能是有的。我一直在想，他肩膀上低下去的那一部分，平白无故地短了的那一部分，又到哪里去了呢？也并没有被割走，能到哪里去呢？让我感到疑惑不解的正是这一点，因为他看上去显然还是一个比较完整的人，相当的完整，身上并没有缺少什么，也没见多了什么。要是哪里多出一块来，那也还好解释。另外，我还不明白他为什么姓倪？我真是不明白，他为什么叫倪文焕呢？而你姓赵——这里面肯定有很复杂的东西，是吧？唉，这个突然遇到的人，让我费了好大的劲。

说到你，他说，那孩子，小时候还不是现在这样的，也还乱七八糟地淘气过几年，也还曾经有过一些硬硬的棱角和茸茸的毛刺。可谁知道后来就变了，完全变了，越往大长越变得老实、本分，先前的那些金棱棱的麦芒一样的光泽也不知都到哪里去了，再也不见了，没有了。我不知道是哪里出了问题，我真是看在眼里，急在心里啊！可我又不是他的爹，也不能多说什么。我只是他的叔叔，中间还隔了一座山。叔叔你应该知道，我们周围的人差不多都是这样，两方面如果相处得好了，那就是叔叔，叔伯姑舅，那就是亲戚，也还有些情义。要是平时就相处得不好，甚至很糟很烂呢，那就什么也不是，甚至会成为仇人，比那些与你不沾亲带故的人还要不好。好在我们还好，也从来没有因为什么事情闹过，不和过。可是那也不行啊，孩子毕竟是别人的孩子，人家怎么成长，怎么发展，发展成什么样，和我又有什么关系呢？可我还是忍不住想关心关心，我是真心想盼他好啊！看见他越来越像一只绵羊，我当时就觉得，这可不是什么好事情呀，这不对头啊。一个人将来要在这个世上活，混，打闹，闯荡，摔打，你老实成这个样子怎么能行呢，显然不好往下活啊，根本就混不下去。你看现在这个世界上的人，各方面的人，人人都活得像狼一样，都恨不得把别人撕咬着吃了，同时又在拼命地保护自己，武装自己……可他呢，唉。我的女人说我是吃饱了撑的，替古人担忧，我不这么看。他是古人吗？明明是活生生的一个人，时常在你的眼前走来走去，我还参加过他的婚礼，怎么会是古人呢？要真是一个古人，那倒好了，那我还操什么心！古人多了，哪一个古人让我们担忧过，哪一个古人用得着我们替人家操心？我跟你说这个让人不能不担心的"古人"，我后来越来越发现他不对，有很多地方都不对，但最主要的不对还是他的那种活法，这是最要命的。人，有的事情可以马虎，可以不计较，可是这个最根本的问题能不计较能不引起注意吗？你看他，凸人到中年了，见了人连正经的该说的话也不会说，更让人感到担心的是，他根本不会与人打交道，在这方面，可以说一点儿也不懂，像是从来就没有在这个世界上活过一样，连有些聪明伶俐的小孩子都不如。不会和男人打交道，更不会和女人打交道，心里明明想着要对人家好，可就是嘴上来不了，说不出来，这怎么能行呢？你怎么想，别人怎么能知道，是不是？卖东西还得勤吆喝呢，你要是一声不吭地站在路边，谁知道你是干什么的，是不是？你得说出来，非得说出来，这样才能让别人知道你是怎么回事，是不是？可是他不说，就是不说。我对他说，你把那些话放在心里有什么用呢，准备派什么用场呢？现在不拿出来，天长日久，以后再想拿也拿不出来了。你知道，人与人之间的那道墙，很多时候就是这样来的，就是这样才有的。并不是谁天生就跟谁不对，那是日积月累熬出来的，通过一件又一件的事情一层一层地堆砌起来的，一点一点地培育起来的（当然，也有那种天生的冤家对头）。什么时候，一旦成了形，或者变得有模有样的，你再想把它搬掉，铲平，那可就难了，就没那么容易了，你说是不是？唉，没办法啊！女人肚里有了孩子，如果不想要，如果不能要，还可以想办法打下来，打下来就没事了，觉得自己又焕然一新，若无其事，又可以重新做人了。可这个东西不行，无论用什么办法也打不下来，也根本不可能打下来，那你就只好留着吧，只能走到哪里就带到哪里了，你看麻烦不麻烦。

老赵，你的这位倪文焕叔叔很有点儿那种让人难以言状的性情。以前，我对他也不甚了解，只知道他在一个小印刷厂里当厂长，是从一个排字工一直熬上来的。

我现在经常总在想一件事情，想一个老得几乎不能再老的问题，那就是关于人的问题。因为我越来越发现，这真是一个最难以理解的东西，永远都不可捉摸，无法把握。有时候，你自以为对某一个人已经很了解了，可事实上完全不是那么回事，你所了解的仅仅只是他的一个侧面，只是他身上的一小部分，而且，就是这一小部分，也还不是牢靠的，并不是十拿九稳、铁板钉钉的事，它随时都有可能让你瞠目结舌，让你连自己也不敢再相信。

什么都靠不住，真的。每当想到这些，我都会感到难过，和无边无际的沮丧。

我曾经问一个人，为什么经常用自己的手捂着自己的脸，像是要深深地埋葬自己一样？他不停地摇头。没有回答。

我的理解是，是因为感到活得束手无策。

两个高大的草垛挡住了从西北山梁上刮来的风，几个女演员站在草垛后面说话，她们都穿着大衣，脸庞雪白，红嘴，眉毛细得如一条线。天又是阴天，这让她们显得更加苍白，寂寞。

　　四周还有许多碉堡一样的草垛。

　　有人换上了红蓝两种颜色的练功服，正在干硬的地上叭叭地翻跟斗，远处和近处的荒草在摇晃。冬日的打谷场本来是无比荒凉和寂寥的，但剧团一来了，马上就不一样了。剧团是一个庞大的家族，有着众多的乱七八糟的情形复杂的成员，饰演皇帝的人在下面散步的时候也是一本正经，一脸的严肃，妄自尊大，不通情理。小丑们和官员们在他的视线之内竭尽所能地蹦来蹦去，嫔妃和侍女们像花一样在草垛与草垛之间穿梭，隐现，裙裾翻飞，秀色飘扬，行云飞雪，西皮流水。但是，我听说，眼前这些人只是剧团的一小部分，严酷的形势需要他们化整为零，像游击队一样进行分散活动，于是，原来的那个统一的大剧团像核裂变一样忽然分成了若干个小剧团，一下子产生出了众多的团长，他们都仿佛是在一夜之间由原来的那个老团长繁殖出来的，蛾变出来的。原来的时候，他们都还只是一些蠕动或僵硬的蛹，现在不一样了，由蛹到蛾，这样的变化和进步不是每个人都能遇到的。分散活动以后怎么办呢？上级闪闪烁烁地指示说，能生存就生存，能壮大更好，不能生存就暂时隐蔽起来，保存实力，等待形势的全面好转，准备迎接新的革命高潮的到来。

　　鼓大坐在一个青石碌碡上，碌碡四周稀疏的荒草让他想起了太阳的颜色。上午的时候，还有村里的人在这里歪歪扭扭地练习骑自行车，现在，已经全是剧团的人了。鼓大看见，那个时常在戏里扮演皇帝的人此时也正坐在一个长满苔藓的碌碡上，愁眉苦脸地抽着烟，看着铁板一样的天，看着干硬的地，看着四周一带摇来摇去的荒草和远处灰蒙蒙的景色。鼓大想，皇帝原来也抽烟。听说这个人现在的身份十分含糊，十分的不明确，好像是这支小股队伍的团长，但又好像不是，而极有可能是一个临时负责人。但有一点是非常确切的，那就是他在剧中的皇帝的角色毫不动摇，不管是什么皇帝，都非他莫属。现在，他的脸上布满了无数纠缠不清的官司。鼓大听说，别看他在台上的时候高高在上，山呼万岁，不可一世，可一下了台，完全等于是从天上掉到了地下，所以他最怕曲终人散，每次临近散场的时候，都会让他无限伤感，他希望台上的戏能够一直演下去，永不闭幕。他的家庭、婚姻，甚至包括孩子，都一塌糊涂。孩子们像一窝土豆。你用手揪住地里的一棵苗子，用力往上一提，就会拎出一窝土豆，上面大大小小地连缀着五六个、七八个半生不熟的东西，那就像是他的那串孩子，有人戏称他们为太子。假皇帝想，可惜不是，要是，那就好了，一切也就全都不一样了。此外，他的老婆好像也有点儿问题。假皇帝有时也庆幸自己幸亏不是真正的皇帝，要真是，那个所谓的皇后会让所有的人都受不了，无论对谁来说，都会成为一种巨大的实实在在的灾难，对整个国家来说，更是一种真正的天灾人祸，因为她能够做许多敌人想做而又很难做到的事情，她干起来易如反掌，一帆风顺……这样的一些事情，鼓大是从哪里听说的呢？是从那几个女演员闲聊的时候听说的。她们像一些逃离战乱的太太，像一些无主的花，站在高高的草垛后面，一边避风，一边信口言说，什么都说，想起什么就说什么，看见什么就说什么，上至生杀予夺的领导，包括领导她们的和不领导她们的，下至烧锅炉的、做饭的、扔死孩子的，谁都有可能成为她们众口浇灌的对象。

她们早就看见了坐在碌碡上的鼓大。

哎，你喜欢看戏吗？一个女人问鼓大。

鼓大迎着风，没有说话，但她们认为他说了，而且说的是喜欢，是风把那两个字从他的嘴边吹跑了。

于是，她们高兴起来了。

是喜欢看戏呢，还是喜欢看我们这些唱戏的？

一个三四十岁的女人在问鼓大，她们都叫她苏大姐。她脸庞雪白，丰满的胸部令人眩晕，此刻，她两腿微微分开，站在那里，这使鼓大感到有源源不断的水雾和暖意正从她的健壮的身上出发，在附近一带慢慢地缭绕，荡漾。

鼓大的脸红了。

两方面都喜欢，是吧？她们不容分说地替他说道。

之后，又自作主张地说道，那就行，不管是哪一方面，只要能把人吸引来就行。

鼓大抬起头，想看清她的模样，却没想到首先扑入他眼帘内的还是她的那两个隆起在衣服下面的乳房，他很快又低下头去。有一瞬间，他感到有一座丰饶的山正在由远而近地压过来，徐徐地移动，暖风扑面，芳香袭人。他想起有一次，仅有的一次，他和蒲雨顺老师在一个饭店里吃饭，隔一张桌子过去，对面有一个女人，蒲雨顺老师显然是走神了，看上去十分的呆傻和白痴，鼓大觉得他很像是一个植物人。蒲雨顺老师看着对面，自言自语地说，这么两个过分的东西，到底也不知道是真的还是假的。鼓大当时就想，这个蒲雨顺，真是狗拿耗子，管那么多干什么呢，我们两个人在这里吃饭，连一盘稍微像样点的菜都要不起，一问哪个菜，都要被吓一跳，别人的真假又与你有什么关系呢？

像是在睡梦中，他听见又有一个女的在说，看看我们苏大姐，看看我们程小妹，哪一个不是精品？我要说那些不来看戏的，他们才是真正的傻瓜、蠢猪、太监！

一阵充满快意的笑声从寒冷的草垛后面荡起，又像花一样盛开，受到惊吓的麻雀们在上面飞来飞去。

你叫什么？

静下来后，他听到她们在问他。

鼓大。他说。

什么大？

鼓大，锣鼓的鼓。

好几个人都在同时说话，一时间，他感到眼前一片莺歌燕舞的景象，几个女人就能让冬日荒芜苍凉的打谷场变得热情明亮、喧闹活泛起来，这让他没有想到，他感到惊奇。再看那些生硬的土和石头，似乎也在转眼之间变得柔软、洁净，有了香气。

她们说，事实证明，戏剧就是要面向青少年，尤其要面向像鼓大这样的青少年。可是，分管她们的领导自以为了解行情地说，要面向娃娃，从娃娃抓起。她们想，娃娃们懂什么，只知道哭，只知道尿，连东南西北、张三李四都分不清。再说，哪有那么多的娃娃会听我们的话，你说抓就抓？茫茫人海，抓谁去？领导半开玩笑地说，别看你们一个个都风情万种的，原来都是一群傻女人。不会想办法吗？没有业务，我们自己找，没有娃娃，我们自己生，你们都还年轻，都还不算是太老，有的女性六十多岁还能生孩子呢。也不要多了，贪多嚼不烂，每个人生三个五个，这就够了，加起来也就不少了，就会是一支很可观的队伍啊。她们听了，一阵惊呼，都说，我的李书记啊！我的贾部长啊！你们有没有搞错，生那么多孩子是要犯法的，国法难容啊！领导们说，瞧瞧，又傻了不是，不会立一些空户头，过继到别人的名下吗？实际东西还是咱们自己的。领导与她们打情骂俏，与民同乐，她们还是很高兴的，有时候打心眼里高兴。他们实际是来叫她们去给政界和企业界唱堂会，也是在多方地帮助她们拓展市场，建立广泛而又实用的可持续发展的感情世界。唱得时间太晚了也不要紧，就不要回去了，可以住下么，环境和条件比你们自己那个家不知要强多少倍。不过，那也真是一条能够起死回生的捷径和通道，让她们省了不少劲。有的领导一高兴了，就说，哎，看你们也怪可怜的，小模样怪招人疼的，打个报告吧，给你们点儿钱。太好了，明天就让人把报告给您送去。不行，别让什么人来，谁来我都不见，更不会批，除非你亲自来。那我就亲自去吧。哎，这才对么。又说，我这个官也不好做啊，僧多粥少，从来都是僧多粥少，希望你们不要嫌少，以后还有机会么。她们说，哪里，领导的关怀我们怎么会嫌少，我们会把一分当作一万看的。哎，这就对了，这就好，我就喜欢这样的人。人活着，就怕不懂事，一不懂事就什么都不好办了。有的人可没有你们这么懂事，来跟我要钱，有时候还硬邦邦的，他娘的，我前世欠他们的还是怎么的？他硬，我比他们更硬。

是的，您硬，我们都知道您很硬。

她们中间那些比较有头有脸的，都唱过那种小型的极小范围内的堂会，宾馆里，会议室里，有时竟然是在浴池边上。走进去，四下睃巡，发现没有观众，问人呢，说在水里呢。又说，还穿着衣服哩，不必过于拘谨，放开点儿，尽管放松。穿着衣服钻在水里？鬼才相信。不管怎样，既来之，则安之，唱吧。于是就开始唱，咿咿呀呀地唱，袅袅婷婷地走，亦笑亦颦，没有目标地抛送着秋波。

唱着唱着，就有人湿漉漉地从水里爬出来了。

这是好的，那些台柱子常去的地方。那些比较没有头脸的，姿色差的，可轮不到这样的机会，她们只能去死人的家里，给死人唱夜戏。要论唱腔功夫，她们并不差，只是因长得不好看，才会进入到另一种环境里。本来是不带着感情唱的，但常常唱着唱着，触景生情，整个人就全部陷进去了，声泪俱下，悲啼哀鸣，伤痛欲绝，没有一定的时间，很难一下再拔出来。这样的情景，常常连死人的家属也为之感动。唉，可把个人唱坏了，真的动情了，都唱成这样了，再多给五十吧，在原来说好的基础上再加五十。

五十干什么！一百。

一百就一百。

她们发现，有的领导还不如死者的家属，费劲唱半天，有时候一毛不拔，站起来就走了。她们表面上带着放荡的媚笑与他们握手，与他们言欢，背地里叫他们狗屎、垃圾。

有人看见，说你一下午都和她们在一起。

……

我告诉你，你还嫩了点儿，小心栽进去。

到晚上的时候，星星只剩下了寥寥的几颗，七零八落地嵌在黑乎乎的天上，抬头去看，像是几只合不上的眼。除了一些不懂事的孩子，没有人认为往日那稠密的在天上挤得不能再挤的星星被风吹跑了，只是觉得它们也许不想出来，不想浮现。但人们自己愿意出来，愿意在黑暗中急急地奔走，叫喊，碰撞，推推搡搡，像是认领祖宗，但同时又像是收养孤儿一样，把剧团的人分别领回各自的家里吃饭，有的领一个，有的领两三个。剧团一年一年地不行，一年不如一年，那是剧团自己的事。

可是，真的来了，人们还是很欢迎的，还是很把他们当回事的。天是真黑，黑得面对面都互相看不见，甚至分不出男女。这样的一种黑洞洞的天气，让那些多年来一直在各种剧情里不断地进进出出、生离死别的人们感到仿佛又回到了戏里。在黑暗中走着，人们不时会互相撞到一起，狭路相逢勇者胜，人们懂得，这时候最需要的就是横冲直撞，勇往直前。一个人，在自身完全无意识的情况下，有时会成为别人的障碍、敌人，这样的事情，常常让人猝不及防，来不及思量便已注定，让你鲜血淋淋，让你黑暗无比。

人们抢着要把剧团里那些长得漂亮的人——主要是女人，领回自己的家里。既然好赖都得领一个回去，为什么不先下手弄一个好的呢？弄一个好的准备干什么呢？不干什么，也不为别的，就是为了看看，觉得满足、过瘾，让身心，其实主要是让那一双看惯了荒凉和傻大黑粗的眼睛受到一次最近距离的冲击与动荡，受到一次美的教育与洗礼，对比一下，振奋一下，鼓舞一下，刺激一下。妈妈，母亲！我们有幸见到了我们能够见到的在我们看来已经是非常好看非常漂亮的人，我们感到幸福，感到十分的知足，总算没白活一场。另外，也深受触动与教育，越看她们那天仙般的模样与举止，就越会发现我们自己的不足，严重的不足和缺陷，就越觉得我们自己真是不成样子，不成个东西，不成个体统。世界上难道还有比我们更糟的吗？这话要是放在以前，放在过去，我们会毫不犹豫地说，是的，没有了，肯定没有了，再也没有比我们更糟的了，我们就是最糟的那一堆，我们至死都不明白那是怎么一回事。但是现在，我们的认识变了，我们的看法和心情也变了，我们觉得，我们可能还不算是最糟的，我们真的是这样感觉的。不过，就是在过去，在我们一直认为自己最糟的时候，我们也没有怕过，怕又有什么用呢？事情既然已经这样了，光怕又顶什么用呢。

但是，我们很快就发现，我们高兴得有点儿太早了，等我们去了以后，我们才知道我们这一回又来晚了，又迟了一步（为什么老天爷，为什么时间总是和我们过不去呢？总是要让我们晚一步，慢几拍呢）。我们不无悲哀地得知最好的东西已经被人挑走了，被人赶在我们之前拿走了，只给我们剩下一些不太好的，不好的。我们只能这样认为，对自己说这还不是最坏的。有人看见，剧团里最漂亮的一个女人，早在几个小时以前，就已经被我们的党支部书记贺林炸同志领回他自己的家里去了。这个消息让我们气得要命，让所有的人都气得要命，绝望得要命，却又哭不出来。老天啊！为什么总是该睁眼的时候不睁眼呢？为什么总是刚发现了一条路，立即又被堵死了呢？黑暗又一次来到我们的心里。

不过，难过了一阵以后，我们很快也就不再难过了。转过身去，我们开始尽量挑选那些模样和身段还比较端正顺溜的、不算太难看的，往自己家里领。也有人说，都是个人，都是领回去吃顿饭，领谁回去不一样呢？这又不是买东西，非要挑好的。我们想想，这话说得也是，完全在理。事实上，在一年又一年的生活中，我们买东西也并不是买好的，相反，却总是买那些最便宜的最不值钱的从来都没人看更没人要的东西，只买那些——因为好的我们根本买不起，光是问一问价钱，打量一下样子，不能说把我们一下吓死，至少也吓个半死，以后连想也不敢再想，梦也不敢再梦。多少年了，我们从来只配买那些完全过了时的被有钱人弃置多年的呆货、傻货、孬货，而他们也一车一车地拉来，向我们兜售，哄骗。因为他们十分清楚，农村是一个广阔的天地，在那里是可以大有作为的。

世界一片黑暗，冷风在怪声怪气地叫唤。人们一边往自己的家里走，一边在想着那个总是和时间和我们大家在拼命地无情地赛跑的人，有的在嘴上骂，有的在心里一遍一遍地骂。真是个王八蛋啊！每一次，所有的好事总是要抢在我们的前面，也总是能够抢在我们的前面，我们总是跑不过他，我们也真是跑不过他啊！我们算是服了，认了。很多时候，我们还没有出发，还没有开始行动，甚至脑子里还没有那种念头，他就已经回来了，整整比我们提前了一年甚至几年，这不能不让我们常常都目瞪口呆，吃惊得像见了鬼一样说不出话来。那样的情形，你要是见了，你也会叫起来，或者跳起来，或者干脆惊得哑口无言，手脚冰凉。

由于奶奶的去世，由于家里突然有一个死人停放在那里，所以我们家里没有分配剧团的人来吃饭。晚上，我们去领人时，村长对我们说，你们就不要往回领了，你们家里已经够忙的了，已经够乱的了，去别的人家吧。

五天说，我们不乱，要乱也是乱了敌人，锻炼了人民。

村长说，真的不用了。

五天说，不，我们想领一个回去，我们没有别的意思，就是想为村里做点儿贡献。

村长说，很好，这很好，有这份心就非常好，值得表扬。不过，这次是不行的，还是等以后吧，啊，想做贡献，以后机会多的是。

五天说，我们等不及了，我们就想现在就做，我们不想等以后，以后是以后，现在是现在。

村长说，现在不行，现在真的不行。

五天说，我们是要把他们请回去给他们吃，给他们喝，盛情地款待他们，又不是要杀他们，剐他们，剥他们的皮。

村长说，不是那个意思。

五天说，那是哪个意思？

村长说，你想想，有个死人放在那里，谁敢去？

听见村长这样说，五天的脸上就有些难看。

五天说，哪有死人？谁是死人？

村长说，谁是死人？当然是你奶奶。听你的意思，难道她还活着？

五天说，谁说还活着？我说过吗？我是说，没有什么可怕的，吃饭的时候，我奶奶肯定不在场。

村长说，她要是在场，那倒好了。她要是也坐在旁边吃饭，那还说什么？你只管领一个回去就是了。我们怕什么，就怕她老人家到时候不在场。

五天说，哎，我实在是不明白，既然她不在场，那还有什么好怕的？再说，我奶奶又不咬人，不吃人，她是个很好的人。顺便说一下，她在西厢房里，像是睡着了一样。

村长说，别那么说，你快别那么说，你当然不用害怕。我奶奶死了，我也不怕，可别人就不一样了，你以为谁都和你一样？就算我同意让你领一个回去，吃完饭以后，人家也不敢回来呀。

五天说，那没关系，吃完饭以后，我可以送她回来。另外，有些事情可以不告诉她们，不让她们知道，就像什么事也没有发生过一样，那不就行了么。

村长说，那不行，那怎么能行？我们不能哄骗剧团的同志们，尤其是女同志。别人怎么骗她们，我们管不了，也够不着，插不上手，但我们自己绝对不能那样做。

五天说，看你说的，这怎么能叫哄骗呢？这样做无非是不想让她们害怕，让她们少一点儿负担，怎么能说是哄骗呢？你没有听说过一句话么，知道得越多就越有麻烦，知道不如不知道。

村长说，我当然听说过。不过，我还知道，对同志应像春天般的温暖，要以诚待人。

五天说，你身上好像到处都是嘴，我说不过你。

乌黑的冷风一遍又一遍地撞击着他们的身体，想把他们赶走，赶到不知道什么地方去，催逼的声音如同咒语。我们都感到了风的厉害和无情，都意识到不让步也许是不行的。肯定不行，肯定得让。从小到大，不知让了多少次。谁能闹过风去？世上难道有这样的人吗，难道还有比风更厉害的人吗？村长和五天都不相信，在这一点上，他们倒是惊人的一致。

我去找苏大姐，但没有找到。

有人告诉我们，这时候的村长还正一肚子气呢，党支部书记把最好的最引人注目的一个女人不容分说地领走了，村长突然感到自己特别窝囊，人活得窝囊，官当得也窝囊，虽然是在自己的村里，但不知为什么他老有一种背井离乡、寄人篱下、看人脸色的感觉。平日里，他尽量地让自己高兴，尽可能地找一些开心的事情去做。

村长看着五天，想道，以前不知道，也没看出来，真是一个胡搅蛮缠的东西哟！他朝四周看了一会儿，一丝笑意忽然像一条虫子一样爬到了他的脸上。他原本打算把它们都深藏起来，只露一点点头绪在外面，但很快，他就发现已经管不住自己了，他知道自己笑了，而且笑得很厉害，难以收敛，难以抑制。后来，他不再小心，不再紧缩，索性将它们全部放开，让它们尽最大可能地怒放，盛开。这以后，他脸上的笑容似水，不住地向四周流溢，笑容如花，如火，如火如荼，可盈可掬，一掬就是满满当当的一大捧，像金子一样闪闪发亮，手小的人是无论如何都捧不住的。这样的一种感觉让他突然发现，当一位人民的干部是多么的幸福，而当一位领导人民的干部会更加幸福，这一点，已被无数的事实所证明，而且一直颠扑不破。比如党支部书记。这时候，他想起了那个想干什么就干什么的人。在过去，在以前，在遥远而清苦的古代，人们常梦想自己能够成仙得道，长生不老，一人得道，鸡犬升天，而现在，有了捷径，再也用不着绕那么远了。

在狼嚎鬼哭般的风声中，村长对五天说，要不，你领一个回去吧。不过，你看，已经没有人了。

确实已经没有人了。只有剧团带来的那些沉重的颜色斑驳的木箱子放在那里。

村长对五天说，你还想领谁呢？

五天说，我总不能把你领回去吧？

村长说，我还有事，就不去了。

回家的路上，五天说，说话来回绕，一件事情，骡马一样地兜圈子，绕来绕去，到最后全变了。或者，表面看上去变了，暗里还是原来的那个样子……啊，怪不得能当干部呢。

一路上，风不时地把他的衣服吹开，像是要剥他的皮，这样，他不得不把自己抱紧。

有一年，好像是一个夏天的晚上，天没有这么黑，有月光，我们在月亮地里走着，忘了是去干什么。那天晚上的月亮真是好，使得到处都看上去明晃晃的、水汪汪的，白日里的红花变成了紫花，粉的变成了红的，树像兵一样，疏朗宁静的山川小树林子像花园一样，山像是戏里的情景一样，一堆一堆地堆在远处，就连我们正在走着的那条路，以及周围和远处的别的路，看上去也有点儿不太真实。我不知道别人的感觉，有一段时间，我自己变得十分恍惚，像是走在一个没头没脑的完全不知深浅的梦里，忘了我们当初是从哪里出来的，又完全不知道这么走着要去什么地方。直到现在，我仍然不能确定那真的是不是就是一个梦，一直像一件真实的事情一样让我铭记在心。也就是在那天，我才发现，才明白，好的月色，迷人的月色，由此上溯下穷到一切迷人的东西，都会让人不知不觉地放松自己，忘了自己，放任自流，失去约束，失去此前所有的一切羁绊和禁忌。人在那种时候，有一种完了的感觉，感觉自己在不由自主地下坠，不由自主地往下坠落，什么也拉不住，强烈极了。可同时，又有一种轻飘飘的没有一点儿重量的要飞起来的直上云霄的感觉，这是多么奇怪的事啊！我想。人怎么能同时有这么些完全不同的水火不相容的感觉？如同一条条的看不见的绳索一样错综复杂地交织在你的身上，又从无数个不同的方向牢牢地牵引着你。

后来，就在那样的一种银灰的毛茸茸的光线里，不知从什么地方突然传来一个人的声音……让我死吧……明晃晃的月亮地里，那声音像是把我们都黏在了地上，让我们寸步难移。有风，但风是透明的，又如同叹息一样轻微，所以根本看不见，也看不见风经过的地方有什么变化，只能看见我们自己的影子被抹在茫茫的大地上，看上去像是一些写坏了的字。

那个时常扮演皇帝的人就在我们隔壁一家人那里吃饭，我们进去的时候，他正在对人们说他自己的事情，声音还是人们熟悉的戏台上的那种声音，人们聚精会神地听着，有的人半张着嘴，整个人都陷进去了。假皇帝长得相貌堂堂，倒真的像是一个穿着便衣的皇帝，他说的许多事情，人们都从来没有听说过。原以为他一直都是领导别人的，一贯发号施令的，这一回才知道他当年学戏的时候也很苦，没少挨过师傅的打，有时被打得连功都不能练，不得不躺在床上。有人惊讶地问道，师傅有多大的胆子，连你也敢打？你可是皇上啊！他说，师傅确实厉害，只要是他的徒弟，他谁都敢打。再说，那时候我还不是皇上。说过之后，觉得不妥，立即又说，就是现在也不是啊。

五天问他，从演戏以来，一直都在演皇帝吗？他说，也不全是皇帝，也演过别的，比如赤卫队队长、政委、党代表、中共地下特委书记、临时支部负责人等等。

演过保安团司令吗？五天说。

那没有，那是坏人，我一般不演坏人。他说。

在《四渡赤水》中，他扮演一位没有姓名的军首长，在《霞光万丈》中，他有了名字，叫高大勇，是一位拒腐蚀、永不沾的好干部，亲手把别人送给他的钱撒得纷纷扬扬，到处都是。在最近的一个戏里，他扮演一位带领人民自力更生、改天换地的公社书记，最后累倒在一盏煤油灯下。苏醒过来后，首先问道，水库结冰了没有？接着又问道，猪儿洼的车老汉过冬有没有棉衣？还要问，却又一次昏迷了过去……舞台上的灯光骤然由亮红变成了深红。无论什么时候，每次只要他一出来，整个背景都是红的，仿佛一个朝霞灿烂的早晨。那景象让人们有些糊涂，但也没有人去多想，戏是演给你看的，并不是要让你从中发现问题。

公社书记又醒来的时候，父亲来替我。

我替你看一会儿。他说。

他要我回去守灵。

坐在奶奶的旁边，看着桌子上的灯和墙上的影子，我想起了那句话，有的人活着，但已经死了，有的死了，但依然活着。

我这样想没有别的意思，并不是说我的奶奶还活着，更不想由此证明什么。老太太确实去了，离我们越来越远。

要在平时，早就坐起来和我说话了。

什么都说。说天气，说邻里，追忆往事——那真是在追忆，追寻得十分吃力，一不小心就断了，很久都再接不起来。记忆深处的天空和树林，很多年以前的气息和光线，再要重新抓在手里，比让她出去赚钱还要难。一件事情，刚有了个头，很快又像当年的一根线一样飘走了，一群孩子又跑又跳，但谁也追不上那根越飘越远的线，回去把家里的大人叫出来也无济于事，别看都是大人，也吃了多少年的干饭，可该干瞪眼的时候照样干瞪眼，照样没奈何，照样束手无策，比他们的孩子们有办法不到哪里去，有时甚至还不如他们能够灵机一动。

我对她说，这就是往事啊，别以为这就不是。

她说，这也能算？

我说当然。

我理解她的心事和意思，她以为只有蓝脸儿和下雪天才算是往事，才能被叫作往事，其余的都很难说是什么。蓝脸儿是她小时候的一个伙伴，家里穷得叮当乱响。蓝脸儿是这样一个孩子，几乎从来不打喷嚏，但只要一打，这一天稍晚些时候就会下雪，一下就是一天一夜的鹅毛大雪，天地间变得白茫茫的，安静极了。每次突然一听到蓝脸儿坐在那里发出阿嚏阿嚏的声音时，家里的人也不说什么，第一个反应就是先到外面去把柴火和一些怕潮的东西苫好，因为他们都知道很快就要下雪了。蓝脸儿的喷嚏比很多东西要准得多，广播里预报说近一两天内有雪，但往往不一定有，不一定能下得来，但蓝脸儿打过喷嚏之后，准会有雪。到了晚上，雪就飘飘扬扬地来了。一夜都在下。到第二天早晨，看见还在下，下得到处都寂静无声，人烟稀少。

还说形势，形势是经过她本人的过滤和理解后的形势，比现实的形势更加似是而非，更加让人糊涂，摸不着头脑，有时甚至让人觉得说的不知是哪朝哪代的事。有人说，记忆里的大雪如同纷纷扬扬的面粉，但她说，他们那时候从来也没有觉得那是面粉，谁也没觉得。要真是面粉，真有那么多的面粉，那还愁什么！人们会高兴死的。

以后又说，要是真有那么多的面粉，世界也肯定不成个世界了。她用一些别人看不甚明白的表情比画着说，世界是这么个东西，有肥有瘦，有长有短，有高有低，有白有黑，就得有一部分人时常饿着点儿，要是人人都能吃饱，都吃得懒洋洋的，然后心生邪念，不好的东西嗞嗞地往外冒，像恶草一样每天生长，每天往上长一点，那是个什么世界？

她坐得笔直，但却有很老的影子在墙上动来动去，有时像是站在门前向远处眺望，有时又像是在弯下腰捡什么东西，垂下去的袖子明显地被风吹着。

我对她说，人们拼命地干活儿，拼命地捞钱，最终就是为了达到那样的一个目的。

她吃惊地看着我，说，那还有啥干头？那还不如不干呢。

就在那些天里，有一天突然获悉老赵被选为劳模，惊异过后，我真是高兴！我觉得我可能比他本人还要高兴。为什么会这样？是因为一直都觉得他很可怜吗？我也不太清楚。不过，如今有了这样的事，我认为他不应该算是最可怜的人了，因为，有很多人连他都不如，根本不如他。有时间我得跟他说说，他属于那种有痛苦但还不是最可怜的人，他知道有些人是怎么活的吗？是怎么一天一天地强打精神硬撑着的吗？恐怕未必知道。因为他至少还是一个有职业的人，而有些人却是真正的一无所有。

几只鸟在外面探头探脑地看我。

我给他写信。我说，老赵啊，古语说得好，祸兮，福之所倚，福兮，祸之所伏，虽然你请假回来和我一起捉耗子的那些天，我们连一只耗子也没有捉住，受到了人们的嘲笑和奚落，可是，你却能够在其他方面捉到别的东西，比如工资、荣誉一类的东西。由此可见，你的才能并不在捉耗子上，而在于打洞——掘进上。有不少人也时常断不了挖个坑、打个洞什么的，可那完全是瞎刨一气，根本打不出什么名堂来。而你就不同了，每前进一米，都是有说法的。至于这一年的劳模能够涨几级工资，我觉得那是另一码事。煤矿上的人都知道他，都知道他这个人比大多数人活得枯燥、无趣，也没什么嗜好，唯一让他感到揪心和念念不忘的就是想要知道一些与他本人有关的真实的东西，此外再别无所求。但是，人们不理解，不明白他为什么要这样做。一些真实的东西——那到底是什么？就因为这，把别的好多东西都放弃了，白白地过去了，流走了，大多数人都认为这样做不值得。虽然谈不上伤害别人，但实实在在地苦了自己。说起老赵，他们直言不讳地说，是呀，那个傻瓜，不好好活着，总是和自己过不去，总是自己给自己下套子、使绊子，经常跌得头破血流，神思恍惚。一直都在想着真实，有时甚至连梦里的东西也要计较。要那么真实干什么？要那么清楚干什么？就这么一天一天地稀里糊涂地过，该干什么干什么，不是挺好吗？这有什么不好？真是不明白，实在是不明白他这个人到底是要干什么。

工会也知道他的一些事，工会主席茅志功同志早就发现他是一个那种一条道跑到黑的人。多年来总是善于努力去理解别人的茅志功主席曾打算由他本人出面，代表组织，帮助老赵解决一些迫在眉睫的问题，这只是一个还没有付诸行动的想法，但已经被老赵挡住了。老赵说，茅主席啊，千万不敢那样做，那样一来，事情就会彻底闹大了，会越来越复杂。世上的人多了，不幸福的也不止我一个。茅志功主席说，别听他们胡扯，实话告诉你，这个世界上没有几个家庭是幸福的，没有几个夫妻是心心相印的，谁要说有，那完全是骗人的！不管别人怎么看，我是不信的。就说你老哥我吧，看上去每天也都高高兴兴的，甚至没心没肺的，像个乐天派，是吧？兄弟，我不那样又能怎么样？难道要整天哭丧着个脸吗？要是我都那样了，我还怎么做你们这些人的工作？……唉，他妈的，说这些干什么，有什么用？

老赵说，茅主席呀，我没有那么高的要求，希望心心相印。咱一个窑黑子，咋敢有那么高的理想，那不是和自己过不去吗？我只希望能活得踏实一些，安心一点。

你现在活得不踏实，不安心吗？

那还用说么。这么多年了，你难道一点儿也没看出来？

茅主席想了一会儿，说，实在不行，你就离了吧。四条腿的女人不好找，两条腿的女人有的是。

老赵说，茅主席呀，这些年我总在考虑一个问题，要不是这个问题，我早就按您说的去做了。

茅主席说，什么问题？

老赵说，孩子，孩子们。我敢说，要是一离了，我的那几个孩子马上就有了后爹。

又说，我不想让他们有后爹，这是最根本的原因。除了我，再也不可能有人像我对他们那么好了。

那肯定是。茅主席说。

茅志功主席想了一会儿，说，严重的问题是要教育农民，还有工人。你知道么，无产阶级要想解放全人类，解放别人，首先得解放自己。你连自己都解放不了，怎么可能去解放别人呢。

老赵说，离了，我倒是解放了，可他们就麻烦了，肯定免不了还得吃二遍苦，受二茬罪。

茅主席说，也别太悲观了，说得像旧社会似的。也别把所有的后爹都想得那么恶，他们中间也有好人，不全是虐待狂、杀人犯，并不是所有的后爹看见别人的孩子都恨不得一下掐死。

茅主席啊，看见您，我的心里亮了不少。有时候，我真想死在矿井里，不再出来，可又怕给咱们矿上抹黑，让上面把咱们的流动红旗拿走。

咱们矿上，大姑娘，老姑娘，小寡妇，有的是。你要是离了，我负责给你介绍。矿上的人，谁不认识茅主席。

唉，茅主席啊，我不是那个意思。就是一个人过也没什么大不了的，一个人有一个人的好处。

灯房里的那个药翠喜怎么样？去年刚死了男人，我看不错。

茅主席啊，我的茅主席呀！您一点儿也不了解情况，这事不成，她连看都没看过我一眼。每次我下井前去取灯，从井下上来后去交灯，她从来没有说过话，像是一台长着手的机器。

这能说明什么呢？这什么也不能说明。女人，狗日的女人们，我是知道她们的，她从来没有看过你，并不等于从来没有想过你。你呢，要明人不做暗事，该无耻的时候就无耻一点……啊，我是说，有时候无耻和勇敢是一回事，根本没办法区别，而她们，不讨厌这种行径。

有一天，按照老赵的嘱咐，我去了他们家。

我在外面站了很久，一直没有人在家。

五天对我说，我怨恨咱们的父母，要不是他们，我怎么能来到这个世上？来了就来了吧，可我又是那么的不走运，那么的不招人喜欢。这些天，我每天都在想，从小到大，从来没有任何一个人喜欢过我。

我对他说，不要老想着让别人喜欢。

他说，没有人喜欢也就算了，可是，你帮我算算，我前前后后做了那么多事情，从来没有做成过一件。

我说，只要用心去做，总有做成的那一天。

他说，我知道，我做得可能有问题，可是，这难道和一个人的命、一个人的运气，一点儿关系也没有吗？

得承认，运气对一个人是非常重要的。我在心里对自己说。有的人前半生运不通，后半生时来运转，还有的人前半生一帆风顺，后半生一年不如一年，一直往下出溜。另外还有一种人，运气从来就没有通顺过，靠山山倒，靠水水流，一直都在走背字。五天可能就属于第三种人。我想，我也是。

这是中午，我们兄弟俩在门廊里的一次谈话。虽然是兄弟，可说起来，这样的时候并不多。坐在门廊里的一块石头上，五天看上去温顺得像一只绵羊，与平日里的时候判若两人，脸上罩着一层宁静的影子般的颜色。以前那么多年，我一直认为这样的词语与他无关。

到晚上，天快黑的时候，我们还在地里。刨出来的一窝一窝的小土豆让我们非常沮丧，越刨越觉得没有意思，看不到希望。有人点起了一堆一堆的火，浓烟像庙里的柱子一样粗壮，像懒洋洋的和尚一样肥圆。

远处还有一些模糊的人影。

我们坐了一会儿，五天对我说，我先回去了。

我看着他走进烟里，之后又消失在暮色里。

大约一个小时以后，我也回到了家里。刚来到院门前，就听见有人说五天吊死了，没有看清那个人是谁。鸡本来都早已进了窝里，这会儿不知为什么又都跑出来了。院子里有一盏灯，灯是昏黄的，不停地晃来晃去，满院的影子。

我闻到燃烧蒿草的气味了。

那时候，五天已被从梁上放了下来，躺在一扇门板上，几只鸡在他头的一边刨来刨去，我担心它们会啄他的脸或眼睛，但是没有，它们只是在寻找吃的东西。有一年，一个叫宣鼎的人死了，躺在院子里，有几只鸡嘣嘣嘣嘣地使劲地啄他的脸、啄他的脚，还有一只站在他的鼻子上，站得端正，笔直，傲慢。名叫宣鼎的人活着的时候，曾经是一个很厉害的人，脾气很大，动不动就发火。

我去找老贺，请老贺给他糊几件东西。

我走在风里，想着他的模样，树木摇晃得十分厉害，有些屋顶上的蒿草一会儿向这边倒伏，一会儿又从那边来。有一段时间，我眼前的世界是模糊不清的，一切都只是个大致的轮廓。五天啊五天！我记不得我曾经哭过，可眼前的景象为什么这样斑驳？在这个无论什么时候都乱糟糟的又模糊不清的世界上活了这么多年，没有友谊，没有一丝一毫的爱情，本人又连一丁点儿积蓄也没有，出来进去都骑着那辆旧得不能再旧的破自行车……现在，他躺在冰冷的门板上，没有人哭他，连个能给他举幡戴孝的人都没有。昨天晚上，临睡前我又看了他一眼，有树叶和枯黄的细草飘落在他的脸上，有白色的鸽子粪落在他的眉毛上，我举着灯，帮他把那些东西捡走，清理干净。从前，他活着的时候，人们都说他毛糙，不安分，乱七八糟，茹毛饮血，现在，他倒是不毛糙了，也安静了，也不乱七八糟了，也不茹毛饮血了。

我想让老贺用上好的纸给他糊一辆崭新的摩托车，那是他生前梦寐以求的一件东西，但从来只有看的份儿，只有在心里羡慕，时常眼巴巴地看着别人得意扬扬地绝尘而去，排山倒海，一日千里。现在，通过老贺的一双饱经风霜的巧手，我们也把此前他从来没有过的速度和信心给了他。他要是知道了，一定会瞪大眼睛，惊奇无比地看着我们，不敢相信这是真的，不敢相信会有这样的事情与他有关。

另外，我还想让老贺给他做一名年轻的女子。

老贺说，一个干什么！两个，至少两个，我至少要给他做两名女子！一个是家里的妻子，另一个是外面的女友，或者一妻一妾。

我惊呼道，老贺，你知道不知道，这样一来，那个傻小子他会高兴死的。

他不是已经死了吗？老贺斩钉截铁地说道，只不过不是高兴死的，而是麻烦死的。

又说，现在兴这个，这是时代的需要。人活着，得跟着时代一起走。

老贺对我说，五天死得可怜，死得突然，他本人因此不愿意在这上面牟利，所做的那些东西，他只收取一点儿纸张的成本费用，其余的一概不要钱。我在心里默默地对他说，五天啊，老贺能这样做，已经是非常的不容易非常的够意思了，也够难为他的了。这么多年来，他给谁便宜过？你，我，我们平时又和人家没有什么交情，人家凭什么要这样？人们从来都说他做出来的东西很贵，有时贵得没边儿，贵得离谱，贵得要命，让人目瞪口呆，不敢接受，不敢拿回去。

夜里，我披着一件衣服，坐在门前看星星。

我听到一些年龄与我相差不多的年轻人正在翻墙过院，想方设法地与他们所喜欢的女子见面，甚至还有中年以后的人，也在出动，四处急急地奔走，秘密地观察，内心深处既警惕又火热，夜里的风与他们无关，黑暗也与他们无关。大约他们的心里都有一盏灯，一直亮着，知道自己该去哪里。

爱情好甜蜜，爱情好辛苦。

我起身去停放五天的房里，往灯里加了些油，然后把灯点亮。有人说像五天这种年龄的死者，不应该在停放他的地方点灯。我问为什么，他们也没有说出个道理来，十分的含糊。我还是把灯点亮了，看见他冷冷地躺在那里。我对他说，五天，这是你在咱们这个家里停留的最后一个夜晚了。

没有人找我，从来没有人来找过我，尤其是她们。所以我只好常常一个人坐在门前看星星。

我觉得，星星也挺好看的。